랍스터를 먹는 시간

랍스터를 먹는 시간

방현석 소설집

창비

차 례

존

재

의

형

식

낡은 냉방기는 냉기가 아닌 소음으로 자신의 존재를 겨우 일깨우고 있었다. 재우는 풍량조절기가 떨어져나간 냉방기를 힐끗 보고 나서 원고더미 사이에 깔려 있는 부채를 집어들었다. 번역작업을 시작한 지 일주일이 넘어가고 있었고, 재우는 그 사이 한번도 집밖으로 나가지 못했다. 그가 집안에 머무르는 동안 냉방기는 잠시도 쉬지 않고 돌아갔지만, 올 들어서만 두 차례나 수리공의 손을 빌려야 했다. 녀석이 벌릴 수 있는 벽 안쪽과 벽 바깥 사이의 온도 차이는 미미했다. 그나마 창문을 완전히 닫아둘 수 없어서 실내외의 온도 차이는 더욱 줄어들었다. 재우의 옆과 뒤에 앉은 두 사람은 줄기차게 담배를 피워댔다.

"이거 또 지뢰네."

등뒤의 침대에 걸터앉아 있던 희은이 담배를 뽑아물며 뒤로 벌렁 넘어갔다.

"번진다, 이걸 어떻게 옮겨야 하나? 번진다……"

옆에 앉은 레지투이의 눈길을 피하며 재우는 한국말로 중얼거렸다.

"웃음이 번진다, 이런 말이 이 나라에 있나……"

지뢰가 된 문장은, 얼굴 가득 웃음이 번진다,였다. 이 한 문장을 놓고 벌써 이십여분을 끙끙거리고 있었다.

"이렇게 번지는 거 말예요, 이렇게."

재우는 말로 설명하기를 포기하고 표정연기를 해 보였다.

"크이 또."

레지투이가 말끝을 흐렸고, 재우는 고개를 저었다.

"크게 웃는 거 아니고, 이렇게 얼굴에 웃음이 퍼져나가는 거 말예요, 이렇게."

화선지에 파스텔 터치를 하듯 웃음진 뺨을 가볍게 쓸어 보이는 재우를 향해 레지투이는 드디어 알았다는 듯이 고개를 끄덕이며 입술을 뗀다.

"크이 뜨어이."

"환하게 웃는 거 아니고요. 후유."

재우가 바퀴의자를 굴려 책상에서 물러나자 침대에 드러누웠던 희은이 몸을 일으켰다. 만년필을 들고 책상으로 다가선 그녀는 원고 뒷면에 원을 크게 그리며 레지투이한테 직접 설명을 했다. 그녀의 동작에는 답답함과 짜증이 얹혀 있었다.

"이게 연못이란 말예요. 이 연못에 돌을 던지면 어떻게 돼요? 이렇게 물살이 번져나가잖아요. 이걸 뭐라고 그래요?"

큰 원 밖에서 시작한 화살표를 원의 한가운데로 끌고 가서 조약돌을 빠뜨린 다음 그 둘레로 원을 겹겹이 둘러치며 희은은 한국말로 설명을 해댔다. 재우는 희은의 말을 레지투이에게 옮겨주어야 한다고 생각했지만 입이 따라주질 않았다. 그도 조금씩 지쳐가고 있었다. 처음에는 둘의 농담 한마디 한마디까지 서로에게 옮겨주었는데 시간이 갈수록 버려두는 언어들이 늘어갔다. 재우는 둘의 대화를 놔둔 채 커서가 깜빡거리고 있는 화면을 물끄러미 바라보았다. 화면보호기능을 삭제해놓은 컴퓨터의 커서는 쉼없이 깜빡거리고 있었다. 분명히 같은 속도로 반짝이고 있을 텐데도 그 속도가 점점 빨라지는 것같이 느껴졌고, 무슨 글자든 빨리 두드려넣으며 앞으로 나가자고 다그치는 것만 같았다. 메일 도착을 알리는 강아지가 나타난 것은 커서가 손가락을 충동질하던 순간이었다. 입에 편지를 물고 화면 좌측상단에 나타난 노란 강아지는 고개를 흔들면서 방울소리를 냈다. 재우는 의자바퀴를 굴려 냉큼 컴퓨터 앞에 다가앉았다.

문태가 보낸 메일이었다. 클릭과 동시에 강아지의 입에 물려 있던 편지가 열렸다. 내용은 간단했다. '호텔은 사이공에서 가장 좋은 곳으로 예약해주면 되고, 하노이에서 씸포지엄이 열리는 2박3일간 통역을 맡아줄 사람 한명을 구해주기 바란다. 서울에서 문태.' 재우는 메일을 읽으면서 미간을 찡그렸다. 문태가 처음 호텔예약을 부탁해온 것은 번역작업을 시작하기 전이었으니까, 한 열흘 전쯤이었다. 동료들과 함께 하노이를 거쳐 사이공에 오겠다며 호텔을 예약해달라고 했을 때 재우는 흔쾌히 그렇게 해주겠다고 대답했다. 아는 사람들이 한국에서 오면 숙소로 잡아주고 하던 찬슬리사이공호텔의 예약을 후배에게 부탁했다.

재우가 호텔급수를 물어보지 않은 것이 실수임을 깨달은 것은 어제 문태로부터 다시 전화를 받은 다음이었다. 문태가 골프장 예약을 부탁하자 재우는 비로소 녀석이 변호사라는 사실을 떠올렸다. 어떤 급수의 호텔을 원하는지를 확인하기 위해 메일을 띄웠다. 어느정도 예상한 바지만 문태의 회신은 유쾌하지 않았다. 재우는 휴대폰을 집어들었다. 여행사에서 일하는 후배에게 찬슬리호텔을 취소하고 사이공에서 가장 비싼 소피텔호텔 딜럭스룸으로 바꾸어달라고 하면서 재우는 얼굴이 달아올랐다. 소피텔호텔 예약을 직접 해버릴까도 싶었지만 그럴 수는 없었다. 직접 소피텔호텔의 딜럭스룸을 얻으려면 방 하나에 140불이지만 여행사를 통하면 90불이었다. 여행사의 후배가 넣어준 가격은 그것보다도 25불 적은 65불이었다. 재우의 손님들에게는 여행사 수수료를 한푼도 붙이지 않는 후배는 재우가 미안해할까봐 언제나 먼저 너스레를 떨었다. "형 아는 사람들은 다 돈 없잖아. 우린 돈 많은 사람들한테서 벌면 돼요."

다행히 오늘은 후배가 그런 말을 하지 않았지만 기분이 헝클어졌다. 처진 기분으로 하노이의 후배들에게 전화를 해서 통역을 맡아줄 수 있는지를 물었다. 만만한 순서대로 걸었는데 세 사람째 불가였다. 모두 선약과 논문 따위를 이유로 들었지만, 혹시 너무 적은 통역료 때문일지 모른다는 생각이 머릿속에서 떠나지 않았다. 재우가 소개하는 사람들의 통역은 언제나 반값 이하였고, 심지어는 무료인 경우도 있다는 것을 그들은 잘 알았다. 거절당하기 전에 이번에는 조금 괜찮게 받을 수 있다는 말을 미리 하려다가 말았다.

네번째까지 실패한 다음 어쩔 수 없이 마지막 보루로 남겨진 상환이를 찾았다.

"야, 통역 한번 뛰어주라."

유학 초기에 재우에게 진 신세 때문에 그가 부탁하면 거절하지 못할 녀석이었다.

"언젠데요?"

"내일 하노이에 떨어질 거야."

"빨리도 얘기하네. 며칠간인데요?"

"사흘."

"리포트가 밀려서 그런데, 이틀만 하면 안돼요?"

녀석이 다니는 하노이대학 역사학과는 과제물이 많기로 유명했다.

"그러길래 인마, 누가 하노이로 가래."

녀석은 어학공부를 사이공에서 하고 대학원은 하노이대학으로 갔다.

"알았어요. 삼수갑산을 가더라도 하죠. 그런데 이번에도 무료예요?"

"아냐, 인마."

"얼마 주는데?"

짐짓 뻔뻔스러움을 가장하며 녀석이 물어왔고, 재우 역시 퉁명스럽게 되물었다.

"얼마 주면 되는데?"

"형이 언제 우리한테 물어보고 줬어요. 주는 대로 받아야죠."

"니들 정식으로 통역 나가면 얼마씩 받아?"

"그냥 나가면 학술통역이니까 하루에 이백오십불씩, 못 받아도 이백불은 받죠."

"그러냐…… 그렇게 받아라."

"정말이야, 형? 나중에 뭐라고 그러는 거 아냐?"

"이번에는 돈있는 사람들이니까, 다 받아. 나중에 어려운 사람들 오면 또 좀 봉사하고."

"오래 살고 볼 일이네. 형이 아는 사람들 중에 부자도 다 있고."

"짜식이……"

전화기를 내려놓은 재우의 손이 무의식적으로 커피잔을 향했다. 얼음덩어리가 녹아서 묽어진 커피의 맛은 밍밍하고 미지근했다. 열흘 전, 일년여 만에 문태에게서 전화가 왔을 때는 정말 반가웠다. 지난해 서울에서 얼굴을 붉히며 헤어지고 나서 가끔 녀석의 얼굴이 떠올랐지만 연락을 하지는 않았다. 커피잔을 입에 문 채 문태가 소집했던 동문회의 풍경을 떠올렸다.

10년 만에 찾은 학교 앞은 많이 변해 있었다. 당구장은 PC방으로 바뀌어 있었고, 서점이 있던 자리에는 웨스턴바가 들어서 있었다. 민주동문회가 열린 횟집은 그 자리가 한때 감자탕을 팔던 집이었다는 것을 상상할 수 없을 만큼 깔끔했다. 사시미가 상마다 오르고 소주잔과 맥주잔들이 뒤섞여 돌아가며 익숙한 추억과 무용담이 오갈 때까지만 해도 분위기는 나쁘지 않았다. 달아오른 얼굴들만큼이나 시끌벅적하던 술자리의 열기가 가라앉은 것은 보상금 문제로 화제가 옮겨가면서부터였다.

'민주화운동 관련자 명예회복과 보상에 관한 법률'에 대한 설명을 맡은 것은 물론 문태였다. 녀석은 법률해석에 이어서 민주동문회의 회원들이 선고받은 총형량이 217년이고, 실 집행기간이 173년이며 제적 281명, 해고 43명이라고 보고하고 지급받을 수 있는 예상 보상금액을 여러가지 설에 따라 산출해서 제시한 다음 그 돈을 어떻게 사용했으면 좋을지를 토론에 부쳤다.

진보정당이나 민주화운동기념사업 기금으로 헌납하자는 의견에서

부터 각자가 알아서 하자는 주장까지 사람 숫자만큼이나 분분한 의견이 나온 끝에 제출된 절충안이 40%는 민주화운동기념사업에 사용하고 10%는 민주동문회 기금으로 적립하며 50%는 각자의 재량에 따라 사용하자는 것이었다. 거의 합의에 이른 듯한 절충안에 대해 문태가 재우에게 의견을 물은 것이 문제의 발단이었다. 매끄럽게 회의를 이끌어서 절충안을 도출하는 데 거의 성공한 문태는 그때까지 한마디도 하지 않던 재우를 일으켜세웠다. 할말이 없다고 한사코 사양하는 재우를 일으켜세운 문태의 의도를 재우라고 모르지 않았다. 문태가 주재한 모임에서 재우가 결론을 내려준다면 모임에 참석하지 않은 동문들도 이의를 달기 어려운 깔끔한 모양새가 될 수 있었다.

재우는 문태와 동기로 학생회가 부활되던 해에 같이 3학년에 재학 중이었다. 지하써클을 중심으로 한 활동에서 학생회를 통한 공개활동으로 방향을 전환할 무렵, 재우는 지하써클의 중심적 인물이었다. 총학생회 부활투쟁에 승리하면서 지하조직들 사이에서 직선제 학생회장 후보로 재우가 자연스럽게 떠올랐다. 하지만 재우는 완강하게 출마를 거부하였다. 재우 다음으로 거명된 후보 창은은 성적이 문제가 되었다. 학교측은 3.0 이상의 학점을 요구하였고, 창은은 물론이고 학교수업을 우습게 알았던 지하써클의 핵심들 중에서 그만한 학점을 얻은 녀석이 있을 리 없었다. 창은의 후보자격이 쟁점으로 부상하고 있던 와중에 재우가 꺼낸 카드가 문태였다.

문태는 공개 종교써클의 대표였다. 지하써클의 대표자들은 문태를 학생회장 후보로 내세우자는 재우의 카드에 강력하게 반발했다. 문태의 써클이 정부에 비판적이기는 하지만 지하써클들의 신뢰를 얻을 정도는 아니었다. 지하써클에서는 생소한 문태가 학생회장 후보로 결정된 것에는 재우의 입김이 절대적이었다. '우리가 직접 출마할 경우 방향을 확고하게 장악할 수는 있겠지만 아직 취약한 지하써클의 역량을 고스란히 노출시킬 수밖에 없다. 정권의 정책이 다시 강경탄압으로 바뀌면 치명적인 타격을 입는다. 문태를 내세우면 공개써클들을 선거운동뿐만 아니라 합법공간의 전면에 포진시킬 수 있고 운동세력과 일반학생들을 분리시키려는 정권의 의도를 역으로 활용하는 것이 가능하다. 우리는 뒤에서 일하면 된다. 감투와 명예는 내주고 내용과 전망을 지켜가자'는 재우의 논리는 먹혀들었다. 문태가 당선이 되고 나서도 지하써클의 영향력은 확고했고, 그 정점에 재우가 있었다.

"글쎄, 나는 잘 모르겠네요."

문태에 의해서 반강제로 자리에서 일어선 재우의 첫마디는 어눌한데다가 떠듬거리기까지 했다. 하지만 그는 어떻게 해야 할지 결코 모르지 않았다. 그 순간 그가 몰랐던 것은 어떻게 말해야 하는지였다. 하지만 그의 입안에서 맴돌던 말이 기어코 튀어나오고 말았다.

"우리가 언제 명예를 잃은 적이 있었나요? 지금까지 한번도 내게 회복해야 할 명예가 있다고 생각해보지 못해서…… 난 잘 모르겠네요. 보상은 더욱 잘 모르겠네요. 누가 누구의 명예를 회복시켜주고 누가 누구로부터 보상을 받죠?"

그는 말끝을 흐리며 자리에 앉았지만 술자리는 찬물을 끼얹은 것처럼 가라앉았다.

"여전히 잘났어요."

불편한 침묵을 깨고 왼쪽 구석자리에서 날아온 그 한마디가 재우의 귀에 와 박혔다. 재우는 그 말이 날아온 방향으로 눈길을 주지 않았다. 목소리의 임자를 확인하고 싶지 않았다. 대신 처음부터 별말 없이 오른쪽 구석자리에 앉아 있던 창은에게 눈길이 갔다. 앞에 놓인 소주잔에 시선을 두고 있는 그의 얼굴은 여전히 무표정했다. 고개를 들던 그의 눈길이 재우의 시선과 엉겼지만 그는 슬쩍 시선을 비키며 술잔을 집어들었다. 술잔을 입술로 옮겨가는 창은의 왼손과 그 손을 덮은 허름한 셔츠가 재우의 눈에 와 박혔다.

여전히 잘났어요, 하는 그 비아냥거림이 아니라 한마디도 하지 않은 창은의 왼손에 들린 술잔이 재우에게 상처가 되었다. 충분히 외로워서 이땅을 떠났고, 완벽하게 외톨이가 되어서 잠시 돌아왔다고 생각한 그 앞에 창은이 있었다.

생각에 빠져 있는 재우를 일깨운 것은 희은의 목소리였다.

"뭐 안 좋은 소식 있어요?"

"아냐, 아냐."

그는 대답과 함께 무의식적으로 커피잔을 들고 있던 손을 흔들었다. 책상과 바닥에 커피가 흘렀다. 원고지도 젖었다.

"정말 무슨 일 있나봐요?"

"아니라니깐."

휴지로 원고지에 떨어진 물기부터 찍어냈다. 서너 겹의 휴지로 원고지를 누르자 커피 자국이 가장자리로부터 휴지 전체로 빠르게 번져갔다. 재우는 바닥에 떨어진 커피를 내버려둔 채 레지투이를 불렀다.

"이게 번지다, 예요."

세 겹으로 접은 휴지 가장자리에 재우가 남은 커피 한방울을 떨어뜨렸다. 흑갈색의 물기는 빠르게 휴지 전체로 번져나갔다. 레지투이는 고개를 크게 끄덕였다.

"노 누 ㄲ이?"

"오케이."

새벽부터 폭우가 쏟아졌다.

일곱시에 맞춰진 탁상시계가 요란하게 울렸다. 창밖에는 여전히 천
둥번개와 함께 비가 쏟아지고 있었다. 재우는 탁상시계의 꼭지를 누
르고 다시 방바닥에 누웠다. 탁상시계의 울음소리 대신 창밖에 잇대
어 있는 옆집 양철지붕이 격렬하게 빗소리를 연주했다.

"일어나지 않아도 돼요?"

침대 위에서 희은이 잠에 취한 목소리로 물었다.

"더 자. 이 정도 비면 베트남에선 모든 약속이 자동 취소야."

"우아, 만세다."

어제 일을 끝낸 다음 맥주를 마시고 새벽 두시가 넘어서 건넌방으
로 갔던 그녀는 더워서 잠을 잘 수 없다며 새벽녘에 베개를 들고 돌아
왔다. 그는 침대를 그녀에게 내주고 바닥으로 밀려났다. 그의 침대를
빼앗은 그녀는 새근새근 잘도 잤지만 그는 오래도록 잠들 수 없었다.
그의 잠을 가로막은 것은 옆집 양철지붕을 두드리는 세찬 빗소리가
아니라 지나간 시간의 기억이었고, 여리고 얕은 그녀의 숨소리였다.

"아저씨, 커튼 좀 쳐줘요."

하늘이 어두웠지만 창밖에는 아침이 당도해 있었다. 커튼을 치기
위해 일어서며 그는 아랫도리의 묵직함을 느꼈다.

"야, 이희은, 너 말이야, 내일부터 이 방에 자러 오지 마."

"왜요?"

"책임 못 지는 수가 있다."

"고자라면서요."

"짜식이…… 잠이나 자, 인마."

얼마나 뒤척였을까, 다시 잠들려는데 초인종 소리가 들렸다. 이 시간에 초인종을 누를 사람이 없었다. 고개를 뽑아서 탁상시계를 쳐다보았다. 일곱시 삼십분, 평소 같으면 레지투이가 와야 할 시간이었지만 이 폭우 속에 그가 올 리는 없었다. 가끔 장난으로 초인종을 누르고 꽁무니를 내빼는 동네 꼬맹이겠거니 하고 돌아누우려는데 다시 초인종이 울렸다.

좁은 마당에는 들통으로 물을 붓는 것같이 장대비가 쏟아지고 있었다. 현관에서 대문까지 건너뛰는 대여섯 걸음에 재우의 옷은 젖어버렸다. 빗장을 풀고 문을 열던 재우는 대문 앞에 서 있는 사람을 보고 순간적으로 몸이 굳었다. 레지투이였다. 폭우를 뚫고 달려온 그가 오토바이를 잡고 서 있었다. 배수로로 변한 골목길에 선 오토바이의 바퀴는 깊숙이 물에 잠겨 있었고, 그의 발목은 물길에 잠겨 보이지 않았다. 얼굴을 적신 빗줄기가 목을 타고 연신 가슴으로 파고들었지만 그의 표정은 너무나 태연했다. 그 순간 레지투이를 감싸고 있는 분위기는 전율적이었다. 그의 얼굴에는 범접할 수 없는 담담함이 깔려 있었고 눈빛에서는 비애를 넘어선 짙은 슬픔이 뿜어져나왔다. 슬픔과 달관이 빗물에 뒤엉켜 흘러내리며 빚어내는 얼굴의 평화로움은 적멸감을 불러일으켰다.

"씬 짜오."

그가 입가에 옅은 웃음을 베어물고 그렇게 말한 다음에야 재우는 잡고 있던 대문을 열어젖혔다. 마당에 오토바이를 세우고 나서 현관으로 들어서려다 말고 돌아서서 쏟아지는 빗줄기를 응시하는 그의 눈빛에 어린 것은 분명 적멸감이었다. 재우는 의식적으로 무시해왔던 그에 대한 강렬한 호기심이 자신의 내부에서 걷잡을 수 없이 솟구치고 있음을 어렴풋이 느꼈다. 그러나 그뿐이었다. 어제와 다르지 않은 오늘이 시작되었다.

"힘들지?"

뒤늦게 세수를 하고 자리에 앉은 그의 목과 어깨를 레지투이는 능숙하게 눌렀다. 재우는 마싸지를 많이 받아봤지만 레지투이만큼 금방 어깨를 풀어주는 안마사를 만나본 적이 없었다. 나른하고 시원한 그의 손끝에 어깨를 맡기고 있는 사이 희은이 들어왔다. 물기가 남은 머리를 수건으로 묶은 희은은 정해진 순서처럼 레지투이에게 등을 맡겼다.

"아, 시원하다."

손에 커피잔을 든 채 희은은 어깨를 움찔거리며 같은 말을 되풀이했다.

오늘의 비는 지나가는 스콜이 아니었다. 본격적인 우기를 예고하듯이 비는 간간이 가늘어지기도 했지만 점심시간이 되도록 줄기차게 이어졌다.

번역작업은 지금까지와 다름없이 진행되었다. 자주 창밖을 내다보는 레지투이의 무심한 눈길을 재우는 눈치채지 못했다. 탁상시계가 정오를 가리키고 있었지만 계속해서 마셔댄 커피 탓인지 그다지 허기가 느껴지지는 않았다.

"배고프지 않아?"

역시 아침을 건너뛴 희은에게 물었지만 그녀도 고개를 저었다.

"담배를 그렇게 피워대니 무슨 입맛이 나겠냐?"

"아저씨는, 나보다 두 배는 독한 담배를 연짱 피워대는 사람도 있구만……"

희은은 말끝을 흐리며 베트남 담배 555를 깊숙이 빨아들이고 있는 레지투이를 흘낏 쳐다보았다. 그는 아무리 권해도 희은이 피우는 디스나 던힐은 싱겁다고 마다했다. 다른 날보다 빨리 재떨이에 쌓여가는 꽁초들을 보며 희은이 그에게서 평소와 다른 느낌을 받았는지 재우에게 슬그머니 물었다.

"이 아저씨, 오늘 약간 이상하지 않아?"

"글쎄……"

"센치하게, 비 타나……"

희은은 레지투이의 옆모습을 훔쳐보며 고개를 갸웃거렸고 재우는 가정부를 불러서 라면을 끓이라고 시켰다. 식탁 옆에 놓인 전화벨이 울린 것은 그들이 점심을 먹기 위해 막 둘러앉았을 때였다.

"아로?"

가장 가까이 앉은 희은이 수화기를 집어들며 제법 베트남말을 흉내냈다.

"뭐야, 한국사람이잖아. 베트남어로 대답 좀 해주려고 했더니."

희은이 넘겨준 전화의 주인은 문태였다.

"그래, 벌써 도착했냐. 어디야? 호텔인가. 그래, 뭐가 문젠데?"

"여기 통역 도대체 어떻게 된 거야?"

재우의 말허리를 자른 문태의 질문은 묻는 것이 아니라 따지는 것이었다.

"왜, 통역이 안 나왔어?"

"오기야 왔지."

"근데?"

"통역료를 굉장하게 요구하네."

문태는 불쾌감을 감추지 않았고, 그의 감정은 바로 재우에게 전달됐다.

"얼마나 달라는데?"

"이백오십불."

"그런데?"

"야, 여기 공무원 한달 봉급이 얼만데 이백오십불이야?"

"………"

"의사 월급이 칠십불이고, 판사 월급이 육십오불인 나라에서 하루 통역료로 이백오십불을 달라는 게 말이 돼?"

재우는 수화기를 귀에 대고 가만히 듣고만 있었다. 희은이 라면가닥을 입에 문 채, 얕게 한숨을 뱉어내며 아랫입술을 깨무는 재우를 빤히 쳐다보았다. 수화기에서 흘러나오는 문태의 목소리는 희은이 알아들을 만큼 컸다. 재우는 희은과 레지투이에게 식사를 계속하라는 손짓을 하며 수화기를 들고 자리에서 일어섰고, 문태의 목소리는 계속됐다.

"우리가 봉이냐?"

"………"

"여보세요, 여보세요. 야, 강재우, 듣고 있냐?"

"말해."

"우리한테까지 이래도 되는 거냐. 너무하는 거 아냐?"

"아냐."

"하루 이백오십불 줘야 한다, 이거야?"

"응."

다음 순간 수화기 저편의 목소리가 문태에서 낯선 사내의 것으로 갑자기 바뀌었다.

"당신들 사람 아주 잘못 봤어."

목소리의 주인은 자신이 누구인지도 밝히지 않았다.

"우리가 외국에 한두 번 다녀본 줄 알아. 내가 학위를 미국에서 했어. 미국에서도 말이야, 하루 통역비 오십불이면 떡을 쳐. 그런데 베트남에서 이백오십불을 내놓으라고. 이봐, 자네들 말이야, 우릴 바지저고리 취급하지 말라구."

당신, 이봐, 자네. 무시와 모욕의 의도를 드러낼 수 있는 대명사는 모두 동원되었다. 재우는 입술을 깨물며 목구멍으로 기어나오려는 욕설을 간신히 참았다.

"통역 없어도 괜찮아. 영어로 하면 돼. 영국, 미국에서 유학한 멤버들 즐비해."

"누구신지 모르지만, 그러면 그렇게 하시죠."

"그렇게 하라면 못할 줄 아나. 자네들 말이야, 인생 이렇게 살면 안 돼."

아무리 참으려고 해도 더는 참기가 곤란했다.

"여보세요!"

하지만 재우는 더이상 말을 할 수 없었다. 상대는 대답 대신 거칠게 전화를 끊어버렸다. 재우는 온몸에서 맥이 쭉 빠졌다. 수화기를 내려놓고 어이없어하는 표정으로 서 있는 재우를 희은뿐만 아니라 레지투이까지 의아하게 쳐다보았다. 입맛이 달아난 재우는 두어 젓가락 건드리다 말고 이미 붇기 시작한 라면을 물렸다. 희은과 레지투이도 덩달아 생각이 없다며 젓가락을 내려놓았다. 아무 일도 아니라고 해도 다시 젓가락을 집지 않는 그들에게 재우는 어쩔 수 없이 전후 사정을 설명해야 했다. 이야기를 끝내고 나서도 개운하기는커녕 입안이 더 씁쓸해진 재우를 향해 레지투이는 싱긋 눈웃음을 날렸다. 희은이 기회를 놓치지 않고 바람을 잡았다.

"우리 맥주 한 캔씩 어때요? 비도 내리고, 기분도 그렇고 한데."

재우는 레지투이를 바라보았다. 하루 일이 끝난 밤에도 같이 한잔하자고 하면, 내일 일하려면 오늘 일찍 쉬어야 한다며 한사코 뿌리치고 떠나는 레지투이였다. 그에게 낮술은 어림없는 일이었다. 그런데, 가로저을 줄 알았던 그의 고개가 끄덕이고 있었다. 희은은 그의 맘이 변할세라 냉큼 냉장고로 달려갔다.

캔맥주를 음미하듯 천천히 마시는 그에게 재우는 웬일이냐고 물었다. 현관 밖으로 내리고 있는 빗줄기를 바라보던 그는 아주 짧게 대답을 했다.

"비가 오니까."

현관 밖의 빗줄기로 다시 옮겨가는 그의 시선에서 재우는 아침에 보았던 적멸감 같은 것을 다시 엿볼 수 있었다. 현관을 향해 비스듬하게 돌아앉은 그의 등에서는 어쩐지 대화를 거부하는 느낌이 강하게 풍겼다. 그의 등을 바라보며 재우와 희은이 거의 동시에 고개를 갸웃거리는 사이에 상환에게서 전화가 왔다.

"형, 도대체 이 사람들하고 형하고 어떤 관계야. 내가 언제 통역하겠다고 했어? 형이 하라니까 어쩔 수 없이 한 거지."

"미안하다."

"나 그냥 가버려도 괜찮아?"

"너한테 뭐래?"

"통역료를 깎자고 하네, 백오십불로. 형만 괜찮으면 나 이대로 가버리려고."

"니가 알아서 판단해."

녀석과 전화를 하는 사이 재우의 손에 들렸던 캔은 비어버렸다. 레지투이의 캔도 빈 것을 확인한 희은이 한 캔씩만 더 하자고 했지만 레지투이는 고개를 흔들며 일어섰다. 계단을 올라가는 그의 고집스런 등을 향해 희은이 "온리 원 캔 모어"를 외쳤지만 소용이 없었다.

"일 다 끝내놓고, 실컷."

레지투이의 대답은 예의 그 한마디였다.

오후의 작업속도는 빨랐다. 재우가 두드려놓은 대부분의 문장이 그대로 통과되었고, 좀 걸린다 싶은 문장들도 '툭' 하면 '호박' 하고 받는 식으로 설명을 마치기 전에 이미 레지투이는 마땅한 표현을 찾아냈다.

오후 작업의 지뢰는 문장이 아니라 상황 자체였다. 베트남민족해방전선의 일상을 그린 장면이 실제와 맞지 않는다는 것이 레지투이의 지적이었다. 그가 문제삼은 장면은 항상 허기를 느끼고, 남들보다 식탐이 강한 베트남민족해방전선의 전사인 '밥벌레'가 자기 몫 이상을 먹으려는 상황을 둘러싼 것이었다. 다같이 배가 고픈데 자기만 더 먹으려고 하는 '밥벌레'를 '짠돌이'라는 전사는 "야, 숟가락 속도 조절 좀 해"라고 나무랐다.

남들이 한 숟갈 먹을 때 두 숟갈 퍼먹는 밥벌레라는 인물의 성격을 드러내는 이 장면에 대해 레지투이가 사실에 부합하지 않는다고 한 이유는 두 가지였다. 첫째는 게릴라들은 숟가락을 사용하지 않고 젓

가락만 사용한다는 것이고, 둘째는 밥을 한그릇에 퍼놓고 같이 떠먹
는 것이 아니라 각자가 항상 소지하고 다니는 식기에 덜어서 먹기 때
문에 젓가락질을 아무리 빨리 해도 남들보다 결코 더 먹을 수가 없다
는 것이었다. 이것은 표현이 아니라 상황 자체를 다르게 그려야 하는
문제였고, 번역자인 재우는 물론 그것을 검토하는 희은이나 레지투이
도 함부로 건드릴 수 없는 부분이었다. 씨나리오를 쓴 감독이 판단할
사항이었다.

서울로 전화를 걸어서 감독의 의견을 묻고 난 희은은 연신 고개를
갸웃거렸다.

"어떻게 하래?"

재우가 묻는데도 희은은 계속 고개를 갸웃거렸다.

"이상하네. 이 아저씨가 하자는 대로 하래."

"그게 뭐가 이상해?"

"자기 씨나리오를 제작자가 건드리는 것도 못 참는 사람이 뭘 잘못
먹었나. 이 아저씨가 누구야?"

희은은 처음부터 씨나리오 작업에 참여한 조감독으로서 감독의 의
중뿐만 아니라 그의 스타일까지 가장 잘 알고 있다고 자부하는 녀석
이었다.

"니가 알듯이 여기 해방영화사 감독이잖아."

"아냐. 우리 두목은, 감독이 아니라 감독 할아버지라고 해도 다른
사람에게 자기 씨나리오 마음대로 하라고 할 사람이 아니거든."

"더위먹었나보지."

"한국은 지금 겨울이에요."

실제 상황에 맞게 고치는 것은 어렵지 않았다. 문제는 비극적 이야

기를 희극적으로 표현해내고, 인물들이 감칠맛나는 대사를 칠 수 있도록 만들어야 한다는 데 있었다. 원래의 씨나리오는 식탐을 부리는 '밥벌레'와 그것을 나무라는 '짠돌이'의 행동을 보면서 관객들이 킥킥 웃지 않을 수 없게 짜여 있었다. '너 밥 좀 적게 먹어'라거나 '네 몫만큼만 먹어'라는 대사와 '숟가락 속도 조절 좀 해'라는 대사는 결코 같은 것일 수 없었다. 희은은 하루하루 배고픔을 견디며 싸워야 하는 게릴라들의 고통스러운 일상을 비극적 방식이 아닌 희극적 방식으로 표현하려고 하는 감독의 의도를 설명했고, 레지투이는 아주 상세하게 게릴라들의 식사방식을 설명했다.

레지투이에 의하면 게릴라들은 몇개의 솥에 나누어 밥을 하는데 보통의 경우는 각자가 지니고 다니는 작은 식기에 한번씩 덜어 먹고, 식량사정이 조금 넉넉할 때는 두 번씩 차례가 돌아왔다. '밥벌레'처럼 식탐을 부리는 친구들이 사용하는 가장 흔한 수법은 이쪽 솥에서 한그릇 퍼서 잽싸게 먹어치우고 다른 솥으로 가서 시치미를 떼며 한그릇 더 퍼먹는 것이었다. 다른 수법은 같은 한그릇을 퍼담더라도 꾹꾹 눌러담아서 실제 양을 두 배로 만드는 것이었다.

희은과 레지투이는 두 가지 수법 중에서 어느 것이 더 희극적으로 표현될 수 있는지를 놓고 따지고 또 따졌다. 하지만 재우의 관심을 끌어당기는 것은 게릴라들의 일상을 설명하는 레지투이의 언어와 표정, 눈빛이었다. 조금의 더듬거림도 없이 게릴라들의 생활상을 설명하는 그의 언어는 구체적이고도 생생했다. 실제 그 생활을 하지 않았더라면 해낼 수 있는 설명이 아니었다.

"식탐이 있는 전사들일수록 밥을 빨리 먹지 않아. 아까워서 천천히 음미하면서 꼭꼭 씹어먹어."

레지투이의 어투는 최소한 그런 인물의 곁에 있어본 사람의 것이 분명했다. 그것은 어투뿐만 아니라 변화하는 눈빛에서도 읽혔다. 그의 눈동자가 순간순간 아득하게 흐려지는 것을 재우는 놓치지 않았다. 그런데도 재우는 레지투이가 해방전선의 게릴라 출신이라고 확신할 수가 없었다. 베트남에서 살아온 9년 동안 만났던 과거 해방전선의 전사들은 한결같은 특징이 있었다. 전쟁 얘기가 나오면 목소리가 올라갔고, 격정적인 무용담 한두 가지가 빠지지 않았다. 그들과 달리 레지투이는 목소리가 올라가지 않았고 자신의 무용담이 없었다. 어쩌면 영화감독이라는 그의 직업이 직접 체험하지 않은 전쟁에 대한 풍부한 세부를 확보하게 만들었을지도 모른다는 생각이 들었다.

희은과 레지투이는 밥벌레의 수법을 밥을 꾹꾹 눌러서 퍼담는 쪽으로 정했다. 밥솥을 옮겨다니는 것으로 하면 두 컷 정도가 더 늘어나야 하기 때문이었다. 희은에 따르면 현재의 씨나리오로도 적정 러닝타임보다 삼십분 초과였다. 지금보다 한 컷이라도 더 늘어나야 하는 경우라면 천하의 명장면도 불가였다. 선택의 여지없이 상황설정은 이루어졌지만 대사가 더 문제였다. 밥을 꾹꾹 눌러담는 '밥벌레'를 향해 '짠돌이'가 던지는 맛깔난 대사를 뽑기가 쉬울 리 없었다. 번역할 원문이 없었으므로 재우는 팔짱을 끼고 앉아 머리를 짜내고 있는 둘을 지켜보았다. 희은은 한국어로, 레지투이는 베트남어로 이런저런 대사들을 입에 올려보았지만 재우가 베트남어로 옮겨보기도 전에 스스로 아니라며 모두 취소해버렸다. 한참의 투망질 끝에 먼저 건져올려진 활자는 한글이었다.

'적당히 좀 눌러라.'

희은은 자신의 노트북을 열어 그렇게 두드려넣고는 통과를 외쳤다.

하지만 재우가 베트남어로 옮겨놓은 모니터를 들여다보던 레지투이는 고개를 저었다.

번역 초기에는 주로 희은이 제동을 걸었는데 이제는 상황이 반대였다. 번역될 수 있는 몇가지 표현을 나열해놓고 희은의 선택에 맡긴 다음, 희은이 선택을 하면 다음으로 넘어가던 것이 레지투이의 초기 모습이었다. 사뭇 사무적이고 수동적이던 레지투이가 태도를 바꾸기 시작한 것은 일주일쯤 지난 다음이었다. 지쳐가던 희은이 대충 비슷하면 넘어가기 시작할 무렵이었다. 어느 때인가부터 희은이 '통과'를 외쳐도 레지투이는 멈춰서 있었다. 그는 자기 성에 차는 표현을 찾아낼 때까지 진도를 나가지 않는 것은 물론이고 이미 한참 전에 지나온 문장으로 되돌아가기까지 했다.

레지투이의 태도가 시간이 지나면서 바뀌어가는 이유를 재우는 쉽게 종잡을 수 없었다. 누구나 처음에는 집요하고 의욕적으로 달려들지만 시간이 지나면 대충대충 넘어간다는 걸 일찌감치 터득하고 초반전에는 의도적으로 마찰을 피한 것이 아닐까. 하지만 그렇게 약삭빠른 처세술을 지닌 사람으로 보기엔 그의 눈이 너무 깊었다.

어쨌든 분명한 사실은 레지투이가 다시 한번 만진 문장이 애초의 문장보다 훨씬 좋아진다는 것이었다. 어떤 문장은 한국어로 된 원문보다 베트남어로 번역된 것이 훨씬 매력적이었다.

"이 씬까지 해놓고 저녁 먹죠."

희은은 망설이고 있는 레지투이를 곁눈질하며 다음 씬을 '이 씬'으로 기정사실화하며 레지투이가 붙들고 있는 씬을 지나간 씬으로 못을 박으려고 했다. 그렇지만 골똘히 생각에 잠긴 레지투이는 미동도 하지 않았다.

"헬프한테 저녁 준비시킬까?"

아침을 거르고 점심마저 제대로 먹지 않은 재우도 배가 고파오기 시작하던 참이었다.

"종일 굶었는데 저녁은 제대로 좀 먹어보죠. 된장냄새 팍팍 나는 거 뭐 없어요?"

희은이 입맛을 다셔가며 되물었고 재우는 시내의 한국식당으로 전화를 걸어서 보쌈백반 배달을 부탁했다.

"배달 오기 전에 두 씬을 더 할 수 있겠죠?"

희은은 노골적으로 레지투이를 재촉했다. 이제 그녀의 유일한 관심사는 정해진 보름 안에 번역을 마치는 것처럼 보였다.

"적당히 좀 눌러라, 이게 어때서 그래요? 아니면, 너 혼자 밥 다 먹을래, 하든지."

"느낌이 이게 아냐."

레지투이는, 희은의 말을 빌리자면, 질기게 뭉갰다. 희은이 몇번을 침대에 엎어졌다 일어났다 하고, 재우가 커피를 두 잔이나 비운 다음에야 레지투이는 최종 표현을 찾아냈다.

"밥그릇 밑 빠질라."

그가 부르는 대로 두드린 다음, 모니터 위에 뜬 베트남어에 성조를 넣어서 읽던 재우는 탄성을 지르지 않을 수 없었다. 베트남어의 신비는 성조였다. 6성의 언어구조는 성조에 따라 노래만큼이나 변화무쌍한 느낌을 만들어냈다. 그가 찾아낸 대사의 성조는 한국어로는 도저히 표현할 수 없는 매혹적인 어감을 부여했다. 단어들 위에 얹힌 성조는 짠돌이의 대사를 뫼비우스의 띠처럼 슬픔과 익살이 일렬선상에서 뒤집어지며 이어지도록 만들어놓았다. 그 상황을 드러낼 수 있는 더

이상의 언어는 지구상 어디에도 없을 것 같았다. 베트남어를 처음 배울 때 수시로 재우를 절망에 빠뜨리던 까다로운 성조가 만들어내는 최고의 마법을 레지투이는 요술주머니에서 꺼내놓았다.

저녁은 시킨 지 한시간 반이 지나도록 오지 않았다. 두 차례나 확인 전화를 했지만 이미 출발했다는 똑같은 대답이 되돌아왔다.
"정말 출발하긴 한 거예요?"
"한참 전에 했지요. 비 때문에 좀 늦는 모양인데, 곧 도착할 겁니다."
배달원이 도착한 것은 그로부터도 삼십분은 더 지난 다음이었다. 플라스틱 바구니를 들고 들어오는 청년을 향해 재우가 한마디 쏘아붙였다.
"설날까지 기다려야 되는 줄 알았더니."
"오는 도중의 도로들이 물에 잠겨서……"
청년의 변명을 뒷받침하듯 바구니를 든 그의 옷소매에서 빗물이 주르륵 떨어졌다. 그러고 보니 우의도 입고 있지 않았다. 청년은 손바닥으로 얼굴을 타고 흐르는 물기를 훔치고 나서 서둘러 바구니 속의 음식들을 식탁 위에 꺼내놓았다. 재우는 청년의 바짓자락에서 흘러내린 물기가 거실 바닥을 흥건하게 적시는 것을 지켜보았다.
"얘들은 어떻게 된 게 미안하단 말을 할 줄 모르더라. 이렇게 늦어놓고서도 비 핑계나 대고."
희은이 식탁 위에 올려진 보쌈접시와 청년을 번갈아보며 쫑알거렸다. 희은의 말을 알아들을 리 없는 청년은 마지막 양념장 접시를 꺼내놓은 다음 바지에 젖은 손을 문질렀다.

"그 손으로 접시를 만지면 어떻게 해!"

희은이 기겁을 하며 소리를 질렀다. 보쌈접시를 씌운 랩을 벗기려던 청년은 멈칫하며 손을 거둬들었다. 시커먼 기름때가 묻은 청년의 손이 재우의 눈을 파고들었다.

"정말, 미치겠어. 음식 배달하러 온 사람이야, 쓰레기 수거하러 온 사람이야?"

신경질적으로 랩에 묻은 기름 자국을 닦아내는 희은의 하얀 손이 청년의 시커먼 손과 선명한 대조를 이루었다. 재우의 시선은 희은의 긴 손가락에서 허리 뒤로 감춘 청년의 손으로 되돌아갔다. 기름과 물기가 뒤섞여 번들거리는 청년의 손 위로 오래 잊고 있었던 손 하나가 불현듯 떠올랐다.

벌써 9년의 시간이 흘렀다. 재우가 창은을 만난 것은 무작정 한국을 떠나기 이틀 전이었다. 부평역 근처의 경양식집에서 만난 녀석은 그날도 왼손을 습관처럼 감추곤 했다. 초겨울의 노을은 2층 창가의 테이블 위로 짙게 드리웠고, 침묵은 오래 이어졌다. 녀석이 때문은 왼손을 감추고 있는 동안 재우는 마음을 감춰야 했다. 돈까스가 그들 앞에 놓였고, 창은은 감추었던 왼손을 꺼내놓아야만 했다. 손톱에 낀 까만 기름때가 그날따라 유난히 재우의 눈을 시리게 만들었다.

"남의 손은 왜 그렇게 보나?"

무임금에 가까운 노조단체의 상근자로 있는 녀석은 새벽마다 아파트 단지의 세차 아르바이트를 하고 있었다.

"왼손을 하도 잘 써서."

"확실한 좌익이지."

녀석은 그렇게 말하면서 손에서 슬그머니 나이프를 내려놓았다. 탁자 아래로 왼손을 감추었지만 녀석에게는 바꿀 수 있는 다른 팔이 없었다. 녀석이 다시 손을 꺼내놓았지만 재우는 마음을 꺼내놓을 수 없었다. 녀석은 한손으로, 서투르지 않았지만 더디게 돈까스를 썰었다.

"끝내 좌익일 수밖에 없겠네."

재우는 돈까스의 한쪽을 포크로 눌러주며 녀석의 칼질하는 손을 물끄러미 바라보았다.

"뭘 자꾸 봐, 인마."

"보면 어때서 그러냐."

"쪽팔리니까 그렇지, 인마."

작별인사를 위해 만났지만 서로 할 수 있는 얘기가 없었다.

"베트남은 덥다며?"

"그렇다데."

재우는 남의 얘기처럼 대답했다.

"강재우, 좋겠다."

"뭐가?"

"베트남 여자들 이쁘다니까. 거기서 장가나 가라."

헤어질 때까지 그들의 테이블 위로는 그런 싱거운 농담만 오갔다. 녀석은 재우를 밀치고 기어코 계산을 했고, 어깨를 부딪치며 내려오는 좁은 계단에서 재우를 향해 어색한 웃음을 지어 보였다. 노을이 사라진 역 광장에는 어스름이 드리우고 가로등이 드문드문 불을 밝히기 시작했다.

"잘 살아라."

짧은 한마디와 함께 창은이 내민 것은 보자기로 싼 사각 플라스틱

통이었다.

"………"

얼떨결에 보자기를 받아들고 서 있는 재우에게 녀석은 시큰둥한 목소리로 덧붙였다.

"마누라가, 외국에 나간 사람들은 고추장이 가장 그립다는 소릴 어디서 들었나봐. 싫다는데도 하도 떠맡겨서 들고 왔다. 쪽팔리게 어디 들고 다니겠냐. 가다가 버려버리든지 니가 알아서 해라."

녀석은 말을 채 마치지도 않고 돌아섰다. 주머니에 손을 찌르고 멀어져가는 녀석의 뒷모습을 바라보며 재우는 오래도록 광장에 서 있었다. 소매를 주머니에 찔러넣은 오른팔의 옷자락이 바람에 펄럭거렸다. 녀석이 시야에서 사라지고 초겨울 저녁의 싸늘한 바람이 재우의 옆구리를 뚫고 지나갔다.

"아저씨, 이게 얼마라고 쓴 거야?"

젖은 영수증을 들여다보며 희은이 물었지만 재우는 9년 전의 부평역 광장에서 발을 떼어놓지 못하고 있었다.

"아저씨!"

희은이 다시 빽 소리를 지른 다음에야 재우는 시선을 거둬들일 수 있었다. 부평역을 엄습하던 한기를 털어내듯 어깨를 추스르는 그의 시야에 기름때 묻은 청년의 손이 흐릿하게 들어왔다.

"아저씨! 이게 7자야 9자야, 아니면 2자야? 알아먹을 수가 없네."

투덜거리고 있는 희은의 손에 들린 영수증을 받아든 것은 레지투이였다. 레지투이는 배달 온 청년에게 영수증에 쓰인 액수가 맞는지를 물었고, 청년은 그렇다고 대답을 했다. 레지투이의 심상찮은 목소리에 재우가 고개를 돌렸을 때 그는 벌써 2층으로 난 회전계단을 올라가고 있었다.

"왜 그래?"

"이 영수증 보고 철가방이랑 뭐라고 하더니, 저 음식을 확인하고는 안색이 확 변하네."

식탁 위에는 랩으로 싼 보쌈고기 쟁반이 놓여 있었다. 희은이 건넨 영수증에 적힌 금액은 삼십칠만동, 한국 돈으로 환산하면 삼만천원 정도 되는 액수였다. 이십오만동 정도인 줄 알았는데 약간 비쌌다. 배달 온 청년에게 확인해보니 보쌈백반이 아니라 안주용 보쌈 큰 것이었다. 주문과정의 착오였다. 희은이 계산을 치르는 동안 재우는 2층으로 올라갔다. 레지투이는 담배를 피워물고 있었다.

"밥 안 먹고 뭐 해요?"

"자네들이나 먹게."

"선생님 먹기 좋으라고 일부러 고른 메뉴입니다. 보쌈은 베트남 돼지고기 쌈하고 거의 비슷해요."

"난 먹지 않을 거야."

레지투이는 화가 나 있었다.

"뭐가 문젠데요?"

"………"

"뭐가 문젠지 말을 해보세요?"

레지투이는 재우를 한동안 물끄러미 쳐다보고 나서 입을 열었다.

"몰라서 묻나. 자네들 지금 내 앞에서 돈자랑 하는 건가?"

"………"

"아니면 자네들도 서울에서 온 그 변호사들처럼 해보겠다 이건가.

자네가 하노이에 와 있는 변호사들에게 분개했던 이유는 도대체 뭔가?"

결국 모두 저녁을 굶고 작업을 계속해야 했다. 작업을 마친 열한시까지 셋은 싸우듯이 일을 했다. 레지투이는 굳은 얼굴로 오토바이를 타고 비가 내리는 골목길로 사라졌고, 재우와 희은은 냉장고에 남은 맥주를 몽땅 비웠다.

"아저씨, 그 아저씨 정말 웃기지 않아? 자기가 뭔데, 자기가 뭐냔 말이야."

취한 데다 장난기까지 발동한 희은은 혀를 공굴렸다. 재우는 333 빈 캔들을 하나하나 집어서 확인하고는 가운데를 쭈그려서 한쪽으로 밀어놓았다. 바닥에 남은 맥주들로 희은의 잔이 거의 찼다.

"끝이다. 이거 마시고 가서 자라."

희은의 앞으로 잔을 밀어주고, 재우는 랑홍으로 가득 채운 맥주잔을 집어들었다.

"어, 아저씨, 건 색깔이 다르네."

희은은 쨍 하고 소리가 나게 잔을 부딪치고는 단숨에 바닥까지 비웠다.

"끝. 이제 없어."

"무스은 소리야. 더 마시어야지."

희은이 재우가 마시던 랑홍 병을 잡고 자신의 잔을 채웠다.

"너 이 베트남 소주가 몇돈 줄 알아?"

"사십오도래매."

희은은 꼴깍 한모금을 삼키며 인상을 썼다.

"그거 마시려면 안주 먹어야 돼."

재우는 눈을 흘기며 옆에 놓인 한치를 내밀었다.

"그러는 아저씨는 왜 안 먹는데? 나도 안 먹는다 이거야."

희은은 한치를 방바닥에 패대기를 쳤다. 재우가 짐짓 화난 눈빛을 하며 빤히 바라보자 희은은 고개를 들고 재우를 마주보며 헤헤 웃었다.

"그 아저씨, 집에 가서 밥 먹었을까? 먹었겠지, 그치?"

"………."

"우린 아무것도, 끝까지, 안 먹었어. 단식투쟁, 우리도 한다 이거야."

"이건 뭔데?"

재우는 즐비한 맥주캔을 가리켰다.

"이건…… 마신 거지, 먹은 건 아니지. 먹을 식. 우린 한치 다리 하나도 안 뜯었다 이거야. 근데 이 아저씨가, 만약 집에 가서 밥을 먹었다면?"

"먹었으면 어떻게 할 건데?"

"의리불량, 용서할 수 없지. 내일 아침에 내가 꼭 물어볼 거야."

초인종이 울린 것은 일곱시 십분이었다. 레지투이는 평소보다도 이십분이나 일찍 왔다. 허겁지겁 샤워를 하고 욕실에서 나오는 재우의 눈에 레지투이의 모습이 보이지 않았다. 다른 날 같으면 담배를 손가락에 끼고 차를 음미하고 있어야 할 그였다. 수건으로 머리에 남은 물기를 털고 있는데 노크소리에 이어 방문이 살짝 열렸다. 그리고 누군가 고개만 살그머니 디밀었다. 장난기 가득한 얼굴의 임자는 레지투이였다. 해맑게 깜박이는 그의 눈동자는 오십대 사내의 것이라고는 도무지 믿기지가 않았다. 재우는 장난꾸러기 소년을 마주하고 있다는 강렬한 착각에 휩싸이지 않을 수 없었다.

"내려와. 내려와서 아침 먹어."

그는 얼굴보다 더 장난스럽고 낮은 목소리로 불렀다.

"………"

재우는 마치 최면에 걸린 사람처럼 까딱까딱하는 그의 손짓을 따라 방문을 나섰다. 레지투이는 같은 방법으로 건넌방에 있는 희은을 불러냈다. 마르지 않은 머리를 수건으로 동여매고 나오는 희은의 얼굴에 번지고 있는 장난꾸러기 소녀 같은 웃음을 보면서, 재우는 비로소 자신의 얼굴에 이미 레지투이의 장난꾸러기 같은 웃음이 옮겨와 번지고 있다는 사실을 깨달았다. 식탁에는 베트남 사람들이 별미로 즐기는 쌈 돼지고기가 차려져 있었다. 보쌈과 양념이 조금 다를 뿐인 요리를 내려다보며 희은이 픽 웃었다.

"병 주고 약 주나, 어제는 쫄딱 굶게 만들더니."

재우도 픽 웃고 말았다. 희은과 재우의 손에 젓가락을 쥐여주며 먹으라고 권하는 레지투이의 얼굴에는 여전히 소년 같은 장난기가 묻어났다. 레지투이는 공기에 밥을 덜어주며 숟가락 뒤축으로 밥을 꾹꾹 누르는 시늉을 했다.

"아저씨, 밥벌레!"

희은은 레지투이를 가리키며 눈을 부라렸다.

"밥그릇 밑 빠질라."

재우가 베트남어로 옮겼고, 레지투이는 어깨를 으쓱하며 맞받았다.

"정량인데, 내가 뭘."

셋은 함께 깔깔거렸다.

레지투이는 베트남 사람들이 호의를 표시하는 방식대로 연신 돼지 고기를 집어서 둘의 접시 위로 옮겨놓았다. 희은이 배를 두드려 보이며 손을 내저었지만 소용이 없었다. 접시 위의 음식을 다 먹어 없애는 것 외에는 달리 방법이 없다는 걸 알아차린 희은이 레지투이에게 음식을 마주 권했다.

"신 머이(드세요)."

"신 머이."

레지투이가 맞지 않는 희은의 성조를 흉내내며 아예 쌈을 싸서 차례로 손에 쥐여주었다. 재우와 희은은 레지투이가 '밥벌레' 흉내를 내며 누질러 퍼준 공깃밥까지 다 비우고 나서야 젓가락을 내려놓을 수 있었다.

"배가 터지겠네."

희은이 빵빵해진 재우의 배를 두드리는 것을 보고 레지투이가 빙그레 웃으며 물었다.

"우리가 먹은 음식값이 모두 얼마인지 알아?"

"………"

"삼만동이야."

"한국돈으로 이천사백원 정도 되네. 엄청 싸다."

희은은 속없는 녀석처럼 헤헤거렸다.

"이거면 우리 세 사람 충분히 먹을 수 있는데 왜 낭비를 하나. 앞으로 고기 먹고 싶으면 얘기하라고. 그러면 내가 언제든지 사가지고 올 테니까."

"아이고, 이젠 한국식당에 밥 시켜먹기도 다 틀렸네."

비명은 희은이 질렀지만 정작 더 암담해진 사람은 재우였다. 입맛이라는 게 참 묘했다. 베트남에서 5년이 지났을 때는 베트남 음식에 완전히 동화된 줄 알았는데, 그게 아니었다. 5년까지는 점차 익숙해지던 음식이 그 뒤로는 시간이 지날수록 물렸다. 이제는 사흘에 한번은 고추장과 김치 맛을 봐야 생체리듬이 유지되었다.

"안 물어봐?"

뒤늦게 일어난 가정부가 내온 커피를 마시며 재우가 희은에게 물었다.

"뭘요?"

"어젯밤엔 난리를 치더니, 오늘 아침에 오면 확인한다고."

재우는 입을 삐쭉 내밀며 희은과 레지투이를 번갈아 바라보았다.

"아, 그거."

희은은 곧장 눈에 잔뜩 힘을 주며 차를 마시고 있는 레지투이를 째려보았다.

"아저씨, 솔직하게 대답해봐요. 어제 저녁에 집에 가서 밥 먹었어요, 안 먹었어요?"

레지투이는 입꼬리에 웃음을 길게 매단 채 고개를 저었다.

"거짓말. 먹었죠? 배고팠죠, 그래서 먹었죠, 그렇죠?"

희은이 따발총처럼 쏟아부었다. 재우가 옮기지 않았지만 레지투이는 그녀의 눈빛과 표정만으로 이미 알아차렸다.

"우린 한끼 먹고 사흘 견디는 데 선수야."

"어떻게요? 와, 그 방법 알면 다이어트하는 데 죽이겠다."

희은은 레지투이의 턱밑에 얼굴을 들이대고 쪼아댔다.

"………"

"그게 어떻게 가능해요?"

"하고 싶지 않아도 할 수밖에 없는 그런 시간이 있지."

그렇게 대답한 레지투이는 희은이 머뭇거리는 사이에 자리에서 일어섰다.

"자, 먹었으면 또 행군을 해야지."

콧노래를 흥얼거리며 계단을 올라가는 레지투이의 등을 향해 희은이 펼친 두 손을 들어 보였다.

"아이고, 형장에 끌려올라가는 기분이네."

희은은 첫 계단에 발을 올려놓으며 벌써 길게 하품부터 했다.

몇문장 나가지 않아서 졸기 시작한 희은은 제 뺨을 때려가며 견뎌보려고 애를 썼지만 그것도 잠시였다. 스르르 감기는 눈을 어렵게 몇번 치켜뜨다가, 끝내는 고개를 풀썩 떨구고 제풀에 화들짝 놀라곤 했다. 힘들기는 재우도 마찬가지였다. 지난밤의 과음 위로 그동안 밀린 피로가 한꺼번에 밀어닥쳤다. 그는 가정부를 시켜 코코넛을 사오게 해서 몇통을 마셔대며 겨우겨우 갈증과 졸음을 견뎠다. 점심 먹자는 소리와 함께 희은은 침대에 풀썩 쓰러졌고, 재우도 방바닥에 드러눕고 말았다. 레지투이와 가정부가 번갈아 밥을 먹고 쉬라고 권했지만 재우는 눈을 감은 채 손을 내젓고 말았다.

"우리 삼십분만 잡시다."

실눈으로 레지투이를 바라보며 재우는 중얼거렸다. 희은은 이미 기척도 없었고, 고개를 끄덕이며 들고 온 가방에 꽂힌 신문을 꺼내는 레지투이의 모습이 뿌옇게 흐려졌다.

전화벨 소리에 눈을 떴을 때는 이미 한시간이 지난 다음이었다. 일 시작하고 첫 낮잠이었다. 레지투이는 재우가 잠들기 전에 보았던 그 자세 그대로 의자에 앉아 있었다. 손에 들려 있는 것이 신문에서 그가 준비중인 다큐멘터리의 콘티로 바뀌었을 뿐이다. 전화의 주인은 하노이의 상환이었다. 녀석은 잠에서 덜 빠져나온 재우의 목소리를 듣고 투덜거리기부터 했다.

"우이 씨, 남은 공부도 못하게 해놓고 형은 씨에스타야."

"거기 어딘데?"

"어디긴 어디야. 씸포지엄 하다가 밥 먹으러 나왔지."

"통역은 하고 있는 거야?"

"끝내주게 하고 있지. 내가 오늘 회의장에서 무슨 통역을 했는 줄 알아? 하루에 하나씩 사흘로 나뉘어 있는 한국의 주제발표를 오늘로 모두 몰아주세요, 여기 있는 이 통역자의 통역료가 너무 비싸서 사흘 동안의 비용을 감당할 수 없기 때문에 오늘 하루에 끝을 내야 합니다. 그 말을 내 입으로 통역을 했어. 형, 재밌었겠지?"

재우는 잠이 확 깼다.

"내가 수강하고 있는 우리 학교 교수가 있는 자리에서 내가 그런 통역을 했다니까."

"미안하게 됐다. 그 사람들 지금 옆에 있니?"

"응, 형이 미안할 건 없어. 어쨌든 내일까지 통역 안하게 된 건 나 때문이 아니고 이 사람들이 원한 것이야."

"김문태 좀 바꿔라."

"그러잖아도 연결해달라고 해서 전화한 거야."

잠깐의 사이도 없이 바로 문태의 목소리가 들려왔다.

"여보세요?"

"야 인마, 니들 뭐 하는 놈들이야?"

"강재우, 흥분하지 마라. 너답지 않게."

"니들이 뭔데 객지에서 고생하는 애들 가지고 놀아?"

"할말은 나도 많아."

문태는 목소리를 착 가라앉혀서 재우가 흥분하고 있다는 것을 일깨우려고 했다.

"………"

"어쨌든 여기 일은 만나서 얘기하자. 모레 사이공으로 가는데 거기서는 니가 직접 좀 나와라."

"나 그때까지 바빠."

"뭐 하는데?"

"아르바이트한다."

"잠깐만."

문태는 아마 사람들이 없는 곳으로 자리를 옮기는 모양이었다.

"야 인마, 니가 나오면 모든 게 간단하잖아. 돈걱정 하지 말고."

"돈? 김문태, 많이 컸네. 내가 서울에서 방귀깨나 뀌는 놈들 시다바리 해주려고 여기 와 있는 줄 알아. 그런 새끼들 꼴 보기 싫어서 여기 왔어, 자식아."

"너 왜 이렇게 꼬였냐? 우리 지금 다시 회의장으로 들어가야 하니까 나중에 통화하자."

수화기 저편에서 한국말이 시끄럽게 섞여들었다. 전화를 끊으면서 재우는 감정을 고스란히 노출한 자신이 후회스러웠지만 이미 늦었다. 쌓인 피로와 덜 깬 잠 탓이었다. 자다 말고 전화를 받으면 도무지 친절해지지가 않았다. 번번이 후회를 하면서도 쉽게 고쳐지지 않는 이런 버릇을 누구보다 재우 자신이 잘 알았다. 깨어 있는 동안에 문태가 전화를 했다면 지금처럼 거칠게 상대하지 않았을지도 몰랐다.

눈을 반쯤은 뜨고 반쯤은 감은 상태로 누웠는데 다시 전화벨이 울렸다. 이번에는 서울이었다. 아직 한밤중인 희은을 깨웠다. 짜증을 부리며 수화기를 집어들던 그녀의 태도가 수화기를 내려놓을 때는 완전히 바뀌었다. 희은은 한숨을 뱉어내며 욕실로 달려갔다.

"월요일에 우리 두목 들어온대."

얼굴에 물을 끼얹고 나온 희은은 원고지를 집어들고 설쳐대기 시작했다. 월요일까지는 앞으로 사흘이 남아 있었다.

"이십삼일, 원래 그날까지 끝내야 여기 문화통신청 허가일정에 맞출 수 있다고 한 거 아냐."

"그래도 계획대로 되지 않는 게 영화판이거든요. 이번에도 최소한 며칠은 늘어질 줄 알았는데⋯⋯"

"중부에 우기 닥치면 아무것도 못해. 그리고 이십삼일 뒤에는 나부터 안되고."

재우는 최사장의 일을 더이상 미뤄둘 수가 없는 처지였다. 모두가 그를 피하고 외면할 때 예전과 다름없이 대하며 일감을 준 최사장이었다.

베트남이 개방경제노선을 채택하면서 갑자기 외국기업이 몰려들 무렵, 재우의 손을 거치지 않은 한국기업은 거의 없었다. 재우의 베트남어 실력만큼은 그를 외면하는 사람들조차 인정하는 최고수준이었다. 그가 호치민대학에 남겨놓은 베트남어 성적은 아직 깨어지지 않는 기록으로 유지되고 있다. 그러나 재우가 단순한 번역과 통역을 넘어서 탁월한 코디네이터의 역할까지 수행할 수 있었던 것은 언어능력 때문만이 아니었다. 그는 베트남에서 거의 유일하게 베트남이라는 나라의 역사와 현재를 있는 그대로 이해하는 한국사람이었다. 사회주의의 이념과 이론을 체계적으로 학습하고, 그것이 베트남에서 어떻게 작동하는지를 이해하고 있는 한국사람은 그 이외에 없었다. 선례도 체계도 없던 개방 초기에 그의 도움을 받으려는 기업들이 줄을 선 것은 어쩌면 당연한 일이었다.

하나의 일이 끝나면 들어오는 돈, 일달러당 일만 이천동으로 환전되는 베트남 화폐가 한가방씩이었다. 그 무렵 사이공에 유학온 후배들 중에서 재우의 신세를 지지 않은 녀석들은 별로 없었다. 상환도 그 중의 하나였다. 4층 주택을 통째로 세내서 살던 재우의 집은 처지가 곤란한 한국유학생들의 무료기숙사나 다름없었다. 처음 베트남에 발을 디디는 후배들은 그의 집에 머물면서 정착할 곳을 찾았고, 말문이 조금씩 트인 친구들은 재우를 통해 아르바이트 자리를 구했다. 누가 거주자인지 분간이 되지 않을 만큼 많은 후배들이 집을 거쳐갔고, 상환은 2년을 그의 집에서 지냈다.

일과 후배들에 둘러싸여 외로움이란 걸 모르고 지내던 시절이 언제까지나 지속될 수는 없었다. 그의 손을 거쳐간 한국기업들이 자리를 잡기 시작하면서 그는 견디기 어려운 장면을 자주 목격해야만 했다. 베트남에서 조금 자리를 잡기 무섭게 우쭐거리고 거들먹거리는 사람들이 너무도 흔해서 일일이 보아줄 수조차 없었다. 그를 결정적으로 참을 수 없게 만든 것은 노동자들을 대하는 한국기업의 태도였다. 70년대 한국의 주력산업이 베트남으로 이전해오면서 노동자를 다루는 습성도 70년대 한국의 것을 그대로 가지고 왔다. 그의 주선으로 베트남에 진출한 공장에 들렀다가 베트남 노동자를 신발로 때리는 한국관리자를 목격한 날, 그는 밤을 새워 통음했다. 그리고 그 기업들이 진출하는 데 첨병노릇을 한 자신을 주먹질하는 마음으로 글을 썼다. 그가 쓴 글이 한국의 신문을 통해 보도되자 그가 멀리하기 전에 기업들이 먼저 그를 멀리했다. 쓰는 글의 횟수가 늘면서 그는 교민사회에서 기피의 대상을 넘어 저주의 대상으로 바뀌어갔고, 그와 가까이 지내는 사람들은 고립과 손해를 감수해야 했다. 기업하는 사람들뿐 아니라 가까이 있던 후배들까지 그의 곁에서 떠나갔다. 그는 벌이가 끊겼고, 베트남 땅에 처음 발을 디뎠을 때처럼 완벽한 외톨이가 되었다. 한국식당에 가면 사람들은 그의 자리 가까이에 오려고 하지 않았고, 어떤 경우에는 욕설을 퍼붓기도 했다. 남의 눈을 의식하지 않고 반갑게 손을 내밀고 합석을 청하는 사람은 최사장이 유일했다.

"힘들지?"

재우에 대한 교민들의 응징이 절정에 달할 무렵에도 최사장은 그전과 똑같은 얼굴로, 아니 더 반가운 얼굴로 그의 등을 두드렸다. 최사장의 일은 그후로 재우에게 일 이상의 것이었다. 24일부터 중부의 꽝아이성에 함께 가기로 다짐을 하고, 하던 일을 다른 이에게 넘기고 빠져나온 재우였다. 그는 꽝아이성에서 발주하는 도로건설사업의 수주 여부가 최사장에게 중대고비라는 것을 누구보다 잘 알고 있었다. 최사장이 부탁하지 않아도 힘닿는 데까지 도와야 마땅했다.

희은은 입이 뾰루퉁해졌다. 무엇보다 자기를 먼저 걱정해줄 만큼 그동안 재우와 꽤 정이 들었다고 생각한 희은이었다.

"실망이네요, 아저씨."

"원래 일 시작할 때 다 했던 얘기야. 이십사일부터는 하늘이 두 쪽 나도 중부에 가 있어야 해."

"아저씨는 인생을 원칙대로 살아요? 아직까지 결혼 못한 이유를 알 것 같네요."

눈물이라도 쏟을 것처럼 글썽이는 희은의 눈망울이 재우의 입을 막았다. 이럴 때 보면 녀석은 감정이 참 풍부했다. 희은의 감정이 누그러들기를 기다려서 재우는 변명삼아 레지투이를 끌어들였다.

"나야 그렇다 치고, 레지투이는 또 어떤데?"

레지투이는 호치민 루트에서 헌팅을 하다 말고 내려와서 이 작업에 참여했다. 스탭들 모두가 손을 놓고 대기중이었다. 재우의 컴퓨터 모니터에는 이제 씬 89번이 활자로 채워지기를 기다리고 있었다. 지금까지의 속도로 143번 씬까지 마치려면 사흘이 아니라 그 두 배의 시간이 필요했다. 암담한 표정으로 남은 씨나리오를 반복해서 주르륵 넘기며 두께를 가늠하고 있는 희은의 어깨를 레지투이가 툭툭 쳤다.

"그대 계속해서 가라. 그러면 어딘가에 닿게 되리라."

눈을 찡긋하며 농담처럼 던진 레지투이의 그 말은 전쟁 당시 해방전선의 슬로건이었다. 호치민 루트를 통과해야 했던 전사들에게는 뼛속까지 스며서 지워지지 않는 자기암시가 되어버린 슬로건이었다. 베트남 현대사를 전공하면서 만났던 사람들을 통해 재우는 호치민 루트를 통과한 이들이 이 슬로건을 입에 담을 때 성조에 실리는 특별한 떨림을 알고 있었다. 레지투이가 아무리 농담으로 위장했다고 해도, 그 순간 위태롭게 균형을 유지하는 성조와 함께 흔들리던 눈빛을 숨길수는 없었다. 재우는 레지투이가 호치민 루트를 통과한 전사라고 확신했다.

"이제 무조건 막 나가는 거야, 아저씨. 씨나리오대로 영화 만드는 것도 아니고, 영화 만들고 나면 어차피 씨나리오는 쓰레기통으로 가는 거예요. 알죠?"

레지투이가 한 말의 내력을 희은이 알 리 없었다. 막 나가자고 해서

막 나갈 레지투이가 아니었다. 하지만 자정까지 강행군을 한 끝에 하루 작업분량으로는 신기록을 세웠다. 낮잠 잔 것을 생각하면 다른 날보다 작업시간이 그렇게 많지는 않았다. 그럼에도 진도를 많이 나갈 수 있었던 것은 그동안 해온 작업에 탄력이 붙기 시작한 때문이었다. 지뢰가 줄어든 대신에 앞에서 나왔던 동일한 단어와 유사한 문장들이 갈수록 늘어났다. 사흘 안에 작업을 끝낼 수 있을지의 여부는 막판에 와서야 붙기 시작한 가속도가 얼마나 더 붙어주느냐에 달려 있었다. 처음으로 희은은 맥주 한 캔 마시지 않고 잠자리에 들었다.

호흡이 잘 맞아들어가면서 작업이 탄력을 받아갔다. 셋의 생각이 거의 동시에 일치해서 때로 하이파이브까지 터져나왔다. 오후 들어서 희은은 한 씬이 넘어갈 때마다 이대로 나가면 모레까지 확실히 끝낼 수 있다며 환호성을 질렀다. 그렇게 쾌속주행을 하던 작업이 복병을 만난 것은 해질녘이었다. 복병의 정체는 씨나리오 속에 묻혀 있던 지뢰가 아니라 전혀 예기치 않은 곳에서 날아든 유탄이었다.

레지투이에게 걸려온 전화의 주인은 그가 몸담고 있는 해방영화사였다. 소년 같은 특유의 미소를 지으며 농담으로 인사를 주고받던 레지투이의 얼굴이 이야기가 이어지면서 점점 굳어갔다.

"꽝형, 어떻게 그들이 이 다큐에 대해 그런 요구를 할 수가 있어요?"

레지투이가 준비중이던 다큐멘터리에 문제가 발생한 것 같았다.

"증선산맥이 그렇게 다루어질 수 있는 곳이에요?"

전쟁 당시 호치민 루트로 사용된 증선산맥은 남북을 잇는 베트남의 등뼈였다.

"내가 묻는 건 형의 생각이에요. 우리가 증선을 그렇게 다뤄도 된다고 생각해요, 꽝형?"

미소가 사라진 레지투이의 얼굴에서 묻어나는 것은 짙은 슬픔이었다.

"형, 난 그렇게는 못해. 내가 어떻게 그렇게 할 수 있어. 차라리 일을 다른 사람에게 맡겨요. 미안해, 꽝형."

전화를 끊는 그의 눈에 물기가 어른거렸다. 의아하게 처다보는 재우와 희은의 시선을 피하며 그는 말없이 일어섰다. 화장실에 다녀온 레지투이의 눈동자가 충혈되어 있었다.

"미안해. 잠깐만 쉬었다가 하자고."

레지투이는 담배를 뽑아물며 재우에게도 한개비를 내밀었다. 레지투이가 심하게 흔들리고 있는 게 확실했다. 재우가 담배를 피우지 않는다는 것을 그는 잊고 있었다.

"꽝형이 누구예요?"

재우는 그가 내미는 담배를 받아들고 물었다.

"사장. 아 참, 담배 안 피우지."

재우의 입에 물려 있는 담배에 라이터를 가져다대던 레지투이가 손을 거둬들였다.

"꽝사장도 '반협정 인민'이었어요?"

재우의 질문에 레지투이가 놀란 눈빛으로 바라보았다. 호치민 루트를 통해 남부로 지원군을 내려보내던 북베트남을 비난하는 남베트남 정부의 유일한 근거가 제네바 협정이었다. 프랑스와 미국을 등에 업고 협정의 핵심사항인 총선거에 의한 남북단일정부 구성을 거부한 남베트남 정부가 협정 위반을 거론할 자격이 있다고 믿은 사람은 아무도 없었다. 남베트남 정부의 모순된 논리를 빗대서, 사람들은 호치민 루트를 타고 내려와 남부의 게릴라전에 참여하고 있던 전사들을 가리켜 '반협정 인민'이라고 불렀다.

"꽝형은 반협정 인민이 아니었어. 호치민 루트에 있긴 했지만."

"꽝사장은 남쪽 해방전선 출신이었나보죠."

레지투이는 그런 걸 어떻게 그렇게 잘 아느냐고 눈빛으로 물었지만 재우는 한걸음 더 나아갔다.

"아저씨만 반협정 인민이었군요."

전쟁 당시에는 일상적으로 쓰였지만 지금은 베트남의 젊은 세대들도 잘 모르는 '반협정 인민'이란 용어가 재우의 입에서 다시 나오자 레지투이는 빙긋이 웃었다. 계속되는 둘의 얘기에 희은이 궁금증을 못 이기고 끼여들었다.

"무슨 일이래? 뭐가 잘못된 거야? 전화한 게 누구래?"

희은이 한꺼번에 몇가지를 물었다.

"해방영화사 사장."

"사장 이름이 꽝이야? 근데 사장한테 형이라고 불러?"

"형이라고 그런지 어떻게 알았어, 똑똑하네."

"우리가 지금까지 번역한 단어 중에 형이 백번은 더 있었수."

희은이 입을 삐쭉 내밀었다.

"호치민 루트 다큐멘터리에 문제가 생겼나보죠?"

재우의 물음에 레지투이는 순순히 고개를 끄덕였다.

"이 일로 너무 시간을 많이 뺏겨서 그런가요?"

"아니, 아니야."

레지투이는 손을 저으며 부정했다.

"그럼요?"

"기획과 제작은 우리가 하지만 제작비는 일본의 NHJ TV가 대기로 한 것이거든. 그들이 내용을 또 고쳐달라고 요구해왔다네. 이미 두 차례나 그들이 요구한 방향으로 고쳤고, 좋다고 서로 협정서에 서명까지 해서 작업을 시작했는데 말이야."

레지투이는 자세하게 설명하지 않았지만 NHJ측은 호치민 루트 주변의 소수민족 마을을 비롯해서 일본인이 갈 만한 관광상품 소개를 대폭 늘려달라고 주문한 모양이었다.

"너희 자본주의에서 좋아하는 말이 있지. 고객은 왕이라고."

레지투이의 농담이 농담으로만 들리지는 않았다.

"그래서 어떻게 할 건데요?"

"난 그렇게는 안해. 그렇게 증선을 찍을 수는 없어. 병사들의 삼분의 이가 증선에서 죽었지. 총 한번 쏘아보지 못하고."

몇대의 줄담배를 피우고 나서 레지투이는 모니터에 다가앉았다. 다시 일을 시작했지만 제대로 진도가 나가지 않았다. 레지투이의 생각은 다른 데 가 있었다. 일이 될 리 없었다. 도저히 안되겠다며 레지투이가 자리에서 일어섰다.

"미안해. 아무래도 회사에 좀 들어가봐야겠어."

가방을 챙겨 일어서는 그를 어떻게 할 수가 없었다. 희은은 황당한 얼굴을 하고 앉아서 일본을 원망했다.

"으휴, 하여튼 일본놈들은 도움이 안돼요."

갑자기 둘은 할일이 없어졌다. 모니터 우측하단의 시계는 아직 오후 여섯시에도 못 미쳐 있었다. 레지투이가 오토바이를 타고 떠난 다음 둘은 한동안 서로의 얼굴만 멀뚱히 바라보았다. 먼저 입을 뗀 것은 희은이었다.

"하는 데까지 우리 둘이서 해보죠."

"난 문학도가 아니라고 했어. 이건 계약 위반이야."

"직역이라도 해놓자구요. 안해놓은 것보다는 나을 거 아네요."

재우는 고개를 끄덕였다. 그러나 오래갈 수가 없었다. 지금까지 레지투이가 만들어왔던 것과는 격이 다른 문장을 계속 나열해나가자니 재우 스스로 맥이 빠져서 앉아 있을 수가 없었다. 두 시간 가량 해놓은 일을 몽땅 지워버리고 일어서자 희은이 난리를 쳤다.

"미쳤어, 미쳤어. 한 문장이 아쉬운 이때에."

희은은 삭제한 블록을 찾아서 되살려놓고는 재우를 흘겨보았다.

"어차피 레지투이 오면 다시 해야 할 일인데, 차라리 좀 쉬자."

재우는 잠시 망설이다가 지갑을 찾아 주머니에 챙겨넣고 열쇠 꾸러미를 집어들었다.

"쉬자면서 어딜 가려고요?"

"친구가 와 있다고 했잖아."

"그 변호사님들."

재우가 고개를 끄덕였다.

"못 나간다고 그 사람들에게 이미 얘기해놓고서."

"낮에는 그랬지만 지금은 시간이 생겼잖아."

"나가려면 같이 나가야죠."

"누가 보면 마누라라도 되는 줄 알겠다."

문을 가로막고 선 희은의 양팔을 꽉 잡아서 옆으로 밀어놓고 재우는 계단을 내려갔다. 마당 구석에 세워둔 오토바이를 돌리려는데 손의 느낌이 이상했다. 뒷바퀴의 바람이 하나도 없었다. 그냥 바람만 빠진 것인지 펑크가 난 것인지 알 수가 없었다. 보름 동안 그 자리에 가만히 세워져 있던 오토바이였다.

"집안에 있는 물건들이라고 멀쩡한 건 하나도 없네."

현관 앞에 서 있던 희은의 목소리는 참깨라도 씹은 듯했다.

"사람은 멀쩡한 게 있고."

재우는 오토바이를 원래 자리에 세워놓고 대문을 나섰다. 비포장의 어두운 골목을 벗어나자 대기하고 있던 오토바이 사내가 손을 치켜들었다. 재우는 호텔 이름을 알려주고는 오토바이 뒷자리에 올라탔다.

2차선도로를 거쳐 하이바쭝 거리에 들어섰다. 오토바이가 속도를 내면서 시원한 바람이 얼굴을 훑고 지나갔다. 떤선녓 공항 쪽을 향해 달려가는 젊은 연인들의 오토바이가 싱그러운 물결을 이루었다. 재우는 휴대폰을 열어 시간을 확인했다. 여덟시 이십분. 거리가 한창 생기를 얻을 시간이었다. 허리를 꼿꼿하게 세운 채 혼자 오토바이를 몰고 스쳐 지나가는 아가씨들의 늘씬한 뒷모습이 그의 눈길을 잡아끌었다. 등과 어깨를 고스란히 드러낸 탱크톱 차림의 멋쟁이 아가씨들이 거리를 누비는 것도 이 시간이다. 그러나 뭐니뭐니 해도 이 거리의 주인은 핸들에 감아쥔 아오자이 자락을 살짝살짝 날리며 두셋씩 짝을 지어 자전거를 타고 달려가는 여학생들이다. 자전거 사이에 드문드문 섞인 오토바이의 여학생이 친구의 자전거와 나란히 흘러가는 풍경은 언제 보아도 미소를 자아내게 했다. 오토바이의 여학생이 뻗은 한쪽 팔은 자전거를 탄 여학생의 어깨에 얹혀 있고, 자전거는 무동력으로 흘러간다. 재우의 시선은 예의 오토바이를 탄 여학생의 팔에 머물렀다. 자전거와 오토바이가 보폭을 맞춰 흘러가는 풍경을 구성하는 절묘함은 둘을 연결하는 팔의 곡선에 있었다. 누가 누구를 밀고 간다고 도무지 느껴지지 않는, 슬쩍 걸친 팔이 하얀 아오자이의 물결을 밀고 갔다.

"이 밤중에 저 사람들은 도대체 어딜 저렇게 돌아다니는 거야?"

호텔 앞 노천까페에 마주앉은 문태는 오토바이와 자전거가 넘실대는 도로를 바라보며 물었고, 재우는 커다란 얼음덩어리가 두 개나 든 맥주잔을 비웠다. 문태는 대답을 바라지 않는 듯 재우의 빈 잔을 채웠다.

"하노이의 그 친구 통역 잘하더라."

"통역료 없어서 회의일정까지 바꾸신 분들이 계집애들 있는 술집에는 왜 가냐?"

"그건 어떻게 알았어?"

"여기 교민사회가 그렇게 넓은 줄 알아?"

문태는 입맛을 쩝쩝 다셨다.

"우리가 가고 싶어서 간 거 아냐. 일행 중에 박변호사라고, 그 사람 친구가 하노이에서 사업을 하고 있다나봐. 뒤늦게 연락이 닿아서 한턱낸 거야. 미리 연락을 했으면 자기가 다 알아서 했을 거라고 하면서 어찌나 설쳐대는지, 난 아주 얼굴도 못 들었다."

"친구라고 있는 게 손님들 단란주점에도 한번 못 모셔서 미안하다."

이 친구가 언제 다시 베트남에 오겠나, 어떻게든 덜 섭섭하게 해줘야지 하는 생각이 재우의 머릿속에 맴돌았지만 말은 자꾸만 삐딱하게 나갔다.

"너한테 아무도 그런 거 바라지 않아. 너 어떤 놈인지도 다 알고. 사이공에 있는 이틀 동안만 같이 다녀주라."

"골프 치는 데 내가 같이 가서 뭐 하나. 난 골프를 손으로 치는지 발로 치는지도 모르는데."

문태는 벽을 앞에 둔 눈빛으로 재우를 바라보고는 더이상 말이 없었다. 바닥에 빈 병이 즐비하게 늘어갔지만 재우도 입을 열지 않았다. 묵묵히 술잔을 비우고 있는 두 사람을 옆자리의 손님들이 힐끔힐끔 쳐다보곤 했다. 복권과 안주 따위를 팔러 온 행상들도 분위기에 밀려 그들의 자리에서 얼른 발길을 돌렸다. 말이 끊긴 둘 사이를 술잔만이 부지런히 오갔다. 둘 다 잔뜩 취해서야 자리에서 일어섰다.

"너 지난번 일로 아직도 나한테 감정 남았냐?"

휘청거리는 상체를 곧추세우며 문태가 물었다.

"창은이가 하지 않는 보상신청을 우리가 왜 해, 인마. 그 자유주의자 새끼도 받지 않는 보상을 우리가 왜 받아?"

함께 공장으로 갔던 셋 중에서 끝까지 공장에 남은 것은 창은이었다. 조직사건에 연루되어 가장 먼저 별을 단 문태는 감옥에서 나오자마자 청년단체로 자리를 옮겼다. 신분이 노출되어 해고당한 재우가 노동단체로 옮기고 문태가 별 하나를 더 달 동안에도 창은은 공장에 붙어 있었다. 노동자들의 투쟁이 거세게 몰아치던 해의 여름에도 녀석은 그 흔한 노조간부 자리 하나 맡지 않았다. 활동하는 공간이 달랐지만 그들은 같은 비합법조직에 속해 있었고, 서로의 활동상을 보고 받고 있었다. 문태가 청년운동에서 이름을 얻고 재우가 노동단체에서 역량을 인정받아가면서 비합법조직 속에서 지도선으로 지위를 높여갔지만 창은은 처음 함께 공장에 들어갈 때와 마찬가지로 밑바닥이었다. 정치노선을 둘러싸고 그들의 비합법조직이 내부논쟁에 휩싸였을 때 창은은 재우와 문태의 반대입장에 섰다. 대중주의노선에 경도된 녀석을 설득하기 위해 재우가 찾아갔을 때 녀석이 한 말은 단 하나였다.

"이게 원칙에 맞는 일이냐. 우리 조직의 규율이 이런 임의적인 접촉을 허용하고 있어?"

계선을 벗어난 조직원간의 접촉은 당연히 금기사항이었다.

"친구로서 온 거야."

재우가 발끈했을 때도 녀석은 단호했다.

"친구로서 할 수 있는 얘기만 해."

재우는 그에게 할 수 있는 말이 하나도 없었다. 재우와 문태가 지지했던 입장이 조직의 다수가 되었고 자유주의로 비난을 받은 창은은 조직을 떠났다. 갈라서기 전에 이미 누가 더 혁명적인가를 두고 양측은 서로에게 줄 수 있는 최대의 상처를 안겨주었다. 창은의 팔이 철망을 감는 롤러에 말려들어간 것도 논쟁으로 밤을 새우던 그 무렵이었다.

"자유주의자도 싸우고 있는 이 정권에다 보상을 신청해? 너나 실컷 하지 인마, 베트남까지 메일은 왜 보내."

재우는 취한 눈길로 문태를 바라보았다. 문태의 얼굴 위로 명동성당에서 보았던 창은의 얼굴이 겹쳐졌다. 지난해 재우가 서울에서 만난 창은의 직책은 '이주노동자의 집' 소장이었다. 수소문 끝에 안산에 있는 '이주노동자의 집'으로 전화를 했을 때 녀석은 명동성당으로 농성하러 가고 없었다. 크리스마스 분위기를 돋우는 명동거리를 거슬러 도착한 성당 입구, 경사진 진입로에는 허름한 천막 세 개가 찬바람을 견디고 있었다. 두번째 천막을 들췄을 때 녀석은 피부가 까무잡잡한 외국인 노동자들과 너스레를 떨고 있었다.

입을 꽉 다물고 재우를 마주 바라보던 문태가 먼저 입을 열었다.

"내가 메일에서 분명히 썼잖아, 인마. 보상신청은 각자 알아서 하기로 하고 명예회복 신청만 같이 한다고, 개별적으로 하면 번거로우니

까 우리 사무실에서 한꺼번에 처리해주겠다고. 그게 뭐가 나빠? 명예
회복, 그것도 문제야?"

"어떤 개새끼가 우리의 명예를 심사할 수 있는데? 불명예스러운 건
지난날이 아니라 지금의 우리야……"

재우에게 최악의 한나절이 지나갔다. 지난밤에 마신 술은 뒷머리를
부숴버리고 싶도록 쪼아댔고, 찜통더위는 숨을 컥컥 막히게 만들었
다. 그동안 용케도 견뎌내던 냉방기가 마침내 멈춰섰고, 집안에 있는
선풍기 두 대를 모두 가져다가 틀어댔지만 뿜어져나오는 것은 후끈거
리는 바람뿐이었다. 어제 저녁에 해놓았던 직역 원고 덕분에 비몽사
몽간에 오전을 견딜 수 있었다. 원고를 희은이 살려둔 것이 천만다행
이었다.

점심시간과 함께 재우는 찬물을 채운 욕조에 몸을 푹 담갔다. 폭음
다음날 그가 숙취에서 벗어나기 위해 쓰는 마지막 방법이었다. 얼마
나 시간이 흘렀을까, 가수면 상태로 누운 재우에게 레지투이가 수화
기를 들고 왔다. 김언니였다.

"재우씨, 나 오늘 일 못하겠어."

"무슨 일을요?"

"비오는 게 내 잘못이야? 비와서 골프 못 치는 걸 나보고 뭐라고 그
러면 어떻게 해. 내가 비오라고 했어?"

재우는 비로소 어젯밤 집으로 돌아오는 택시 안에서 김언니에게 전
화했던 일이 떠올랐다. 김언니는 지난해까지 한국사람이 운영하는 여
행사의 가이드를 하다가 지금은 친구가 하는 기념품 가게의 일을 거
들어주고 있었다. 재우보다도 나이가 많았지만 미혼이어서 누구에게

나 김언니로 불렸고, 마음 씀씀이가 선하고 서글서글해서 관광가이드 부탁이 들어오면 믿고 맡길 수 있는 이였다. 회사에 소속되어 있는 가이드들은 눈밖에 날까봐 재우의 손님을 맡으려고 하지 않아서 김언니 아니면 마땅히 부탁할 곳도 없었다. 이틀치 가이드료 백불은 자신이 지불할 테니 잘 좀 대해주라, 그 친구들이 돈 줘도 절대 받으면 안된다, 한때 가장 친했던 놈이다, 어쩌고 하며 택시에서 내릴 때까지 횡설수설했던 기억이 토막으로 떠올랐다.

"호텔에서 출발할 때부터 분명히 얘기했어. 여기 비라는 게 금방 그칠 수도 있고 하루종일 내릴 수도 있다. 가서 비가 그치면 치는 거고 안 그치면 못 치는 거다……"

재우는 몸을 일으켜 창밖을 내다보았다. 가는 비가 내리고 있었다.

"내가 가야 하는데 못 가서 그래. 나한테 섭섭해서 그러는 걸 거야. 누님이 좀 참아줘."

"무슨 사람들이 이래? 지금만 그러는 거 아냐. 승합차 타고 오는 동안에도 내가 이것저것 설명하면, 한 아저씨는 어떻게 하는지 알아? 맨 뒷자리 가운데에 다리 길게 꼬고 앉아서 영어로 된 가이드북 들척들척하면서, 그건 여기 그렇게 안 씌어 있는데, 뭘 잘 모르는구만. 응, 그 말은 맞네, 이러는 거야. 그렇게 지들이 잘났어? 잘났으면 사람한테 이렇게 모욕을 줘도 되는 거야?"

대부분의 가이드들이 그렇듯 김언니도 베트남어를 쓰거나 읽진 못했다. 하지만 일상회화는 막힘없이 구사했고, 여행사 가이드 경력만 3년이 넘는 베떼랑이다. 여간해서는 감당을 못할 그녀가 아니었다.

"누님, 김문태 좀 바꿔줘봐요."

"김문태…… 재우씨 친구라는 그 젊은 사람? 여기 없어."

"어딨어?"

"그 사람은 골프 못 친다던데. 그래서 구치터널에 다녀오겠다고 해서 신까페에 내려주고 왔어."

재우는 갑자기 뒤통수를 한대 얻어맞은 느낌이었다. 구치는 사이공 시내에서 한시간 반 거리 떨어져 있는 마을이었다. 해방전선은 그곳을 중심으로 총연장 250km의 땅굴을 파고, 사이공 시내를 드나들며 미국과 싸웠다. 3층으로 거미줄처럼 뚫린 구치의 터널을 따라 들어가다보면 세계 최강의 미국을 베트남이 어떻게 이길 수 있었는지를 알수가 있다. '원 달러'를 외치며 달려드는 관광지의 아이들과 십불의 팁에 손목을 내맡기는 술집 아가씨들을 보고 베트남을 알았다고 생각했던 사람들조차 구치에 가면, 가서 단돈 일원도 받지 않고 오로지 호미와 망태기만으로 24년에 걸쳐 파놓은 250km의 땅굴을 보면 전혀 다른 베트남이 있다는 사실을 소스라치게 깨닫게 된다. 김문태가 거기에 가 있다. 녀석이 골프를 치지 못한다는 것도 뜻밖이었다. 재우의 머릿속을 바람 한줄기가 뚫고 지나갔다. 갑자기 몸마저 가벼워지는 느낌이었다.

"누님, 그 자식들 불쌍한 놈들이다, 생각하고 오늘 하루 끝까지 책임져줘요. 내가 이번 일 끝내놓고 세게 한턱낼게. 알았죠?"

"………"

갑자기 활기를 되찾은 재우의 목소리에 김언니는 어리둥절한지 뭐라고 대답을 못했다. 욕실에서 나오는 재우를 보고 희은도 놀란 표정을 지었다.

"어, 인간의 얼굴로 돌아왔네."

"오, 돌아온 우리의 안쩌이눙뚱!"

레지투이는 손가락으로 재우를 가리키며 엉망인 건달이라고 맞장 구를 쳤고, 재우는 활짝 웃는 레지투이를 향해 손을 젓고 나서 손가락 으로 자신의 가슴을 가리켰다.

"바므이남(35)."

'바므이남'은 바람둥이를 가리키는 새로운 은어였다.

"컹 바므이남, 안쩌이눙뚱."

바람둥이가 아니고 엉망인 건달이라고 우기는 레지투이를 보고 재 우는 이제야 그에게 어제의 일을 물어볼 여유가 생겼다.

"영화사에 간 일은 어떻게 되었어요?"

"꽝형이 그러데. 나라가 가난하고 영화사가 가난한데, 해야지 어떻 게 하느냐고."

"그래서요?"

재우가 다시 묻자 레지투이는 어깨를 으쓱하며 약간 모자라는 사람 처럼 히죽 웃었다.

"나라가 가난하고 영화사가 가난한데 어떻게 해?"

둘은 같이 낄낄거렸다. 희은도 재우가 옮겨준 말을 듣고 뒤따라 깔 깔거렸다.

상황은 최악이었지만 밤 열두시가 훨씬 넘어 일이 끝날 때까지 아 무도 짜증을 부리지 않았다. 숨이 컥컥 막히는 찜통 속에서 120번 씬 까지 무려 21씬을 해치웠다. 내일 하루 동안 남은 23씬을 끝내야 했 다. 오늘처럼 하면 못할 것도 없다.

아침부터 하염없이 비가 내렸다.

오후 한시 이십오분, 열두시 삼십분 출발 예정이던 다낭으로 가는 비행기가 이륙 대기지점으로 이동하기 시작했다. 재우는 빗방울에 얼룩진 창밖을 멍하니 내다보았다. 많은 일을 해봤지만 이번처럼 보름 동안 쉬지 않고 일한 것도 드물었다. 더욱이 창작물을 다루기는 처음이었다.

어제, 아니 오늘 새벽 세시가 넘어서 '끝'자를 찍는 순간 그는 막연한 보람과 함께 밀려드는 아득한 허탈감을 주체하기 어려웠다. 지금 재우의 무릎 위에는 출력한 베트남어 씨나리오 한부와 레지투이가 읽으라고 준 얇은 시집 한권이 있다. 이륙선을 향해 동체가 방향을 바꾸자 사선으로 흩뿌리는 빗방울이 좁은 창문을 희뿌옇게 했다. 흐려진 창문 위로 희은과 레지투이의 얼굴이 어른거렸다. 공항 오는 길에 호텔에 들러 희은을 내려주었을 때 녀석은 이런 게 어딨냐며 그의 옆구리를 치다가 끝내 가슴에 풀썩 안겨왔다. 재우는 시집 갈피에서 그녀의 서울 전화번호가 적힌 호텔 명함을 슬그머니 꺼내본다. 꽝아이에 다녀오면 녀석은 이미 서울로 떠난 다음일 것이다.

비행기는 이륙 대기선에서 십분 넘게 머뭇거리고 있었다. 옆에 앉은 최사장은 초조한 표정으로 미간을 모으며 흐려진 창을 통해 밖을 내다보았다. 탑승이 지연될 때부터 재우는 마음속으로 비행기가 뜰 수 없게 되기를 빌었는지 모른다. 관제탑이 재우의 마음을 읽었을까, 다낭행 소형 쌍발기는 동체를 탑승지점으로 되돌렸고, 다낭공항에 폭우가 내리고 있어서 착륙이 불가능하다는 안내방송이 뒤따랐다. 다낭으로 가는 비행기편은 아침과 점심, 하루에 두 차례뿐이었다. 결항된다면 내일 아침까지 기다려야 했다. 승용차로 가면 내일 오전까지 도착할 수도 있겠지만 빗길이라 얼마나 더 걸릴지 알 수 없었다. 재우는 공항 대합실에 앉아 기다리며 쏟아지는 빗줄기를 하염없이 바라보았다.

언제 결항 여부를 결정하겠다든가, 결항을 하게 되면 어떻게 대책을 마련하겠다든가, 하는 안내방송은 늘 그래왔던 대로 없었다. 승객들은 역시 마냥 기다렸고, 항의하는 사람은 더욱 없었다. 신문을 펼쳐들고 있는 최사장도 체념한 표정이었다. 재우는 레지투이가 준 시집을 펼치다가 고개를 갸웃거렸다. 자기 시집이라고 한 줄 알았는데 잘못 들은 모양이었다. 이름이 달랐다. 반레? 들은 적이 있는 시인이다. 시를 잘 모르는 재우였지만 몇편 읽지 않아서 그 시집이 아주 슬픈 정서로 가득 차 있다는 것을 알 수 있었다.

결항을 알리는 방송은 오후 세시가 지나서 나왔다. 재우는 최사장과 함께 그의 사무실로 갔다. 꽝아이의 여러 곳으로 전화를 걸어 사정을 설명하고 약속들을 모두 내일로 미뤘다. 내일 아침 공항에서 만나기로 하고 최사장의 사무실에서 나왔을 때도 비는 계속 쏟아지고 있었다.

휴대폰을 꺼내 희은이 머물고 있는 호텔로 전화를 하자 녀석은 비명을 질렀다. 레지투이와 함께 보기로 하고 그에게 전화를 했지만 휴대폰은 꺼져 있었다. 다시 해방영화사로 전화를 해보았지만 부재중이었다. 재우는 희은을 만나기로 한 까페의 이름과 장소를 메모로 남기고 택시에 올랐다.

서울에서 온 감독과 함께 노천까페에서 기다리던 희은은 재우가 들어서자 사람들의 시선에 아랑곳하지 않고 환호성을 질렀다. 한바탕 수선을 떨고 나서 녀석은 감독을 재우에게 소개했다. 감독은 재우보다도 두살 위였고, 직업이 주는 선입관과 달리 소박하고 겸손했다.

"반레 시인은 따로 오시나보죠?"

악수를 나누고 자리에 앉으며 감독이 재우에게 물었다.

"누구요?"

"반레 시인요."

"………"

재우는 감독에게 주던 눈길을 거두고 옆에 앉은 희은을 바라보았다.

"레지투이 그 아저씨, 영화감독이기도 하지만 유명한 시인이기도 하대요. 시 쓸 때 필명이 반레래요."

재우는 자주 그를 매혹시키던, 레지투이가 만들어낸 마술과 같은 언어들을 떠올렸다.

"모르셨어요?"

"네."

재우는 말끝을 흐리며 손에 들고 있던 시집을 펼쳐보았다.

"감독님 얘기 들으니까 그 아저씨 만만치 않더라. 열일곱살 때부터 전쟁 끝날 때까지 십년 동안이나 게릴라로 총 들고 싸웠대, 글쎄."

"재작년 토오꾜오 영화제에서 그를 처음 만났어요. 거의 말이 없는 사람이어서 그의 필름이 돌기 전까지는 초대받은 감독들 중 가장 눈에 띄지 않은 존재였지요. 그렇지만 그의 필름을 보고 깜짝 놀란 사람은 나만이 아니었어요. 베트남전쟁이 남긴 상흔을 찍은 다큐멘터리를 가지고 왔는데, 저건 진짜다, 입에서 그 말이 저절로 터져나왔어요. 당신, 전쟁 때 뭐 했냐, 대담시간에 물어봤지요. 뭔가 다른 인간이다 싶었는데, 대답이 참 싱거웠어요. 당시 베트남의 청년세대들과 다르지 않게 살았다, 그러고 마는 거예요. 하지만 그날 저녁 그와 함께 온 해방영화사의 프로듀서의 입을 통해서, 내 느낌이 틀리지 않다는 걸 알았죠."

감독은 레지투이에 대해 꽤 길게 얘기했다. 레지투이는 북부의 닌빈이 고향이었다. 육지의 하롱베이로 불리는 아름다운 닌빈의 자탄이란 마을에서 태어난 그는 1966년, 고등학교 졸업과 동시에 자원입대해서 베트남전쟁에 뛰어들었다. 그의 나이 겨우 열일곱살 때였다. 호치민 루트를 타고 오로지 걸어서, 3개월 만에 사이공에 도착했을 때 그의 부대원들은 이미 3분의 1로 줄어들어 있었다. 전투목적지로 이동해오는 동안에 그의 동료 3분의 2는 전투 한번 해보기 전에 죽었다. 굶어서 죽고, 말라리아에 걸려 죽고, 미군의 폭격에 맞아 죽고, 부비트랩에 걸려 죽고……

"그래서 호치민 루트 다큐에 대해 그렇게 예민하게 반응했구나. 충분히 그럴 만도 했네. 그래서요?"

연신 고개를 끄덕이며 듣고 있던 희은이 한마디를 보탰고, 감독의 얘기는 계속됐다.

"그는 죽어간 친구들을 대신해서 자신이 산다고 생각하는 것 같아요. 나중에 친해졌을 때 이런 말을 하더군요. 내 앞에 걸어가던 친구가 지뢰를 밟고 죽었기 때문에 내가 살았지, 함께 싸웠던 그들이 아니라면 내가 어떻게 지금 이렇게 살아 있을 수가 있겠어,라고."

그렇게 생각할 만했다. 그와 함께 입대했던 300명의 부대원들 중에서 전쟁이 끝났을 때까지 살아남은 사람은 오직 다섯 명뿐이었다. 전쟁이 계속된 10년 동안 그의 동료 295명이 죽었고, 그는 살아남은 다섯 명 중의 하나였다.

"그런데 왜 감독님은 그 아저씨를 감독이라고 부르지 않고 시인이라고 불러요?"

재우가 궁금해했던 질문을 희은이 대신 던져주었다.

"그는 시인이기를 원하니까. 그의 다큐멘터리는 일관되게 전쟁의 비극과 상처를 다루고 있어. 소설도 그렇대. 국립 해방영화사의 최고가는 다큐멘터리 감독이고 유명한 소설가이지만, 정작 그가 가장 애착을 가지는 이름은 시인이고 또 그렇게 불리길 원해. 나는 잘 모르지만 내가 아는 여기 기자의 얘기로는, 그의 시는 전쟁이 안겨준 비애로 전쟁을 넘어서려는 정신의 바다를 이룬다고 해. 반레라는 그의 필명에 담긴 사연도 모르겠네?"

레지투이가 전선에서 만난 친구 중에서 시인을 꿈꾸던 이가 있었다. 전쟁터에서도 그 친구는 틈만 나면 시집을 읽고, 시를 썼다. 그러나 그 친구는 수많은 동료들이 그랬듯이 전선에서 열아홉살의 나이로 죽었다. 시인이 되고 싶었지만 시인이 되지 못한 채 죽은 그 친구의 이름이 반레였다. 1975년, 전쟁이 끝날 때까지 레지투이는 전선에서 싸웠고 최후의 사이공 함락작전에 참여했다. 전쟁이 끝난 이듬해 그는 군복을 벗었고, 자신의 첫시를 '반레'라는 이름으로 세상에 내놓았다.

"지금까지 그의 모든 글은 '반레'란 이름으로 세상에 모습을 드러냈지."

그들의 자리는 수습하기 곤란한 깊이로 빠져들어버렸고, 한동안 침묵이 흘렀다. 어색한 침묵이 더 계속되지 않은 것은 무겁게 내려앉은 화제를 건져낸 감독의 재치 덕분이었다.

"레지투이 같은 친구를 남기고 죽은 반레라는 사나이도 꽤 괜찮게 살다 간 거 아닌가. 넌 그런 의리있는 친구 있냐?"

입을 삐쭉 내밀며 희은이 감독의 화제를 냉큼 받아냈다.

"난 친구 없어도, 가늘고 길게 살 거예요."

화제가 일상으로 돌아왔지만 재우의 가슴에 얹힌 무게는 줄어들지 않았다. 얘기하는 사이 멈추었던 빗방울이 다시 후둑후둑 떨어지기 시작했다. 그들이 앉은 자리 위의 차양을 두드리고 지나간 빗방울은 미처 마르지 않은 아스팔트 위로 부드럽게 착지하고 있었다. 자전거와 오토바이, 씨클로들이 일제히 길가에 멈춰서는 모습을 재우는 물끄러미 바라보았다. 공습경보가 울린 것처럼 순식간에 텅 빈 거리 위로 떨어지는 빗방울이 점점 굵어지고 있었다. 잠시 후 빗방울은 빗줄기로 변하면서 아스팔트를 맹렬하게 두드리기 시작했다. 아스팔트에 부딪혀 탄환처럼 튀어오른 비의 파편들이 사방으로 흩어질 무렵 사람들은 다시 거리로 나섰다. 어느새 비옷으로 갈아입은 사람들은 빗줄기가 굵어지기를 기다렸다는 듯이 일제히 거리를 채웠다. 벗은 상체로 씨클로를 몰고 가던 사내의 어깨에도 비옷이 얹혔고, 아오자이를 입고 하교하던 여고생도 자전거와 함께 비옷에 덮였다. 쏟아지는 빗줄기를 뚫고 사람들은 유유히 가던 길을 달려가기 시작했다.

까페로 들어서는 레지투이도 비옷을 입고 있었다.

"야터 안 반레(시인 반레 아저씨)!"

희은이 손을 번쩍 치켜들며 재우에게 금방 배운 베트남어로 외치듯이 레지투이를 불렀다. 레지투이는 두 손으로 양쪽 팔꿈치를 감아쥐고 빙긋이 웃으며 고개를 숙였다. 재우와 감독이 일어서서 마주 고개를 숙이는 동안 희은은 레지투이의 인사법을 흉내내며 말로 보충을 했다.

"겸손! 겸손!"

"가짜 겸손!"

레지투이는 익살스런 웃음을 지어 보이며 희은을 향해 고개를 저었다.

감독과 레지투이의 대화를 통역하는 중간중간 재우는 레지투이가 만들었던 문장들을 떠올렸고, 그러다가 둘의 얘기를 놓치기도 했다. 레지투이가 친구에 대해 재우에게 물었을 때도 그는 얘기를 놓쳤다.

"누구 친구요?"

"서울에서 온 자네 친구 말이야. 내일 새벽 비행기로 떠난다면서? 잘해주게. 친구가 친구를 이해해주지 않으면 누구와 더불어 세상을 살아갈 수 있겠나."

말없이 웃고 있는 재우에게 레지투이는 자신의 휴대폰을 내밀었다.

"전화해보게."

"………"

"전쟁중에 우린 사람들을 만나면 서로 정을 주지 않으려고 애썼지. 얼마 지나지 않아서 헤어져야 한다는 걸 알았으니까. 그것도 영원히. 처음 만난 사람을 보면 무슨 생각이 가장 먼저 드냐 하면 말이야, 내가 저 사람을 앞으로 두 번은 더 만날 수 있을까, 아니면 세 번? 그 안에 우린 대부분 죽게 마련이니까. 살아서 만날 수 있는 친구가 있다는 건 얼마나 좋은 일인가."

재우가 문태에게 전화를 한 것은 술잔이 몇순배 더 돈 다음이었다. 술잔은 돌고 돌았고, 비는 내리고 또 내렸다. 모두가 마음이 젖었고 레지투이의 목소리도 젖었다. 그들은 꽤 취해 있었고, 레지투이는 비가 쏟아지는 거리를 오래도록 내다보다가 혼잣말처럼 중얼거렸다.

"이런 날은 너무 슬퍼…… 난 저 비를 보면 호치민 루트에서 죽은 동지들이 생각나. 죽은 채로 정글 가운데서 고스란히 쏟아지는 비를 맞던 동지들이 생각나…… 그들을 묻으며 함께 울었던 동지들도……

그들도 다 죽었지…… 난 어떻게 살아남았을까."

재우는 레지투이가 폭우를 뚫고 그의 집으로 왔던 아침을 떠올렸다. 적멸감이 감돌던 그 눈빛이 밤을 꼬박 새운 다음의 것이었다는 것을 재우는 오늘에야 짐작할 수 있었다. 아직도 비가 많이 쏟아지는 날이면 전쟁터에서 죽어간 친구들의 얼굴이 떠올라 온밤을 뒤척이며 잠을 이루지 못한다는 레지투이는 눈앞의 거리에 쏟아지는 빗줄기를 물끄러미 내다보았다.

문태의 희망과 달리 인천행 KE682는 영시 십분, 정시에 이륙했다.

문태가 탄 비행기의 이륙을 확인하고 공항청사를 빠져나온 재우는 고개를 들고 밤하늘을 올려다보았다. 점보기 한대가 어둠을 가르고, 불빛을 깜박이며 솟아오르고 있었다.

전화를 한 지 한시간이 지나서 도착한 문태에게 가장 말을 많이 시킨 사람은 레지투이였다. 재우는 꼼짝없이 두 사람 사이에 앉아 얘기를 옮겨야 했고, 문태가 오기 전에 하던 얘기들까지 중간중간 다시 들려주어야 했다. 문태가 레지투이에게 아직도 공산주의자냐고 물었을 때 그는 그렇다고 했다. 문태의 물음은 한걸음 더 나아갔다.

"목숨을 걸고 만들려고 했던 것을 당신은 이루었다고 생각해요? 삼백명의 당신 부대원들 중에서 이백구십오명이 목숨을 버려가며 이루려고 했던 나라가 지금의 바로 이 베트남인가요?"

"우리가 원했던 것은 대단한 것이 아니었어요. 굶주리지 않고, 외국의 군대가 베트남의 사람과 대지를 유린하지 않는 세상을 바랐을 뿐이에요……"

레지투이는 말을 멈추고 문태의 눈길을 따라 주변을 둘러보았다.

복권을 팔러 온 소녀와 한치, 뻥튀기를 팔러 온 아주머니, 코코넛을 팔러 온 사내가 자기들의 일을 잊어버린 채 통역을 사이에 두고 벌어지는 대화를 신기한 듯 구경하고 서 있었다. 레지투이가 입을 다물고 있는 사이에 맨발의 소녀는 문태에게 복권을 사라고 권했다.

"이렇게 살기 위해서 싸운 건 아니잖아요?"

문태의 시선은 복권을 내민 소녀의 새까만 손등에 머무르고 있었다. 재우가 통역을 하지 않았지만 레지투이는 문태의 물음에 대답했다.

"우리는 우리 세대가 해야 할 일을 끝냈을 뿐이지요. 다음 세대에게는 또 다음 세대가 해결해야 할 일이 기다리고 있지요. 우리가 다 해버리면 다음 세대는 뭘 하고 살겠어요? 어떤 세대도 다음 세대가 할 일을 미리 할 수는 없지 않을까……"

희은이 박수를 치며 '맞아'를 연발했다. 그리고 이제는 제법 입에 붙은 어조로 레지투이를 불렀다.

"야터 안 반레!"

그 다음의 물음은 물론 재우가 옮겨주어야 했다.

"근데 이 나라 사람들은 왜 식당이고 술집이고, 잡상인들이 이렇게 드나들게 내버려두죠? 여기도 그래. 복권까지는 괜찮다 쳐. 뻥튀기까지도 넘어가. 근데 술집에 들어와서 한치 안주 사라고 그러는데도 왜 주인이 가만히 내버려두죠? 설마 이런 술집까지 국영인 건 아니겠죠?"

"외국인들만 그걸 이상하게 생각하지 베트남 사람들은 아무도 그걸 이상하게 생각하지 않아요. 우리나라가 아직 가난하지만 남의 고된 생계수단을 빼앗으면서까지 부자가 되려고 하진 않아요."

희은은 감동한 표정이었지만 문태의 얼굴은 밝지 않았다.

"그렇게 들으니까 아름다운 풍경이네요. 그런데 이 아름다움이 얼마나 갈까요. 제가 보기에는 참 위태로워 보이는 이 아름다움을 얻기 위해 당신과 당신의 친구들이 바친 희생은 너무 큰 것 아닌가요. 그런데도 후회가 없단 말이에요?"

불안한 마음으로 문태의 말을 옮겼는데 레지투이는 의외로 담담했다.

"우리는 공산주의를 위해서 싸운 것이 아니고 공산주의를 살았어요. 자본주의가 지배하는 남쪽에서 우리는 십년을 싸웠지만, 최소한 그 십년 동안 나와 내 친구들은 공산주의의 삶을 살았어요. 자기가 살지 않은 것을 남에게 요구할 수 있겠어요? 나의 삶을 지탱해온 것은 거창한 이념이 아니라 어머니가 우리 형제들을 기르면서 가르쳐준 사소한 것들이었어요. 내가 군대에 지원해서 전쟁터로 떠나던 날 어머니는 말했어요. '아들아, 그 모든 사람들로부터 좋은 말을 들을 수는 없다. 사람들이 너를 미워하고 욕할 수는 있다. 그것은 어쩔 수 없다. 그러나 누구한테서도 경멸받을 삶을 살아서는 안된다.' 어머니의 그 말이 지금도 내 머릿속에 남아 있지요."

택시에 오르기 전에 다시 돌아본 밤하늘, 비행기는 불빛을 반짝이며 멀어져가고 있었다. 재우는 택시의 문짝을 잡으려던 손을 들어올려 펼쳐보았다. 손바닥 안에서 아직 문태의 체온이 느껴졌다. 그는 빈손을 가만히 감아쥐어보았다.

"마음가짐을 베트남 말로 뭐라고 하나?"

문태는 작별의 악수를 하다 말고 재우에게 그렇게 불쑥 물었다.

"떰 로옴."

"떰 로오옴?"

문태는 재우의 손을 잡고 있던 손아귀에 힘을 주며 그의 말을 따라 했다. 떰 롬, 재우는 비로소 그 말을 한 주인이 레지투이였다는 것을 떠올렸다. 노천까페에서 문태가 마지막으로 어머니에 대해서 묻자 레지투이의 소년과 같은 눈동자는 더욱 천진하게 빛을 냈다.

　"어머니…… 큰 배움이 없었지만 우리 형제들에게 늘 사람이 가져야 할 마음가짐에 대해서 말씀하셨죠."

　"어떤 마음가짐요?"

　냉큼 물은 것은 희은이었다.

　"뭐 별것 아냐. 친구를 만나면, 먼저 어떻게 하면 이 친구와 즐겁게 지낼 것인가를 생각하는 마음가짐, 함께 지낼 때는 내가 어떻게 행동해야 헤어질 때 더 좋은 친구가 될 수 있을지를 생각하는, 뭐 그런 마음가짐……"

　짝짝, 희은이 손뼉을 쳤다.

　"역시, 여자가 훌륭해. 그런 어머니가 계시니까 시인이 나오는 거예요. 야터 안 반레! 어머니가 이거예요. 오늘의 결론은 여자가 이거다, 이거예요."

　희은이 엄지를 세워 앞으로 내밀었다. 노천까페에서 나와 문태의 일행들이 기다리고 있는 떤선넛 공항으로 오는 택시 안에서 둘은 한마디도 나누지 않았다. 반대방향의 창밖을 내다보던 고개를 돌리다가 서로 눈길이 마주치면 장난스럽게 웃을 뿐이었다. 그러고는 둘 다 고개를 돌려 다시 창밖으로 시선을 옮겼다.

　"마음가짐이 있어야 한다, 그건 뭐라고 그래?"

　일행의 마지막 차례로 출국심사장으로 들어가던 문태 녀석이 걸음을 멈추고 돌아서서 목소리를 높여 물었다.

"그건 알아서 뭐 하려고?"

"여기까지 왔다가면서 베트남 말 한마디는 알고 가야지."

"바이 꼬 떰 롬."

"알았다, 인마. 바이 꼬오 떰 로오옴."

돌아서는 문태의 얼굴에 웃음이 번지는 것 같았다. 녀석을 처음 만났던 20년 전, 그때의 맑았던 얼굴을 떠올리게 하는 문태의 웃음을 바라보는 재우의 얼굴에도 희미하게 웃음이 번져났다.

택시가 경적을 울렸지만 재우는 문태가 떠나간 하늘을 한참 동안 쳐다보고 있었다. 멀어져가던 비행기의 불빛이 마침내 완전히 어둠속으로 사라진 다음 재우의 눈앞에는 문태와 창은의 얼굴이 함께 어른거렸다. 기름때 낀 창은의 손을 생각하며 재우는 감아쥐고 있던 손을 펼쳐 다시 한번 물끄러미 내려다보았다.

"무언가를 꿈꾸려는 자는 그 꿈대로 살아가야 하지 않을까."

지난 겨울, 바람부는 명동성당에서 창은은 재우에게 그렇게 말했다.

택시에 오른 재우에게 운전사가 어디로 가느냐고 물었고, 재우는 무심코 이렇게 대답했다.

"명동성당."

—『창작과비평』 2002년 겨울호

랍

스

터

를

먹

는

시

간

1

레 러이 거리 17번지에 있는 프응미식당은 여느 날과 다름없이 붐볐다. 아직 이른 저녁시간인데도 손님들이 타고 온 자전거와 오토바이들이 식당 앞 인도를 가득 메우고 있었다. 차가 식당 앞 차도에 멈추자 주차요원 키엠이 오른손을 번쩍 치켜들며 건석을 반겼다.

차에서 내린 건석은 곧바로 식당으로 들어가지 못했다. 운전기사 히우가 심통을 부렸기 때문이다. 저녁 먹으러 같이 들어가자고 했지만 녀석은 고개를 가로저었다. 같이 먹자니까, 건석이 거듭 권했지만 녀석은 집에 가서 먹겠다는 대답만 되풀이했다. 평소 같으면 냉큼 따라붙을 녀석이었다. 건석은 몸을 기울여 운전대를 고집스럽게 붙들고 있는 녀석을 물끄러미 들여다보았다. 하지만 녀석은 건석의 시선을 피하며 손목에 찬 시계를 흘낏 쳐다보았다. 건석은 그제야 오늘이 토요일임을 떠올렸다. 녀석은 약속이 있는 것이다.

지갑에서 십만 동짜리 지폐 한장을 꺼내 녀석에게 쥐어주며 퇴근하라고 했다. 건석은 녀석의 얼굴이 얄미울 만큼 환하게 바뀌는 것을 확인하고 식당을 향해 몸을 돌렸다. 식당 안에는 어느새 키엠이 선풍기 바로 아래에 자리를 마련해놓고 기다리는 중이었다.

가능하면 눈에 띄지 않게 먹고 갔으면 싶었지만 역시 틀린 일이었다. 키엠은 '아인 최'가 왔다고 주방을 향해 소리쳤고 곧바로 우옌 티 리엔이 달려나왔다. TV를 지켜보며 음식을 먹던 손님들의 시선이 일제히 건석에게 쏟아졌다. 겨우 세 주 정도 들르지 않은 것뿐인데 리엔은 건석이 몇달 만에 온 것처럼 수선을 피웠다.

"아인 최, 바람이 났어요?"

한국말로 떨어대는 그녀의 너스레를 건석은 눈을 크게 뜨고 고개를 끄덕이며 받아넘겼다.

"야, 또이 라 바므이남."

바므이남은 바람둥이를 가리키는 새로운 은어였다.

"우아, 바므이남 아(바람둥이라고)?"

"벙(그렇다니까)."

프응미식당은 5년 전 건석에 의해서 발견되었다. 그때까지 프응미는 한칸의 가게를 가진 보잘것없는 식당일 뿐이었다. 건석은 쌀국수를 말아내는 프응미의 국물맛을 발견한 다음부터 일년 가까이 거의 하루도 빠짐없이 이 집에 들렀다. 닭고기를 삶아서 우려낸 고소하고 담백한 국물은 일품이었다. 건석을 따라 조선소의 한국인들이 프응미의 단골이 되었고, 한국인들이 많이 드나들자 현지인들도 덩달아 프응미의 문턱을 넘어섰다.

　종업원이 내온 쌀국수 위에는 결 연한 닭고기가 듬뿍 얹혀 있었다. 뒤따라 듬성듬성 썬 야채와 잘게 저민 고추, 김치를 따로 담은 접시를 들고 온 우엔 티 리엔은 부탁을 하기도 전에 랍스터를 사다주겠다고 선수를 쳤다. 리엔이 식당 밖으로 나가고 곧 오토바이 출발하는 소리가 들렸다. 건석은 야채와 고추를 넉넉히 집어넣고 나무젓가락으로 국수를 말아올렸다. 하지만 국수는 매끄럽고 둥근 나무젓가락 사이로 빠져나가버리고 매운 고추를 머금고 올라온 더운 김이 먼저 얼굴을 덮쳤다. 이마의 땀구멍이 일제히 열리며 눈물이 핑 돌았다. 건석은 열른 손가락에 힘을 주어 미끄러져 내려가는 면을 말아서 한입 가득 밀어넣었다. 이마에 땀방울이 맺혔지만 눈물이 먼저 나오는 것만은 막을 수가 있었다. 쌀국수의 매끈한 면발과 함께 매운 고추가 섞인 담백한 닭국물이 혀를 자극하며 식도로 넘어갔다. 그런 다음 씹히는 것은 쫄깃한 닭고기와 강한 향을 지닌 야채였다. 젓가락으로 김치 한 조각을 집어드는 건석의 얼굴에는 온통 굵은 땀방울이 송골송골 맺혀 있었다. 면이 줄어가는 사이 목줄기를 타고 내린 땀은 가슴팍으로 흘러들었다.

　건석은 종업원이 가져온 물수건을 가볍게 비틀어 짰다. 물수건에서 떨어진 물기가 주르륵 시멘트 바닥을 적셨다. 물수건으로 얼굴과 목덜미를 훔치고 나서 건석은 접시에 남은 저민 고추를 국물에 마저 털어넣었다. 야채와 함께 저민 고추를 넣을 때부터 흘낏거리며 건석을 쳐다보던 사람들의 눈이 비명을 지를 듯이 커졌다. 앞자리에 앉은 청년은 같이 앉은 친구의 옆구리를 찌르며 건석의 국수그릇을 가리켰다. 건석이 대접을 들어 권하는 시늉을 하자 청년은 손사래를 치며 아예 고개까지 돌렸다.

　매운 국물을 마시는 사이 땀과 눈물이 함께 쏟아졌다. 대접의 바닥이 보일 때까지 건석은 고개를 들지 않았다. 고추의 매운 맛에는 슬픔과 외로움을 견디게 하는 힘 같은 것이 있었다. 지난 5년간 그의 국수에 들어가는 저민 고추의 양은 점점 늘어만 왔다.

　땀과 눈물이 뒤섞인 얼굴을 훔치고 고개를 들었을 때 사람들은 모두 TV에 시선을 고정시키고 있었다. 출격하는 미군 전투기와 파괴된 바그다드, 부상당한 민간인들…… 뉴스속보는 며칠째 이라크를 떠나지 않고 있었다. 이미 더이상 새로울 것이라고는 없는 화면에서 건석은 고개를 돌렸다.

　건석의 고개가 본능적으로 TV를 향해 돌아간 것은 렛므이와 새우가 나온 다음이었다. 아나운서의 목소리를 흘려들으며 자작을 하고 있던 그의 귓속으로 한꿕(한국), 그 한마디가 탄환처럼 파고들었고 의식할 틈도 없이 돌아본 화면에는 국회의사당이 버티고 서 있었다. 화면 하단에는 '이라크에 파병키로 한 한국'이라는 자막이 큼직하게 붙었고 아나운서는 그런 결정의 과정과 다른 나라의 반응을 덧붙였다. 건석이 아나운서의 말을 채 머리에 새기기도 전에 화면은 팔레스타인 난민촌으로 넘어갔다. 하지만 식당 안의 사람들은 더이상 TV를 쳐다보지 않았다. 건석은 자신에게 쏟아지는 갑작스러운 시선에 당황했다. 이런 경우는 처음이었다. 다이 싸오? 누군가 왜냐고 물었지만 건석은 굳게 입을 다물었다.

　"왜 또 한국은 이라크에 가나?"

　또. 이 말 속에는 분명한 추궁이 담겨 있었다. 역시 건석이 대답할 수 있는 질문이 아니었다. 건석은 감정을 제거한 눈빛으로 주변을 한

차례 휘둘러보고 술잔을 들어 입안에 털어넣었다. 식도로 흘러들어간 45도짜리 렛므이가 몸속에 짜릿하게 퍼졌다. 안주로 나온 생새우가 눈에 들어왔지만 건석은 빈 잔을 먼저 채웠다. 그리고 역시 단번에 털 어넣었다. 그가 누구든 시비를 걸고 싶어하는 상대 앞에서 만만하게 보여서는 안된다. 건석은 거푸 네 잔의 렛므이를 털어넣고 나서야 발 라놓은 새우를 와사비 간장에 찍어서 천천히 씹었다. 점점 거칠어지 는 분위기가 온몸에 와닿았지만 건석은 두려워하는 기색을 내보여서 는 안된다고 자신에게 일렀다. 더구나 다른 곳도 아닌 프응미가 아닌 가. 건석은 다시 태연하게 자신의 빈 잔에 술을 채웠다. 다음 순간, 중 년사내 하나가 고함을 치며 자리에서 벌떡 일어났다. 사내가 다가오 는 동안 건석은 슬그머니 왼손을 주머니에서 뽑았다. 여전히 무반응 인 건석 앞에서 사내는 바짓단을 걷어 보이며 목소리를 높였다.

"이 다리를 누가 이렇게 만든지 알아?"

흉측하게 팬 종아리를 보며 건석은 사내가 다가올 때 고르지 않던 걸음걸이를 떠올렸다.

키엠이 달려와 사내를 가로막으며 자리로 돌아가라고 했지만 사내 는 들은 척도 하지 않았다. 오히려 다른 사람들까지 몰려들어 건석을 둘러싸고 웅성거리기 시작했다. 사내의 목소리는 더욱 올라갔다.

"한국은 미국이 부르기만 하면 어디나 달려가는 강아지야?"

건석은 화가 났다. 자신에게 책임이 있지 않은 일을 가지고 사내는 그를 윽박지르고 있었다. 더구나 주변의 완력을 빌려서 말이다. 형의 얼굴이 떠오르면서 건석의 인내심은 더이상 유지되지 못했다. 그의 기억 속에서 형은 언제나 또래들에게 둘러싸인 놀림감이었다.

"나는 군인도 아니고 정치가도 아니다. 당신이 왜 내게 화를 내나?"

"한국군이 내 다리를 이렇게 만들었다."

다시 바지를 걷어붙일 태세를 취하는 사내에게 건석이 쏘아붙였다.

"내가 그렇게 했나?"

"당신이 그런 것은 아니지만……"

건석은 사내의 말을 잡아챘다.

"그럼 됐다. 내가 하지 않은 일에 대해서 나에게 말하지 마라."

사내는 건석을 뚫어지게 노려보았다. 건석도 지지 않고 그런 사내를 물끄러미 쳐다보았다. 건석은 팔짱을 끼고 긴장으로 팽팽해진 식당 안을 한바퀴 휘둘러보며 이 사내가 할 수 있는 다음 행동을 생각했다. 폭력배가 아닌 베트남 사람들이 주먹다짐하는 것을 본 기억이 거의 없다. 한국사람들처럼 자주 싸우지도 않았지만 서로 다투더라도 대부분 언쟁에서 끝이 났다. 오토바이를 타고 가다가 서로 부딪쳐도 대단한 부상이 아니면 일어서서 툭툭 털고 서로 가던 길을 간다. 하지만 폭력배는 다르다. 칼을 쓴다. 설마 이 사내가 칼을 쓰지는 않겠지.

침묵을 깨뜨린 것은 식당 밖이었다. 오토바이가 도착하는 소리와 함께였다. 종업원들로부터 설명을 들으며 황급히 식당에 들어선 것은 우옌 티 리엔이었다. 아마 시장에 있다가 연락을 받고 서둘러 달려온 모양이었다. 그녀는 걸어오며 모자와 썬글라스, 마스크를 차례로 벗어서 종업원에게 던지듯이 건네주었다. 드러난 그녀의 얼굴은 붉게 상기되어 있었다. 건석이 앉은 자리로 온 그녀는 어깨까지 올라가는 긴 토시장갑을 벗으며 괜찮으냐고 물었고, 그는 아무 일 없다고 대답했다. 그렇지만 우옌 티 리엔은 그의 대답을 다 듣기도 전에 식당 안을 둘러보며 목소리를 높였다. 아인 최는 나쁜 한국인이 아니다.

리엔은 사내의 팔목을 잡아끌고 갔다. 건석은 사내의 자리에 마주

앉아 얘기를 하고 있는 리엔을 건너다보았다. 그녀의 목소리를 다 알아들을 수는 없었지만 반쯤은 나무라고 반쯤은 달래는 어투였다. 거침없는 그녀의 동작과 표정, 상대의 심장을 들여다보는 듯한 대담한 눈빛, 이럴 때 그녀는 가장 매혹적이다. 그녀와 나누었던 첫 섹스가 떠올랐다. 육체보다 더 강렬한 기억은 없다. 건석은 눈앞에 어른거리는 그녀의 육체를 지우기 위해 눈을 감았다. 하지만 눈을 감는다고 기억이 지워지는 것은 아니었다.

"아인 최, 잠이 들었어요?"

눈을 뜨자 그녀가 어깨 옆에 서 있었다. 아오자이의 곡선을 따라 올라가던 그의 눈길이 그녀의 눈길과 마주쳤다. 리엔은 장난스럽게 그를 흘겨보며 랍스터를 손질시키겠다고 했다. 건석이 돌아서려는 그녀를 제지했고, 그녀는 아직 술이 제법 남아 있는 렛므이 병을 가리켰다. 건석은 남아 있는 새우를 가리키며 맥주잔을 부탁했다. 랍스터는 그가 가장 좋아하는 횟감이었지만 이미 입맛이 달아난 다음이었다. 종업원이 가지고 온 맥주잔에 남은 술을 따르며 건석은 자신에게 모아지고 있는 눈길을 의식했다.

리엔의 잔소리에 아랑곳하지 않고 건석은 단숨에 잔을 비우고 자리에서 일어섰다. 선 채로 새우 한마리를 집어서 입으로 가져갔다. 새우를 받치고 있던 얼음덩이가 녹아서 접시는 물로 흥건했다.

"차 어디 갔어? 택시 필요해?"

걱정스럽게 묻는 그녀에게 건석은 고개를 저었다. 그녀는 키엠에게 오토바이로 그를 데려다주라고 했지만 그는 역시 거절했다.

"랍스터 어떻게 해?"

대답 대신 건석은 잠시 그녀의 크고 깊은 눈을 빤히 들여다보았다.

"문 닫으면서 가져다줘?"

식당 앞에서 리엔이 목소리를 낮추어 물었다. 건석은 희미하게 고개를 끄덕였다.

리엔을 등뒤로 하고 건석은 천천히 걸음을 떼어놓기 시작했다. 낮 동안 한차례의 스콜이 지나갔지만 태양열이 종일 달궈놓은 거리는 여전히 덥고 건조했다. 저녁노을이 지고, 집으로 향하는 건석의 발 아래로 스멀스멀 어둠이 밀려들고 있었다. 거리의 가로수는 지친 어깨를 떨구고, 노상까페들은 드문드문 남폿불을 밝히기 시작했다.

홀로 걸어가는 건석의 뒤로 전조등을 켜지 않은 키엠의 스쿠터가 멀리 거리를 유지하며 따라가고 있었다.

2

현관에 들어서기 무섭게 전화벨이 울려댔다. 거실에 놓인 전화기를 뜨악하게 쳐다보며 건석은 계단으로 향했다. 나사모양의 회전계단을 따라 2층으로 올라가는 동안 멈췄던 전화벨이 다시 울기 시작했다. 침실문을 열고 들어서는 순간 취기가 한꺼번에 몰려들며 다리의 힘이 빠졌다. 그대로 침대에 엎어지지 않은 것은 전화기 때문이었다. 침대 머리맡에 놓인 전화기는 거실과 서로 연결되어 있었다. 건석은 전화가 제풀에 끊기기를 바라며 리모컨을 집어들고 냉방기를 돌렸다.

겉옷을 침대 위에 벗어던지고 욕실로 가면서 러닝셔츠를 걷어올렸다. 걸어오는 동안에 땀에 젖을 대로 젖어 척척해진 셔츠는 몸에 착 달라붙어 잘 벗겨지지 않았다. 그는 턱을 잡아당기고 상체를 구부리며 러닝셔츠를 억지로 뽑아냈다. 욕실 앞에서 팬티를 벗으려다 다리가 엉킨 그는 문틀을 붙잡고 겨우 중심을 잡았다.

샤워를 마치고 나올 때까지 전화벨은 집요하게 이어졌다. 찬물을 뒤집어쓴 머리는 조금 맑아졌지만 대신 나른한 피로가 몰려들었다. 벌거벗은 채 수건의 양쪽 끝을 쥐고 머리에 남은 물기를 털던 건석이 결국 수화기를 집어들었다.

"아로(여보세요)?"

"아, 알로. 아, 아…… 그, 거기 최과장…… 집 아인교?"

오부장이었다. 아, 예. 건석이 대답을 하기 무섭게 더듬거리던 오부장의 목소리는 호통으로 변했다.

"조선말로 몬 받나?"

"………"

"머 한다꼬 즌화는 안 받노."

귀청이 아플 만큼 오부장의 목소리는 높았다.

"지금 들어왔습니다."

"휴대폰은?"

"………"

건석은 귀에 대고 있던 수화기를 눈앞으로 옮겨들고 물끄러미 쳐다보았다. 아쉬운 것은 언제나 그쪽이면서도 오부장은 항상 큰소리를 쳤다.

"휴대폰은 와 직이뼜는데?"

눈앞의 수화기에서 오부장은 목청을 더욱 돋우었다.

"배터리가 떨어졌습니다."

건석의 대답은 물론 사실이 아니었다. 오늘, 그는 회사를 나오면서 휴대폰을 꺼버렸다. 오늘만큼은 누구의 전화도 받고 싶지 않았고 어떤 한국사람도 만나고 싶지 않았다. 그는 벽에 걸린 달력을 쳐다보았다. 오늘 날짜 옆에 '兄'이라는 글자가 붉은색으로 씌어 있었다. 여전히 오부장이 씩씩거리고 있는 수화기를 침대에 내려놓고 그는 손가락을 꼽으며 천천히 헤아려보았다. 23년, 벌써 23년이나 지났다. 그런데도 그날의 기억은 여전히 선명한 기억으로 남아 있다.

형은 언제나 동네아이들의 가장 만만한 놀림감이었다. 23년 전의 그날도 그랬다. 뒷산에서 새의 둥지를 찾아낸 아이들 중에서 나무에 올라가겠다고 나서는 녀석은 아무도 없었다. 나무는 너무 높았고, 더구나 둥지가 있는 가지는 지나치게 가늘었다. 서로에게 떠넘기던 아이들의 손가락이 마지막으로 가리킨 것은 형이었다.

"째보가 올라가면 되겠다."

동네아이들 누구도 형의 이름을 부르지 않았다. 형의 친구들은 물론이고 건석의 친구와 그보다 더 어린 아이들도 형을 째보라고 불렀다. 째보말고 형을 부르는 다른 이름이 있다면 베트콩이었다.

"맞다. 베트콩들은 원래 나무를 잘 탄다더라."

"그래. 째보가 베트콩인데 뭐가 걱정이고. 퍼뜩 올라가라."

얼굴이 빨갛게 달아오른 형은 뒷걸음질을 쳤다. 아이들은 형이 내빼지 못하도록 둘러싼 채 나무에 올라가라고 다그쳤다. 겁을 잔뜩 먹은 형은 금방 울음을 터뜨릴 것 같은 눈빛으로 건석을 쳐다보았다. 아이들의 눈길이 뒤따라 건석에게 쏟아졌다. 건석은 고개를 돌려 형의 눈길을 외면해버렸다.

후들후들 다리를 떨며 나무에 올라간 형의 손길이 새의 둥지에 닿기 전에 형이 밟고 있던 가지가 먼저 부러졌다. 나무에서 떨어진 형은 며칠 만에 정신을 차렸지만 한쪽 귀의 청력을 잃었다.

잠잠해진 침대 위의 수화기를 내려다보다 건석은 풀썩 드러눕고 말았다. 감은 눈앞에 간절하게 그를 쳐다보던 형의 눈빛이 어른거렸다. 세월이 흐르면서 형의 얼굴마저 희미해졌지만 그 눈빛만큼은 결코 잊혀지지 않았다. 동네아이들은 모두 형이 스스로 나서서 나무에 올라간 것이라고 했다. 의논을 해서 입을 맞춘 것은 아니었다.

"자식이 올라가지 말라니까, 우리가 전부 말리는데도 기어이 올라가더니 이렇게 된 거 아냐. 안 그러냐?"

형에게 가장 먼저 나무에 올라가라고 한 동네의 쌈쟁이가 덩치만 크고 미련한 곰탱이의 등에 형을 업히며 아이들에게 그렇게 말했다.

"맞다. 우리는 아무도 째보고 올라가라고 안했다."

"말리는데도 잘난 체하고 올라가길래 나무 잘 타는 줄 알았지."

형을 업은 곰탱이의 뒤를 따라 뛰어내려오면서 형에게 나무에 올라가라고 다그쳤던 녀석들은 가쁜 숨을 몰아쉬며 같은 말을 몇번이나 되풀이했다. 마을에 도착했을 때 쌈쟁이의 말은 확실한 사실로 굳어져 있었다. 쌈쟁이는 마지막으로 건석에게 다짐을 받듯 물었다.

"째보가, 자기가 새알 꺼내겠다고 나서는 거 너도 똑똑히 봤지?"

건석은 쌈쟁이의 무서운 눈길을 피하지 못하고 고개를 끄덕거렸다.

요란한 초인종 소리에 눈을 떴을 때 창밖에는 짙은 어둠이 드리워져 있었다. 침대에 놓인 수화기가 오부장과 통화했던 사실을 상기시켰다. 옷장에서 내의를 꺼내 입는 동안에도 초인종은 신경질적으로 울려댔다. 보지 않아도 오부장이 틀림없었다. 한 일이십분쯤 오부장의 애를 태운 다음에 전화를 걸어서 이 나라의 불안정한 통신사정을 탓하며 둘러댈 작정이었는데 그냥 잠들어버리고 만 것이다. 프응미를 나서기 전에 마지막으로 들이부은 술이 결정적이었다. 마땅히 둘러댈 말이 떠오르지 않았다. 집에 없는 것처럼 나가지 않고 버틸까 하는 생각을 잠시 했지만 초인종을 눌러대는 기세로 보아 오부장이 그냥 물러설 것 같지 않았다. 여기까지 달려온 걸 보면 다급한 일이 생긴 게 분명했다. 생각이 여기까지 미치자 건석은 오히려 마음에 여유가 생겼다. 오부장이 잔뜩 열을 받아 있겠지만 그가 아쉬워서 찾아온 것이다. 건석을 막무가내로 몰아세울 처지는 아니었다. 취한 척하기로 작정을 하고 남아 있는 취기를 최대한 불러냈다.

"니 이래 막가도 되나?"

사람보다 목소리가 한발 먼저 대문 안에 들어섰다. 건석은 흐느적거림을 과장하며 게슴츠레한 눈빛을 하고 오부장에게 고개를 까딱했다.

"부장님이 웬일이세요?"

"지금 니 내캉 장난치자 카는 기가? 전화도 끊었뿌고, 시게 나오네."

"아, 아까 전화한 게 부장님이셨어요?"

부장이 믿어도 그만이고 안 믿어도 그만이었다. 건석은 계속 미친 척했다.

"렛므이 몇병 빨고 잘 자는데 왜 깨우세요. 남은 것 있는데 한잔 같이 할래요?"

"지금 술 묵기 생깄나?"

"베트남 소주 괜찮은데……"

잠시 기가 막힌 표정으로 건석을 쳐다보던 오부장은 입맛을 한번 다시고는 목소리를 낮추었다.

"김부장이 지끔 공안에 붙들리가가 있다."

"………"

"퍼뜩 옷 걸치고 나온나."

"왜요, 또 그것 하러 나짱호텔 갔다가 걸렸습니까?"

여자를 샀다가 말썽이 나는 경우가 가끔 있어왔다.

"그런 거면 내가 여기까지 오지도 아해. 회식하다가 붙었다 안카나. 하여튼 김부장 그거는 주먹 함부로 써가 크일이다."

회식자리에서 한국 관리자들과 현지 직원들이 다툼을 벌인 모양이었다. 그런 마찰은 매춘단속에 걸리는 경우보다 흔한 일이었고, 처리도 매춘의 경우보다 쉬웠다. 얻어맞은 현지 직원들을 잘 어르고 공안의 주머니에 달러 몇장을 찔러주면 되었다.

"신병인수증 한장만 써주고 오면 되겠네요."

건석은 취기를 과장하며 일부러 건들거렸다.

"딸라는 좀 챙겨오셨어요?"

웬만하면 100불짜리 몇장에 해결이 되었다.

"아, 이 자식들 분위기가 쪼매 달라."

"우리 갈 때까지 어떤 대답도 하지 말라는 얘기는 해놨죠?"

여기 말이나 영어 몇마디 한다고 따지다가 일단 조서에 싸인을 해놓으면 단가가 세게 먹히는 것은 물론이고 일처리가 복잡해졌다.

"그 말은 했는데, 그 다음부터는 김부장 휴대폰까지 뺏들고 즌화도 안 바꿔주는 기라. 이런 적은 읎었다 아이가."

"이유가 뭐래요?"

"지들 말로 떠들어대는데 그거를 우예 알어묵노."

"여기 말 좀 배워두시지 그랬어요?"

건석은 말을 마치기도 전에 자신이 괜한 얘기를 꺼냈다는 것을 깨달았다. 이곳에 발령받은 지 벌써 3년이 지났는데도 오부장은 짧은 베트남어조차 제대로 하지 못했다. 아니다. 그의 표현에 따르면, 하지 않는다. 곧 떠나야 할 나라니까. 떠나면 다시는 돌아보지 않을 나라니까. 오부장은 와신상담, 한국의 본사로 복귀할 날을 기다리고 있었다. 건석이 보기에 사표를 쓰기 전에 그가 한국에 돌아가는 것은 불가능하다. 애초에 이곳으로 발령을 낸 사람들의 절반쯤에게 회사가 기대한 것은 사표였다. 기필코 돌아간다는 6개월의 시한이 벌써 몇번이나 지나갔음에도 오부장은 여전히 6개월 안으로 이곳을 떠난다는 말을 입에 달고 살았다.

"내가 와?"

아니나다를까, 오부장은 곧바로 집안 애기를 끌고 나왔다.

"집안 다 디비도 베트남하고 피 한방울 섞은 역사가 읎는 내가 와 베트남말을 배우노."

건석은 고개를 돌려 어두운 거리를 내다보았다. 차창 밖에는 빗방울이 후둑후둑 떨어지고 있었다. 불쾌감을 감추고 싶지 않았다. 어차피 취한, 취한 척하기로 한 그였다. 섞지 말아야 할 피를 섞어놓은 것이 형이었다. 건석은 형이 의식을 잃고 있던 며칠 동안 두려움에 떨었다. 형이 죽어버릴까 싶어서가 아니라 형이 깨어나서 어머니에게 한 자신의 거짓말이 드러날까 싶어서 가슴이 졸아들었다. 형을 강제로 나무로 몰아올렸다는 것이 밝혀지는 순간 어떤 날벼락이 떨어질지 알 수 없었다. 어머니의 태도는 정말 이해하기 어려웠다. 그렇게 형의 존재를 못마땅해하고 구박하면서도 밖에서 형이 당하고 오면 언제나 건석에게 먼저 매를 들었다. 형이 처맞을 동안 니놈은 뭘 했어, 뭘 했길래 니놈은 멀쩡해. 형이 얼굴에 멍만 들어 와도 건석에게 매타작을 하던 어머니였다. 아직까지 매를 들 경황이 없었지만 형이 깨어나고 나면 어머니가 어떻게 나올지 건석은 상상할 수 없었다. 그러나 정말 두려운 것은 그것이 아니었다. 형이 감고 있는 눈을 뜨고 나서 그를 쳐다보게 될 순간의 그 눈빛보다 더 두려운 것은 없었다. 건석은 아무리 눈을 꼭 감아도 나무 위로 내몰리기 전에 그를 쳐다보던 원망과 간절함이 뒤섞인 형의 눈빛을 지워버릴 수 없었다.

"최과장은 여기 말뚝박을 기가?"

건석의 침묵이 고집스럽게 계속되자 민망해진 오부장이 뜬금없이 물었다. 하지만 건석은 여전히 입을 다문 채 창문을 내렸다. 빗방울이 왼쪽 뺨을 두드리며 달라붙었다. 건석은 아예 얼굴을 창밖으로 내밀었다.

"최과장, 최과장! 니 와 이카는데."

건석이 뛰어내리려는 것으로 알았는지 오부장은 다급하게 건석의 옷자락을 잡았다.

"내 니 욕한 거 아이다, 인마."

오부장의 제지에 대한 반작용으로 건석은 창문 밖으로 상체를 완전히 내밀었다. 차는 달리고 그의 상체는 흠뻑 비에 젖었다. 혼수상태에서 깨어난 형이 집으로 돌아온 날도 비가 내렸다. 형보다 더 초췌해진 어머니는 비를 맞으며 한마리뿐이던 닭을 잡았다. 예전과 달리 닭의 두 발을 묶지도 않고 비튼 목에 바로 칼을 갖다댔다. 닭의 목줄에서 피가 다 빠져나갈 동안 건석은 부슬부슬 내리는 가을비를 맞으며 닭의 두 발을 모아쥐고 꼼짝없이 서 있어야 했다. 축 늘어져 죽은 줄 알았던 닭이 어느 순간 푸드득 몸부림을 쳤고 핏방울이 사방으로 흩어졌다. 그는 잡고 있던 닭의 발을 놓쳤다. 어머니는 피묻은 칼을 씻고 있던 물바가지를 그의 얼굴에 끼얹었다. 입술에 묻어나는 비린내에 몸을 떨며 건석은 점점이 흩어진 핏방울이 빗물에 번지는 것을 지켜보았다. 그렇게 끓인 닭국물 한대접을 형이 다 먹은 다음 심판의 시간이 왔다. 어떻게 된 거냐? 어머니가 물었다. 형은 자리에 누운 채 힘겹게 눈동자를 움직여 어머니와 그를 번갈아 바라보았다. 어떻게 된 거냐 말이다? 어머니가 다그쳤다. 누운 형은 그를 올려다보았다. 지가 올라갔단 말이야. 건석은 형의 눈길을 외면하며 그렇게 소리치고 말았다. 누가 너한테 물었어? 어머니는 우악스런 손으로 건석의 뒷덜미를 낚아채서 옆으로 내동댕이쳤다. 쓰러진 건석은 울먹이며 소리쳤다. 정말로 지가 그냥 올라갔단 말이야. 눈물은 묘한 것이어서 자신의 거짓말에 이상하게 위안을 안겨주었다. 울고 있는 사이 건석은 정말 억울해지기 시작했다. 정말이냐? 어머니가 다시 물었고 형이 대답했다. 예. 건석은 안도의 한숨을 쉬며 몰래 형을 훔쳐보았다. 흐려진 그의 시야에 형의 얼굴이 뿌옇게 잡혔다. 천장을 바라보고 누운 형의 눈에서 흘러내린 눈물이 귓바퀴를 적시고 베개 위로 떨어지고 있었다.

   3

   공안국의 풍경은 짐작과 반대였다.
   오부장과 함께 건석이 사무실에 들어서는 것을 발견한 김부장은 앉아 있던 긴 의자에서 용수철처럼 튀어 일어났다.
   "야, 최과장! 니들 왜 이제 오는 거야!"
   얻어맞은 피해자는 현지 직원이 아닌 한국 관리자들이었다. 특히 김부장은 알아볼 수 없을 만큼 얼굴이 엉망이었다. 왼쪽 눈 주위가 퉁퉁 부어올라 눈동자가 제대로 보이지 않는 김부장의 얼굴을 보고 건석은 하마터면 웃음을 터뜨릴 뻔했다. 김부장의 입에서 나오는 말과 관계없이 그의 얼굴 근육은 우스꽝스럽게 따로 움직였다. 건석은 웃음을 참기 위해 한동안 어금니를 꽉 깨물고 있어야 했다. 건석이 새어나오는 웃음을 간신히 다스리고 있는 사이 오부장이 나섰다.

"우예 된 일인기요?"

직급이 같았지만 김부장은 오부장보다 세살이나 위였다.

"보면 모르나. 우리가 이렇게 당했는데, 이 자식들 이거 일처리하는 것 좀 봐라."

혈중 알코올 농도가 상당해 보이는 김부장은 분을 삭이지 못하고 씩씩거렸다. 건석도 더이상 취기를 과장하고 있을 수만 없었다. 이런 경우는 처음이었다. 표정을 수습하고 공안에게 따지고 들었다.

"가해자가 누굽니까?"

공안은 무슨 소리냐는 눈빛으로 건석을 빤히 쳐다보기만 했다.

"가해자가 누구냐고 묻지 않습니까?"

"몰라요? 여기 있는 사람 모두가 가해자고 동시에 피해자입니다."

공안의 말투가 아주 싸늘했다. 건석은 사무실에 앉아 있는 사람들을 둘러보며 쏘아붙였다.

"그럼 한국사람들끼리 치고받았다 이거예요?"

"누가 그렇게 말했습니까."

여전히 싸늘한 어조로 되묻는 공안의 눈길이 가닿은 곳은 김부장 일행이 앉은 맞은편 의자였다. 그곳에는 오십대 초반의 베트남 사내 하나가 달랑 앉아 있었다. 건석은 비로소 그 사내가 조선소의 작업복을 입고 있다는 것을 깨달았다. 눈빛을 제외하면 별로 눈에 띌 만한 인상이 아니었다. 키는 작고 몸매는 왜소했다. 하지만 건석의 눈길을 받아내는 사내의 눈빛은 조금도 흔들리지 않았다. 어디선가 마주친 적이 있는 듯한 눈빛이었지만 떠오르지 않았다.

"저 사람 하나하고 이 사람들하고 싸웠다 이겁니까?"

"그런 셈이지요."

공안 특유의, 약간 화가 나 있는 듯한 표정과 싸늘한 목소리는 연록색 제복의 낡은 견장에 붙은 황금색 계급장과 잘 어울렸다.

"그런데 저 한사람은 멀쩡하고 이 사람들은 이 모양이 되었단 말예요?"

"저 사람도 멀쩡하지는 않아요."

책상에 얼굴을 박고 뭔가를 부지런히 쓰고 있던 다른 공안이 고개를 치켜들고 건석을 노려보며 쏘아붙였다. 사무실 전체의 분위기가 심상치 않게 돌아가고 있다는 것이 금방 느껴졌다. 베트남 사람들을 때렸을 때도 공안들의 분위기가 이렇게 고압적이지는 않았다. 건석은 혼자 앉아 있는 사내를 손가락으로 가리키며 김부장에게 물었다.

"저 사람도 다쳤어요?"

"저 개새끼가 다치긴 어딜 다쳐?"

건석이 베트남어로 따지고 있는 동안 끼여들 틈이 나기만 노리고 있던 김부장의 입에서는 연신 욕설이 쏟아져나왔다.

"내, 저 개새끼가 언젠가 한번은 뒤꿈치를 물 줄 알았어. 그게 베트콩새끼들 특기지."

건석의 눈길이 반사적으로 공안들에게 향했다. 술기운이 가시지 않은 김부장은 하지 말았어야 할 말을 입에 담았다. 베트콩. 공안들의 날선 눈길이 거의 동시에 김부장에게 날아와 박히고 있었다. 사십대 후반이 넘는 나이의 공안들은 열이면 열이 비엣꽁 출신들이었다. 참전군인 출신의 김부장은 자신이 내뱉은 말이 어떤 파장을 불러일으키고 있는지 눈치채지 못한 채 같이 연행되어온 직원들을 돌아보며 같은 말을 다시 입에 담았다.

"내가 처음부터 얘기했지? 베트콩새끼들은 박쥐하고 꼭 같은 것들이라고."

비웃음을 입가에 베어물고 김부장을 쳐다보던 공안들 사이에서 유일하게 사복차림을 한 공안이 '베트콩새끼'로 불린 사내에게 박쥐가 뭐냐고 물었다. 사내는 대답할 생각을 않고 김부장을 뚫어지게 노려보았다. 그의 눈빛은 공안들의 그것과 달리 이글거리고 있었다. 어딘가 낯이 익은 이 사내가 간단치 않은 상대라고 건석이 여긴 것은 그 눈빛 때문이 아니었다. 이 나라에서 공안의 질문을 무시할 수 있는 사람은 많지 않았다. 배경이 여간 든든하지 않고서는 공안의 말을 삼켜버린다는 것을 상상조차 할 수 없었다. 저 자는 도대체 어떤 배경을 가지고 있는 것일까. 건석은 새삼스럽게 사내를 찬찬히 쳐다보았다. 그러나 사내의 표정 어디에서도 뒤에 권력을 두고 있는 자들에게서 묻어나는 거들먹거림을 찾아볼 수는 없었다.

"박쥐가 뭐요?"

사내에게 대답을 얻지 못한 사복차림의 공안이 건석에게 물었다. 건석이 머뭇거리자 오부장이 거들어주겠다는 표정으로 끼여들었다.

"뭐라는 거야?"

"박쥐가 뭐냐고 묻네요. 얘들 우리말 제법 알아요."

베트콩이란 말을 함부로 쓰면 안된다고 말하고 싶었지만 건석은 그 말을 할 수가 없었다. 그 말을 하려면 '베트콩'이란 말을 써야만 했기 때문이다. 그 순간 다시 김부장이 나섰다.

"박쥐가 뭐냐고? 그게 베트콩이라고 그래!"

"그런 말 쓰지 마세요."

짜증을 내며 쏘아붙이는 건석에게 김부장이 발끈했다.

"무슨 말을?"

"베트콩이란 말 그렇게 쓰지 말란 말예요. 교육시간에 수없이 한 얘기잖아요."

"콩새끼를 콩이라고 그러지 콩나물이라 그러나?"

김부장은 안하무인이었다.

"공안들 태반이 그 출신들입니다."

"그래? 게임도 안되는 것들이, 우리 한국군이 철수 안했으면 이 새끼들은 전부……"

김부장은 이로 아랫입술을 말아물며 말끝을 흐렸다. 사내의 입에서 우리말이 튀어나온 것은 바로 그 다음 순간이었다.

"박정희군대가 철수 안했다면?"

사내의 한국말 발음은 상당히 정확했다. 그리고 그 한마디는 전쟁시기에 사내가 어느 편에 서 있었는지를 드러내는 것이었다. 박정희군대. 베트남민족해방전선(NLF) 쪽의 사람들은 한국군이라는 용어는 물론이고 따이한이라는 표현도 사용하는 법이 없었다.

"삼십년 전에 우리가 철수 안했으면 베트콩새끼들이 판치는 빨갱이 세상이 되지도 않았어, 자식아."

김부장은 마침내 절대 넘어서지 말아야 할 선을 넘어섰다. 더구나 손에 말아쥐고 있던 모자까지 사내에게 집어던졌다. 공안이 서류철을

책상에 내려치며 자리에서 벌떡 일어섰다. 그러나 정작 모자로 얼굴을 맞은 사내는 눈도 깜짝하지 않고 김부장을 빤히 쳐다보기만 했다. 김부장도 그제야 아차 싶었는지 입을 다물었다. 사무실 안은 팽팽한 긴장이 감돌았다.

침묵을 깨고 입을 연 것은 사내였다.

"삼십년 전에 만났다면 넌 내 손에 죽었어."

사내는 틀림없는 비엣꽁 출신이었다. 사내의 목소리는 높지 않았지만 사무실 안의 사람들 모두가 알아들을 수 있을 만큼 또렷했다. 다만 이번에는 사내가 베트남어로 했기 때문에 한국사람들 중에서는 건석만이 알아들을 수 있을 뿐이었다.

"저 새끼가 누굴 죽이겠다는 거야?"

쳇, 죽인다는 동사 하나를 알아들은 김부장이 넘겨짚으며 물었다. 오부장을 비롯한 관리자들의 눈길이 한꺼번에 건석에게 몰려들었다. 그대로 옮기고 싶었지만 건석은 참았다.

"삼십년 전에 못 만나서 유감이랍니다."

한단계 낮춰서 옮겼는데도 김부장은 성질을 누르지 못했다.

"빨갱이새끼 아니랄까봐 주둥이는 살아서, 빠우질이나 하는 베트콩새끼가."

김부장이 앞에 놓인 재떨이를 들었다 내려놓았지만 사내는 조금도 숙어지지 않았다.

"나를 모욕하고 싶나? 그렇다면 내 이름을 불러라. 내 이름은 베트콩이 아니고 보 반 러이다."

보 반 러이, 그 이름을 듣는 순간 건석의 뇌리에 섬광처럼 스쳐가는 기억이 있었다. 그러나 건석이 오부장에게 사내가 누구인지를 말하려는 순간 김부장의 손에 들려 있던 재떨이가 사내를 향해 날아갔다.

"그래 잘났다, 새끼야."

다행히 사내의 귓가를 스친 재떨이는 벽에 가 부딪치며 깨졌다. 그러나 말릴 틈도 없이 김부장이 사내를 향해 돌진했고 순식간에 뒤엉킨 두 사람이 바닥에 굴렀다.

건석과 오부장, 공안들이 달려들어 둘을 떼어놓았지만 상황은 아주 난처하게 바뀌어버렸다. 공안에서는 김부장에게 공무집행 방해와 기물파손 혐의를 추가하겠다고 위협했고 '쌍방폭행'은 부차적인 문제가 되어버렸다. 김부장이 공안국 안에서 벌인 우발적인 행동은 별것 아닌 것이었지만 여기는 그들의 나라였고 칼자루를 쥔 것은 그들이었다.

더욱이 답답한 것은 거래가 있어왔던 공안이 아무도 보이지 않는다는 점이었다. 이전까지 한국인 관련사건을 맡아왔던 공안을 불러달라고 했지만 그들의 대답은 '출장중'이었다. 낯선 공안들이 투입된 것이 우연이 아니라는 게 점점 분명하게 느껴졌다. 거래관계가 없는 공안을 내세운 것은 지금까지의 경우와 다른 방식으로 처리하겠다는 뜻이었다.

공안국에 도착했을 때만 해도 아주 쉽게 생각한 건석이었다. 당하고 다친 이쪽이 도리어 몰리는 처지가 되리라고는 전혀 예상치 못했다.

건석은 처음의 상황으로 돌아가서 김부장과 관리자들이 당한 부상을 내세울 수밖에 없었다. 그리고 무엇보다 연행되어 있는 사람들을 일단 공안국 밖으로 빼내가는 것이 급선무였다.

"이 사건은 폭행사건이다. 당신들 말대로 하면 쌍방폭행사건이다. 이 과정에서 누가 얼마나 다쳤는지가 중요하며, 다친 사람들에게 적절한 치료를 받게 하는 것이 우선이다. 이들이 병원에 가서 진단과 치료를 받을 수 있도록 조치해달라. 당신들에게는 그렇게 할 의무가 있다."

"그래야지요. 그렇지만 지금은 의사들이 모두 퇴근했소."

그렇게 말하는 젊은 공안은 입가에 냉소를 매달고 있었다.

"응급실이 있지 않소?"

"응급실은 술 마시고 행패부리다가 조금 긁힌 자들을 위해 있는 것이 아니오."

"당신 눈에는 이 사람들이 조금 긁힌 것으로 보인단 말이오?"

건석은 김부장과 얼굴이 심하게 부은 관리자들을 손가락으로 가리켰다.

"그렇소."

더 할 말이 없게 만드는 대답이었다. 건석은 단도직입적으로 물었다.

"당신들이 원하는 게 도대체 뭐요?"

"우리는 절차에 따라 조사를 하고, 법이 정한 대로 처리할 뿐이오. 피의자 조서를 받을 테니 당신은 통역이나 하시오."

그렇게 말하는 공안의 눈빛에는 상대에 대한 멸시를 최대한 표현하려고 애쓰는 기색이 역력했다.

"이 사람들을 내일 아침까지 여기에 붙들어두겠다 이거요?"

건석의 목소리가 곱게 나가지 않았다.

"내일 아침이 될지, 모레 아침이 될지, 그 이후가 될지는 상부에서 결정할 문제요."

"부상을 당한 폭행사건의 피해자를 이렇게 다룬다면 외교적인 문제가 될 수 있소. 그래도 괜찮겠소?"

건석은 어조를 바꾸어 쓸 수 있는 마지막 카드를 꺼냈다. 기대했던 대로 지금까지 건석의 말을 맞받아치던 공안이 입을 다물고 다른 공안들의 눈치를 살폈다.

"당신들이 이렇게 나오면 우리로서는 한국의 본사와 대사관에 보고할 수밖에 없소."

건석은 내친김에 쐐기를 박으며 한마디 더 덧붙였다.

"그것은 이 사건이 우리의 손을 떠난다는 의미요."

여태껏 건석을 상대하던 공안은 역시 입을 다물고 뒤를 돌아보았다. 그의 눈길이 가닿은 상대는 사복차림의 공안이었다. 대나무 소파의 팔걸이에 걸터앉아 있던 사복은 천천히 일어서서 앞으로 걸어나왔다.

"외교적 문제라……"

혼잣말처럼 중얼거리며 다가온 사복이 건석의 턱앞에 멈춰선 다음 어투를 완전히 바꾸어 쏘아붙였다.

"우리가 말하려고 하는 것이 바로 그것이오."

키가 건석의 턱에도 못 미치는 사복은 힘이 잔뜩 들어간 눈빛으로 건석을 위에서 아래로, 다시 위로 훑어보았다. 그런 다음 자신의 권위를 최대한 세울 수 있는 방법으로 사복은 아주 낮은 어조를 선택했다.

"저 자는 우리 국가를 모독했소. 이것이 바로 외교적 문제요."

사복의 손가락이 가리키고 있는 상대는 물론 김부장이었다. 건석은 즉각 방어에 나서지 않을 수 없었다.

"당신들 마음대로 뒤집어씌우지 마시오."

"우리 마음대로가 아니라 저 자가 다중이 모인 술자리에서 우리 국가를 모독했기 때문에 시비가 벌어진 것이고, 여기에 온 다음에도 시종 우리나라의 해방을 위해서 투쟁한 열사와 용사들을 모욕했소. 당신도 듣지 않았소?"

"당신들이 한국말을 몰라서 오해한 모양인데, 내가 들은 말 중에 당신이 말하는 그런 대목은 전혀 없었소."

김부장이 베트남말을 할 줄 모르는 것이 천만다행이라고 생각하며 건석은 자신있게 잡아뗐다. 그러나 다음 순간 건석은 놀라지 않을 수 없었다.

"정말 그렇습네까?"

사복의 입에서 튀어나온 것은 평안도 억양의 우리말이었다. 사복은 앞자리에 앉아 있던 공안에게 뭔가를 가져오라고 일렀다. 젊은 공안이 들고 온 것은 녹음기였다.

"선생이 오기 전부터 기록되어 있을 테니 잘 들어보시라요."

녹음기에서 재생되어 나오는 우리말은 모두 문제가 될 것들뿐이었다. 건석이 온 다음에 벌어진 상황은 아무것도 아닌 것에 속했다. 참전 당시의 군가를 소리쳐 부르고 호치민에 대해 막말을 퍼부어대는 대목에서 건석은 눈앞이 캄캄해졌다. 호치민은 베트남 사람들이 지닌 긍지와 자존심의 원천이었다. 건석은 손바닥을 펼쳐들어 보였다.

"더 들어보지 않겠습네까?"

"당신은 어디서 나왔습니까?"

건석은 공안인 줄 알았던 사복에게 우리말로 물었다.

"알 것 없습네다."

건석은 타협과 거래를 시도하는 수밖에 없었다. 하지만 공안들은 모두 사복의 눈치만 살폈고, 사복은 요지부동이었다. 다른 선을 동원해보는 수밖에 없었다. 사무실 밖으로 나온 건석은 인민위원회의 외무국장에게 전화를 걸었다. 그러나 국장의 반응은 냉담했다. 의외였다. 공안관련 업무니까 자기가 개입할 문제가 아니란 것이었다. 어쨌든 공안국으로 잠시 나와달라는 부탁마저도 그는 거절했다. 밤이 늦었다는 핑계였다. 외무국장이 이렇게 안면몰수하고 나오기는 처음이었다. 새벽에 자다가도 전화를 하면 달려나오던 그였다. 조선소가 세워준 학교만 해도 세 개였고, 포장해준 도로만 해도 수십 킬로미터에 달했다. 인민위원회가 크고작은 사업을 벌일 때마다 조선소가 협찬에서 빠진 적이 없었다. 무엇보다 2천여명의 현지노동자들에게 일자리를 제공해주고 있었다. 조선소는 꽝떠이성 전체 경제에서 가장 큰 비중을 차지하는 사업장이었다. 개인적으로도 외무국장의 청탁을 거절한 적이 없었다. 은근한 협박과 읍소를 해보았지만 국장은 끝내 사건의 처리를 모두 공안국로 떠넘겼다. 국장과의 전화를 통해 건석은 이미 공안국이나 인민위원회보다 윗선에서 이 사건을 지휘하고 있다는 것을 느낄 수 있었다. 국장이 흘린 한마디는 그런 심증을 더욱 확실하게 굳혀주었다. 당의 명예와 관련된 사항은 나도 어쩔 수 없다. 이 문제와 당신네 당의 명예와 무슨 관계가 있느냐고 건석이 물었지만 국장은 더이상의 언급을 피하며 조심스럽게 덧붙였다.

"공안은 아무것도 아니다. 그러나 일단 당이 개입하면 인민위원회도 어쩔 수 없다."

개방정책이 시행되고 시장경제가 도입되었지만 여전히 이 나라의 정치체제는 사회주의의 그것이었고, 당 우위의 사회였다. 건석은 자꾸 전화를 끊으려고 하는 국장에게 여기 나와 있는, 한국말을 하는 사복이 당에서 나온 사람이냐고 물었지만 국장은 대답을 하지 않았다. 그의 무응답을 그렇다는 뜻으로 해석하면 되느냐는 질문에도 국장은 역시 대답하지 않았다. 전화를 끊겠다는 국장에게 건석은 한가지만 더 물어보겠다고 붙잡았다.

"보 반 러이도 당원인가?"

외무국장은 건석의 질문을 잘못 알아들었는지 엉뚱한 대답을 했다.

"당신의 친구들이 상대를 굉장히 잘못 골랐다."

외무국장이 말한 상대가 보 반 러이인지, 아니면 사복의 사내인지 건석은 알 수 없었다.

"최과장, 니도 러이란 친구 어디서 봤제?"

뒤따라나와 옆에 섰던 오부장이 건석에게 물었다. 그는 그것을 묻기 위해 건석의 통화가 끝나기를 기다린 모양이었다.

"무쇠사나이잖아요."

"무쇠사나이?"

"그 왜 퇴근할 때마다 탐지기에 걸려서 말썽이 되었던……"

"그래그래, 맞다."

오부장도 그제야 사내에 대한 기억이 난 모양이었다. 사내가 처음 건석의 사무실에 왔던 것은 금속탐지기가 설치된 무렵이었으니까, 2년 가량 전이었다.

퇴근하는 현지 직원들을 상대로 한 몸수색은 빈번하게 마찰을 불러일으켰다. 노동조합의 항의도 잦았지만 회사로서는 공구와 작은 부품들의 유출을 아무 대책 없이 방치할 수 없었다. 인권을 둘러싼 말썽의 소지를 줄이기 위해 도입한 것이 금속탐지기였다. 퇴근하는 직원들은 모두 금속탐지기를 통과해야 했는데 며칠째 계속 한 사내가 걸렸다. 처음 하루이틀은 대충의 몸수색을 통해 이상이 없다는 것을 확인하고 통과시켰던 경비실에서는 사내가 탐지기에 계속해서 걸리자 몸수색의 강도를 강화시킨 모양이었다. 입안을 들여다보고 나서 항문까지

검사하려 드는 경비실 직원들과 사내가 충돌했고, 결국 경비실 책임자와 사내는 서로 멱살을 쥔 채 건석의 사무실로 들이닥쳤던 것이다.

건석은 금속탐지기의 점검을 지시했다. 그러나 아무리 점검해도 기계에는 이상이 없는데, 이상하게 사내만 통과시키면 반응을 했다. 사내를 구내병원으로 보내 전신 X선 촬영을 시킨 것도 건석이었다. 결과는 놀랍게도 사내의 몸속에 모두 서른두 개의 파편이 박혀 있다는 것이었다.

의사는 파편 제거수술을 권했지만 그는 한사코 거부했다. 회사가 비용을 부담한다고 했지만 그의 태도는 달라지지 않았다. 그의 이름이 바로 보 반 러이였다.

4

집앞에 도착했을 때는 이미 자정이 훨씬 넘은 시간이었다. 택시에서 내리는 순간 빗줄기가 온몸을 휘감았다. 건석은 뛰지 않았다. 골목길로 걸어들어가는 그의 발길에 밟히는 것은 열패감이었다. 김부장 일행을 공안국에서 빼내는 데 결국 실패한 그는 오부장과 함께 관사로 들어가 소장에게 상황을 보고하는 수밖에 없었다. 소장이라고 해서 이 시간에 달리 방법이 있을 리 없었다. 자다가 말고 일어난 소장은 눈앞에 없는 김부장 대신 오부장과 건석에게 화풀이를 했다. 특히 아직 입가에 술냄새가 남은 건석은 '술이나 처먹고 돌아다니는 한심한 인간들'로 김부장 일행과 같은 금에 넘어갔다. 하지만 소장의 짜증과 질책이 건석을 열패감에 빠뜨린 것은 아니었다. 공안국에서부터 소장의 관사에서 나올 때까지 그가 취한 태도는 오부장과 조금도 다른 것이 없었다. 형에게도 그랬다. 건석은 다른 사람들이 취했던 것과 다른 태도를 형에게 취한 적이 없었다.

비포장의 골목길은 배수로가 되어 있었다. 발목까지 빗물에 빠져들기도 했지만 건석은 걸음을 골라 딛지 않았다. 얼마나 많은 발걸음을 골라 디디며 여기까지 온 것인가. 대문까지 터덜터덜 걸어오는 사이 그의 옷은 속까지 완전히 젖어들었다. 대문 앞에서 얼굴을 타고 흘러내리는 빗물을 손바닥으로 훔치며 집을 올려다보았다. 2층 창에 불빛이 환했다. 불을 켜두고 나왔나, 기억이 나지 않았다. 현관에 들어서서야 우옌 티 리엔이 왔다는 것을 알았다. 그녀의 희고 늘씬한 혼다가 거실 안에 들어와 있었다. 하지만 낮은 음악만 2층에서 들려왔을 뿐 리엔은 모습을 드러내지 않았다.

음악소리를 따라 계단을 올라가는 건석의 상체가 흔들렸고 젖은 옷에서는 물방울이 후두둑 떨어졌다. 건석은 자신이 딛고 있는 계단이 몹시 낯설고 비현실적으로 느껴졌다. 자신이 서 있어야 할 곳이 여기가 아니라는 느낌, 그것은 막연하지만 걷잡을 수 없는 안개와 같은 것이었다.

침대에 기대앉아 책을 읽고 있던 리엔은 방에 들어선 그에게 눈길조차 주지 않았다.

"언제 왔어?"

건석이 물었지만 그녀는 새침한 얼굴로 흘낏 벽시계를 쳐다보고 나서 다시 시선을 책으로 옮겼다. 표지를 보지 않았지만 두께만으로도 그 책이 무엇인지 건석은 알 수 있었다. 서너 장을 넘기지 못하고 한 달 넘게 방치해두고 있는 『전쟁일기』였다. 리엔이 그에게 가져다준 책중에서 처음으로 읽기를 포기한 책이었다. 두껍기도 했지만 사전에도 나오지 않는 낯선 단어들이 더 문제였다. 건석은 욕실로 들어가려다 말고 문턱을 딛고 서서 리엔을 물끄러미 쳐다보며 그녀의 눈길을 기다렸다. 하지만 리엔은 끝내 책에서 눈을 떼지 않았다. 화가 나면 아무것도 묻지 않는 그녀였다. 먼저 해명을 할 때까지 그녀의 묵비권이 계속되라는 것을 건석은 너무나 잘 알았다.

"공안국에 갔었어."

그제야 리엔은 건석을 의아한 눈길로 쳐다보았다. 왜, 그녀의 눈빛이 물었지만 건석은 욕실 안으로 걸음을 옮겼다. 그녀에게 해야 할 최소한의 해명은 그것으로 충분했다.

"아인 최."

건석은 돌아보지 않고 욕실문을 닫았다. 욕조에는 몸을 담그기 알맞게 물이 채워져 있었다. 옷을 벗고 손을 담그자 미지근한 온기가 전해졌다. 그는 욕조의 턱을 두 손으로 짚고 깊숙이 머리를 담갔다.

병원에 다녀오면서 형에게 달라진 것이 하나 있었다. 코 아래, 윗입술에 붙여진 반창고가 그것이었다. 하얀 반창고는 갈라진 윗입술을 숨겨주었고 동네아이들도 더는 형을 째보라고 부르지 않았다. 하지만 그것은 한동안일 뿐이었다. 병원에서 얻어온 반창고는 그리 오래 갈아붙일 만큼 많지 않았다. 때가 타서 까맣게 더러워진 마지막 반창고가 형의 입술에서 떨어져나갔을 무렵 아이들은 다시 째보라는 말을 입에 올리기 시작했다. 돌이켜 생각해보면 그것은 우연이었을 뿐 아이들이 한동안 형을 째보라고 부르지 않은 것은 그 반창고 때문이 아니었다. 형을 나무 위로 몰아올린 일에 대한 기억은 아이들의 머릿속에서 빠르게 휘발되었고 형은 다시 예전의 존재로 돌아갔다. 기억의 휘발은 그 아이들에게만 일어난 일이 아니었다. 건석에게는 조금 더 많은 시간이 걸렸을 뿐이다.

　머리를 감은 건석은 욕조에 몸을 담그고 눈을 감았다.

　어린시절 내내 건석이 가장 부러워했던 아이는 형이 없는 아이들이었다. 형만 없다면 모든 것이 행복할 것 같았다. 건석이 놀고 있는 곳에 형이 나타나면 건석은 곧장 집으로 가버렸다. 밖으로 놀러 나가려다가도 형이 따라나서면 건석은 도로 집으로 들어가버렸다. 형이 죽거나 사라져버렸으면 하고 바라고 있는 자신을 발견하고 깜짝 놀라곤 했지만 누군가 소원이 뭐냐고 물으면 형의 얼굴이 가장 먼저 떠오르는 것을 어찌할 수는 없었다.

　'나에게는 왜 형이 있을까. 형이 집밖에 나오지 않았으면 좋겠다.'

　건석은 일기에 그렇게 썼다. 그리고 형과 함께 쓰는 앉은뱅이책상에 일기를 펼쳐두고 잠자리에 누웠다. 건석은 형이 그 일기를 읽게 되리라는 것을 알고 있었다. 형은 그가 앉은뱅이책상에서 물러난 다음에 그 자리에 앉아 공부를 했다. 건석은 잠든 척 눈을 감고 누워 형의 반응을 염탐하다 잠이 들었다. 그렇게 하는 것이 형이 죽어버리기를 바라는 자신의 마음을 멈추게 할 유일한 방법이라는 믿음이 그를 떳떳하게 만들었다. 그것이 그때의 생각이었는지 그후에 하게 된 생각인지 분명치 않다. 다만 분명한 것은 다음날 아침 형이 그에게 물은 말이었다.

　"내가 없어졌으면 좋겠니?"

　그렇게 묻는 형의 눈이 빨갛게 충혈되어 있었지만 건석은 흔들리지 않았다.

　"병신, 반창고 붙이다가 안 붙이니까 애들이 더 놀리잖아."

"내가 집밖으로 나가지만 않으면 되겠니?"

형이 건석에게 똑바로 무엇을 물은 것은 그때가 처음이었다. 낯설었다. 하지만 건석은 분명하게 대답했다.

"그래."

말없이 고개를 끄덕이며 형은 건석을 물끄러미 쳐다보았다. 그리고 나지막이 한마디를 덧붙였다.

"알았다."

형은 그날부터 학교에서 돌아오면 방안에 틀어박힌 채 밖으로 나오지 않았다. 건석을 따라나서는 일도, 건석이 노는 곳에 나타나는 일도 더는 없었다. 어머니가 읍내 약국에서 반창고를 사다 붙여주었지만 형은 밖으로 나오지 않았다.

"공안국에 왜 갔었어?"

욕실문을 열고 빠끔히 들여다보며 리엔이 물었다.

"회사일."

"사고? 여자? 아니면 싸움?"

건석은 눈을 감은 채 마지막 물음에 고개를 끄덕였다.

"무슨 싸움?"

"프응미에서 봤잖아."

리엔은 입술을 삐쭉해 보이며 욕실 안으로 들어와 욕조에 손을 담가본 다음 더운 물을 틀었다.

"랍스터는 어떻게 했어?"

"이미 죽었어."

리엔은 어떤 경우에도 죽은 랍스터를 만지지 않았다.

"나 좀 씻겨줄래?"

건조한 목소리로 건석이 물었고 리엔은 특유의 대담한 눈길로 건석의 눈을 빤히 들여다보았다. 그러고 나서 비누를 집어들며 활기차게 되물었다.

"물을 몇번이나 다시 맞춰놓은 줄 알아?"

건석이 그녀의 입술에 자신의 입술을 포갠 것은 비누질한 그녀의 따뜻하고 미끄러운 손길이 그의 몸을 떠나려는 순간이었다.

그에게 입술을 맡기고 가만히 있던 그녀가 어느 순간 그의 입안으로 혀를 쏙 밀어넣으며 장난을 쳤다. 그의 혀가 그녀의 혀를 붙잡아 멈춰세울 때까지 그녀의 장난은 계속됐다. 그의 젖은 손이 그녀의 젖가슴에 가닿은 것과 그녀의 손이 물속에 잠긴 그의 그것에 와닿은 것은 거의 동시였다. 건석은 상체를 일으켜 약간 아래로 처졌지만 팽팽한 탄력을 잃지 않은 그녀의 젖가슴에 입술을 가져다댔다. 크지도 작지도 않은 유두를 이빨로 가볍게 깨물고 있는 사이 그녀의 손아귀에 들어가 있던 그의 그것은 빠르게 부풀어오르기 시작했다. 아무리 그녀가 손아귀에 힘을 주어도 부풀어오르는 그것을 막을 수는 없었다. 그가 욕조에서 몸을 일으키는 동안에도 그녀는 손을 풀지 않았다. 다음 순간, 벽을 짚고 선 그의 그것은 그녀의 입안으로 미끄럽게 빨려들어갔다. 그녀의 입안은 따뜻했다. 이대로 선 채 잠들고 싶은 나른한 유혹이 그것으로부터 전신으로 퍼져나갔다.

그녀의 그곳은 따스하면서도 미끈한, 입안과는 또다른 천국이었다.

"움직이지 마."

몸을 굴려 그의 위로 올라온 그녀가 명령했다. 건석은 시트가 깔린 대나무침대에 등을 붙인 채 동작을 멈추었고, 그녀는 자신의 질을 통해 그에게 숨결을 전달했다. 그의 가슴에 밀착한 그녀의 가슴을 통해 전달되어오는, 맥박보다 훨씬 깊고 따뜻한 그녀의 숨결 속에서 그는 꽉찬 죽음을 생각했다. 그의 그것을 가두고 호흡에 따라 미세하게 이완과 압박을 반복하며 죽은 듯이 그의 위에 엎드려 있던 그녀는 다시 명령했다.

"가만히 있어. 내가 할 거야."

건석은 그녀의 둔부를 감싸안고 있던 손바닥에서 힘을 뺐다. 두 눈을 감은 채 숨결을 통해 그녀의 동작을 느끼며 그는 중얼거렸다.

"이대로 죽어버리면 안될까……"

이즈음 건석이 살아 있다는 것을 온전히 실감할 수 있는 시간은 그녀의 몸속에 들어가 있는 이 순간뿐이었다.

"내가 죽여줄 테니까 넌 가만히 있어. 명령이야."

리엔은 그의 얘기를 농담으로 받아넘기며 몸을 빠르게 움직이기 시작했다. 그녀의 육체는 거침없이 출렁거렸지만 천박하지 않았다. 그는 꽉찬 터널 속으로 깊숙이 빨려들어가다 어느 순간 잠이 들었다.

얼마나 잠이 들었던 것일까. 빗소리에 눈을 떴다. 리엔은 그의 옆에서 책을 읽고 있었다. 다리를 꼬고 비스듬히 기대앉은 그녀의 한쪽 허벅지를 끌어당겨 안으며 물었다.

"재밌어?"

"응."

서너 번 책장이 넘어갈 동안 그는 그녀의 허벅지 하나를 차지하고 누워 있었다.

"당신은 이 책이 재미없어?"

"응."

리엔을 실망시키지 않기 위해 책상 위에 책을 올려두었지만 그녀는 그가 책을 읽지 않았음을 이미 눈치채고 있었다. 처음 몇 페이지를 지나면 밑줄친 흔적이 없는 깨끗한 책도 책이었지만 그녀에게 책의 내용에 대해서 아무것도 물은 적이 없기 때문이었다. 건석이 리엔에게 부탁한 책 가운데 유일한 실패작이었다. 아이들이 가장 좋아하는 동화, 젊은이들에게 가장 많이 읽히는 사랑이야기, 리엔이 생각하는 것과 가장 근접하게 씌어진 호치민 전기…… 이전까지 항상 기대 이상의 책을 골라왔던 리엔이었다.

"읽어봤다면서?"

건석은 그녀의 독서를 방해하고 싶었다.

"이게 왜 당신에게는 재미가 없을까 궁금해서."

"내가 보고 싶었던 것은 베트남전쟁이었어. 전쟁시기의 베트남."

"이 책이 바로 그런 책이야."

"이건 단순한 일기잖아."

『전쟁일기』는 팜 뚜 언이란 예비작가가 전쟁에 참전한 날부터 죽는 날까지 3년여의 나날들을 기록한 개인일기였다. 리엔은 중요한 개념을 이해하지 못하는 아이를 앞에 둔 여선생의 표정을 지으며 『전쟁일기』를 이야기했다.

"맞아, 일기야. 그렇지만 지금까지 나온 그 어떤 소설도 이 일기보다 사람들을 슬프게 하지는 못했어."

『전쟁일기』를 쓴 팜 뚜 언은 예비작가였지만 어떤 특권도 요구하지 않고 다른 전투원들과 동일하게 전투임무를 수행한 전사였다는 사실은 이미 책을 건네받으면서 리엔에게 들은 얘기였다. 동료들이 잠든 사이 자신의 수면시간을 쪼개 그날 보고 겪었던 일들을 기록했다는 사실이 건석의 마음을 움직일 수는 없었다. 단순한 일기를 읽기 위해

서너 줄 건너가며 사전을 찾는 노릇도 고역이었지만, 일기라는 형식 자체가 불러일으키는 저항을 건석은 감당키 어려웠다. 장황한 설명에도 여전히 반응이 신통치 않은 건석에게 리엔은 실망을 감추지 않았다.

"베트남을 이해하는 척하지만 아인 최도 역시 베트남 사람들을 아직 모르는 거야. 팜 뚜 언의 일기를 읽고 눈물 흘리지 않는 사람이 있다면 그는 베트남 사람이 아니야."

건석이 일기라는 형식에 대해 갖고 있는 거부감을 리엔이 이해할 리 없었다.

"반대쪽, 미국의 편에 서서 전쟁을 치른 사람들도 엄연히 있잖아?"

건석은 리엔의 말꼬리를 잡으며 삐딱하게 물었다.

"있지."

"그들도 이 일기를 읽고 눈물을 흘려?"

"물론."

건석은 피식 웃어버렸다.

"내 말을 믿지 않는군. 아인 최, 이 일기가 어떻게 세상에 알려지게 되었는지 알아? 이 책이 나온 건 팜 뚜 언이 죽은 지 이십오년이 지난 다음이야. 그 이십오년 동안 이 일기를 누가 간직하고 있었는지 알아?"

리엔은 그가 물어주지 않으면 화를 낼 기세였다.

"누군데?"

"사이공 군대의 군인, 아인 최가 말한 반대쪽에서 전쟁을 치른 사람이지."

팜 뚜 언의 마지막 일기는 그가 죽기 다섯 시간 전에 씌어졌다. 다섯 시간 후에 그의 부대는 사이공 군대, 남베트남군의 포위 습격을 받아

전멸했다. 그의 품에서 발견되었던 피묻은 일기는 적군인 남베트남군의 손에 넘어갔다. 그 일기를 세상에 내놓는다는 것은 자신이 '해방군대'를 전멸시킨 '반동군대'의 일원이었다는 사실을 드러내는 일이었다.

"팜 뚜 언의 일기를 읽고 가장 먼저 울었던 사람이 바로 사이공 군대의 군인이었어. 그 자신이 죽인 팜 뚜 언의 일기를 읽고서 말이야. 그가 이 일기를 팜 뚜 언이 마지막까지 그리워하고 사랑했던 가족과 연인에게 돌려주는 데는 많은 용기가 필요했어. 이십오년이란 시간도 필요했지."

"난 일기를 믿지 않아. 사람들은 마지막 거짓말을 일기에 쓰지."

건석은 혼잣말처럼 중얼거렸다.

"무슨 말이야?"

책을 덮으며 묻는 리엔에게 건석이 되물었다.

"불 좀 끄면 안될까?"

리엔이 팔을 뻗어 전원을 껐다. 방안이 어둠에 묻히며 창틀만이 윤곽을 드러냈다. 여명이 밝아오고 있었다.

"자지 않았어?"

"잤어. 가려고 일어났는데 비가 멈추질 않네."

"우기가 시작됐지?"

"응. 하루종일 자겠네?"

우기의 휴일이면 건석은 종일 집에서 잠을 자거나 책을 읽었다. 저녁 무렵이 되어서야 빈 배를 채우기 위해 프응미로 갔다. 비가 그치면 걸어서 갔고, 비가 그치지 않으면 택시를 불러 타고 갔다. 뭘 하고 하루를 보냈느냐고 물으면 그는 언제나 똑같은 대답을 했다. 비오는 날 자는 게 내 특기야. 그러나 오늘은 틀렸다. 소장과 함께 어젯밤 사건을 해결하러 다녀야 할 것이다.

"혹시 보 반 러이라고 알아?"

기대없이 던진 물음이었는데 리엔의 반응은 즉각적이었다.

"옹어이 러이 븥 트?"

"불사조 러이?"

"당신네 조선소에서 일하는 러이씨를 말하는 거 아냐?"

"그가 왜 불사조야?"

"그가 당신들과 싸운 거야?"

"난 누구와도 싸우지 않았어."

"그렇지. 당신 친구들과 싸운 거겠지. 대단한 한국인들이군."

리엔에 의하면 보 반 러이는 꽝떠이성의 항전사에 이름이 나오는 전사였다. 소년대를 거쳐 열다섯살에 입산한 그의 이야기는 하나의 전설이 되어 있었다. 어젯밤 인민위원회의 외무국장이 했던 말이 건석의 뇌리를 스치고 지나갔다. 당신의 친구들이 상대를 굉장히 잘못 골랐다.

"그도 영웅인가?"

"아니, 아마 용사일 거야."

용사는 국가가 부여한 영웅 칭호 다음가는 영예였다. 하지만 항전 세력이 막강했던 꽝떠이성에는 발에 차일 만큼 용사가 많았다. 영웅을 만나는 것도 이 지역에서는 그리 어려운 일이 아니었다. 용사 하나를 보호하기 위해서 당이 나서지는 않았을 것이다.

"팜 반 꾹이라는 사람도 알아?"

리엔은 고개를 저으며 되물었다. 공안국에서 만났던 사복의 이름이 팜 반 꾹이었다.

"뭐 하는 사람?"

"당에 있는 사람 같았어."

"당에 있다면 금방 알아볼 수 있을 거야. 나 잠깐만 눈붙일게."

리엔은 자신의 말과 달리 그가 잠든 사이 거의 깨어 있는 모양이었다.

사복의 사내는 끝내 자신의 신분을 밝히지 않았다. 필요한 상황이
지난 다음에는 한국말을 쓰지도 않았다. 구사하는 단어는 사내가 지
식인 출신이라는 것을 짐작케 했고 한국어도 막 배운 것이 아니었다.
언제 어디에서 한국어를 배웠는지 모르지만 남쪽이 아닌 북쪽 사람에
게 배운 것만은 분명했다.

리엔이 일어난 것은 창밖이 환하게 밝은 다음이었다. 빗소리를 뚫
고 들려오는 거리의 오토바이 소리가 그녀를 깨웠다.

"아무래도 가봐야겠어."

"아직 비가 오는데?"

"그칠 비가 아닌 것 같아."

건석은 가운만 걸친 채 리엔을 따라 거실로 내려갔다. 건석을 돌아
보며 우의를 입으려던 리엔이 동작을 멈추고 물끄러미 쳐다보았다.

"왜 그런 불쌍한 눈을 하고 그래. 다시는 못 볼 사람처럼."

리엔은 한쪽 팔을 넣었던 우의를 벗어 혼다에 걸쳐두고 건석에게
다가와 안겼다. 건석은 자신의 목을 감고 안긴 그녀의 등을 가만히 두
드렸다. 이 여자는 나의 일부인가. 리엔이 없다면 건석은 완벽하게 혼
자였다. 그녀의 어깨 너머로 제단이 눈에 들어왔다. 가정부가 있을 때
는 매일 아침 가장 먼저 맡아야 했던 향내음이었다. 그것 때문에 가정
부와 다투기까지 했다. 초상집 냄새가 난다고 피우지 말라고 해도 가
정부는 액운이 든다며 기어코 향을 피웠다.

"향을 피워줄 수 있겠어?"

"왜? 당신, 한국사람들 향 안 피우잖아."

"제삿날에는 피워."

"누구의 제삿날?"

"……형."

"슬픈 아침이네."

리엔은 건석의 목을 안은 팔에 힘을 주며 가볍게 뺨을 비볐다.

리엔의 혼다가 비를 뚫고 골목을 빠져나갔다. 건석은 현관에 기대서서 텅 빈 골목을 멍하니, 오랫동안 바라보았다. 휴일의 이른 아침, 그의 뺨에 남은 그녀의 체온은 빠르게 식어가고 거실에는 그녀가 피우고 간 향이 자욱하게 번지고 있었다.

5

사건은 결국 소장과 인민위원회 주석의 담판을 통해 마무리되었다. 하지만 말이 담판이지 내용으로 보면 인민위원회측의 일방적인 요구를 조선소 쪽이 수용한 것이었다.

'공안질서문란 사건이 발생한 데 대해 조선소측은 관리책임자를 문책하고, 유사한 사건이 재발하지 않도록 교양과 지도감독을 강화하기 위한 특별대책을 강구한다.'

인민위원회측의 '선처' 요청에 따라 연행되었던 직원들은 모두 풀려났지만 김부장은 조선소에서 '주의' 처분을 받았다. '경고'였던 소장의 원래 방침을 '주의'로 낮추게 한 것은 건석이었다. 소장이 경고 방침을 정한 것은 문책하겠다고 약속해놓고 주의를 주고 말 수 없다는 생각에서였다. 주의는 상급부서의 지휘기능에 속하지만 경고는 인사위원회의 '징계'사항에 해당했다. 주의는 참고사항에 불과한 반면 경고는 인사상 명백한 불이익이 따르는 조치였다. 건석이 소장에게 경고 대신 주의를 건의한 것은 김부장에 대한 호의 때문이 아니었다.

김부장의 평소 행태를 보면 경고를 받도록 내버려두어야 마땅했다. 건석이 입을 다물고 있지 못했던 것은 문책의 결과를 인민위원회에 통보하는 일이 자신의 몫이기 때문이었다. 베트남의 징계등급은 한국과 달리 가장 경미한 것이 갱까오(경고)였다. 경고의 수준을 넘어서는 잘못을 저질렀을 때 주어지는 것이 쭈이(주의)였다. 경고조치를 인민위원회에서 어떻게 받아들일지에 대해서 건석은 소장에게 얘기하지 않을 수 없었다. 인민위원회의 처사를 불쾌하게 여기고 있던 소장은 주의처분하자는 건석의 의견을 즉석에서 받아들이며 회심의 미소까지 지었다.

김부장에 대한 처분결과와 어디까지나 서류상일 뿐인 교육과 지도감독강화 특별방안을 작성해서 인민위원회에 통보하는 것으로 사건은 완전히 종결이 되었다. 건석은 공문을 직접 외무국장에게 가져다주는 것으로 사건에서 손을 털었다. 다른 직원을 보내도 되었지만 이번 일의 처리과정에서 자신을 물먹인 외무국장에게 시위를 해둘 필요가 있었기 때문이다.

하지만 그것으로 사건이 끝났다고 생각한 것은 건석의 착각이었다.

정말 문제는 보 반 러이였다. 그가 아무런 제재도 받지 않고 회사생활을 하는 것에 대해서 관리자들은 아무도 납득하지 못했다. 러이뿐만 아니라 관리자들을 상대로 마주 주먹을 쓴 현지 직원 모두에 대해서 확실한 조치를 취하지 않으면 앞으로 일을 시켜먹을 수가 없다며 관리자들은 드세게 반발했다. 조선소의 작업성격상 그들의 주장도 아주 터무니없는 것은 아니었다.

조선은 대량생산을 하는 자동차처럼 공정을 표준화하는 것이 불가능하다. 건조할 때마다 배의 용도와 크기가 다 다르고 각자 해야 할 공정도 달라질 수밖에 없기 때문이다. 팀과 작업자별로 분공을 하고 일머리를 잡아나가는 관리자의 능력과 역할이 절대적인 조선소에서는 명령체계가 무너지면 업무의 효율성은 물론이고 안전에도 허점이 발생하게 마련이다. 수백 톤의 철 구조물을 물고 다니는 크레인을 머리에 이고 사는 야드에서 사고가 났다 하면 대형참사였다. 명령체계가 흔들리지 않도록 현장 관리자들에게 힘을 실어주는 것은 조선소의 오랜 관행이었다. 노동조합이 생기기 전에는 완력의 사용도 얼마든지 묵인되었다. 완력을 사용하기 어렵게 되면서부터 관리자들에게 주어진 다른 수단이 업무평점과 잔업, 특근에 대한 결정권이었다. 평점을 형편없이 얻으면 승급과 시급 인상에서 불이익을 당하는 것은 물론이고 정리해고의 최우선 순위에 올라갔다. 잔업, 특근 대상자에 대한 선정권은 당장 급여통장에 찍히는 숫자를 다르게 하는 힘이 있었다. 그러나 관리자들에게 주어진 이러한 권한은 건석의 여권발급 국가에서나 통하는 일이었다.

인민위원회가 추천한 자들을 대상으로 채용하고, 당의 하부기관과 다름없는 노동조합의 동의를 얻어야 해고할 수 있는 이곳에서 관리자들이 매기는 업무평점은 종이호랑이에 불과했다. 잔업, 특근에 대한 결정권도 서로 그것을 하겠다고 덤비는 나라에서나 당근이 되었다.

"관리자들에게 주먹다짐까지 한 놈들을 그냥 내버려두고 도대체 무슨 수로 일을 시켜먹습니까!"

정작 당사자인 김부장은 한걸음 물러나 있었지만 나머지 관리자들의 반발이 예상보다도 훨씬 강력했다. 그들은 회사방침과 관계없이 보 반 러이는 물론 김부장 부서의 회식에 참여했던 현지 직원 37명 모두를 작업에 투입하지 않고 선각공장 야드에 방치했다. 정시에 출근한 현지 직원들이 퇴근시간까지 하는 일이라곤 점심시간에 밥 먹는 게 전부였다.

그런 상황이 사흘째 계속되도록 사무실에서는 팔짱을 끼고 있었다. 관리자들을 제지할 수도, 그렇다고 현지 직원들에게 제재를 가할 수도 없었다. 인민위원회와의 합의를 깨고 현지 직원들에게 제재를 가하면 문제가 더욱 꼬일 테고, 이미 체면을 구긴 관리자들의 사기를 더 꺾어서는 현장이 제대로 돌아가기를 기대할 수 없다는 걸 소장이라고 모르지 않았다. 최대한 짧은 시간 안에 현지 직원들의 '군기'를 잡고, 그 과정에서 관리자들의 떨어진 위신을 조금이나마 회복해서 현장이 정상화되기를 기대하며 기다리는 수밖에 없었다. 사실 선각공장의 한 팀이 며칠 제대로 굴러가지 않는다고 해서 당장 문제될 것도 없었다.

그러나 상황은 회사의 기대대로 풀려나가지 않았다. 일주일이면 불안을 느끼고 스스로 숙이고 나올 줄 알았던 현지 직원들의 태도는 여전히 유유자적이었다. 더구나 그룹 임직원들의 조선소 방문이 열흘도 남아 있지 않았다.

소장의 주재로 열린 두 시간이 넘는 대책회의 끝에 나온 방안이 '전보발송'이었다. 현지 직원 37명의 집으로 전보를 보내자는 아이디어를 낸 것은 오부장이었다.

"여기 사람들 사는 기나 생각하는 기나 우리 이십년 전하고 비슷하다 아입니까. 우리가 이십년 전에 했던 방법대로 마 하입시더."

"저쪽에 트집잡히지 않겠어?"

"귀하의 자제가, 남편이 불순분자…… 아이지, 여서는 그라머 안되고…… 마 단체생활에 적응을 잘 모해서 고생하고 있으이 일간 회사를 방문해주기 바랜다, 머 이렇게 뚜디리놓으머 문제될 거 없다 아입니꺼."

"최과장, 괜찮겠어?"

"………"

머뭇거리고 있는 건석에게 소장이 다시 물었다.

"문제 없나?"

"꼭 그렇게까지 해야 할까요……"

흐리는 건석의 말끝을 오부장이 거두어갔다.

"마 최과장은 이거 효과를 잘 모를 깁니다. 뻘건 테두리 쳐진 전보면 훨씬 조옹심더. 짜식들이 여기가 아무나 취직하는 뎁니까. 의사가 한달에 칠십불 받는데 우리가 저거한테 얼마나 줍니까. 한달에 백이십불이 아들 장난인기요. 전보 한장이면 식구들이 가만 안 있을 깁니다."

결국 전보문안을 만들어서 발송하는 일의 책임은 건석에게 떨어졌다. 베트남어를 배운 것이 죄였다. 하지만 이 일만은 절대 할 수가 없었다. 회의가 끝나고 나서 건석은 컴퓨터 앞에 앉아 테트리스만 했다. 그의 컴퓨터에 깔려 있는 게임이라고는 테트리스가 유일했다. 그 단순함이 좋았다. 바닥이 꽉차게 블록을 차곡차곡 쌓기만 하면 되었다.

"아직 다 몬했나?"

오부장이 그의 책상으로 다가오며 물었고 건석은 열어두었던 문서화면을 클릭했다.

"와 이래 말갛노?"

오부장이 들여다보는 화면에는 당연히 한 글자도 찍히지 않은 문서 양식이 떠 있을 뿐이었다. 못하겠다. 입안에 맴도는 그 말을 삼키고 한숨을 몰아쉬며 건석은 오부장의 시선을 피했다.

"몬하겠나?"

"………"

건석을 한참 물끄러미 바라보던 오부장이 입맛을 다셨다.

"니 손 몬 더럽히겠다. 이거가?"

형의 공장에서 전보가 온 것은 건석이 대학 2학년 때였다. 방학이었지만 공부를 핑계로 서울에서 뭉그적거리고 있던 건석의 자취집으로 걸려온 어머니의 전화를 받고 시골로 내려갔을 때 어머니가 가장 먼저 내민 것이 전보였다. 형은 파업에 참여하고 있었다. 어머니는 배신감에 몸을 떨었다.

"거기가 어떻게 들어간 회사라고 데모질을 해? 제놈이 남들하고 같아. 무슨 해코지를 당하려고?"

어머니를 두렵게 하는 것은 형의 신변이었지만 건석이 가장 먼저 걱정되었던 것은 다음 학기 등록금이었다. 어머니가 보내주는 학비가 모두 형의 월급에서 나온다는 것을 건석은 너무나 잘 알고 있었다. 형은 국가유공자 자녀 우대정책 덕분에 학비 전액이 무상인 구미의 공고에 진학했고, 기능올림픽에 나가 메달을 목에 걸고 돌아왔으며 졸업과 동시에 D중공업에 취직이 되었다. D중공업의 월급날은 동네사람들 모두가 알았다. 형은 월급날이면 밤차를 타고 와서 어머니에게 봉투를 그대로 내놓고 용돈만 타서 다음날 새벽버스로 돌아갔다. 건석의 집에 개 짖고 늦도록 불 환한 날이 D중공업의 월급날이었다. 건석의 집은 형으로 하여 부러움의 대상으로 바뀌었다. 동네사람들은 모두 형을 굴러온 복덩이라고 불렀다. 자식들을 나무라는 동네 어른들은 꼭 형을 끌어들였다.

"째보 반만 해봐라."

하지만 사람들은 형의 윗입술이 완전히 기워졌는데도 여전히 형을 째보라고 불렀다. 어머니가 있는 자리에서만 사람들은 유일하게 째보라는 말을 쓰지 못했다. 형은 세 차례나 언청이 수술을 했고, 아주 눈여겨보지 않으면 그 흔적을 찾기 어려웠다. 자기는 앓아누워도 돈이 아까워서 약조차 안 사먹으면서 형에게 한번도 아니고 세 차례나 수술을 시키는 어머니를 이해하는 동네사람들은 아무도 없었다. 어머니는 그 수술비를 마련하기 위해 봄부터 가을까지 남의 논밭에 엎드려 살았다. 이해하지 못하기는 건석도 마찬가지였다. 어머니가 형에게 따뜻하게 말하는 것을 건석은 본 적이 없었다. 네가 내 원수지, 자식인 줄 아느냐! 형에게 퍼부어진 어머니의 말은 늘 저주에 가까웠다. 그런 어머니가 겨울방학이면 형의 손을 끌고 도시의 큰 병원으로 갔고, 건석은 혼자 식은 밥을 먹으며 형이 아닌 자신이 어머니의 자식이 아닐지 모른다는 생각을 하곤 했다.

형이 건네주는 월급봉투를 받으며 어머니가 하는 말은 언제나 딱 한마디였다.

"욕봤다."

그리고 밥상을 들였다.

"묵으라."

밥상을 물리고 나면 형은 말없이 건석의 책과 노트를 들춰보았다. 텔레비전에만 눈길을 주고 앉았던 어머니는 머리맡에 챙겨두었던 건석의 시험지나 성적표 따위를 불쑥 형에게 내밀었다.

"이게 잘한 거가?"

똑바로 쳐다보지도 않고 묻는 어머니의 말을 형은 곧바로 알아듣지 못했다. 어머니에게 걸치는 건석의 눈길을 따라서 형은 뒤늦게 어머니를 바라보았다. 그러면 어머니는 목소리를 높여 같은 말을 다시 했다. 청력을 잃은 형의 귀는 왼쪽이었지만 시간이 지나면서 오른쪽 귀도 점점 기능이 떨어지고 있었다. 어머니의 입모양을 확인한 다음 형이 하는 대답은 언제나 동일했다.

"잘했네요."

그러면 또 어머니는 상대가 분명치 않은 얘기를 덧붙였다.

"잘 못하면 지가 인간이 아니지. 공부는 집안에 한 놈만 하면 된다."

대신 형이 다녀간 다음날이면 어머니는 무슨 꼬투리를 잡아서라도 건석에게 한차례 욕을 퍼부었다.

"니놈이 어째서 내 뱃속에서 나온 놈이냐. 그 원수 같은 놈은 그래도 내 속 한번 썩인 적이 없다."

형이 어머니의 뜻을 거스른 기억은 정말 한번도 없었다. 상상할 수도 없는 일이었다. 붉은 직인이 찍힌 전보를 받아들고 두려움에 떨면서도 형을 만나기만 하면 모든 것이 해결될 것이라고 어머니가 믿었던 것은 너무도 당연했다. 그러나 형은 어머니의 말을 듣지 않았다. 어머니와 형, 건석 사이에 존재하던 불편했던 행복의 시간은 그렇게 끝이 났다. 무엇이 형을 그 길에 끌어들였는지 건석은 알 수 없었다. 엄마가 되짚어온 그 길을 따라 형을 찾아가는 동안 건석의 머릿속에 많은 말들이 떠올랐다. 하지만 지워지지 않고 끝까지 남아 말이 된 것은 오직 하나뿐이었다.

"니가 뭔데 우리 엄마를 괴롭혀!"

건석은 병신이라고 부르지도 않았지만 형이라고 부르지도 않았다. 형은 언제나 그랬듯이 그렇게 말하는 건석을 물끄러미 쳐다보기만 했다. 건석이 살아 있는 형을 찾아간 것은 그때가 처음이었다. 그리고 그것이 마지막이었다. 건석은 기억한다.

"난 이 공장이 좋다. 넌 내 이름이 뭔지 아니? 여기서는 모두 내 이름을 부르지. 최건찬. 물론 나에게는 먼저 우옌 카이 호앙이라는 이름이 있었다. 째보, 베트콩이라는 말을 들을 때마다 나는 되뇌었다. 우옌 카이 호앙. 하지만 최건찬인가 우옌 카이 호앙인가 하는 건 중요치 않아. 난 내 이름을 비겁하게 만들며 살아가지 않아."

최건찬, 우옌 카이 호앙. 테트리스를 하는 건석의 뇌리에 두 개의 이름이 맴돌았다. 마우스를 클릭해서 블록을 뒤집을 때마다 그 두 이름이 화면 위에서 몸을 뒤척였다.

퇴근시간. 오부장이 건석에게 내민 것은 기안용지 한장이었다.

"조선말로 써놨으이까 옮기기만 해라."

6

오부장의 예언대로 전보의 효과는 정확했다. 사흘 뒤 보 반 러이가 찾아왔다.

그가 들어선 순간 사무실은 일제히 정적에 휩싸였다. 사무실 안의 모든 시선이 그에게 집중되었다. 하지만 그는 아무에게도 묻지 않고 사무실 안을 천천히 둘러보았다. 그의 시선에 포착된 표적은 건석이었다. 맨 안쪽에서 두번째 줄에 있는 건석의 자리까지 오는 동안 그는 한번도 곁눈질을 하지 않았다.

그는 아무런 설명도 없이 건석에게 봉투 하나를 내밀었다. 그 속에 들어 있는 것은 사표였다.

"왜죠?"

충분히 알아들을 수 있는 한국말이었지만 사내는 대답하지 않았다. 건석은 언어를 바꾸어 물었다.

"다이 싸오?"

"콩 파이 라 안 무온 까이 나이 아(네가 원하는 게 이것 아니었나)?"

"또이 콩 무온 까이 지. 트 피아 안(내가 당신에게 원하는 것은 아무 것도 없다). 다이 싸오 드아 쪼 또이(왜 이것을 나에게 주나)?"

대답 대신 사내가 작업복 주머니에서 꺼낸 것은 한뭉치의 전보였다.

"고작 이런 걸 쓰려고 베트남말을 배웠나?"

사내는 그 전보를 건석이 쓴 것으로 단정하고 있었다. 건석은 전보 문안을 쓰지 않았을 뿐만 아니라 옮기지도 않았다. 오부장이 쓴 문안을 건석은 동양학부에서 한국어를 전공한 현지 여직원 하밍에게 떠넘겼다.

"내가 그만둘 거요. 그렇지만 다시는 글을 이런 데다 쓰지 마시오. 경고하는 거요."

그는 말이 많은 사내가 아니었다. 상대로부터 해명을 듣고 싶어하지도 않았다. 기억에 담아두겠다는 듯이 사무실을 한차례 찬찬히 훑어보고 나서 사내는 발길을 돌렸다.

건석에게는 예기치 않은 기습이었다. 사내가 사표를 낸 것도 의외였지만 그 사표를 다른 사람이 아닌 건석에게 가져왔다는 사실이 무엇보다 당혹스러웠다. 사무실 안에서 갑자기 그 혼자만 발가벗기어진 기분이었다. 선각공장의 책임자인 김부장도, 총무부서의 책임자인 오부장도 아닌 자신에게 사내가 사표를 낸 의미는 명백했다. 사내를 비롯한 현지 직원들이 이번 사건을 대응하는 회사측의 핵심인물로 건석을 지목한 셈이었다. 실무자라면 건석의 아래로 계장이 있고, 그 밑의 담당직원도 얼마든지 있었다. 먼저 치욕감이 몰려들었고 뒤이어 온몸에서 맥이 빠졌다.

내가 하지 않은 일이다. 한번도 돌아보지 않고 사무실을 빠져나가는 사내의 등을 향해 건석은 소리치고 싶었다. 하지만 자리에서 일어선 건석이 한 일이라고는 작업복에 덮인 사내의 왜소한 등을 지켜본 것뿐이었다. 사내가 사라지고, 시선 옮길 곳을 찾지 못한 건석은 팔짱을 낀 채 한참 동안 닫힌 문을 바라보고 있어야 했다. 다른 직원들과 눈길을 마주칠 힘이 남아 있지 않았다. 오부장과 번역을 떠넘겼던 하밍의 표정을 확인할 힘은 더욱 남아 있지 않았다.

건석은 사무실 안에서 섬이 되어 있었다. 확인하지 않았지만 사람들의 시선이 그를 떠밀어내고 있다는 느낌이 몸으로 느껴졌다. 이전에도 자신이 섬처럼 사람들과 떨어져 있다고 생각해온 그였다. 그러나 지금과 같은 성질의 것은 아니었다. 스스로 선택한 외로움과 떠밀려났다는 느낌이 같을 수 없었다. 자신이 한국사람과 베트남 사람들 사이 어딘가에 떠 있는 섬이라고 여겼던 생각은 착각이었다.

프응미의 매운 쌀국수로 이겨낼 수 있는 외로움이 아니었다. 외로움을 감당할 수 있는 것은 외로움뿐이다. 외로움을 견디는 유일한 방법은 더 큰 외로움을 불러들이는 것이다. 완벽한 외로움으로 자신을 밀어넣어가는 과정에는 약간의 희열이 있다. 그 희열의 실체가 자학이라는 것을 건석이 모르지 않았다.

프웅미식당도 발길을 끊었다.

대신 건석의 손에 들린 『전쟁일기』는 127페이지를 넘어가고 있었다. 사전을 펼치는 횟수가 줄어들었지만 읽기를 멈추는 횟수는 그리 줄어들지 않았다. 해독하기 위해 멈춰서는 것이 아니라 해독된 내용 때문에 멈춰서는 시간이 점점 많아지고 있었다.

'오늘 작전에서 동료 여섯을 잃었다. 예상치 못한 결과는 아니었다. 아니, 예상보다 작은 피해였다. 이번 전투가 힘겨운 것이 되리라는 것을 우리 모두가 알고 있었다. 우리들 중에 살아서 돌아오리라는 기대를 가지고 있었던 사람이 몇이나 될까? 그런데도 우린 어제 아침 왜 그렇게 낄낄거렸을까. 전투에 나가는 길목에서 우리는 시답잖은 농담을 멈추지 않았다. 전사한 우리를 묻기 위해 미리 땅을 파고 있는 해방구의 인민들 옆을 지나며 탄은 헤헤거리며 소리쳤다. 깊게 파요, 얕게 파면 우리가 벌떡 일어날 거니까. 우리는 그의 농담에 맞장구를 치며 낄낄거렸다. 그것이 탄이 우리에게 남긴 마지막 모습이었……귀환하는 우리를 맞이하는 대원들 사이에서 탄의 연인 번의 모습은 보이지 않았다. 어느 구석엔가에 숨어 가슴 졸이며 탄의 모습을 찾았을 그녀는 침울한 저녁식사가 끝난 다음에야 내 앞에 모습을 나타냈다. 이미 눈이 퉁퉁 부은 그녀는 탄이 어떻게 죽었는지를 물었고 나는 대답해야 했다. 우리를 대신해서 희생되었어. 너무나 상투적이지만 그것이 또한 사실이었……'

읽던 책을 엎어두고 멍하니 앉아 있던 그에게 전화를 걸어온 것은 김부장이었다.

"최과장 뭐 해?"

"……그냥 있습니다."

"그럼 바로 나와라. 한잔 하자."

김부장의 약간 들뜬 목소리에는 술기운이 느껴졌다. 피하고 싶었다.

"그냥 집에 있겠습니다. 몸이 좀 좋지 않아서요."

"젊은 놈이 무슨 엄살이냐. 당장 나와."

"………"

"오부장하고 같이 있다. 당장 안 나오면 우리가 쳐들어간다."

건석은 흔들렸다. 그들을 집으로 불러들이고 싶은 생각은 조금도 없었다.

"네가 나올래? 우리가 갈까?"

김부장은 건석의 흔들림을 놓치지 않았다.

"……제가 나가죠. 어딘가요?"

"프응미다."

프응미란 것을 알았다면 건석의 입에서 나가겠다는 말이 그렇게 쉽게 나오지는 않았을 것이다. 하지만 이미 늦은 일이었다.

내키지 않았지만 건석은 프응미로 가지 않을 수 없었다.

김부장과 오부장은 뜻밖의 사람과 함께 술을 마시고 있었다. 보 반 러이가 그들과 함께 있으리라고는 상상도 못한 일이었다. 건석은 의아하고 당혹스러웠다. 머뭇거리고 서 있는 건석에게 자리를 권하며 오부장이 먼저 입을 열었다.

"최과장, 니 인자 억울 아해도 된다."

오부장은 보 반 러이와 건석을 번갈아 쳐다보고 나서 말을 이었다.

"그 전보 내가 썼다고 다 말했다."

"저도 말했어요."

그렇게 말한 것은 김부장과 보 반 러이 사이에 가뜩이나 작은 몸을 잔뜩 웅크리고 앉아 있던 하밍이었다. 그녀는 사내와 건석, 어느 쪽도 똑바로 쳐다보지 못하고 고개를 떨구었다.

"………"

"번역한 게 저라고 말예요."

그들의 해명은 건석에게 아무런 위로도 되지 못했다. 그녀의 목소리는 금방이라도 울음을 터뜨릴 것만 같이 불안하게 흔들렸다. 죄인처럼 주눅이 들어 있는 그녀의 모습은 건석으로 하여금 안타까움보다 짜증스러움을 불러일으켰다. 여기에 보태진 김부장의 한마디는 건석의 마음을 더욱 긁어놓았다.

"오부장한테, 자네가 힘썼다는 얘기 들었다."

"뭘요?"

"자식, 고맙다. 내 징계 안 받게 힘썼다는 거 다 알고 있다. 네 팔이라고 해서 안으로 굽지 밖으로 굽겠나."

건석은 가만히 앉아서 바보가 되어가고 있었다.

"지금 여기서 뭐 하자는 겁니까?"

"보면 모르나 적장하고 한잔 하는 거지."

그러면서 김부장은 호기롭게 잔을 보 반 러이에게 내밀며 말을 이었다.

"적이지만 훌륭하잖아."

김부장은 혼자 이번 사태를 책임지려고 하는 보 반 러이의 사내다움을 잔뜩 치켜세웠다. 그는 자신으로 하여 빚어진 사태가 수습의 실마리를 찾은 것이 내심 흡족한 모양이었다. 오부장은 김부장보다 한 술 더 떴다.

"최과장 니 이 베트콩 사표 내지 않게 잘 좀 설득해봐라. 우리가 사표까지 원한 거는 아이었다 아이가."

잔뜩 감상에 젖은 분위기에 건석은 비위가 상했다.

"병 주고 약까지 주나요?"

"야, 최과장!"

오부장이 건석을 똑바로 쳐다보았다.

"너 잘난 줄 다 안다. 어떤 새끼는 인마 그따위 전보 만들고 싶어서 만든 줄 아나? 그리고 야는 또 무신 죄가 있노?"

오부장은 여전히 몸둘 바를 모르고 앉아 있는 하밍에게 눈길을 옮겼다.

"때로는 악역도 하고 사는 기야. 전보가 아이었다고 해서 이기 기양 넘어갔을 사건이가? 니가 하든 내가 하든 언 놈인가는 해야 했고, 어떤 방법이든 받아들이는 놈 입장에서는 똑같게 되어 있었는 기라 인마."

오부장은 직접 드러내지 않았지만 자신과 사내가 취한 태도를 건석의 그것과 비교시키고 있었다. 모든 책임을 자신이 떠맡고 나선 사내를 치켜세우는 오부장의 말 뒤에는 자신이 감당했어야 할 악역을 남에게 떠넘긴 건석에 대한 비난이 감춰져 있었다. 그것을 눈치채지 못할 만큼 둔한 건석이 아니었다.

"이 자리에서 비겁한 놈은 저 하나군요. 그런데 또 뭐가 문젠가요?"

"니 삐딱선 타지 마라. 악역을 해야 한다 카머 언 놈이 해야겠노? 한살이라도 더 처먹고, 하루라도 먼저 뒤질 놈이 해야겠지…… 그기 되는 세상 아이가?"

한숨을 길게 몰아쉰 오부장은 목소리를 뚝 떨어뜨렸다.

"니는 내를 어떻게 보는지 몰라도 내도 아무 생각 읎이 사는 거는 아이다. 분멩히 말하는데, 손 더럽히야 될 일 있시머 우리 부서에서 내가 가장 먼저 한다. 와? 내가 젤로 나이 마이 처묵었인까네. 글치만 내도 내 손에 피꺼지 묻히고 싶은 생각은 읎다. 내가 한 일이 우리 관리자들 체면을 살리자는 기지 언 놈 하나 밥줄 띠자 카는 거는 아이었다."

"………"

"밥줄을 띠라 카는 것도 아이고 붙이자 카는 긴데, 니는 그것도 몬하나?"

"직접 얘기해보세요. 우리말 거의 알아듣는 것 같으니까."

"……니 증말 잘났네."

건석은 침묵을 지켰다. 오부장과 김부장도 더는 건석에게 말을 시키지 않고 보 반 러이를 상대했다. 말이 통하지 않는 매듭을 술잔으로 연결시키며 두 사람은 보 반 러이를 설득했지만 사내는 요지부동이었다.

자리가 끝날 때까지 건석은 사내에게 단 한마디의 말도 건네지 않았다. 사내 역시 마찬가지였다. 결국 건석과 사내는 말 한마디 없이 악수만을 주고받고 헤어졌다. 건석은 프응미에서 멀어지는 사내의 뒷모습을 지켜보았다. 사내의 몸속에는 아직도 서른두 조각의 파편이 박혀 있을까. 사내가 시야에서 사라진 다음에도 시선을 거두지 못하고 서 있는 건석의 어깨에 김부장이 손을 올려놓으며 물었다.

"넌 오부장과 내가, 우리가 여기로 쫓겨났다는 사실을 모른다고 생각해? 우리에게 회사가 바라는 것이 사표뿐이라는 것을 우리가 모를 거라고 생각해? 씨발, 우린 정말 아무도 내쫓고 싶지 않아."

김부장의 목소리는 취기로 젖어 있었다.

"전쟁 때는 나라가 우릴 여기로 내쫓았지. 그리고 지금은…… 회사가 우릴 여기로 내쫓았지. 옛날에는 우리가 여기에 와야 하는 정말 이유가 뭔지 몰랐어. 그러나 지금은 알아. 우리가, 내가 왜 여기에 있는지 알아? 밥그릇 때문이야."

7

김부장을 비롯한 여섯 명의 관리자들에게 출석요구서가 날아온 것은 러이가 회사를 떠난 지 한 주일이 지난 다음이었다. 출두요구서를 읽어나가는 건석의 머리에 가장 먼저 떠오른 얼굴은 공안국에서 만났던 사복의 사내, 팜 반 꿕이었다. 이번 일의 상대편 핵심에 그가 있다고 건석은 확신하고 있었다. 외무국장과 우옌 티 리엔의 주선으로 그를 만난 건석은 자신의 확신이 틀리지 않았음을 금방 알 수 있었다.

"이건 약속 위반이다."

건석은 소장과 인민위원장의 합의사항을 거론하며 정면으로 팜 반 꿕에게 따지고 들었다. 사내는 어차피 적당한 거래가 가능한 상대가 아니었다.

"약속을 어긴 것은 우리가 아니라 그쪽이다."

다행히 사내도 정면으로 받아치고 나왔다.

"우리가 어긴 약속이 뭐가 있는가?"

"당신들은 보 반 러이를 쫓아냈다."

예상대로 김부장 등에 대한 출석요구는 보 반 러이의 사직에 대한 보복이었다.

"그는 스스로 떠났다. 아무도 그에게 회사를 떠날 것을 요구하지 않았다."

사내는 입술을 사려물며 건석을 한참 동안 노려보았다. 건석도 팔짱을 낀 채 사내를 빤히 마주 쳐다보았다. 사내가 다시 입을 연 것은 앞에 놓인 차 한잔을 다 마신 다음이었다.

"나와 말장난하러 온 것인가? 원하는 것이 그것이라면 그렇게 응해주겠다."

사내의 말은 형식적 대화로 전환하겠다는 경고였다.

"미안하다. 그렇지만 회사가 보 반 러이의 퇴사까지 원했던 것은 아니다. 이건 사실이다."

"당신들이 뭘 원하는지는 내가 알 바가 아니다. 그러나 러이를 훼손하고 당신들이 무사하기를 기대하지는 마라. 이것은 시작일 뿐이다."

"우리가 어떻게 하기를 바라는가?"

"원상회복이다."

명예퇴직금 명목으로 보 반 러이에게 상당히 큰 액수의 돈을 지급하는 방안을 포함한 몇가지 준비해갔던 카드를 제시했지만 사내는 한 발자국도 물러서지 않았다. 전례가 없는 파격적인 제안들을 모두 거부하는 팜 반 꾹에게 건석은 묻지 않을 수 없었다.

"도대체 보 반 러이가 뭐냐?"

"………"

분명하고 단호하던 사내가 처음으로 멈칫했다.

"보 반 러이가 당신들에게 대체 뭔가?"

건석이 다시 물었고 팜 반 꾹은 잠시 생각에 잠겼다.

"그가 누구인지는 나도 설명할 수 없다. 그러나 분명한 것은 그가 부당하게 훼손되어서는 안된다는 것이며 우리 당은 그를 보호할 책임이 있다는 점이다."

그날 오후 팜 반 꾹과 헤어진 건석은 곧바로 러이의 집으로 향했다. 인사기록카드에 적힌 주소지에는 러이의 흔적이 아무것도 남아 있지 않았다. 그는 이미 짐을 깨끗이 정리해서 고향으로 떠났고 집주인은 그의 고향마을을 정확히 알지 못했다.

건석이 팜 반 꾹과 함께 러이의 고향을 향해 출발한 것은 다음날 새벽이었다. 러이의 고향을 묻기 위해 전화를 건 건석에게 팜 반 꾹은 예기치 않았던 질문을 던졌다.

"러이가 누구냐고 당신이 내게 물었다. 지금도 그것이 알고 싶은가?"

"물론이다."

"정말 그가 누구인지 알고 싶다면 내일 그를 찾아가봐야 할 거다."

"왜 꼭 내일이어야 하는가?"

건석은 출장을 떠날 준비가 되어 있지 않았다. 더구나 토요일이었고 몇번이나 미룬 우옌 티 리엔과 약속이 있는 날이었다.

"가보면 알게 될 것이다."

"어떻게 찾아가면 되는가?"

그렇게 물을 때까지만 해도 건석은 우옌 티 리엔과의 약속을 깨고 러이를 찾아갈 생각을 하지는 않았다.

"나와 함께 출발하면 된다."

"당신이 내일 가는가?"

"그렇다."

팜 반 꾹과 함께 찾아가는 러이의 고향, 건석이 외면하기 어려운 유혹이었다.

이른 새벽에 출발한 차는 해질녘이 다 되어서야 겨우 에데족이 사는 산악지대의 입구에 도착했다.

"어둡기 전에 도착할 수 있을까요?"

제법 가옥 수가 많은 마을 앞 갈림길에 차를 세운 운전기사 히우가 팜 반 꾹을 쳐다보며 물었다. 표정을 감추려고 애쓰고 있었지만 불만이 얼굴에 역력했다.

"어느 쪽이에요?"

팜 반 꾹의 손가락은 오른쪽을 가리켰다.

"확실히 맞기는 맞게 가고 있는 거예요?"

의심스러운 눈길로 다시 묻는 히우에게 팜 반 꾹은 지금까지 되풀이해온 것과 똑같은 말을 했다.

"가자."

"사람들에게 물어보고 올까요?"

히우는 아무래도 불안한지 건석의 눈치를 살폈다.

잠시 멈춰서 있는 사이에 지프 주위에는 아이들이 모여들고 있었다.

"가자니까."

"틀림없는 거죠? 확실치 않으면 이런 큰 동네에서 물어봐야 돼요."

엔진 브레이크를 풀지 않고 있는 히우에게 팜 반 꾹이 어쩔 수 없다는 듯이 설명을 달았다.

"마을을 지나면 까이미아 숲이 나올 거야. 까이미아 숲이 끝나면 본격적인 산길이 시작될 거고."

우회전한 차가 마을을 벗어나자 팜 반 꾹이 말한 대로 까이미아 숲이 시작됐다. 까이미아가 물결처럼 출렁이는 산악지대의 언덕길을 지프는 거침없이 질주했다. 푸른 갈대 같은 사람키 높이의 까이미아는 길 양쪽으로 끝없이 이어졌다. 까이미아 숲 사이로 난 길 앞으로는 멀리 증선산맥이 저녁노을에 물들어가고 있었고, 뒤돌아보면 지프가 일으킨 먼지가 지나온 길을 자욱하게 뒤덮고 있었다. 흔한 스콜마저도 오늘은 오전에 한차례 만날 수 있었을 뿐이다.

산자락은 깊어만 가고, 점점 경사가 높아져가는 비포장도로 위에는 노을이 더욱 짙게 내려앉고 있었다. 차 한대가 다닐 수 있는 급경사의 산악도로를 오르는 지프는 가릉가릉 새된 숨소리를 내뱉었다. 엔진의 힘을 덜어주기 위해 에어컨은 벌써 끈 다음이었다. 길은 팜 반 꾹이 예고한 것과 조금도 다르지 않았다.

"당신은 어떻게 이 길을 그렇게 잘 아나?"

건석이 지나가는 말처럼 팜 반 꾹에게 물었다.

"이 산이 나를 키웠으니까."

"당신도 이 지역 출신인가?"

분명치 않았지만 앞을 보고 있는 팜 반 꾹의 고개가 희미하게 끄덕이는 것 같았다. 흔들리는 차체의 탓은 아닌 것 같았다.

"러이와 당신은 동향 출신인가?"

팜 반 꾹은 반응이 없었다.

급경사를 넘어선 히우는 다시 가속기의 페달을 거침없이 밟아댔다. 창밖, 오른쪽 아래는 수십길 아득한 낭떠러지였고 손잡이를 잡은 건석의 오른손에는 잔뜩 힘이 들어갔다. 커브를 돌 때마다 등줄기가 서늘했지만 건석은 히우를 제지하지 않았다. 속도가 주는 불안감을 팜 반 꾹이라고 느끼지 않을 리 없었다.

"좀 얌전하게 운전할 수 없어?"

결국 팜 반 꾹이 먼저 한마디했다.

"어두워지기 전에 조금이라도 더 가야죠."

하지만 산악지대의 저녁은 지프의 속도보다 훨씬 빠르게 노을을 밀어내고 있었다. 더구나 믿을 수 없는 우기의 날씨는 짙은 구름을 몰고 오며 슬금슬금 비까지 뿌려대기 시작했다.

"귀신 나오겠네요."

히우는 볼이 부은 소리를 했다.

어느새 굵어진 빗방울은 와이퍼가 감당할 수 없을 만큼 퍼부어대며 시야를 가렸다. 운전대를 잡은 히우의 얼굴에도 식은땀이 흘러내렸다. 그러면서도 녀석은 가속기를 밟은 발을 완전히 떼지 않았다. 비구름과 저녁 어스름이 함께 드리운 도로 위로 흔들리는 자신의 전조등 불빛을 따라 밟으려는 듯 지프는 질주를 계속했다.

폭우도 막지 못한 길을 막아선 것은 물소떼였다. 스무 마리도 넘어 보이는 물소떼는 쏟아지는 비를 맞으며 내리막길을 걸어내려갔다. 굵은 빗줄기에도 아랑곳없이 도로를 장악한 물소떼는 유유히 발걸음을 옮겼다. 히우가 경적을 울렸지만 돌아보는 물소는 단 한마리도 없었다. 물소의 등에 올라탄 어린 소년 몇이 잠시 돌아보았을 뿐, 물소떼들은 가던 길을 갈 뿐이었다.

꼼짝없이 물소떼의 꽁무니를 쫓아가는 동안 날은 어두워졌다. 마음이 급해진 히우는 다시 경적을 울리며 전조등까지 껌뻑거렸다.

"그만 하지."

히우의 행동을 제지한 것은 팜 반 꾹이었다. 의아한 눈빛으로 쳐다보는 히우에게 팜 반 꾹은 또렷하게 덧붙였다.

"이 길은 우리의 것이 아니야."

"………"

히우가 차를 멈춰 세우며 팜 반 꾹을 향해 고개를 돌렸다. 엔진소리가 잦아든 차 안은 지붕을 두드리는 요란한 빗소리로 가득 찼다.

"저 아이들의 아버지들이 열고 물소들이 넓힌 길을 이 차가 지금 가고 있는 거야."

히우의 표정을 확인하지는 못했지만 출발하는 차체의 흔들림이 거칠지는 않았다. 와이퍼가 앞유리창을 가린 빗줄기를 걷어내며 다시 시야가 열렸다.

물소의 맨등에 앉아 고스란히 비를 맞으며 어둠을 밟고 집으로 돌아가는 어린 소년들의 뒷모습에는 범접해서는 안될 삶의 근원적인 그 무엇이 서려 있었다. 팜 반 꾹의 얘기 탓이었을까. 이 길의 주인은 처음부터 물소와 소년들의 것이었을 것만 같았다. 그들에게는 비킬 수 있는 길도 없었지만, 비켜야 할 이유도 없었다. 누구에게도 그들에게 경적을 울리고 전조등을 껌뻑일 권리는 없었다.

불빛이 마을의 존재를 드러내고 물소들이 하나둘 집을 찾아 흩어지면서 길이 열렸다. 이 순간만을 기다려온 히우였다. 그러나 팜 반 꾹은 막 변속을 하며 가속기를 밟으려는 히우에게 불이 켜진 길가의 집을 가리키며 차를 세우라고 했다.

"우린 여기서 헤어지지."

"……?"

건석은 귀를 의심하며 팜 반 꾹을 쳐다보았다.

"다 온 거예요?"

자신의 가방을 들고 내리는 팜 반 꾹에게 그렇게 물은 것은 히우였다.

"저 집에 물어보면 러이의 집을 알려줄 거야."

그러고 나서 팜 반 꾹은 길 건너편으로 난 소로를 따라 성큼성큼 멀어져갔다. 그의 뒷모습은 금방 어둠에 묻혔다.

러이의 집을 찾는 것은 어렵지 않았다. 물소떼가 스며든 이 마을이 바로 러이의 고향 자딘이었다. 길을 물었던 그 집에서 나온 노인이 이미 앞장을 서고 있었다. 가늘어지긴 했지만 여전히 비가 내리고 있는데도 노인은 농조차 쓰지 않고 맨발로 뛰듯이 걸었다. 차는 러이의 집까지 갈 수 없었다. 좁아진 길 위에 차를 두고 노인을 따라간 길 끝에 작고 초라한 초막 한채가 있었다. 나무를 엮어 바닥을 땅에서 띄운 산악부족의 가옥 안에서는 희미한 불빛이 새어나왔다.

따로 문이 달리지 않은 초막 안에서 나온 러이는 어둠속에 서 있는 히우와 건석을 한동안 말없이 바라보았다.

"아저씨, 조선소에서 왔어요."

건석의 앞에 서 있던 히우는 그렇게 말하며 옆으로 비켜섰다. 우산을 들고 서 있던 건석은 말없이 고개를 숙여 보였다.

"당신이 웬일인가? 그것도 하필 오늘."

"팜 반 꾹을 만났다."

"그 친구가 또 쓸데없는 일을 만들었군. 먼길 오느라고 고생은 했네만 그냥 돌아가게."

"이 밤중에 비에 팬 길을 어떻게 돌아간단 말예요? 누구 죽일 일 있어요. 여기까지 온 것만 해도 끔찍했어요."

히우가 볼멘소리를 했다.

"비가 내리고 밤길이 험하다는 것을 알아. 하지만 여기에 머무는 것이 당신에게 더 위험해."

러이는 히우가 아닌 건석을 향해 말하고 있었다. 환영받을 것이라는 기대를 했던 것은 아니지만 건석은 불쾌했다. 어쨌거나 먼길을 온 손님에게 러이는 위협을 하고 있었다. 침묵으로 불쾌감을 표시하는 건석에게 러이는 싸늘하게 덧붙였다.

"당신을 위해서 하는 말이야. 유감스럽게도 이 마을에서 당신을 환영할 사람은 아무도 없네."

건석은 그의 말뜻을 바로 알아듣지 못했다. 길을 안내해온 맨발의 노인이 멈칫거리며 러이에게 물었다.

"이 사람 혹시 따이한 아닌가?"

노인의 목소리가 떨렸다. 건석은 불길함을 느꼈다.

"예. 조선소에서 일하는데 아저씨를 만나려고 일부러 여기까지……"

히우의 말을 가로막은 것은 러이였다.

"넌 입닥치고 이 사람 데리고 돌아가라."

"왜요? 정말 너무하시네요."

히우의 입이 앞으로 쑥 나왔지만 건석의 눈길은 노인에게 가 있었다.

"따이한, 따이한이라……"

노인은 휘청거리며 발길을 돌려 빗속으로 걸어갔다. 노인을 쫓아 몇발자국 뛰어가던 러이가 걸음을 멈추고 돌아보며 손가락으로 히우를 똑바로 가리켰다.

"너, 내가 이 사람 데리고 당장 돌아가라고 했어!"

호통을 친 러이는 비를 뚫고 어둠속으로 사라진 노인을 쫓아갔다.

러이가 돌아올 때까지 건석은 러이의 초막으로 오르는 사다리 계단에 걸터앉아 기다렸다. 추녀에서 발치로 떨어지는 빗물이 점점 가늘어져갔다.

비가 완전히 그친 다음에야 돌아온 러이는 아무 말 없이 초막 안으로 들어갔다. 히우는 건석의 팔을 잡아끌며 따라 들어가자고 손짓했다.

　희미한 남포등 불빛에 드러난 러이의 초막 안은 화덕과 몇개의 그릇, 양식이 든 두 개의 작은 자루가 바닥을 차지한 전부였다. 벽에는 그의 옷가지 몇벌이 쓸쓸하게 걸려 있었다. 작고 초라한 초막 안에서 유일하게 풍성한 것은 향이었다. 초막 가운데 벽에 놓인 향로에는 한 움큼의 향이 러이에 의해서 새롭게 피워지고 있었다. 수북이 쌓인 재는 종일토록 향이 피워졌음을 알려주었다. 향로 아래의 제상에는 한 그릇의 밥과 망고가 놓여 있었다. 놋쇠로 만든 징은 제상 옆에 자리잡고 있었다.

　"아저씨, 오늘 누구 제사예요?"

　히우가 비위좋게 살랑거리며 물었지만 러이는 힐끗 쳐다보았을 뿐 대답이 없었다.

　"뭐 좀 먹을 거 없어요? 우린 저녁을 못 먹었어요."

　러이는 뚜껑이 덮여 있는 그릇 하나를 히우 앞에 내밀었다. 삶은 카사바였다. 히우가 하나를 집어 권했지만 건석은 사양했다. 혼자 카사바를 먹는 히우에게 러이는 소금 종지와 물 한그릇을 가져다주었다. 히우는 카사바를 소금에 찍어 한입 베어먹고 나서 물을 한모금씩 마셨다. 건석도 허기와 갈증을 느꼈지만 식욕이 동하지는 않았다.

　제사가 시작되기 전에 세 명의 아이들이 러이의 집을 다녀갔다. 첫번째 아이는 떡처럼 생긴 과자를, 두번째 아이는 불꽃 모양을 한 선인장 열매 탕롱을, 세번째 아이는 고기와 연꽃을 들고 왔다. 첫번째 아이는 어머니가, 두번째 아이는 할아버지가, 세번째 아이는 아버지가 가져다드리라고 했다고 러이에게 말했다. 그 아이들이 가져다준 음식과 연꽃으로 작은 제상 위는 가득 찼다. 세번째 아이가 다녀갈 무렵부터 어디선가 낮게 들려오기 시작하던 징소리의 숫자가 하나씩 하나씩 늘어갔다.

"아저씨, 오늘 제사 든 집이 이 동네에 여러 집인가봐요?"

징소리가 자꾸만 늘어가자 카사바를 입에 문 히우가 의아한 목소리로 물었다. 건석도 의아했지만 러이는 여전히 대답이 없었다. 대신 러이도 징을 손에 잡았다. 러이가 두드리는 징의 소리 역시 낮고 음산했다. 서로 이야기를 이어가듯이 꼬리를 물고 이어지는 낮은 징소리 사이에 러이의 것도 끼여들어갔다. 웅얼거림 같던 징소리가 조금씩 조금씩 음을 높여가면서 어느 순간 울음처럼 들리기 시작했다. 징을 치는 러이의 얼굴은 남폿불을 받아 짙은 음영을 만들며 흔들렸다. 더이상 질서있게 이어지지 않고 뒤엉키기 시작한 징소리는 마침내 통곡으로 변했다.

제사를 끝낸 러이는 왼손에 징과 횃불을, 오른손에 채를 들고 집을 나섰다. 징소리와 함께 러이의 불빛은 멀어져갔다. 작아진 러이의 불빛이 멈춰선 곳에는 이미 수십개의 횃불이 술래를 돌고 있었다. 건석은 히우와 함께 러이의 초막에 서서 그 불빛들을 내려다보았다.

"설날도 아닌데 무슨 제사를 온 동네가 함께 지내지……"

히우는 고개를 갸웃거렸다.

초막 안으로 들어왔지만 징소리는 오래도록 멈추지 않았다.

러이는 새벽녘이 되어서야 돌아왔다. 벽에 등을 기댄 채 설핏 잠이 들었던 건석은 인기척에 놀라 번쩍 눈을 떴다. 앞에 선 러이의 몸은 향과 땀, 술냄새로 범벅이 되어 있었다.

러이가 제상 앞에 앉아 한동안 징을 두드렸지만 건석의 옆에 쓰러져 잠이 든 히우는 여전히 코를 골아대고 있었다. 징을 내려놓은 러이는 제상 위에 있던 음식과 함께 들고 온 대나무통을 건석 앞에 내놓았다.

"한국사람, 한잔 하시게."

러이는 대나무통을 기울여 건석의 앞에 놓인 잔을 채웠다. 건석이 권할 틈도 없이 자신의 잔을 채운 러이는 먼저 잔을 입에 털어넣었다. 단숨에 털어넣는 그를 따라 건석도 잔을 한번에 꺾었다. 독주였다. 목줄기를 타고 흘러내린 술은 빈속을 알싸하게 자극했다. 이번에는 건석이 러이의 잔을 채우고 역시 자신의 잔을 스스로 채웠다. 그리고 먼저 잔을 비웠다. 러이가 뒤를 따랐다. 그렇게 얼마를 되풀이했을까. 먼저 입을 연 것은 러이였다.

"오늘 우리 마을은 모두 제사를 지내지. 단 한 집도 빠짐없이."

"………"

"이 제사를 뭐라고 부르는지 아나?"

건석이 알 리가 없는 질문을 던진 러이는 허공을 쳐다보았다. 다시 잔을 집어드는 그의 손은 떨리고 있었다.

"따이한 제삿날."

러이는 분명 취해 있었지만 그 두 단어를 그들의 말이 아닌 한국어로 정확하게 발음했다. 건석은 확인하지 않을 수 없었다.

"응오이 꿍 따이한(따이한 제삿날)?"

"이 마을 사람들은 오늘을 그렇게 부르지."

8

러이의 침묵은 오래 계속되었다. 술병이 바닥날 때까지 그는 건석의 빈 잔을 채우고 자신의 잔을 비워갈 뿐이었다.

술이 떨어지자 그는 한움큼의 향을 새로 피우고 징을 잡았다. 단조로운 리듬으로 시작한 그의 징소리는 금방 흐느낌으로 바뀌었다. 징이 그토록 미세하고 깊은 감정을 지닌 악기라는 사실을 지금껏 건석은 알지 못했다. 러이의 징은 지금까지 어떤 악기도 와닿아본 적이 없는 지점까지 헤치고 들어오며 건석의 내부를 흔들어놓았다. 심장을 가르고 예리하게 파고드는 징소리의 뒤끝에는 자신이 가르고 들어온 살을 마취시키는 얼얼함이 묻어 있었다. 끊길 듯 끊길 듯 이어지던 징소리 사이로 어느 순간 러이는 노래를 저며넣었다.

　　소떼들이 도시로 들어오는데 그것은 우리에게 너무너무 슬픈 소식이었네
　　마을은 텅 비고 사람들의 얼굴은 모두 슬픔에 잠겼네
　　나의 고향은 황무지로 변했네

러이가 노래를 부르고 있는 사이 노인이 찾아왔다. 건석을 이 집으로 안내해주었던 노인의 손에는 항아리 하나가 들려 있었다. 반쯤 눈을 감고 징을 두드리며 부르는 러이의 노래는 노인이 자리에 앉은 다음에도 계속되었다. 그러나 그의 노래는 강렬한 감정이 실린 징소리와 달리 건조했다. 이상하게도 감정을 제거한 그 음색이 오히려 건석의 가슴에 더욱 깊은 파문을 일으켰다.

　　단 한사람이 도시로 들어와 소식을 전하네

마을은 텅 비었고 나의 심장은 슬픔으로 터져버렸네

　건석도 알고 있는 노래였다. 전쟁시기에 반전의 대열에 섰던 베트
남의 국민작곡가 찡겸선의 대표작 중 하나였다. 노인은 대나무통에
담배를 재우며 길게 한숨을 몰아쉬었다.
　"이 사람아, 얼마나 더 계속할 작정인가. 자네의 징소리가 온 마을
을 울리고 있네."
　러이의 노래는 계속되었고, 노인은 물이 든 대나무통에 재운 담배
에 불을 붙였다. 노인이 대나무통에 입을 붙이고 힘껏 담배를 빨아당
길 때마다 가르릉거리는 물소리와 함께 담뱃불이 밝게 빛을 발했다.
심장까지 빨아들였던 연기를 뿜어낸 다음 노인의 목젖에서는 가래끓
는 소리가 났다. 노인의 가래끓는 소리와 대나무통의 가르릉거리는
물소리는 서로 닮아 있었다. 대나무통 담배는 서너 번을 빨고 나면 그
만이었다.

　　내 고향은 재로 변했네
　　우리 마을에 다시 평온이 돌아올 수 있을까
　　언제나 우리 마을에 다시 풀이 돋고 꽃이 필 수 있을까

　노인이 다시 담배를 잴 무렵 러이는 노래를 흐리며 혼잣말처럼 중
얼거렸다.
　"여기가 바로 재로 변했던 내 고향이야. 다시 풀이 돋고 꽃은 피
지……"
　그리고 건석을 지그시 건너다보며 물었다.

142

"당신은 아는가? 열세살, 그것이 어떤 나이인지를."

엉뚱한 질문을 던지는 러이는 술과 회한에 잠겨 있었다.

"우리 에데족은 열세살을 꽃보다 아름답고 새보다 발랄한 나이라고 하지. 마을에서는 그 나이가 된 아이들을 위해서 해마다 잔치를 열어주었지…… 그러나 세상에서 가장 빛나야 할 열세살, 나의 그 아침은 축복이 아닌 저주로 다가왔어."

러이의 생애에 저주의 화인을 찍은 그 아침은 짙은 안개를 뚫고 다가왔다. 그 아침은 매일같이 사람들을 깨우던 새들의 지저귐과 함께 오지 않았다. 새들의 노래를 시샘하는 닭의 홰치는 소리와 함께 오지도 않았다. 저주는 포성을 앞세우고 '박정희군대'와 함께 러이에게 찾아왔다. 한국군이 주둔하던 떤산 쪽에서 시작된 포성은 시간이 지나면서 점점 마을 가까이 다가왔다. 마을일을 맡아보는 끼엣 아저씨가 러이의 집까지 쫓아와 땅굴로 숨으라고 한 것은 어둠이 물러가고 짙은 안개만 남은 이른 아침이었다. 물 한대접을 얻어마시고 가쁜 숨을 몰아쉬며 끼엣 아저씨가 돌아간 다음 총소리가 마을을 에워싸기 시작했다.

러이는 엄마와 여동생과 함께 마당 옆에 파놓은 땅굴로 몸을 숨겼다. 카사바를 삶으려고 피운 불을 끄지도 못하고 땅굴 속에 숨은 그들의 귓가에 요란하고 어지러운 총소리가 들려왔다. 마을을 가로질러온 총소리는 마침내 그의 마당에 들어섰다. 숨을 죽이고 움츠린 몸을 더욱 움츠렸지만 군인들은 금방 땅굴을 찾아냈다. 그들은 총알과 고함을 번갈아가며 땅굴의 입구에 퍼부었다. 러이의 가족이 땅굴에서 기어나온 것은 끼엣 아저씨 때문이었다.

"귀에 익은 목소리가 들렸지요. 그게 끼엣 아저씨 맞죠?"

러이는 노인에게 물었다.

"끼엣 아저씨에게는 아무런 잘못도 없어. 아저씨는 마을의 입구에 있는 스응씨네 집 땅굴에 따이한들이 수류탄을 던져넣는 것을 보았으니까. 땅굴에서 나오지 않은 사람들은 다 그렇게 죽었지 않아?"

"알아요. 끼엣 아저씨는 동네의 궂은일을 다 맡아서 처리하는 좋은 분이셨죠. 원망하려는 것이 아니에요."

러이의 가족은 다른 마을사람들과 함께 떤 땅 킴씨네 논 가운데로 끌려갔다. 끌려온 사람들 가운데 젊은 남자는 아무도 없었다. 장정들은 모두 산으로 들어가고 마을에 남은 것은 여자와 아이, 몸이 불편한 사람들과 노인들뿐이었다.

"그 자리에 붙들려온 아이들 가운데서는 나와 꾹이 가장 컸지요."

러이가 말하는 꾹이 팜 반 꾹을 가리키는지 묻고 싶었지만 도저히 건석이 끼여들 분위기가 아니었다.

군인들은 사람들에게 굵은 사탕과 먹을 것을 나누어주었다. 겁에 질려 있던 사람들은 그것을 받아들며 조금은 안도했다. 그러나 긴 시간이 흘렀지만 마을사람들은 집으로 돌아갈 수 없었다. 뜨거운 태양이 중천에 솟아올랐을 때 군인들은 사람들에게 눈을 감고 논 가운데 모여서라 했다. 군인들이 타고 온 트럭의 포장이 걷어올려지는 순간 사람들은 비로소 상황을 직감했다. 트럭 위에 설치된 것은 기관총이었다.

"우리는 베트콩이 아니다."

남베트남 정부가 발행한 신분증을 내보이며 호소하던 끼엣씨가 가장 먼저 총알밥이 되었다. 그리고 지옥의 시간이 지나갔다. 러이가 정신을 차렸을 때 총소리는 멎어 있었다. 화약과 피비린내 속에서 들려

144

오는 신음소리는 총소리보다 더 무서웠다. 한번도 들어본 적이 없는 소름끼치는 신음소리가 그의 귀를 파고들었다. 고개를 들자 주변 사람들의 창자가 논바닥에 쏟아져나와 김을 뿜고 있었다. 그러나 러이의 머리는 바로 땅바닥에 박혔다. 그의 머리를 찍어누른 것은 어머니의 손이었다. 어머니는 죽은 듯이 엎드려 있었지만 다른 한팔로는 여동생의 허리를 감싸안고 있었다.

러이가 몸을 일으켜 내달린 것은 수류탄 몇개가 더 터진 다음이었다. 둔중한 무엇인가가 날아와 그의 발꿈치에 닿았고, 러이는 달아나기 위해 본능적으로 몸을 일으켰다. 그것이 살아 있는 자들을 확인하기 위해 던진 씨레이션 깡통이었다는 것을 러이는 알지 못했다. 그는 그것이 수류탄인 줄 알았다. 뒷덜미를 잡는 어머니의 손을 뿌리치고 그는 내달렸다. 그 순간 그의 뒤로 진짜 수류탄이 날아왔다.

"아저씨, 엄마와 여동생은 나 때문에 죽었어요. 내가 달아났기 때문에 수류탄이 날아온 거예요……"

"아닐세, 이 사람아. 자네가 뛰지 않았어도 자네의 엄마와 여동생은 죽었을 거야. 누구도 누구 때문에 죽지 않았네. 다만 운명이 그들을 데려갔을 뿐일세. 전쟁은 자비가 없지. 그 자리에 있었던 사람들은 누구나 다 죽지 않았나? 이 술이나 한잔 하게."

노인은 들고 온 항아리를 앞으로 내밀었다. 러이는 항아리 주둥이에 꽂힌 긴 시누대를 잡아당겨 입에 물고 빨았다.

"그 순간은 제가 가장 잘 알아요. 시체들 속에 묻혀 있던 꾹도 살았잖아요. 논두렁으로 굴렀던 아저씨도요."

러이가 물었던 빨대를 건네받아 빨던 노인이 손으로 입가를 훔쳤다.

"러이, 자네답지 않게 오늘 왜 이러나. 나나 꾹이나, 자네도 살 수 있어서 살았던 것이 아니네. 특히 자네가 살 수 있으리라고 생각한 사람들은 아무도 없었네."

건석이 이번에는 기회를 놓치지 않았다.

"그 꾹이 팜 반 꾹인가요?"

"따이한, 자네가 팜 반 꾹을 어떻게 아는가?"

"오늘 여기까지 같이 온걸요."

"……하긴 그도 러이와 같이 전쟁이 끝난 뒤에도 마을로 돌아오지 않았지만, 제삿날을 빼먹지는 않았지."

그 자리에 끌려나왔던 사람들 중에 살아남은 사람은 러이와 팜 반 꾹, 노인 그렇게 세 명뿐이었다. 약초를 캐러 갔던 사람들과, 캐온 약초를 팔러 갔던 사람들이 돌아왔을 때 마을은 사라지고 없었다. 이미 죽은 사람들을 묻고 돌아오면 아직 숨이 붙어 있던 사람들이 주검으로 변해 있었다. 러이가 깨어난 것은 마을사람들이 여동생을 묻으러 간 사이였다. 러이는 그때 깨어나지 말았어야 했다. 두 다리를 잃고도 아직 숨이 붙어 있는 어머니가 고통에 찬 눈으로 그를 바라보고 있었다. 러이는 다시 정신을 잃었고 그 사이 어머니는 숨을 거두었다.

"자네도 죽을 줄 알았어. 그토록 많은 파편을 맞고 온종일 피를 흘린 자네가 살아난 것은 정말 기적이었어. 운명이 자네를 살려둔 게야."

건석은 당혹스러울 뿐이었다. 러이와 노인의 대화는 한마디도 건석으로 하여금 흘려들을 수 없게 만드는 것들이었다.

"따이한, 자네도 한모금 하시게."

노인이 처음으로 건석에게 알은체를 했다. 시누대를 통해 빨려올라온 밀주는 독한 향을 지니고 있었다.

"삼십년 만에 만나는 따이한, 저녁에 자네가 따이한이란 걸 알았을 때는 숨이 콱 막히더군…… 그러나 괜찮네…… 러이가 따이한의 회사에 들어갔다는 걸 알고 마을사람들은 모두 고개를 저었지만 아무도 욕하지는 않았네. 그것이 러이였으니까. 자네가 따이한이라고 해도 괜찮네. 자네가 찾아온 사람이 러이니까 말일세."

온몸에 파편을 뒤집어쓴 러이의 부상은 깊고도 오래가는 것이었다. 살아남은 마을사람들이 돌아가며 그를 데려다 치료하고, 키웠다. 2년 만에 온전히 움직일 수 있었을 때 그는 산으로 들어갔다. 항불시기에 아버지가 들어가서 영원히 돌아오지 못한 그 산으로 들어갔을 때 그의 나이는 열다섯이었다. 마을사람 모두가 아는 나이를 그는 입산이 허락되는 열여섯이라고 끝내 우겨서 연락병이 되었다.

"팜 반 꾹도 같이 산에 들어갔어요?"

고개를 저은 것은 노인이었다.

"꾹의 어머니도 그날 희생되었고, 어머니의 품속에 묻혀 살아남은 꾹은 전선에서 사람이 와서 데려갔어. 하노이에서 고등학교를 마친 그가 유학을 떠났다는 소식을 우리는 나중에야 들었지."

"어디로요?"

"쥬띤(조선)."

"팜 반 꾹이 북한에서 유학했단 말예요?"

"그럼 그가 한국어를 어디서 배웠다고 생각했나?"

러이가 퉁명스럽게 되물었다. 건석은 팜 반 꾹이 어디서 한국어를 배웠는지 궁금해하면서도 북한에서 공부했을 거라는 상상은 한번도 해보지 않았다. 팜 반 꾹이 하노이에서 공부하고 북한에서 유학하는 동안 러이는 전선에서 '불사조'의 이름을 얻었다.

"러이는 적들에게 저승사자였지."

노인은 러이를 쳐다보며 쓸쓸하게 웃었다. 노인의 표정을 넘겨받은 러이의 눈길이 건석을 향했다.

"어이 한국사람, 내가 당신네 군인들 많이 죽였네."

"………"

"그렇지만 내가 처음에 다짐했던 숫자에는 턱없이 모자랐지."

러이는 다시 시선을 노인에게 돌렸다.

"입산하던 날 부대장이 내게 결의를 물었을 때 내가 뭐랬는지 알아요? 그건 아저씨도 모를 거예요. 난 백삼십칠명의 '박정희군인'을 죽이겠다고 대답했어요. 복수를 위해서 전쟁을 하는 것이 아니라고 부대장이 꾸짖었지만 내 마음은 확고했죠. 내가 하나를 죽일 때마다 그날 죽은 마을사람 한명이 비로소 다음 세상으로 가는 계단을 밟고 올라갈 수 있다고 말예요. 생각해보세요. 내 동생과 어머니가, 우리 마을사람들이 어떻게 죽었어요? 나는 단 한개의 계단도 깎지 않았어요."

에데족은 가족이 죽으면 집 가까이에 새 집을 짓고 그 안에 시신을 매장한다. 그리고 나무를 깎아 지붕 위에 계단을 세운다. 집안에 안치한 영혼이 하늘을 향해 놓아진 그 계단을 밟고 올라가 다음 세상으로 건너간다고 그들은 믿는다. 가족을 잃은 에데족은 누구나 손도끼를 잡는다. 온 정성을 기울여서 집을 짓고 나무계단을 깎는다. 에데족은 누구나 한번은 예술가가 되고 조각품을 남긴다. 죽음이 그들을 예술가로 만든다.

"자네 어머니와 동생 몫의 계단도 마을사람들이 다 함께 깎아 세웠다네."

러이는 고개를 저었다.

"아무리 계단을 깎아 세워도 그들이 그냥 그 계단을 밟고 올라갈 수 있었을 것 같아요? 마을사람들이 나무계단을 깎고 있을 때 저는 총구를 닦았지요. 나만 그런 것은 아니었어요."

러이는 말머리를 건석에게 돌렸다.

"그때 우리 부대의 구호가 뭔지 아나, 자네. ××을 찢어죽이자……섬뜩하고 지나치게 들리겠지."

러이가 말한 찢어죽일 대상이 된 이름은 한국군 부대의 명칭이었다. 그것은 건석의 집에 한장의 사진으로 남아 있던, 아버지의 팔에 문양으로 붙은 맹수의 이름이기도 했다.

"처음부터 우리가 따이한을 증오했던 것은 아니네. 따이한은 미국 때문에 어쩔 수 없이 참전한 용병일 뿐 적이 아니라고 우리는 배웠고, 또 그렇게 믿었네. 그러나 그날 이후 모든 것이 달라졌어. 그럴 수밖에 더 있겠나."

설명을 보태던 노인이 길게 한숨을 내뿜었다.

"당신들은 다음날 다시 와서 임시로 묻어둔 시신과 아직 묻지 못한 시신을 모두 중장비로 밀어버렸어. 우린 당신들이 떠난 다음 갈퀴로 뼈를 긁어모으고 젓가락을 들고 다니며 갈퀴 사이로 빠져나간 살점들을 주워담아야 했지. 우리가 장사치른 것은 시신이 아니었어. 임자를 알 수 없는 그 뼈와 살점들…… 그것을 잃은 가족의 숫자에 따라 나눠가졌다네. 러이에게도 두 몫이 갔네."

"어머니와 동생이 죽고 나서 난 미쳐 있었던 것 같아요. 살아 있어야 할 아무런 이유도 내겐 남아 있지 않았지요."

두려워할 것 역시 아무것도 남아 있지 않았다. 죽음도 예외일 수 없었다. 그에게 두려운 것은 죽는 것이 아니었다. 복수를 하지 못하고 죽게 될까, 그것 하나가 두려울 뿐이었다. 일년 동안의 연락병 생활을 끝낸 러이는 2년 동안 전투원으로, 그리고 전쟁이 끝날 때까지 한개의 전투단위를 책임진 분대장으로 활동했다. 그가 그 이상의 직책을 맡지 못한 것은 분대장이 된 다음에도 결코 전투에서 선두를 양보하지 않았기 때문이다.

"복수를 하지 못하고 죽는 것이 유일한 두려움이었다면서요?"

건석이 그렇게 물을 수 있었던 것은 러이가 많이 무너져 있었기 때문이다. 술 탓이었을까, 러이는 무방비로 자신을 노출시키고 있었다.

"복수를 하지 못하고 죽는 것보다 더 끔찍한 게 한가지 있네. 비겁하게 죽는 것…… 나의 비겁으로 어머니와 동생이 죽었어. 그날 이후로 난 한번도 살겠다는 욕심을 가져보지 않았어. 내가 살아 있다는 것은 내 상대가 되었던 '박정희군인' 중 그 누구도 살아남지 못했다는 말이 되는 거네."

건석은 러이가 공안국에서 김부장에게 했던 말을 떠올렸다. 그는 30년 전에 김부장이 자기를 만났어야 했다고 말했다. 예사롭지 않은 러이의 어투 속에서 살의의 실체를 엿본 건석은 왠지 옆구리가 서늘했다.

"아직도 그런 살의와 원한이 남았나요. 과거를 닫고 미래로 가자는 당신네 당과 정부의 방침을 당신은 받아들이지 않는군요. 당원이 그래도 되나요?"

"과거를 닫고 미래로 가자…… 정치적인 언술로는 참 훌륭하지."

30년도 더 된 기억의 터널로부터 빠져나오지 못하고 있는 러이의 모습이 건석의 가슴을 무겁게 짓눌렀다.

"숨이 막혀서 어떻게 살아요? 이제 털어버리시죠. 그만한 시간이 지났잖아요. 알고 보면 다 불쌍한 사람들이에요. 모두 전쟁의 수레바퀴에 깔린 희생자들일 뿐이잖아요."

건석은 단숨에 그렇게 말하고 말았다. 자신의 말을 걸러낼 틈도 없었다. 고개를 끄덕인 것은 러이가 아니라 노인이었다.

"그러네, 따이한들도 불쌍했지 않은가. 독립성이 있고 부자인 나라라면 미국이 쥐어준 총을 들고 이 먼 나라까지 왜 왔겠나. 우리도 불쌍했지만 따이한들은 우리보다 더 불쌍했던 셈이지. 우리야 제 땅을 지키고 살려니까 어쩔 수 없이 죽고 싸우고 했지만 아무 관계도 없는 남의 나라에 와서 죽고 다친 따이한들은 뭔가."

이해심 많은 노인이었다. 하지만 노인의 한마디 한마디는 지금까지 건석이 들은 어떤 말보다 얼굴을 화끈거리게 만들었다.

건석은 끝내 러이에게 회사로 돌아가자는 말을 입밖에 꺼내지 못했다. 러이에게는 회사로 돌아가야 할 이유가 어디에도 없어 보였다. 오히려 건석이 궁금한 것은 그가 지금까지 왜 회사에 다녔는가 하는 점이었다. 피붙이 하나 없는 오십줄의 사내가 무엇 때문에 조선소에 취업했을까. 아무리 보아도 그에게서는 돈에 대한 욕심이 느껴지지 않았다. 새로 지은 그의 초막 어느 구석에서도 돈의 때를 묻힌 흔적은 없었다.

"조선소에서 받은 월급으로 뭐 했어요?"

노인이 빈 술통을 옆구리에 끼고 돌아간 다음 건석은 러이에게 퉁명스럽게 물었다.

"찾아야 할 사람이 하나 있었지."

벽에 기대앉은 러이의 표정은 그의 어깨 너머로 밝아오는 미명처럼 흐릿했다.

"누구요?"

러이는 대답 대신 고개를 돌려 미명 속으로 시선을 묻었다.

9

팜 반 꾹이 러이의 집에 나타난 것은 날이 환하게 밝은 다음이었다. 새벽녘에 한차례 비가 지나가며 초막을 쑤석거렸지만 어제 온종일 차에 시달린 건석은 잠의 수렁으로 빠져들었다. 어깨를 파고드는 한기가 잠을 방해할 때마다 그는 몸을 더욱 달팽이처럼 웅크렸다. 음식을 가지고 온 아이들과 러이가 나누는 두런거림이 지난 다음, 얼마나 시간이 흘렀을까. 낯익은 목소리가 잠결을 가르고 건석의 귓전을 파고들었다.

"정말 돌아가지 않을 거야?"

"어디로 돌아가나. 난 이제 이곳 자던으로 영원히 돌아왔어."

건석은 여전히 눈을 감은 채 둘의 이야기를 흘려듣고 있었다.

"이제 이니는 확실히 포기한 거야?"

팜 반 꾹의 물음은 확답을 받아내려는 추궁에 가까웠다. 러이는 한참 동안 대답이 없었다. 이니, 처음 들어보는 이름이었다. 아마 러이가 어제 저녁 찾아야 한다고 했던 사람이 여자인 모양이었다. 이니.

"그것이 누구라 하더라도 한사람에게는 제대로 기억되어야 할 권리가 있어."

"그럼, 다시 이니를 찾아나서겠다는 얘기야?"

러이가 뭐라고 대꾸를 한 모양인데 건석은 알아들을 수가 없었고 팜 반 꾹의 다음 말만 선명하게 들려왔다.

"나도 더는 협조하지 못해. 이곳에 살겠다면 마당 옆에 이니의 집을 지어."

"깃들일 육체가 없는 집을 만들어?"

"육체가 없다면 영혼이라도 찾아 깃들이겠지…… 날이 밝아오는데 무슨 술을 자꾸 마셔."

"꾹, 우기가 되면 내가 매일 밤 어떻게 잠드는지 아나? 지난밤처럼 비가 내리면 몸속에 박힌 파편들이 온통 살아나서 나를 들쑤시지. 그럼 난 미친놈처럼 밖으로 뛰쳐나가 비를 맞으며 쏘다니다가 술의 힘을 빌려서 잠이 들어."

"수술을 하자고 했잖아?"

"안해."

"왜?"

"난 안한다니까."

러이와 팜 반 꾹의 입씨름은 제자리를 맴돌며 계속되었다.

"그러니까 왜 안하느냐고?"

"말해도 넌 몰라."

"내가 모르면 누가 알 수 있는데. 도대체 쓸데없는 고집 부리는 이유가 뭐야, 뭔데?"

"이 파편은 나의 일부야. 내게 박힌 이 저주와 함께 살다가 죽을 거야."

"……그만 마셔."

둘은 다시 술을 놓고 입씨름을 벌였고 건석은 가물가물 잠의 수렁으로 빠져들었다. 한기가 엄습했지만 건석은 어깨를 가릴 마땅한 점퍼 하나 가지고 있지 않았다.

건석을 깨운 것은 히우였다. 밖은 완전히 밝아 있었고 새벽녘에 비가 씻고 지나간 산은 싱그러운 초록으로 흔들렸다.

"무슨 잠을 그렇게 많이 자세요?"

손바닥으로 얼굴을 비비며 초막을 빠져나오는 건석을 향해 히우가 핀잔을 주었다. 일찌감치 잠에 떨어졌던 녀석의 얼굴에는 어제의 지친 흔적이 한구석도 남아 있지 않았다.

"어디 갔어?"

건석이 턱으로 초막을 가리키며 물었다.

"차에요."

"또 누가 오지 않았어?"

마당에는 어제 저녁에 보이지 않던 새끼 돼지 두 마리가 돌아다니고 있었다.

"그 성질 이상한 아저씨도 같이 기다려요."

히우의 대답은 건석을 서두르게 만들었다. 러이가 차에서 기다린다는 것은 의외였다. 다시 조선소로 돌아가겠다는 것인가. 주둥이로 흙을 파헤치고 있는 검정 돼지를 피해 건석은 마당을 바삐 빠져나왔다. 벼가 익고 있는 논 가운데로 난 길을 따라 히우가 앞장섰다.

차 앞에는 가방을 손에 든 팜 반 꾹과 나란히 러이가 서 있었다. 하지만 팜 반 꾹과 달리 러이는 한눈에 보아도 떠날 차림이 아니었다. 바짓단을 무릎까지 접어올린 그는 자루가 긴 삽을 지팡이 삼아 짚고 서 있었다. 팜 반 꾹의 가방을 받아 실은 히우가 차를 돌려세웠다. 무스를 발라 머리를 올백으로 넘긴 히우의 이마처럼 차체는 반짝반짝 빛이 났다. 소나기가 쏟아지는 비포장 흙길을 달려온 흔적은 바퀴에

조차 남아 있지 않았다. 차에 대한 히우의 끔찍한 정성은 오늘도 예외가 아니었다. 당장 흙먼지 날리는 길을 달려야 할 테고, 또 언제 쏟아질지 알 수 없는 우기의 비가 기다리고 있었다.

"돼지 잘 길러두지."

먼저 차에 오른 팜 반 꾹에게 무덤덤하게 인사를 던진 러이가 건석에게 시선을 옮겼다.

"잘 가시게, 한국사람."

"조선소로 돌아갈 생각은 정말, 전혀 없어요?"

건석은 차마 조선소로 돌아가자는 말을 하지는 못했다. 아무리 팜 반 꾹 앞에서 알리바이를 남겨두어야 한다고 해도 그런 흰소리를 할 수는 없었다. 러이는 피식 웃으며 건석에게 들고 있던 봉지 하나를 내밀었다.

"밥을 대접하지 못해서 미안하네. 가다가 먹게."

건석은 얼떨결에 봉지를 받아들었다. 무슨 말인가 해야 할 것 같은데 아무 말도 떠오르지 않았다. 건석은 히우에게 차를 빼라고 손짓을 했다. 좁은 농로를 조심스럽게 빠져나가는 차를 따라 건석은 러이와 나란히 걸었다.

"잘못이 있다면 용서하세요."

건석은 떠듬거리지 않고 말했다.

"………"

"옛날의 우리든, 지금의 우리든 말예요."

"내가 용서하지 못한 것이 당신들인 줄 아나……"

걸음을 멈추고 잠시 건석을 쳐다보던 러이는 시선을 거두며 다시 걸음을 옮겼다.

"남을 용서하는 일은 쉽네. 끝내 용서하기 어려운 것은 바로 자신이네."

러이를 뒤로 하고 출발한 차가 두 개의 산을 넘을 동안 오르막길보다는 내리막길이 많아서 냉방기가 돌아가는 시간이 돌아가지 않는 시간보다 훨씬 많았다. 히우도 올 때와는 사뭇 다르게 콧노래까지 흥얼거리는 여유를 보였다. 건석과 나란히 뒷자리에 앉은 팜 반 꾹은 창밖의 산등성이에 시선을 던진 채 생각에 잠겨 있었다. 건석도 창밖에 시선을 두었지만 건성일 뿐이었다. 이니라는 이름과 러이의 표정이 그의 뇌리에서 쉽게 지워지지 않았다. 차가 덜컹거리며 요동칠 때마다 러이의 표정 위로 겹쳐지는 얼굴은 형이었다.

경찰이 건석을 찾아온 것은 D중공업 파업현장에 병력이 투입된 다음날이었다. 형이 일하던 D중공업의 파업농성 해산작전은 병력이 투입되기 며칠 전부터 전국의 이목을 집중시켰다. D중공업의 파업은 시작과 동시에 이미 한 공장의 문제를 넘어서는 것이었다. 상승일로에 있던 노동운동 진영과 이를 제압하려는 진영이 몇달째 벌여온 치열한 공방전의 정점에 D중공업의 파업이 놓여 있었다. 건석은 D중공업의 파업이 신문의 머릿기사로 올라와도 애써 외면하려고 했다. 전국의 진압병력을 총동원한 경찰이 헬기를 띄워 해산을 종용하는 선무방송을 시작하면서 TV가 정규방송을 끊고 속보를 내보낼 때까지도 건석은 마음을 두지 않으려 했다.

건석이 형을 생각하지 않을 수 없었던 것은 D중공업이 경찰의 손에 떨어진 날 아침이었다. 아침, 저녁, 새벽…… 계속 시간을 바꿔가며 초읽기에 들어갔던 경찰의 진압작전은 이틀을 끈 다음 자정을 기해서 단행되었다. 절정의 조직력과 투쟁력을 보유한 전투적 노동운동의 상징이었던 D중공업의 노조는 허무하게 무너졌다. 자정을 기해 경찰이 진입했을 때 노동자들은 모두 도망치고 공장은 텅 빈 상태였다. 건석이 읽은 신문특보에는 연일 기자회견을 통해 '결사항전'을 밝혀왔던 노조에 대해 기자들이 가진 배신감이 곳곳에 배어 있었다. '다행히 인명피해 없이' 작전이 끝났다고 쓰고 있었지만 그 행간에서는 '불행한 인명피해' 없음에 대한 기자들의 실망감을 어렵지 않게 찾을 수 있었다. 건석은 더이상 비겁하게 살지 않겠다던 형이 어떤 표정으로 공장을 빠져나갔을지 무척 궁금했다.

D중공업의 파업이 맥없이 무너진 다음날 건석에게 형의 소식을 전해온 것은 어머니가 아니었다.

더이상 형을 자식으로 생각하지 않는다던 어머니의 태도는 경찰의 진압작전 발표 이후에도 바뀌지 않았다. 그러나 건석은 어머니가 속으로는 걷잡을 수 없이 무너지고 있음을 모르지 않았다. 어머니가 날마다 전화를 걸어 형에 대한 악담을 퍼부어대며 건석에게 기대한 것이 형에 대한 관심의 촉구라는 사실을 알 수 있었다. 그러나 건석은 끝까지 모른 체했다.

건석은 어머니의 전화를 은근히 기다리고 있는 자신을 발견하고 머리를 저었다. 날마다 어머니가 시외전화를 걸어올 때마다 짜증을 내온 그였다. 정작 진압작전이 끝나자 어머니는 전화가 없었다. 대신 건석의 고시원으로 뜻밖의 손님이 찾아왔다. 형사였다. 그의 신원을 확인한 형사는 동행을 요구했다. 건석은 당황했다. 시국사건에 연루된 원생들이 한밤중에 들이닥친 형사들에게 끌려가는 것을 본 적이 있었지만 자신이 그 대상이 되리라고는 상상조차 못했다.

관할 경찰서에서 건석을 기다리는 사람은 대공분실에서 나온 사내였다. 대공분실이라는 말에 건석은 간이 더욱 졸아들었다. 박종철이 하나 죽었다고 우리가 겁먹을 것 같나. 건석에게 충분히 겁을 준 다음에야 사내는 형에 대해서 물었다. 비로소 형에게 문제가 생겼다는 것을 건석은 짐작할 수 있었다. 대공분실의 직원은 D중공업이 있는 M시로 내려가면서도 위협을 멈추지 않았다.

"길의 주인들이 나타났는데요."

히우가 브레이크를 밟으며 뒤를 돌아보았다. 물소떼들이었다. 녀석은 어제와 달리 멀찌감치 소떼를 앞세우고 느긋하게 뒤를 따랐다.

"그것 먹죠."

엉금엉금 느림보걸음을 하던 차를 아예 멈춰세우고 엔진브레이크를 채우며 히우가 건석의 손에 들린 봉지를 돌아보았다. 건석은 러이가 준 봉지를 여태 손에 쥐고 있었다는 걸 비로소 깨달았다. 건석은 얼떨결에 봉지를 열었다. 봉지 속에 든 것은 삶은 달걀이었다. 삼각형으로 접힌 종이 속에는 양념소금이 있었다. 일부러 껍질을 두드려 깰 필요가 없게 달걀은 이미 서로 부딪쳐 멍이 들어 있었다.

"난 아침 먹었네. 러이가 달걀을 제대로 삶긴 했나?"

팜 반 꾹은 건석이 내민 달걀을 히우에게 건네주며 설핏 웃었다.

"아저씨하고 그 아저씨하고 친구예요?"

달걀을 까며 히우가 물었다.

"그런 셈이지."

선선히 수긍하며 시선을 창밖으로 옮기려는 팜 반 꾹에게 건석은 갑자기 묻고 싶어졌다.

"그런데 왜 러이를 조선소에 취직시켰죠?"

"누가, 내가 러이를 취직시켰다고 말했소?"

"당신 아니면 누가 시켰겠어요?"

건석은 달걀을 까는 손끝에 시선을 둔 채 되물었다.

"그에게 돈이 필요했으니까."

"혼자 사는 아저씨가 돈 벌어서 뭐 해요?"

히우가 입안에 든 달걀을 우물거리며 끼여들었다. 팜 반 꾹은 히우의 말을 무시하며 혼잣말처럼 중얼거렸다.

"그에게는 찾아야 할 사람이 있어."

"그게 이니인가요?"

팜 반 꾹은 의아한 눈빛으로 건석을 쳐다보았다. 그의 표정은 이니의 이름을 어떻게 아는지를 묻고 있었지만 건석은 다시 그에게 물었다.

"그런데 왜 돈이 필요하죠?"

"이니는 북쪽 출신이었지."

러이가 전선에서 만난 사랑은 호치민루트를 타고 내려온 북의 여성이었다. 갓스물의 그녀 역시 하나의 전투조를 책임지고 있었다. 그들은 자주 경쟁했다. 출전을 놓고 다투고 전과를 둘러싸고 겨루었다. 그러나 기실 그들의 경쟁은 죽음으로 이어지는 사다리에 먼저 발을 올려놓으려는 것 이외에 아무것도 아니었다.

"러이의 모험주의가 그녀를 희생시켰지."

러이는 그녀에게 마음이 기우는 것을 느낄수록 더욱 무모하게 자신을 적의 총구 앞에 세웠다. 잃었던 생에 대한 욕망이 그를 두렵게 했다. 그는 그 욕망을 한순간도 용납할 수 없었다. 작전에 투입할 전투조를 선정할 때마다 그는 가장 먼저 손을 들었다. 이니의 조가 척후를 맡은 그 작전도 예외가 아니었다. 러이와 거의 동시에 손을 든 사람이 이니였다. 그들은 그 작전의 위험성을 너무나 잘 알고 있었다.

러이가 자신이 먼저였다고 우겼지만 이니는 양보하지 않았다. 이니는 죽음으로 이어지는 사다리에서 러이의 발을 밀어내고 자신의 발을 올려놓았다.

"아마 러이가 먼저 손을 들지 않았다면 그녀도 손을 들지 않았겠지."

부대 전체가 고립된 채 이니가 말라리아에 걸려 죽어가고 있을 때 적의 포위망을 뚫고 50리 밤길을 헤치고 약을 구해온 것이 러이였다는 사실을 아는 사람은 그들 둘말고 아무도 없었다. 난 그때 이미 말라리아로 이 낯선 땅에서 죽었어. 부대를 떠나기 직전 러이가 내미는 반지를 받아 시큰둥하게 주머니에 집어넣으며 그녀는 그렇게 말했다. 이니가 맡은 임무는 전황을 역전시키기 위한 대부대작전의 척후였다. 건석의 머릿속에 팜 뚜 언의 일기가 떠올랐다. 게릴라전에서 대부대작전을 유도하는 척후임무란 곧 전멸을 뜻하는 것이었다.

"『전쟁일기』를 보면 부대 내 연애는 엄격히 금지되어 있었다던데?"

"아직 앞부분만 읽고 뒷부분을 못 읽었군. 뒷날 그는 이렇게 쓰고 있지. 도대체 어떤 규율이 사선에 선 청춘남녀의 사랑을 막을 수 있나. 폭풍우가 치는 광야에 번개와 같이 날아드는 것이 전사의 사랑이다."

"이니라는 그 여성은 어떻게 되었어요?"

"다시 돌아오지 않았지."

"죽었나요?"

달걀 껍질을 까던 손을 멈춘 히우의 눈이 호기심으로 반짝였다.

"글쎄…… 아마 그렇다고 봐야겠지."

"아마라뇨?"

"그날 이후로 아무도 그녀를 본 사람이 없으니까."

러이는 그녀를 찾기 위해 수시로 부대를 이탈했다. 그러나 어디에서도 그녀를 찾을 수 없었다. 그녀의 최후를 아는 사람도 없었다. 척후임무를 수행하던 중 이니의 전투조는 예기치 않은 적과 조우했고, 좁혀오는 포위망 속에서 그녀가 내린 최후의 명령은 측면돌파였다.

포위망을 뚫고 살아남은 조원은 오직 한명뿐이었다. 마지막으로 그녀를 보았다는 열일곱살의 앳된 조원은 러이 앞에서 고개를 들지 못했다. 조원들에게 왼쪽 측면돌파를 명령하고 먼저 움직인 것이 그녀였다 한다. 돌파 방향과 반대로 움직인 그녀는 적의 포위망 속에 혼자 남겨지기로 결심했던 것이다.

전사했다면 시체가 있어야 했다. 전투가 끝난 다음 해방구의 주민들이 수습해온 시신 중에 그녀는 없었다. 러이가 백방으로 수소문을 했지만 그 작전으로 적이 포로를 확보했다는 정보는 없었다. 실종된 그녀를 찾아다니는 사이 러이는 꽝떠이성에서 최연소로 얻은 영웅칭호를 박탈당했다.

"죽었겠네요, 뭐. 이미 죽은 사람을 찾아서 뭐 해요."

히우는 입맛을 쩝쩝 다시며 다시 달걀을 까기 시작했다.

"자식아, 죽었다고 다 없는 것이고, 살아 있다고 다 있는 것인 줄 아나."

팜 반 꾹이 못마땅한 눈길로 히우를 흘겨보고 나서 입을 다물었다. 차 안은 어색한 침묵에 빠져들었다. 히우는 앞을, 팜 반 꾹은 왼쪽 창밖을 바라보았다. 건석은 오른쪽 창밖으로 시선을 돌리며 명치를 쓰다듬었다. 조금 전에 먹은 달걀이 명치에 맺힌 것처럼 따가웠다. 그렇지 않아도 차가 흔들릴 때마다 머릿속이 따로 흔들리는 멀미를 느끼고 있던 건석이었다. 그는 눈을 감았다.

M시에서 건석을 기다리고 있는 것은 형의 주검이었다.

너무나 준비 없이 맞이한 끝이었다. 건석의 확인을 마친 형의 시신은 다시 냉동고 속으로 밀려들어갔다. 건석이 오열을 터뜨린 것은 차가운 금속성으로 빛나는 스테인리스 냉동고의 잠금장치가 채워진 다음이었다. 이를 악물었지만 자꾸만 울음이 새어나왔다. 예기치 못한 일이었다. 흰 시트가 다시 뒤집어씌워질 때까지도 아무렇지 않던 그였다.

형의 장례는 아무런 절차도 없이 치러졌다. 그가 화장터에서 가루로 변하는 형을 기다리는 동안 어머니는 호텔에 격리되어 있었다. 기관원의 호위를 받으며 건석은 혼자서 고향 뒷산에 형의 유골을 뿌렸다.

형을 훑고 돌아오는 길 위에는 저녁노을에 물든 시간이 쓰러지고 있었다. 나무에서 떨어진 형이 업혀 내려온 그 길을 덮은 마른 풀잎은 그의 발목을 자꾸만 휘감았다. 휘청거리는 다리를 이끌고 돌아온 고향집 마당에는 가을이 신문지와 함께 나뒹굴었다. 어머니는 넋이 나가 있었고, 밤새 바람은 불한당처럼 대문을 흔들어댔다. 형은 그날의 신문 한구석에 남루하게 죽어 있었다. '술에 취한 채 농성장에서 잠들었던 노동자 한명이 뒤늦게 주검으로 발견되었다.'

모두가 빠져나간 농성장에 형은 왜 혼자 남아 있었던 것일까. 여러 날이 지난 다음에야 건석은 노조가 발행한 소식지를 통해 형이 죽은 밤의 풍경을 헤아릴 수 있었다.

'밤 10시 50분, 조선소로 넘어오는 고개에 배치된 조합원에게 무전이 날아들었다. 병력을 싣고 시내에서 대기하던 차량들이 일제히 고개를 넘어오고 있다는 것이었다. 그리고 5분쯤 뒤에 평소 친하게 지내던 기자가 전화를 걸어왔다. 곧 시작됩니다. 그렇게 말한 기자는 어떻게 할 것인지 내게 물었다…… 위원장은 철수를 명령했다. 젊은 사수 대원들 중 일부가 쇠파이프로 집기를 부수며 퇴장하는 등 잠시 술렁거렸지만 회의실은 다시 질서를 회복했다. 지도부는 각자 맡은 구역으로 흩어졌다. 제1선에 배치된 정당방위대를 남겨두고 나는 제2선, 제3선에 배치된 조합원들을 집합시켰다. 텐트와 작업장에서 자고 있던 조합원들도 모두 깨우게 했다. 경찰의 진압작전이 임박했음을 알리고 남문 바리케이드 보강작업이 긴급하다며, 남문을 향해 구보로 이동하라고 했다. 인솔해온 조합원들이 모두 남문에 도착한 것을 확인한 다음 나는 노조의 철수방침을 공개하고 일제히 바리케이드를 뛰어넘어 독신자 숙소가 있는 오가좌로 이동할 것을 명령했다. 10분 만에 오가좌에 도착한 우리는 숙소 베란다를 통해 빈 공장을 최루가스로 채우며 진입하는 경찰의 작전을 지켜보았다.'

형이 어떻게 죽었는지 건석은 알지 못했다. 형이 잠들어 있었다면 철수를 위해 잠든 조합원들을 깨우는 소리를 형은 듣지 못했을 것이다. 형은 그 무렵 이미 청력을 거의 상실하고 있었다. 그러나 그가 잠들어 있었다는 확증은 어디에도 없었다. 어쩌면 그는 제1선의 정당방위대와 함께 마지막까지 저항했을지도 모른다. 모두 퇴각하는 순간에도 그는 철수방침을 알지 못한 채 싸웠을지 모른다. 아니, 어쩌면 그가 정말 잠들어 있었을 수도 있다. 하지만 어떤 경우에도 분명한 것은 경찰의 발표처럼 형이 술에 취해서 잠들지 않았다는 사실이었다. 형은 단 한잔의 술도 마시지 못하는 사람이었다. 그것은 건석이 알고, 어머니가 더욱 잘 아는 사실이었다. 그러나 건석은 물론 어머니 역시 항의하지 못했다. 기관원이 어머니의 입을 막는 데는 많은 말이 필요치 않았다. 남은 아들에게 어떤 영향을 미치게 될지 잘 생각하고 행동하세요. 건석에게 그들이 한 말은 더욱 직접적이었다. 억울하면 자네가 판검사 된 다음에 밝혀도 늦지 않아. 형의 유품을 태우는 어머니는 말이 없었다. 사진 한장을 제외한 형의 유품은 모두 태워졌다. 지상에 남은 그의 흔적은 그와 아버지, 그리고 낯선 여인이 함께 찍은 사진이 전부였다.

"어, 길의 주인이 없어졌는데요."

히우는 놀란 사람처럼 너스레떨며 차를 출발시켰다. 그들이 침묵에 빠진 사이 물소떼가 시야에서 사라지고, 비포장의 산길은 텅 비어 있었다.

　　10

자딘에 다녀온 건석은 고열과 오한에 시달렸다. 꽝떠이에서 지내는 동안 이렇게 심하게 아프기는 처음이었다. 온몸의 신경은 금방이라도 끊어질 것만 같았고, 머릿속에서는 뜨거운 쇠구슬이 덜컹거리며 굴러다녔다. 그래도 처음에는 견딜 만했다. 밤새 홀로 소리내어 끙끙 앓으며 눈물을 찔끔거리는 것도 나쁜 것만은 아니었다. 아플 때보다 더 예민하게 육체가 자신의 존재를 시위하며 자기애에 호소하는 시간은 없다. 지극히 이기적인 시간이 고통과 함께 지나갔다. 이빨을 앙다물고 뼈가 시린 통증을 견디며 흘리는 눈물에는 싫어진 자신을 용서하게 만드는 힘이 있다.

후회와 자신에 대한 절망이 담긴 신음을 들어주고 받아줄 사람은 아무도 없었다. 건석은 자신의 육체를 이틀 동안 아무도 없는 집안에 방치했다.

우옌 티 리엔이 찾아온 것은 건석이 앓아누운 지 사흘째 되는 날이었다. 약을 먹고 잠에 빠져들었던 그가 깨어났을 때 머리맡에 리엔이 앉아 있었다. 구내병원에서 약을 지어 히우 편에 보낸 것은 오부장이었다. 아마 히우가 건석의 몰골을 우옌 티 리엔에게 귀띔했을 것이다. 리엔은 화가 나 있었다. 입을 꼭 사려문 그녀는 한마디도 하지 않았다. 무릎 위로 올려놓으려는 그의 손을 그녀는 야멸차게 내쳤다.

"탈진해서 죽고 싶어?"

건석은 희미하게 웃었다. 자딘에서 돌아온 이후 그는 아무것도 먹은 것이 없었다. 돌아오는 길에 먹은 달걀도 결국은 길섶에 모두 토한 그였다. 그러고 보면 러이에게 가는 차 안에서 먹었던 빵조각, 반미가 마지막 요기였던 셈이다.

방문을 열고 나갔던 리엔은 잠시 후 쟁반을 가지고 들어왔다. 우려낸 닭국물에 죽순을 얹어 끓인 수프였다. 쟁반을 탁자에 내려놓은 그녀는 건석의 멱살을 잡아 강제로 일으켜세웠다.

"생각 없어."

건석은 고개를 저었다.

"누굴 처녀로 늙어죽게 만들 작정인데?"

"나랑 결혼하려고?"

케톤, 결혼이라는 말을 입에 올린 것은 처음이었다. 지금까지 그 말은 둘 사이에서 금기가 되어 있었다.

"그러기 전엔 죽게 내버려두지도 않아."

리엔은 짐짓 태연한 척했지만 얼굴은 이미 붉어지고 있었다. 그걸 의식했는지 그녀는 과장되게 눈을 부라리며 숟가락을 반 강제로 건석의 입안에 밀어넣었다.

"뭘 먹어야 약을 먹을 거 아냐."

수프를 거의 비우고 나서야 건석은 리엔에게서 놓여날 수 있었다. 약을 먹고 자리에 누운 건석은 비로소 리엔의 다리 한쪽을 얻어 베었다. 다른 사람에게서 느껴본 기억이 없는 포근함이 뺨을 적셨다. 어머니와의 기억 속에서도 따스한 시간은 남아 있지 않았다. 건석에게는 백일사진이나 돌사진 한장 없다. 그나마 그에게도 가족사진이 있다는 사실을 깨달은 것은 형의 유품을 챙기면서였다. 형의 유품으로 남은 가족사진 안에는 분명히 자신의 모습이 포함되어 있었지만 건석에게 그 풍경은 너무나 생소했다. 대학교 입학식장을 배경으로 꽃다발을 들고 서 있는 건석의 양쪽에는 어머니와 형이 있었다. 생경하기 그지없는 그 사진은 형에게 건석의 4년 등록금 고지서가 되었을 것이다. 형에게 영수증이 되었어야 할 졸업사진은 없었다. 대신 건석이 발견한 것은 형의 또다른 가족사진 한장이었다. 물론 거기에는 건석이 없었다.

"우리 같이 살까?"

건석은 형의 다른 가족사진을 떠올리며 리엔에게 물었다.

"아직 안되는 것 알잖아."

그녀는 역시 고개를 저었다. 건석은 그의 집을 급습했던 리엔의 어머니를 떠올렸다. '내 딸이 한국인과 살게 할 수는 없다. 리엔, 이건 안된다. 저주를 받을 일이야.' 어쩐 일인지 그토록 당돌하고 고집센 리엔도 어머니 앞에서 한마디도 하지 못했다.

"가족들이 동의할 때까지?"

"결혼을 빨리 하고 싶으면 다른 여자하고 해. 절대 잡지 않을 테니까 걱정하지 말고."

리엔이 먹여주는 약을 삼킨 건석은 그녀의 무릎을 베고 잠이 들었다.

전화벨 소리에 잠이 깼을 때 건석은 온몸이 흠뻑 젖어 있었다. 힘겹게 수화기를 받아드는데 리엔이 욕실에서 서둘러 달려나왔다. 누워서 전화를 받고 있는 건석의 이마에 리엔은 물수건을 올려놓았다.

"약은 묵었나? 좀 어떻노?"

오부장이었다.

"조금 나았습니다."

관절 마디마디를 잡아뽑는 것 같은 통증이 전신을 훑고 지나갔지만 점심때보다는 훨씬 견딜 만했다.

"마, 말라리아나 풍토병은 아인갑다. 죽지는 아하겠네. 언간하머 김부장 건 안 있나, 그거 한번 챙기봐라."

건석은 달력을 쳐다보았다. 김부장이 공안국에 출석해야 하는 날이 내일이었다.

팜 반 꾹에게 전화를 한 것은 건석이 아니라 리엔이었다.

"정말 심하네…… 아파서 다 죽어가는 사람에게……"

팜 반 꾹에게 전화를 걸기 위해 건석이 집어든 수화기를 빼앗으며 리엔은 숨을 몰아쉬었다. 몇차례 길게 숨을 몰아쉬며 호흡을 고르던 그녀는 뭔가 결심을 한 듯 아랫입술을 사려물었다. 그리고 엉뚱한 것을 물었다.

"정말 나와 살고 싶어?"

건석은 고개를 끄덕였다.

"당신이 우리집으로 살러 와야 하는 건 알지?"

건석은 다시 고개를 끄덕였다. 그녀는 에데족이었고, 에데족은 지금도 모계사회의 질서를 유지하고 있었다.

"후회 안해?"

"전혀."

다짐을 받은 리엔은 팜 반 꾹에게 자신이 전화를 걸겠다고 했다. 그녀는 그의 방에 놓여 있는 유선전화를 쓰지 않았다. 휴대폰을 꺼내들고 밖으로 나가서 전화를 하고 들어온 그녀는 팜 반 꾹이 집으로 오기로 했다고 말했다. 의아해하는 건석에게 그녀는 의미를 알 수 없는 웃음을 날렸다. 그리고 그녀가 덧붙인 말은 더욱 알 수 없는 것이었다.

"오늘 결판을 보자고."

그녀가 뭐라고 말했는지 팜 반 꾹은 삼십분도 지나지 않아서 집으로 왔다. 그는 방에 들어서면서 손바닥을 마주붙여 아래위로 흔들며 인사를 했다.

"이거 싸슨 거 같은데, 본국에 송환하도록 보고해야겠네."

큰 목소리로 너스레를 떠는 팜 반 꾹의 얼굴에는 장난기가 스쳐갔다. 그에게서는 처음 보는 모습이었다. 건석도 덩달아 마음이 조금은 가벼워져서 농담으로 받아넘겼다.

"고맙죠."

"용건이 있다고?"

팜 반 꾹이 모르고 물을 리가 없었다. 건석은 말을 돌릴 필요를 느끼지도 않았고, 그럴 기력도 남아 있지 않았다. 마른 입술을 침으로 적시고 나서 단도직입적으로 물었다.

"김부장 건은 어떻게 할 겁니까?"

"앓아누운 사람이 별걸 다 염려하고 있네."

"우리도 할 만큼은 하지 않았소. 봐주쇼."

건석의 목소리가 갈라졌다.

"개전의 정을 보여야 봐줄 거 아니오."

"어떻게 해야 개전의 정을 보이는 겁니까?"

"당신네가 이라크에 군대를 보내면 안되지. 안 보내겠다면 봐주겠소."

팜 반 꾹의 표정은 조금 더 장난스러워졌다.

"당신이 나를 대한민국 대통령으로 만들어주면 그렇게 하겠소. 한국이 파병을 하거나 않거나, 이미 이라크는 끝난 것 아니오."

팜 반 꾹은 고개를 비스듬히 기울이며 건석을 물끄러미 쳐다보았다.

"정말 그렇게 생각해?"

"벌써 바그다드가 미국의 손에 완전히 떨어졌잖아요."

"침략은 쉽지. 부시의 군대가 후쎄인의 군대를 이기는 것이 무엇이 어렵겠나. 그러나 진짜 전쟁은 아직 시작도 되지 않았네."

"………"

"미국과 후쎄인의 전쟁은 끝이 났지만 미국과 이라크 국민들간의 전쟁은 이제부터 시작이야. 후쎄인으로부터 지배자의 자리를 빼앗기 위한 침략전쟁의 단계가 지나면 이라크 국민들을 지배하기 위한 지배전쟁이 시작되겠지. 후쎄인 군대의 무릎을 꿇리는 것이야 쉽지. 그러나 이라크 인민들의 무릎을 꿇려야 하는데, 그게 쉬울까. 이라크 인민들이 미국을 지배자로 모시는 것을 왜 동의해야 하지? 자네가 보기에는 동의해야 할 이유가 있어 보이나. 이라크 인민의 저항은 시간이 지날수록 점점 더 커질 거야."

"베트남에서는 그랬는지 모르지만 이라크에서는 시민들이 나와서 미군을 환영했잖아요."

팜 반 꾹의 말을 받아들이지 않는 건석을 바라보는 리엔의 눈길에 걱정스러움이 스쳐갔다.

"CNN 화면에 나왔던 인간들 말인가. 자네는 그것을 믿나. 그게 모두 몇명이던가? 이라크 인민이 모두 백명뿐이던가?"

"삼백명은 되어 보이던걸요."

팜 반 꾹의 뒤에 서 있던 리엔이 끼여들며 건석에게 눈을 찡긋했다. 팜 반 꾹의 말에 토를 달지 말라는 신호 같았다.

"그래, 그럼 이라크 인민들이 모두 삼백명뿐이던가."

눈을 흘기며 리엔을 돌아보는 팜 반 꾹의 눈가에는 아직 장난기가 남아 있었다. 의외였다. 건석이 더 궁금한 것은 팜 반 꾹이 이라크 얘기를 다시 꺼낸 의도였다.

"내기를 해도 좋네. 미국은 이라크에서 지배전쟁의 수렁에 빠지게 될 거야. 도대체 한국은 무엇 때문에 그 수렁에 뛰어들어 미군을 향해 겨누어진 이라크 인민의 총구 앞에 서려고 하나?"

"한국의 군대가 가고 싶어서 가나요."

"또 미국 핑계인가. 러이가 분노했던 것이 김부장과 같은 참전군인들 때문인 줄 아나. 결코 아닐세. 전쟁으로 파괴된 세대가 스스로를 바꾸는 일은 어쩌면 불가능한 일인지 몰라. 절망은 당신과 같은 다음 세대가 지난 세대를 답습하기 때문에 발생하는 거야."

"우리도 미국이 옳지 않다는 걸 알아요. 그렇지만 아직은 미국의 말을 거역할 수 없으니까 국민들의 반대에도 불구하고 군대를 보내는 거예요. 베트남에 온 군대를 '박정희군대'라고 했듯이 이라크에 가는

170

군대도 한국군이라고 하지 않고 '노무현군대'라고 불러주면 안돼요?"

　건석은 이쯤에서 농담으로 얼버무리며 피하려고 했다. 하지만 팜 반 꾹은 아니었다. 지금까지 그의 얼굴에 희미하게 남아 있던 웃음이 사라졌다.

　"그래서 이라크 인민은 자신들을 향해 총구를 들이대는 한국을 이해해줘야 하나, 베트남에서 그랬던 것처럼. 너무 편한 논리라고 생각지 않나?"

　"베트남에 대해서 많은 한국사람들이 미안하게 생각해요."

　"나중에 이라크에 대해서도 그렇게 생각하면 되겠네."

　건석은 팜 반 꾹이 그에게서 뭔가를 확인하려든다는 것을 어렴풋이 느낄 수 있었다. 환자를 앞에 두고 뻔한 정치연설을 계속할 정도로 그가 앞뒤없는 사람은 아니었다. 그러나 그가 왜, 무엇을 확인하려드는지는 짐작할 길이 없었다.

　"………"

　"지금까지 당신들에게 베트남전쟁에 개입한 책임을 묻지 않은 게 당신들에게 책임이 없어서라고 생각하나. 오해하지 말게. 그건 아직 당신네 나라가 국제사회에서 책임을 질 수 있는 나라의 축에 들지 못하기 때문일 뿐이네. 당신이 괜찮은 사람인 줄은 알아. 그러나 만약 당신이 이 나라에서 살려고 한다면 당신의 나라가 한 일과, 지금 하고 있는 일이 어떤 것인지 좀더 정확히 알아야 할 필요가 있어. 우리 베트남은 당신네 나라보다 훨씬 가난했지만 책임 있는 나라로서 행동했네."

　팜 반 꾹의 말에는 자신에 대한 자부심과 상대에 대한 경멸이 담겨 있었다. 그의 말을 되새길 틈도 없이 건석이 반발한 것은 그의 말이

틀려서가 아니라, 상대를 경멸하는 그의 태도 때문이었다.

"책임 있는 나라가 되기 위해 희생을 치른 것은 러이와 같은 사람이지 당신과 같은 사람이 아니잖아요."

"……?"

"러이와 같은 이들이 적의 총구 앞에 서 있을 동안 안전한 외국에서 유학을 하고 돌아와 한 자리씩 하고 있는 당신들이 그렇게 목에 힘을 줄 것까지는 없잖아요."

의아한 표정으로 건석의 말을 듣고 난 팜 반 꾹은 피식 웃었다. 건석은 아차 싶었지만 이미 늦은 다음이었다.

"리엔, 이 사람이 이 책을 아직 끝까지 읽지 못한 모양이지?"

팜 반 꾹은 침대 머리맡에 놓인 『전쟁일기』를 바라보고 나서 등뒤에 서 있던 리엔을 돌아보았다.

"그래도 이 책들은 다 읽었어요."

리엔이 변명을 하듯 얼른 건석의 책장 맨 윗줄을 가리켰다. 그 칸은 모두 리엔이 골라서 사다준 책들로 차 있었다. 건석은 팜 반 꾹과 리엔이 주고받는 눈빛과 어투를 뒤늦게 주목했다. 그들이 예전부터 서로 알던 사이라는 느낌이 막연하지만 강하게 들었기 때문이다. 팜 반 꾹은 자리에서 일어나 몇권의 책을 꺼내 검사를 하듯이 들춰보았고 그 사이 리엔은 『전쟁일기』를 빠르게 뒤적거렸다. 리엔은 그중 한 페이지를 찾아서 접은 다음 책을 제자리에 놓았다.

"회의가 있다고 하지 않았어요? 이 사람도 이제 쉬어야 해요."

리엔이 벽시계를 쳐다보며 팜 반 꾹에게 시간을 일깨웠다.

"그렇지."

팜 반 꾹은 비스듬히 누운 건석에게 악수를 청하며 대수롭지 않게 한마디를 툭 던졌다.

"당신네 회사 사람들의 건은 처리가 유예됐네."

"고맙군요."

"내게 고마울 것은 전혀 없네. 러이가 당신네들에게 유리한 의견서를 제출해주었어. 당신이 거기까지 갔던 일이 완전히 헛수고는 아니었던 셈이지."

방문을 열고 나서려던 팜 반 꾹이 걸음을 멈추고 건석을 돌아보았다.

"몸조리 잘하게. 그리고 리엔과는 어떻게 할 생각인가?"

예상치 못한 질문이었다. 건석은 의아하게 리엔과 팜 반 꾹을 번갈아 쳐다보았다. 뺨이 새빨갛게 달아오른 리엔이 팜 반 꾹의 등을 문밖으로 떠밀었다.

"시장에 다녀올 테니 쉬고 있어요. 랍스터 수프 괜찮죠?"

리엔은 건석의 대답을 듣지 않고 방문을 닫았다. 대문 여닫는 소리에 이어 오토바이 출발하는 소리가 들렸다. 건석은 리엔과 팜 반 꾹이 어떤 사이인지 갈피가 잡히지 않았다. 팜 반 꾹에 대해 처음 리엔에게 물었을 때 그녀는 분명 그를 모른다고 했다. 둘이 얘기를 주고받던 장면을 곰곰이 떠올려보던 건석의 눈에 침대 머리맡에 놓인 책이 들어왔다.

리엔이 접어둔 페이지는 아직 건석이 읽지 않은 뒷부분이었다. 몇 줄 읽지 않아서 호치민 장학생에 대한 얘기라는 것을 알 수 있었다. 팜 뚜 언은 4남1녀 중 둘째아들이었다. 그는 바로 아래 동생이 전사하고 석 달도 더 지나 막내의 편지를 받았다고 적고 있었다. 그가 입대하기 전에 이미 전사한 큰형에 이어 동생이 다른 전선에서 전사했을 때 막내는 북한에 유학중이었다. 그날의 일기는 막내에게 보내는 답장의 형식을 띠고 있었다.

'겨울이 혹독한 모양이구나. 그 추운 나라에서 홀로 울고 있었을 너를 생각하니 나 역시 눈시울이 뜨거워진다. 어떻게든 당장 돌아오고 싶다는 너의 마음을 잘 안다. 그러나 견뎌야 한다. 우리 인민들 모두가 날마다 쏟아지는 미국의 융단폭격을 견디고 있듯이 너 또한 추위와 외로움, 형을 잃은 슬픔을 견뎌야 한다. 음식이 아무리 입에 맞지 않아도 억지로 먹어야 한다. 너희들이 떠날 때 호 아저씨와 한 약속을 기억해라……'

호 아저씨는 물론 호치민을 가리키는 말이었다. 미국과의 전쟁 한가운데에서 호치민은 전국의 유능한 젊은이들을 선발해서 세계각국으로 유학을 보냈다. '엄청나게 추운 조선'으로 유학을 떠나는 막내에게 베트남 정부가 해준 것은 입고 갈 옷 한벌, 구두 한켤레, 가방 하나가 전부였다. 지급받은 빈 가방에 막내가 담아갈 것은 호치민이 한 말이 유일했다. 떠나는 유학생들에게 호치민은 반드시 한가지를 약속하도록 요구했다. 팜 뚜 언의 일기 다음장에는 막내가 북한에 도착해서 보낸 첫 편지가 붙어 있고, 거기에는 호치민이 막내를 비롯한 유학생들에게 한 말이 자세히 적혀 있었다.

'우리 정부가 어려워서 너희들을 빈손으로 떠나보내지만, 너희들은 지금 전쟁으로 고통받으면서 죽어가는 인민들에게 크나큰 빚을 지는 것이다. 반드시 그 빚을 갚아야 한다. 이 전쟁에서 우리가 승리할 것은 분명하다. 하지만 시간이 좀 많이 걸릴 것이다. 그 과정에서 조국의 많은 인재들이 희생될 것이고 너희들의 부모형제들도 죽어갈 것이다. 조국을 대신해서 이 아저씨가 너희들에게 받아두어야 할 약속이 꼭 하나 있다. 무슨 일이 있더라도, 너희들은 학업을 마치기 전에 돌아와선 안된다는 것이다. 우리가 승리한 다음, 너희들은 전쟁으로 파괴된 조국의 강산을 과거보다, 세계의 어느 나라보다 아름답게 재건해야 한다. 너희들은 공부하는 것이 전투다.'

건석은 팜 반 꾹이 한 마지막 질문이 뇌리에서 떠나지 않았다. 리엔과는 어떻게 할 생각인가. 그가 왜 리엔과의 미래에 대해서 물었을까. 건석과 리엔의 관계가 주변에 이미 소문이 나 있긴 했지만 그가 입에 담을 문제는 아니었다.

우옌 티 리엔은 제법 시간이 많이 지난 다음에야 시장에서 돌아왔다. 그녀는 식탁 위에 도마와 큰 접시를 갖다놓고 랍스터를 손질할 준비를 했다. 1층으로 내려온 건석은 대바구니에서 랍스터를 꺼내는 리엔의 모습을 지켜보고 앉아 있었다. 무지개 색깔의 등을 가진 레인보우 랍스터였다. 랍스터 중에서 최상품으로 인정받는 육질과 맛을 지닌 것이었다. 두 뼘이 넘는 갑각류를 능숙하게 다루는 리엔의 손끝에서는 거침없는 남성성과 섬세한 여성성이 동시에 묻어났다. 건석을 매혹시킨 것은 어쩌면 랍스터 요리가 아니라 랍스터를 다루는 리엔의 모습이었는지도 모른다. 특히 랍스터의 신경을 한칼에 끊어놓는 그녀의 솜씨는 숨을 멎게 만들 만큼 대담하고 통렬했다. 늘 그랬던 것처럼 건석은 아이처럼 두 손으로 턱을 괴고 오도카니 앉아 바로 그 순간을 기다렸다.

랍스터를 도마 위에 누인 리엔이 곁눈질로 건석을 힐끗 쳐다보며 눈웃음을 던졌다. 다음 순간 수직으로 세운 리엔의 날카로운 칼끝이 랍스터의 심장으로 단번에 파고들었다. 몸통의 중앙에 있는 이동용 집게다리 사이를 헤집고 들어간 칼날은 조금 전까지 살아 있던 랍스터의 숨통을 완벽하게 끊어놓았다. 찌를 때와 마찬가지로 수직으로 칼을 뽑아내는 순간 레인보우 랍스터는 말아올렸던 꼬리를 도마 위에 맥없이 풀어놓았다. 200미터 심해에서 지상으로 끌려올라온 갑각류의 왕족은 리엔의 잔인한 칼끝에서 생을 마감했다. 2킬로그램 가까이 되어 보이는 크기로 봐서 스무살은 된 랍스터였다. 20년을 무적의 갑각류로 살아왔을 랍스터의 무지개빛 껍데기를 가르고 횟감으로 쓸 육질을 발라내는 리엔의 손끝은 대학에서 문학을 전공한 여성의 것이라고는 여전히 믿기지가 않았다. 리엔이 지닌 이런 부조화와 이중성은 건석을 자주 혼란에 빠드렸다. 그러나 건석을 끌어당기는 리엔의 매혹역시 이 모순 속 어딘가에서 탄생했다는 것을 모르지 않았다.

그가 생각에 빠져 있는 사이 리엔이 칼을 내려놓고 휴지로 왼손을 감아쥐었다.

"칼에 베었어?"

"아니, 랍스터에 찔렸어."

처음 있는 일이었다. 건석은 비로소 리엔이 그녀답지 않게 허둥대고 있다는 사실을 깨달았다. 육질을 발라내기 전에 먼저 집게다리를 잘라내는 당연한 순서를 그녀는 잊고 있었다. 상처가 제법 깊었다. 붕대를 감은 손으로 리엔은 상을 차리고 수프와 국물을 만들었다.

"어디다 정신을 팔다가 죽은 랍스터한테 복수를 당하고 그래."

"꾹 아저씨가 한 말 기억 안 나? 얻는 것이 있으면 반드시 잃는 것도 있다고. 이렇게 맛있는 랍스터를 어떻게 피 한방울 지불하지 않고 얻을 수 있겠어……"

식탁에 마주앉은 리엔이 말끝을 흐리며 건석의 시선을 피했다. 건석은 팜 반 꾹의 말을 떠올리며 투명한 랍스터의 살을 와사비간장에 찍어 리엔의 접시에 챙겨주었다. 팜 반 꾹은 말했다. 당신들이 이라크에서 무엇을 얻을지는 모르지만 반드시 잃게 될 것이 무엇인지는 지금도 알 수 있네. 가장 먼저 잃을 것이 인간의 품위고 그 다음에 잃을 것이 나라의 품위겠지. 품위 따위를 생각하기에는 당신의 나라가 아직도 그렇게 가난한가. 내가 아는 리엔은 품위를 아는 여성이네. 리엔이 랍스터를 입으로 가져가다 말고 젓가락을 내려놓았다.

"내가 말이야……"

리엔답지 않게 머뭇거렸다.

"말해."

"당신을 데리고 살아주면 어떨까."

"가족들이 동의하겠다고 해?"

"오늘 결판을 보겠다고 했잖아. 외삼촌이 도와주겠다고 했으니까 절반은 해결이 된 거야."

"외삼촌이 누군데?"

"아까 만났잖아."

건석은 뒤통수를 한대 세게 얻어맞은 느낌이었다. 유난히 큰 레인보우 랍스터의 더듬이에서 파낸 희고 투명한 살점을 집어서 입안에 넣었다. 혓바닥 위에서 육질이 녹아내리는 동안 건석은 해저 200미터의 심해를 헤치고 다녔을 더듬이를 떠올렸다. 건석은 잠깐, 자신이 더듬이 없이 심해에 던져졌다는 생각을 했다.

"나쁜 의도는 없었어. 당신이 너무 복잡하게 엮이고 힘들어질까봐 그랬을 뿐이야."

"그럼 혹시…… 『전쟁일기』에 나오는 그 호치민 장학생이 바로…… 팜 반 꾹인가?"

리엔은 고개를 끄덕였다. 건석은 더듬이를 제거당한 채 더 깊은 심해로 빠져들고 있다는 느낌을 떨칠 수 없었다. 젓가락을 내려놓은 그는 2층으로 올라갔다.

여행용 가방 깊숙한 곳에서 그가 꺼내온 것은 형의 가족사진이었다. 러이의 부대에서 찢어죽여야 할 대상이었던 부대의 마크를 단 아버지와 아오자이를 입은 여인 사이에 백일쯤 된 아이가 앉아 있었다.

"이 아이가 당신이야?"

이번에는 오래되어 색깔이 바랜 흑백사진을 받아든 리엔이 더듬이를 잃고 있었다. 건석은 고개를 저었다.

"형."

"죽었다던…… 그럼 당신은?"

"아버지가 같을 뿐이야."

긴 침묵이 흘렀다. 식탁 가운데 놓인 접시의 양쪽에는 절단당한 랍스터의 집게발이 침묵하고 있었다.

리엔이 랍스터 몸피를 끓인 국물을 떠서 건석의 입 앞으로 내밀었다. 아직 따뜻했다. 마늘과 저민 고추가 들어간 맵고 시원한 국물이 목젖을 타고 넘어갔다. 건석은 습관처럼 저민 고추 한숟갈을 냄비에 넣었다.

"우린 왜 랍스터처럼 자신의 일부를 스스로 잘라내버릴 수 없을까?"

건석은 혼잣말처럼 중얼거렸다. 랍스터의 크고 날카로운 집게발에 걸려든 것은 무엇이든 무사할 수 없다. 랍스터는 바닷속에서 게와 조개, 홍합과 같은 가장 단단한 것들을 잡아 큰 집게발로 껍데기를 부수고 작은 집게발과 이를 이용해서 잘게 잘라먹고 살아간다. 그러나 랍스터의 진정한 무서움은 먹이를 잡아 산 채로 부숴버리는, 외부를 향한 공격성이 아니라 자신의 사지를 잘라내는 비정함에 있다. 해저의 전투에서 상처를 입은 랍스터는 다친 사지를 자발적으로 절단해버린다. 건석은 고추가 듬뿍 들어간 국물을 떠서 입안에 넣는 순간 눈물이 솟구쳤다.

"정말 맵네."

건석은 그러면서 남아 있는 저민 고추를 한숟갈 더 떠넣었다. 흐려진 눈앞에 어른거리는 얼굴이 있었다. 생애의 어느 부분도 잘라낼 수 없을 뿐만 아니라 눈앞에 어른거리고 있는 희미한 얼굴 하나도 지워버릴 수 없으리라는 예감이 그의 온몸을 엄습했다.

고개를 숙이고 매운 국물을 퍼먹는 그의 귓가에 리엔의 농담이 환청처럼 들려왔다. 아인 최, 괜찮아. 우린 모계사회니까.

겨
우
살
이

1

내가 반사경을 들여다본 것은 몇번의 경적소리를 흘려듣고 난 다음
이었다. 뒤차는 연신 전조등을 깜빡거리며 경음기를 눌러댔다. 빨리
가라는 독촉이었다. 하지만 나는 빨리 달릴 수도 길을 비켜줄 수도 없
었다. 인도와 차도가 구분되어 있었지만 인도는 손수레와 야적해놓은
물건, 좌판을 벌인 행상들의 차지였고 차도 역시 절반은 노상주차장
이 되어버린 지 오래였다. 겨우 절반 남은 차도에는 학교로 올라가는
아이들로 가득 차 있었다. 아이들과 어깨를 부딪치며 마주 내려오는
산동네 사람들은 내 차 옆에서 몸을 비틀어서 빠져나가야 했다.

뒤차의 신경질적인 경음기 소리는 계속됐다. 덩달아 경음기를 울려
대며 등교하는 아이들에게 길을 비키도록 요구하지 않는 이상 내가

할 수 있는 일은 아이들의 꽁무니를 졸졸 따라가는 것뿐이었다. 마침 내 아이들이 돌아보았다. 웬만한 경음기 소리 따위는 거들떠보지도 않을 만큼, 분주한 등교길에 익숙해진 아이들의 얼굴에는 못마땅함이 역력했다. 경적을 누른 혐의를 내 차에 두고 있는 녀석들의 눈길과 마주치자 나는 얼굴이 달아올랐다. 그래도 내 얼굴을 알아본 아이들이 옆으로 비켜주느라고 비켰지만 차가 빠져나갈 수 있는 넓이는 되지 못했다.

뒤차가 내 차를 앞지른 것은 정문 바로 못 미쳐서였다. 노상주차가 되어 있지 않은 틈을 비집고, 전조등을 번쩍이고 경음기를 울리며 녀석은 난폭하게 추월을 감행했다. 아이들과 행인들은 놀라 학교의 담장으로 달라붙었고 뒤차는 비스듬히 내 차 앞을 가로막았다. 그리고 조수석 창문이 내려진 것과 동시에 욕설이 튀어나왔다.

"야 이 좆같은 새끼야!"

처음에는 내 귀를 의심했다.

"운전도 할 줄도 모르는 개새끼가 차는 왜 끌고 다녀!"

잘못 들은 것이 아님을 확인한 나는 벌어진 입을 다물 수 없었다. 군대시절부터 시작했으니까 운전경력 16년인 나였다. 한때 속도계 끝까지 밟기 좋아하다가 버스 밑에 기어들어가 죽을 고비도 넘겨봤다. 녀석은 아무리 봐도 나보다 열댓살은 어려 보였다. 겨우 정신을 가다듬고 녀석의 얼굴을 훑어보던 내 입가에서 피식 웃음이 새어나왔다.

"왜 웃어, 씨발놈아!"

그 나이에 제가 벌어서 샀을 리는 만무한 중형 승용차를 탄 녀석의 입에서 다시 욕설이 튀어나왔다. 기가 찼다. 내 잘못이라면 행인들을 밀어젖히며 언제 사람이 끼여들지 모를 좁은 언덕길에서 속도를 내지 않은 것이 전부였다.

"야, 너 도대체 몇살이냐?"

그제야 나는 유리창을 내리고 녀석에게 물었다.

"열살이다, 왜 십팔놈아!"

내 입가에는 더이상 웃음이 남아 있지 않았다.

"너 말버릇이 왜 그래?"

"좆빠는 소리 하지 말아, 개자식아."

녀석의 입에서는 더 험악한 소리가 줄지어 튀어나왔고 나는 더이상 뭐라고 대꾸할 엄두를 낼 수 없었다.

나를 완전히 제압했다고 판단한 녀석은 마지막 결론을 내렸다.

"또 한번 똥차 가지고 앞에서 얼쩡거리다 걸리면 죽여버릴 거야, 새꺄."

마지막으로 내 가슴에 꽂을 예리한 언어의 흉기를 녀석은 어느 사이에 준비했을까.

나는 주변에 몰려든 아이들의 눈길도 잊은 채 요란하게 사라져가는 녀석의 차를 바라보며 한동안 멍하니 앉아 있었다. 경음기를 울리며 차체가 휘청거리게 급가속과 급제동을 하며 멀어져가는 녀석의 옆으로 흩어지는 사람들의 모습이 아득해 보였다.

교무실에서도 아침에 당한 일이 머리에서 떠나지 않았다. 오전내 원서를 사이에 놓고 아이들과 실랑이를 벌이는 동안에도 녀석의 악담이 귓가에서 맴돌았다.

최현미에게 신경질을 낸 것도 어쩌면 아침의 그 일 때문인지도 몰랐다.

오후까지도 교무실은 원서를 써가려는 아이와 학부모들로 시장바닥을 이루었다. 입시제도가 달라졌지만 원서작성을 둘러싼 실랑이는 여전했다. 나의 책상 둘레에도 입씨름을 벌여야 할 아이들과 부모들이 잔뜩 진을 치고 있었다.

"이걸 가지고 거길 어떻게 가니?"

서울의 이름있는 사립대학에도 들어가기 어려운 점수를 가지고 국립대를 고집하는 최현미와 나는 벌써 삼십분 가까이 줄다리기를 벌이고 있었다.

"전 이 대학에 가고 싶습니다."

막무가내인 녀석에게 나는 짜증이 났다.

"최현미, 이게 가고 싶고 말고의 문제냐. 그러면 시험을 잘 봤어야지. 비슷은 해야 모험이라도 해보지. 니 눈으로 한번 봐라."

책상 위에 펼쳐진 사정기준표를 녀석의 턱 아래로 들이미는 나의 동작은 거칠었다. 녀석은 고개를 돌리며 입을 꼭 사려물었다.

"보라니깐. 보라구."

나는 책상 오른쪽 모서리에 접어두었던, 입시잡지사들에서 발행한 대학별 예상합격 점수표까지 한꺼번에 거머쥐고 모로 돌린 녀석의 눈앞으로 들이댔다. 하지만 다음 순간 나는 한숨을 내쉬며 예상합격 점수표를 든 손을 거둬들여야 했다. 녀석의 눈동자에는 금방이라도 쏟아질 것 같은 물기가 가득했다.

뻗대고 있는 녀석뿐만 아니라 악착같이 합격선의 대학으로 보내려는 자신에게도 짜증이 났다. 꼭 이래야 하나? 제 인생은 제가 사는 것인데 써달라는 대로 써주면 그만 아닌가? 더구나 복수지원제고 후기도 있고 전문대도 남아 있었다.

그러나 나는 고개를 흔들어 약해지려는 마음을 다잡으며 자신에게 물어보았다. 내가 원서 한장 한장에 집착하는 이유가 무엇인가? 합격률을 높여 능력을 인정받으려는 욕심 때문은 아닌가? 그건 아니었다. 물론 '해직들은 역시 문제가 있어, 3학년 담임 맡겼는데 결과가 그게 뭐야' 하는 비난을 듣고 싶지 않기도 했지만 무엇보다 중요한 것은 나와 인연이 닿았던 아이들의 미래였다.

전교조 탈퇴각서에 도장을 찍고 복직하기로 했을 때 나는 이미 '참교육' 같은 거창한 꿈은 잊기로 했다. 세상 전체를 어떻게 바꿔보겠다는 희망도 함께 포기했다. 인간이라는 이름을 가진 동물 전체를 향한 막연한 기대 역시 철회했다. 세상 전체를 이러저러하게 만들어야 한다는 사명감 자체가 내 분수를 넘어도, 터무니없이 넘는 짓이라는 것을 인정한 마당에 포기하지 못할 그 무엇이 있었겠는가. 그래도 살아갈 변명은 있어야겠기에 아무도 몰래 스스로에게 한 약속이 단 하나 있다면 내 한몸으로 책임질 수 있는, 나와 인연이 닿은 아이들에게 최선을 다하자는 것이었다.

재수를 한다고 성적이 월등하게 나아질 리 없었다. 사고치지 않고 올해 점수나 지키면 다행이 아닌가. 설사 점수가 조금 높아져서 약간 나은 대학에 간다고 해도 아이들이 다시 청춘의 한해를 고스란히 헌납하기에는 그 댓가가 너무 컸다. 그렇다고 '대학이 인생의 전부가 아니'라고 말할 만큼 나는 바보가 아니었다. 보낼 수만 있다면 어느 대학이고 보내는 것이 녀석들에 대한 나의 최선이라고 믿었기에 최현미가 원하는 대학의 원서에도 쉽게 도장을 눌러줄 수 없었다.

"너는, 내가 널 미워해서 이런다고 생각하니?"

"일단 한번 써주세요."

녀석의 눈동자에 고인 물기만 아니었다면 나는 화를 내고야 말았을 것이다. 나는 두 손으로 자신의 뒷목덜미를 감싸쥐고 고개를 쳐들었다. 참기 위해서였다. 이 녀석을 어떻게 해야 하나, 지그시 눈을 감았다. 마땅한 방법은 떠오르지 않고 써줘, 말아, 그 두 마디만 머릿속을 맴돌았다. 써줘, 말아, 써줘…… 말아가 머릿속을 차지하는 순간에 전화가 걸려왔다.

"서선생!"

두 자리 건너 앉은 박선생이 수화기를 머리 위로 쳐들어 보였다. 나는 옆자리와 사이에 놓인 수화기를 집어들었다.

"지우가? 나다……"

목소리의 주인은 포항에 사는 막내누나였다.

"웬일이야? 학교로 전화를 다 하고."

"글쎄…… 언니가…… 창원 둘째언니가……"

누이는 말을 잇지 못하고 흑, 울음을 터뜨렸다.

"왜? 무슨 일 있어?"

"교통사고를 당해서…… 병원에……"

"………"

얼마나 다쳤느냐고 물어보기는 겁이 났다.

"어디를 어떻게 다쳤는데?"

"몰라. 의식은 있대……"

의식은 있다. 그렇다면 의식을 제외하고 나머지는? 현기증을 느끼며 나는 반사적으로 물었다.

"생명엔 지장 없대?"

나의 머릿속에 언제나 조용한 둘째누이와 우물 같은 눈동자를 가진 두 조카, 그리고 고지식한 자형의 얼굴이 겹쳐왔다.

"아직은 모른대…… 오늘밤을 넘겨봐야……"

나의 입술 사이로 신음 섞인 한숨이 새어나왔다.

"병원엔 누가 가 있어?"

"형부. 그리고 엄마가 시골에서 출발했어."

전화를 내려놓고도 한동안 나는 넋을 잃고 멍하니 앉아 있었다. 어떻게 내 누이에게 이런 일이 생긴단 말인가. 믿어지지가 않았다. 누구에게 싫은 소리 한마디 할 줄 모르는 누이와 같이 착한 사람에게 어떻게 이런 끔찍스런 일이 닥칠 수 있다는 것인가.

"우선 네가 내려가봐야겠다. 지금 바로 갈 수 없어? 나는 애들 내일 고모집에 맡겨놓고 갈게."

"알았어. 급한 것만 처리해놓고 바로 내려갈게."

수화기를 내려놓고 나는 더듬더듬 서랍에서 담뱃갑을 꺼냈다.

"잠깐만."

혼잣말처럼 중얼거리며 나는 교무실을 나섰다. 교무실 앞 복도도 아이들과 학부모들로 어수선했다. 2층 복도로 올라가 담배를 빼물었다. 창틀에 맞지 않는 유리창이 겨울바람에 덜컹거렸다. A, B, C급 중에서 C급에도 속하지 못하는 급외지 학교답게 수십년은 더 된 나무창틀 한쪽 부분이 물기를 머금은 채 시커멓게 썩어들어가고 있었다. 하루종일 햇빛이 들지 않는 건물 뒤쪽에는 며칠 전에 내린 눈이 아직 녹지 않고 있었다.

내가 남에게 무슨 용서받지 못할 잘못을 저질렀던가. 나는 집안에 나쁜 일이 생기면 내가 저지른 어떤 잘못 탓일 거라는 자책에 빠지곤 했다. 지금까지 우리 집안식구를 힘들게 만든 풍파를 몰고 온 것은 언제나 나였다.

누이에게 이런 일이 생기려고 오늘 아침 출근길에 그런 일이 생겼던가. 아침에 들은 녀석의 욕설과 죽여버리겠다던 말이 새삼스럽게 신경을 자극했다.

"뭘 그렇게 골똘하게 생각하고 있어요?"

언제 올라왔는지 뒤에 7반을 맡고 있는 송선생이 서 있었다. 그는 나와 같이 복직한 해직교사 출신이자 내가 나온 대학교의 3년 후배이기도 했다.

"피워."

나는 그에게 담뱃갑을 내밀었다.

"최현미, 걔 끝까지 고집부리나보죠?"

나는 건성으로 고개를 끄덕거렸다.

"써줘요. 사립에 다섯 붙는 것보다 국립대에 하나 붙는 걸 더 치잖아요."

송선생이 마음에 없는 소리를 하는 줄 알면서도 나는 고개를 계속 끄덕거리고 있었다.

"반장아이, 박송미는 어떻게 됐어요?"

"아직 안 왔어."

"대학 못 간대요?"

"글쎄……"

"어렵더라도 그 녀석은 꼭 보내야 되지 않겠어요? 정말 드문 인물인데……"

그의 말투는 조심스러웠지만 박송미, 우리 반 반장을 내가 제대로 책임지지 않고 있다는 질책으로 들렸다. 후배이긴 했지만 우리 반 아이의 문제를 가지고 송선생이 뭐라고 하는 것이 마땅치 않다. 나는 묵묵히 담배 한개비를 더 축내고 교무실로 내려왔다.

"최현미, 생각해봤어?"

자리에 앉으며 물었다.

"네."

"꼭 거길 가야겠다는 거지……"

나에게는 전의가 남아 있지 않았다.

"네."

나는 힘들게 물었는데 녀석은 쉽게 대답했다.

"떨어질 게 확실한데도?"

"무슨 말을 그렇게 하세요?"

그렇게 대답한 것은 최현미의 엄마였다. 담배를 피우러 나가기 전까지만 해도 분명히 그 여자는 없었다.

"언제 오셨어요?"

나는 마지못해 아는 체를 했다.

"떨어질 게 확실하다뇨? 선생님이라고 그렇게 함부로 말해도 되나요? 얘가 비록 수능시험은 실수를 좀 했지만 내신성적이 있고 본고사가 있어요."

육성회의 감투 하나를 맡고 있는 그 여자는 학기초에 내게 봉투를 내밀었다가 두 차례 거절을 당한 적이 있었다. 그것과 최현미가 반장이 되지 못한 것을 연결시켜서 생각하는 그 여자는 내게 반감을 가지고 있었다.

"휴대폰에 무전기에, 이제 미달이란 건 없습니다. 내신이야 좋지만 수능시험 점수 차이가 웬만큼 나야 써주죠."

"본고사는 자신이 있다지 않아요. 이백만원짜리 영수 과외를 한 아이예요. 논술도 고등학교 선생이 아니라 대학교수에게 지도받았어요."

대학교수를 들먹거리며 노골적으로 교사를 깔아뭉개는 여자의 얼굴을 빤히 올려다보았다. 영등포의 한 백화점에 점포를 소유하고 있는 이 여자는 학년초에 봉투를 들고 와서는 자기 딸이 이런 낙후된 학교에 다녀야 할 그런 집안의 자식이 아니라는 것을 거듭 강조했다. 돈이 많아서 몇백만원짜리 과외를 하는 것이야 뭐라고 할 수 없지만 국어선생인 내 앞에서 대학교수에게 논술지도를 받는다고 위세를 부리는 것은 들어주기 거북했다. 그러나 그 여자와 신경전을 벌일 만큼 내마음은 한가롭지 못했다.

"꼭 써달라면 써드리죠. 그러나 저는 책임 못 집니다."

"선생님이 뭘 책임질 수 있다고 책임 어쩌구 하세요."

몇푼 안되는 월급쟁이 주제에,라는 말을 삼키는지 그 여자는 입안에서 뭐라고 더 우물거렸다. 나는 이제 더이상 자기 딸의 선생이 아니었다. 학기가 끝나기 전에는 이렇게까지 말하지는 못했다. 7년 전, 나를 교문 밖으로 밀어내던 그 살이 피둥피둥 찐 학부모들이 떠올라 나는 그 여자를 외면했다.

나는 아무 말 없이 최현미와 그 엄마가 원하는 학교의 원서에 줄줄이 도장을 눌러주었다.

"고맙습니다, 선생님."

돌아서는 녀석에게 앞의 아이들처럼 일어서서 등을 두드려주지 못했다. 일어설 힘이 나에게 없었다. 나는 무스탕을 걸친 여자의 손에 끌려 돌아서 가는 최현미의 등을 바라보며 혼자 고개를 끄덕였다.

그 다음부터는 조금 더 빠르게 아이들과 타협을 했지만 저녁시간이 훨씬 지나서야 일이 끝났다. 아이들 하나하나의 원서작성 결과를 점검해보았다. 100점 이상자 중에서 원서를 써가지 않은 녀석은 모두 다섯이었다. 수십번씩 같은 번호를 눌렀지만 통화에 성공한 녀석은 셋뿐이었다. 그나마 정문 앞의 공중전화에 한시간 가까이 떨며 매달려서 얻어낸 통화였다. 40명이 쓰는 교무실에 전화는 단 한 회선뿐이었다. 한 녀석은 아직도 결심을 못했고 두 녀석은 전문대학으로 마음을 굳혔다고 했다.

문제는 통화조차 되지 않는 두 녀석이었다. 그중에서도 120점을 받은 반장, 박송미가 걱정이었다.

뚜우— 뚜우— 뚜우—

수없이 신호음을 보냈지만 끝내 받는 사람이 없었다.

어쩔 수 없이 송선생에게 박송미의 집에 들러달라고 부탁을 했다. 대학 후배라서가 아니라 그래도 내 생각을 가장 잘 짐작할 수 있는 사람이 그였기 때문이다.

송선생에게 늦은 저녁을 사주고 고속터미널로 갔다. 도저히 차를 운전하고 내려갈 자신이 없었다. 한대뿐인 창원행 심야버스는 매진이었고 겨우 마산행 표를 구한 것이 밤 열한시 오십분 차였다.

2

창밖은 온통 어둠뿐이었다.

심야우등고속버스는 겨울밤을 가르며 묵묵히 질주를 계속했다. 깨어 있는 사람은 나와 운전사뿐이었다. 휴게소를 출발하면서 간접조명

192

마저 모두 꺼버린 실내는 정적만이 가득했다. 젖혀진 의자에 반쯤 몸을 누인 승객들은 모두 잠에 빠져 있었다.

전자시계를 눌러보았다.

03:20. 도착 예정시간을 이제 한시간 십분 남겨놓고 있었다.

누이의 얼굴과 함께 반장, 박송미의 모습이 자꾸 눈앞에 어른거렸다. 녀석과 통화를 못하고 서울을 떠나온 것이 자꾸 마음에 걸렸다.

내가 복직하고 처음 조덕칠 교감과 정면으로 부딪치게 된 것도 박송미 때문이었다.

해직교사들에 대한 정부의 복직방침이 발표된 날부터 복직에 응하기로 결심하기까지 몇주일 동안 나도 누구 못지않게 괴로워했다. 고작 교단으로 돌아가기 위한 각서를 쓰려고 5년의 세월을 싸워온 것이 아니었다. 5년 전에 썼다면 내쫓기지도 않았을 교단이었다. 자존심이 용납할 수 없었던 그 탈퇴각서란 것을 쓰는 데 결국 5년이란 세월이 걸렸다. 주위에서는 잘 생각했다, 이제는 교단에 복귀해서 제대로 한번 뜻을 펼쳐보라고 축하와 격려를 해주었지만 나는 결코 잘한 생각이라고 여기지 않았다. 싸워서 당당하게 돌아가지 못하고 결국에는 '전향' 문서에 도장을 눌러주고 제자리를 찾아가는 나의 모습을 설명할 수 없었다. 그때는 물론 지금도 구차스런 변명을 하고 싶은 생각은 추호도 없다. 나는 부끄럽게 돌아왔다고 인정한다. 떠날 때보다 더 커진 것이라고는 인간과 자신에 대한 좌절과 실망뿐이었다. 남아 있는 것이라고는 내가 맡은 아이들에게나 최선을 다하자는 자신과의 초라한 약속뿐이었다.

나의 부임지는 인사이동 때 모두가 기피하는 급외지, 취약지역인 지금의 이 여고였다. 물론 시설도 낙후하고 대학진학률도 가장 낮은 학교였다. 가난한 동네의 공부 못하는 아이들이 다니는 학교, 하지만 그런 낙인은 나에게 아무런 문제도 되지 않았다. 내키지 않는 것이라면 조덕칠이란 인간을 다시 마주해야 한다는 사실뿐이었다.

악연이었다. 조교감은 내가 해직되던 해, 같은 고등학교의 교무주임이었다. 칠뜨기, 또는 조칠뜨기로 불리던 그자가 나에게 한 짓을 나는 잊은 적이 없다. 교사가 어떻게 근로자고 노동자냐며 거품을 물어가며 성직을 역설하던 그자가 아이들이 보는 앞에서 교사인 나에게 한 짓이 어떤 것이었는가. 교련선생을 앞세워 나의 와이셔츠를 찢고 머리채를 휘어잡고, 발길질과 주먹질을 하게 한 자였다. 그렇지 않아도 불독처럼 비만한 붉은 얼굴을 더욱 붉히며 나와 나의 동료들을 향하여 죽여버리라고 소리치던 자였다. 제발 이러지 말자고, 눈물로 호소하는 나의 넥타이를 잡아끌며 빨갱이한테는 몽둥이가 약이라고 헐떡거리던 자였다.

내가 눈물을 흘렸던 것은 매가 아파서도, 분해서도 아니었다. 학부모라는 살이 피둥피둥 오른 여편네들에게 이리저리 떠밀리며 밀려나는 내 모습을 아이들에게 보여주는 것이 부끄럽고 창피하고 미안해서 견딜 수 없었을 뿐이다.

세월이 흘렀다. 5년의 세월이, 무정하게.

나는 복직교사로 그자는 교감이 되어 이 급외지 여고에서 다시 만났다. 자리가 사람을 만든다고 그자는 칠뜨기 티를 많이 벗고 있었다.

"어이, 이게 몇년 만인가, 서선생."

부임하던 날 교감은 나에게 먼저 설레발을 쳤다. 나는 마지못해 내미는 손을 마주잡았을 뿐 그에게 고개를 숙일 수 없었다. 내가 그를 용서하지 못하는 것은 그의 시국관이나 인간됨의 용렬함 때문이 아니었다. 그자는 교사라는 존재를 가장 비참하게 만들었다. 나 스스로 교사이기를 완전히 포기하지 않는 한 그를 절대 용납하지 못할 것이다.

"뻣뻣하기는 여전하구만. 하긴 그게 서선생의 매력이지. 이분이 바로 그 유명한 전교조 서지우 선생이야. 인사들 하라고. 대단했지."

그자는 나와 무슨 각별한 관계라도 되는 것처럼 주변의 교사들에게 너스레를 떨었다. 나는 결코 유명하지도 대단하지도 않았다. 언제나 전교조의 맨 뒷줄에 가장 작은 모습으로 서 있었을 뿐이다. 그자가 게거품을 물며 멱살을 흔들었던 것은 두려워하고 망설이면서도 차마 돌아서지는 못했던 소심한 교사의 하나였을 뿐이다.

교장은 무슨 생각에서였는지 나에게 바로 3학년 담임을 맡겼다. 내가 맡은 아이들과 직접 관계되지 않는 문제에 대해서 나는 애써 무관심했고 첫 한해는 별 마찰 없이 지나갔다. 대학에 갈 수 있는 1/4을 대학에 보내려 애썼고 수업시간에 엎어져 잠자는 일만 남은 나머지 3/4도 대학과 함께 인생도 포기하지 않도록 신경을 쓰느라고 썼다. 대학을 포기한 아이들이 어떻게 일년을 보내고 학교를 떠났는지는 아무도 가늠할 수 없었지만 대학의 진학률은 다른 반에 비해서나 예년에 비해서 월등했다. 교장은 그 결과에 흡족스러워했고 다시 3학년 담임을 맡겼으며 나는 피하지 않았다.

그러나 이번 학년은 시작과 함께 반장문제를 놓고 조교감과 부딪쳐야 했다.

반장을 포함한 학생회 간부들은 성적이 상위 20%에 드는 사람으로 제한하라는 것이 학교의 방침이었다. 나의 반은 55명이었으므로 11등 이내의 학생들만 반장에 입후보할 수 있는 셈이었다.

"일년 동안 우리 반을 대표할 반장을 여러분들이 내일까지 자율적으로 뽑아주세요. 반드시 비밀투표를 통해서."

학교의 제한규정을 알려줘야 하는지를 망설이고 있는데 2학년 때 반장을 맡았던 최현미가 손을 들었다.

"성적제한은 없나요?"

"학교의 방침은 상위 이십프론데 그것에 꼭 얽매일 필요는 없어요. 여러분들을 대표할 가장 마땅하다고 생각하는 사람을 선출해요."

내 마음 한켠에도 그 기준 안에 드는 학생이 뽑혔으면 하는 바람이 있었다. 학교와의 마찰이 뻔했고 솔직히 나 자신도 공부 잘하는 아이들이 통솔력도 있다는 일반적인 편견으로부터 완전히 자유롭지는 못했다.

반장 후보로 네 명이 추천되었는데 다행스럽게도 한 명을 제외하고는 모두 성적이 11등 안이었다. 5분간씩 소견발표를 했는데 최현미를 비롯한 1,2학년 때 반장이나 부반장 경력이 있는 후보들은 한결같이 면학분위기를 조성하고 화목한 모범반을 만들겠다는 요지였다. 마지막 소견발표에 나선 박송미만 소견이 달랐다.

"공부를 잘하거나 못하거나, 부모님의 재산이 많거나 적거나에 상관없이 우리 반 친구들 모두가 기죽지 않고 학창시절의 마지막 한해를 활기차게 마무리할 수 있었으면 하는 것이 저의 바람입니다. 제가 만약에 반장이 되면 끼리끼리 어울리는 그런 반이 아니라 모두가 좋은 친구로 기억될 수 있는 그런 반을 만들도록 노력하겠습니다."

학급석차 18등인 녀석은 소견발표를 그렇게 마무리했다. 아이들의 가장 많은 박수를 받은 것도 녀석이었다. 반장을 잘 뽑아야 한해가 편하다는 담임 십계명을 떠올리며 나도 내심 당혹스러웠다. 학급배정을 받은 날 실시한 설문조사 결과를 보고 벌써 걱정이 앞서던 나였다. 새

학년의 담임인 내가 나눠준 설문지에 성의있게 대답한 아이들은 절반에도 훨씬 못 미쳤다. 기명 설문지인데도 '담임, 네가 뭔데 그런 걸 물어보느냐'는 식으로 뒤틀린 대답을 한 아이들이 숱했다. 담임에게 바라는 것이 무엇이냐는 항목에서는 '아무것도 없다'란 대답은 약과였고 '학년초마다 이런 쓸데없는 설문조사 안했으면 좋겠다'는 면박을 주는 아이까지 있었다.

우려했던 대로 박송미는 압도적인 지지로 반장에 당선되었다.

조덕칠 교감은 얼굴이 굳었다.

"학교의 규정은 전시용으로 있는 게 아닙니다. 서선생, 규정대로 해주셔야지요."

첫마디는 제법 준비를 한 듯 점잖았다.

"그런 규정의 근거가 뭡니까. 반장이란 아이들의 심부름을 잘하면서 반을 이끌어가면 되는 거고, 무엇보다 반 아이들의 인정을 받아야 되는 것 아닙니까. 아이들이 신임하는 녀석을 제치고 다른 아이를 반장으로 앉힐 권리는 담인인 나에게도 없고, 그렇게 해서는 반을 제대로 꾸려갈 수도 없습니다."

국어선생인 나는 그에게 스스로를 '저'라고 낮춰 부를 수 없었다.

"서선생! 지금 나한테 훈시하는 거요. 아니 반에서 이십프로에도 못드는 애를 어떻게 고삼 반장으로 앉힐 생각을 합니까? 여기가 무슨 실업계 고등학콘 줄 알아요?"

"성적이 이십프로 안에 들어야 반장의 자질이 있다는 근거가 뭔지를 나는 아이들에게 납득시킬 수 없으니까 직접 아이들에게 납득시켜보세요. 백칠십 쎈티미터 이상은 반장의 자격이 있고 백육십구 쎈티미터 이하는 반장의 자격이 없다고 하면 납득할 아이들이 있겠어요?"

"아니 누가 백칠십 이상만 반장 할 수 있다고 했나요?"

"십일등은 반장의 자질이 있고 십이등은 반장의 자질이 없다는 말이나 키가 백칠십 쎈티미터짜리는 반장의 자격이 있고 백육십구 쎈티미터짜리는 반장의 자격이 없다는 말이나 다를 게 뭐가 있습니까?"

"어쨌든 안됩니다, 안돼요."

조칠뜨기는 이제 내가 무어라고 따져도 안된다는 말만 되풀이했다. 더이상 내 앞에서 큰그릇 흉내내기를 포기한 그는 막무가내의 좀팽이로 돌아가 있었다.

"절대로 그렇게는 안돼요, 안돼. 학교 꼴을 뭘로 만들려고 이래요. 반장, 당장 새로 뽑으세요."

"나는 그렇게 못합니다."

우리 반으로 해서 학생회 간부와 반장의 임명장 수여식이 두 주째 미루어졌다. 소문은 벌써 학교 전체에 퍼졌고 반 아이들은 나의 눈치만 살폈다. 일은 자신들이 저질러놓고 이제 학교와 나 사이의 대결이 어떻게 진행될지에 사뭇 흥미를 느끼고 있는 녀석들에게 나는 침묵으로 일관했다. 말은 온 세상을 분석할 수도 있겠지만 말만으로는 솜털 하나도 움직일 수 없다. 자신들의 선택과 결정을 지켜나갈 사람은 바로 녀석들 자신이라는 것을 나는 침묵으로 말했다. 그리고 다만 박송미를 반장이라고 불렀다. 아침 조회시간에, 또 종례시간에 들어가서 단 한마디, 그 호칭으로 불렀다.

"반장."

그러면 녀석이 일어서서 "차렷, 인사" 했다.

아이들은 어쩌면 나, 아니 학교란 사회가 가지고 있는 편견에 도전하고 싶어서 박송미를 반장으로 뽑았는지도 모른다. 처음, 아이들은 자신들의 반란에 스스로 놀라면서도 또 한편으로 나와 학교가 취할 태도를 재미삼아 지켜보고 있었던 게 분명했다. 그러나 시간은 아이들에게 그들 속에 섞여 있던 장난기 대신 자신들의 선택이 어떤 의미를 담고 있는지를 생각하게 했고 그에 대한 책임감도 가지게 만들었다. 반장 후보로 나섰던 최현미를 포함한 두셋을 제외하고는 모든 아이들이 반장, 박송미를 자신들의 중심으로 세워내고 따랐다. 아이들은 스스로의 반란을 성공으로 마무리짓기 위해 애썼다. 교사들과 다른 반 아이들의 우려와는 반대로 우리 반은 지나칠 만큼 조용했다.

반장 임명이 세 주째 미루어진 다음날 교장은 교직원조회를 마치고 일어서는 내 곁으로 다가왔다.

"서선생, 오늘 점심 어때요? 내가 곰탕 잘하는 집을 하나 아는데."

그의 말투는 아주 부드러웠다. 반장문제가 생기고 나서 나에게 이렇다 저렇다 한마디 말이 없던 교장이었다.

교장이 손수 운전해서 데려간 곳은 학교에서 두어 정거장 떨어진 소박한 곰탕집이었다.

"서선생, 어떻게 해서 서선생과 송선생이 우리 학교에 오게 된지 알아요?"

나는 그의 얼굴을 쳐다보며 다음 말을 기다렸다.

"지금에야 털어놓지만, 내가 교육청에 가서 빽을 썼소. 두 선생님을 우리 학교에 달라고. 알다시피 우리 학교는 서울시내에서 진학률이 맨 하위였잖소. 아이들도 선생님들도 속된 말로 똥통이다, 이렇게 자포자기 분위기였으니까. 서선생과 송선생의 실력이야 알려진 바고 내가 더 욕심이 났던 건 두 분의 열정이었어요. 아이들이 우선 자신감을 가질 수 있게 학교의 분위기를 좀 바꿔야겠다고 생각했지요. 서로 안 받아가려는 해직들을 자원해서 달라니까 교육청에서 의아해합디다. 나도 위에서 내쫓으라고 할 때 우리 선생들 내쫓았어요. 하지만 전교조, 그게 별겁니까. 맘껏 가르치고 맘껏 배우게 하자, 그거 아닙니까. 나 그거 두려워 안합니다. 탈퇴하고도 할 건 또 뒤로 다 할 거란 것도 알아요. 물론 위에서 모조리 다시 내쫓아라 그러면 나는 또 따라 할 겁니다. 그러나 이젠 그런 시절이야 다시 오겠소."

그릇이 크다는 생각이 들었다. 비열함만 있고 요령부득인 조덕칠 교감에 비하면 교장은 차라리 지혜롭기까지 해 보였다.

"어쨌든 작년에는 내 판단이 적중했지요? 이 학교가 생기고 나서 대학에 가장 많이 진학시켰잖아요. 덕분에 나도 밖에 나가면 체면도 서고, 또 전교조 선생들이 그래도 실력은 있다, 이렇게 됐으니까 서선생이나 전교조도 손해본 것 없고."

그리고 교장은 본론을 꺼냈다.

"그런데 올해는 이거 내 입장이 좀 어렵게 됐습니다. 교육청은 둘째 문제고 육성회에서 귀찮게 해대니…… 그 왜 원래 돈은 있고 든 건 없고 그런 사람들이 감투 좋아하잖소. 허허…… 서선생, 반장을 바꾸는 건 어렵겠죠?"

나는 씁쓸하게 웃었다.

"담임을 먼저 바꾸셔야죠."

"그럴 수야 있나. 그럼 서선생 생각에는 내가 지금 어떻게 했으면 좋겠어요?"

"글쎄요……"

뽀얀 국물의 설렁탕이 나왔다.

"아, 먼저 들고 얘기합시다."

교장은 사람좋은 웃음을 흘리며 수저를 들었다. 추하게 늙지 않은 그의 모습이 보기 좋았다.

"서선생, 서선생이 생각하기에 이 세상에 누구도 이의를 제기할 수 없는 진실이 뭐 같소?"

나는 설렁탕 그릇에 숟갈을 담근 채 엉뚱한 걸 묻는 그를 의아하게 건너다보았다. 그는 굵은 깍두기를 하나 어적어적 베어먹고 나서야 말을 이었다.

"내가 생각하기에는, 모든 인간은 반드시 한번 죽는다는 거요. 안 죽는 인간 있소. 언젠가 죽는 거요. 그렇게 보면 모든 인간은 시한부 인생 아니오. 아, 그렇게 앉았지 말고 들어요."

몇숟갈을 더 떠먹었을 때 다시 교장은 말을 꺼냈다.

"어차피 시한부 인생인데 우리 쪼금만 더 여유있게 삽시다. 요령도 좀 부리고. 그래서 하는 얘긴데 서선생네 반 반장 그대로 두고, 대신 나는 임명을 않은 걸로 합시다."

그래서 한달 만에, 전체조회에서 학생회 간부와 반장들의 임명장이 수여되었다. 우리 반, 3학년 5반은 왜 빠졌느냐고 묻는 아이들은 아무도 없었고 나 역시 아무 말도 하지 않았다.

3

03:50.

마산 30km.

삐이삐이, 갑작스런 벨소리가 차 안의 정적을 깨뜨렸다. 잠들었던 사람 몇이 잠깐 상체를 들었고 벨소리는 멈췄다. 사람들은 의자에 도로 몸을 뉘었고 얼마 뒤 다시 벨이 울렸다. 운전사의 모습은 의자에 가려 보이지 않았고 차는 묵묵히 질주를 계속했다. 그리고 같은 일이 몇차례 더 되풀이되고 나서야 나는 그것이 과속경보음이라는 것을 알아차렸다. 경보음은 목적지에 가까워올수록 가뜩이나 날카로워지는 나의 신경을 예민하게 자극했다. 마산이 가까워온다는 사실이 점점 두려워지기 시작했던 것이다. 마산을 거쳐 창원에 도착해서 내 눈으로 확인해야 할 현실을 피하고 싶은 마음, 간절했다.

천천히 가자고 소리치고 싶었지만 이제 나를 제외하고는 아무도 경보음에 반응하지 않았다. 운전사는 골인지점을 앞둔 마라토너같이 가속을 계속했고 경보음은 멈추지 않았지만 사람들은 아랑곳없이 잠에 빠져 있었다. 머리 위에서 뿜어져나오는 난방기의 후덥지근한 바람이 짜증스러웠다. 이마에 배어나는 땀을 손바닥으로 훔치고 나서 팔을 뻗어 난방기의 바람구멍을 닫았다. 창밖으로 눈길을 돌렸을 때 거기에는 삼십대 후반의 사내 하나가 무표정하게 나를 마주보고 있었다. 서울에서부터 동행해온 내 얼굴의 음각이었지만 낯설기는 마찬가지였다. 누이는 이 밤을 어떻게 견디고 있을까. 나를 업고 십리 길을 오가던 누이의 모습이 퇴색한 흑백영화 필름처럼 눈앞에 어른거렸다.

둘째누이는 초등학교를 남들보다 한해 늦게 들어갔다. 순전히 나 때문이었다. 나보다 여섯살 위니까 누이가 초등학교에 들어갈 여덟살 나던 해 나는 두살이었다. 그때 우리가 살던 시골은 빈촌이었고 우리집은 그중에서도 가장 형편없는 축에 속했다. 어머니는 농사철이면 남의 논밭일에 놉을 가고 농한기에는 벽돌공장에 나가서 일을 해야 했기 때문에 나를 업어기른 사람은 바로 둘째누이였다.

누이는 동갑내기 친구들이 책보자기를 메고 학교에 갈 때 나를 업고 어머니가 일나간 논두렁과 밭두렁, 벽돌공장을 찾아다니며 밥을 얻어먹었다. 나는 둘째누이의 등에서 세살이 되었다. 이듬해 누이는 아홉살의 나이로 초등학교에 갔고 나는 그해 여섯살이 되던 막내누이의 등으로 넘어갔다. 그러나 학교에 갔다오는 오전을 빼고 나는 여전히 둘째누이의 등과 손을 찾았다. 앉은뱅이책상 하나 없고 숙제할 틈도 없었지만 누이는 공부를 잘했고 동네에서 가장 이뻤다. 나는 그 누이의 손을 잡고 다니는 것이 유일한 자랑이었다. 내가 아프기라도 하면 결석을 해야 했던 누이는 초등학교 6년 동안 한번도 개근상을 타지 못했다.

집앞 개울에 거꾸로 떨어져 팔이 부러진 나를 하루 걸러 약방까지 십리 길을 업고 다닌 것도 누이였다. 지금도 내가 그때를 선명하게 기억하고 있다는 사실이 의아스러울 때가 있다. 어쩌면 그것은 순전한 나의 기억에 의해서가 아니라 누이의 기억에 의해서 지속적으로 환기되어왔는지도 모를 일이다. 그때 내 나이 대여섯살에 불과했으니까. 약방은 누이가 다니는 초등학교 앞에 있었다. 주인은 약사면허도 없는, 군대에서 위생병을 지낸 아저씨였지만 진찰도 하고 주사도 놓는 용한 의사로 통했다. 주사를 맞고 한바탕 눈물을 뺀 다음 집으로 돌아오는 길가에는 키작은 소나무가 몸을 움츠리고 있었고 참나무와 상수리나무는 앙상한 가지를 하늘을 향해 뻗고 있었다. 언제나 쉬어가는 작은 바위에 앉아서 쳐다보면 겨울 산기슭은 군락하는 참나무와 상수리나무들로 온통 갈회색이었다. 그 갈회색 앙상한 가지 사이에 작은 광주리만한 크기로 피어난 황록색 잎과 노란 열매를 보고 나는 누이에게 물었다.

"저 까치집은 왜 파랗고 노래?"

"저건 까치집이 아니고 나무줄기와 잎사귀, 열매야."

"왜 다른 상수리나무는 잎이 달리지 않았는데 저것만 달렸어?"

"저건 상수리나무 잎이 아냐. 겨우살이야. 다른 나무는 땅에 뿌리를 박고 살지만 겨우살이는 다른 나무의 줄기에 저렇게 뿌리를 박고 살아. 저기 밤나무에도 보이지?"

그랬다. 겨우살이는 갈회색의 기슭 여기저기에 둥우리를 틀고 있었다.

"예쁘니?"

"응."

"그렇지만 겨우살이는 나쁜 나무야."

"왜?"

"겨우살이는 다른 나무들처럼 땅에서 물을 빨아먹지 않고 다른 나무에 뿌리를 내려서 저 나무들의 물과 양분을 빼앗아먹고 살거든. 봐라. 저 상수리나무가 얼마나 아프겠니?"

나는 고개를 끄덕거렸다.

"자기 몸에 난 잎새마저 떨궈버리고 겨우겨우 겨울을 나는 나무의 양분을 훔쳐먹고서 자기는 잎을 피우고 열매를 맺는 나무를 어떻게 좋다고 할 수가 있겠니."

응, 나쁜 건 예쁜 게 아니구나. 나는 그렇게 대답했던가. 시골집으로 넘어가는 그 산기슭에는 지금도 참나무와 밤나무, 팽나무와 오리나무 가지가 앙상하게 겨울을 견디고 있을까. 겨우살이 여전히 그 나무들 높은 가지에 뿌리를 박고 황록색 잎과 열매를 달고 있을까. 다시 누이와 그 길을 걸어 넘어갈 날이 있을까.

속도를 줄인 버스가 고속도로를 벗어나 마산 시가지로 향했다. 귓전을 웅웅거리게 하던 경보음도 멈추었다.

나는 전화카드를 꺼내들고 앞으로 나갔다. 출입문 옆에 부착된 무선공중전화기 앞에 앉아 창원의 전화번호를 눌렀다.

"여보세요?"

어머니는 두번째 신호음이 채 울리기도 전에 수화기를 들었다. 당신 역시 밤새 눈 한번 붙이지 않고 기다렸던 모양이다. 나무관세음보살과 천지신명을 수없이 되뇌며 딸의 무사를 빌었을 것이다.

"저예요, 어머니."

"벌써 도착했나. 어딘데 이렇게 잘 안 들려?"

"곧 도착할 거예요. 누나는 어떻대요?"

"선아 애비가, 말은 걱정 말라는데…… 참말인지 알 수가 있나."

"자형은 병원에 있어요?"

"그래. 중환자실이라서 선아 애비 하나만 겨우 들어갈 수 있다고. 니도 병원으로 오지 말라더라. 와도 못 본다고."

"알았어요. 어머니도 좀 주무세요."

"야야, 잠이 어떻게 오겠니?"

"누나는 괜찮을 거예요."

"제발하고 그래야지."

"네, 꼭 그럴 거예요."

누이가 독사에게 물린 것은 내가 초등학교에 들어간 무렵이었다. 그날도 나는 누이가 중학교에서 돌아와 밭을 매는 동안 밭두렁에서 한쪽 고무신에 다른 한쪽 고무신을 말아넣어 기차놀이를 하고 있었다. 누이의 비명소리를 듣고 달려갔을 때 이미 뱀은 도망가고 뱀의 이

빨 자국 두 개만 발뒤꿈치에 선명했다. 나는 뱀에게 물린 자국에 입을 대고 젖먹던 힘을 다해서 독을 빨아냈다. 나는 그때 누이가 한 말을 잊지 않고 있다.

"독이 입에 들어가면 어떡하니. 하지 마라."

나는 그때 뭐라고 했는지 기억이 없지만 동네 어른들이 달려올 때까지 독을 빨아내는 일을 멈추지 않았다.

남의 일을 갔던 어머니가 달려왔고 나는 어머니가 쥐여주는 돈을 들고 막내누이와 둘이서 초등학교가 있는 동네까지 한번도 쉬지 않고 달려갔다. 약방에서 약을 지어다 먹었지만 누이의 발과 종아리는 그날 밤새 두 배로 부풀어올랐고 고통스런 신음은 그치지 않았다. 다음날, 날이 밝았을 때 동네 아이들은 지난해 뱀한테 물려죽은 윗동네 아이를 들먹거리며 독사한테 물리면 그 뱀을 잡아죽여야만 물린 사람이 살아날 수 있다고 떠들었다. 동네 형들은 물린 사람의 속옷을 물렸던 장소에 가져다두면 뱀이 다시 그 자리에 나타난다고 했다. 나는 누이의 속옷을 밭 가장자리와 뱀이 도망친 찔레나무 사이에 가져다 걸어 넣고 꼬박 사흘을 지킨 끝에 독사 한마리를 작대기로 후려쳐 잡았다. 그리고 아직도 꿈틀거리는 그 독사의 머리를 몇차례나 돌멩이로 내려찍어 숨통을 끊어놓았다. 동네 아이들이 뱀을 잡아들고 다니면 멀찌감치 도망갈 만큼 겁이 많던 나였다.

그 때문이었는지 동네사람들이 잘못하면 죽을 거라던 누나는 열흘만에 다시 학교에 갈 수 있었다.

206

4

　이른 새벽, 내가 병원에 도착했을 때 자형은 이미 사색이 되어 있었다. 조금 전까지 누이 옆에 있다가 쫓겨나왔다고 했다. 아무도 들어갈 수 없었다. 중환자실 출입문은 굳게 닫혀 있었고 간호원은 인터폰을 통해서 아침 면회시간까지는 어느 누구도 출입시킬 수 없다는 말만 되풀이했다.

　"눈뜨고 못 보겠더라. 나는……"

　눈자위가 빨갛게 충혈된 자형은 두 마디를 넘기지 못하고 말끝을 흐렸다.

　"나를 알아보고…… 뭐라고 하기는 하는데…… 선아, 혁이 어떡하느냐는 것 같애."

　조카들의 이름이 선아와 혁이었다. 나와 자형은 서로를 마주보지 못한 채 번갈아, 또는 같이 담배를 피웠다.

　사고 경위를 물어본 건 한시간이 더 지난 다음이었다.

　"어떡하다가 이렇게 됐대요?"

　"당할 만한 사고를 당했어야지. 시장 봐가지고 골목길로 걸어가는데 뒤에서 덮쳤다는 거야…… 나는 말이 안 나온다."

　자형이 아랫입술을 깨물며 말을 멈추었을 때 옆에 앉았던 누이 연배의 두 여자 중에 하나가 머뭇거리며 인사를 했다.

　"선아 외삼촌이죠?"

　"예."

　나는 의아해서 쳐다보았다.

　"루시아 친구예요."

"같은 아파트 사는 선아 에미 성당 친구들이다."

자형은 비로소 생각난 듯 그녀와 그 옆의 또다른 여자를 소개했다.

"오늘도 함께 시장 갔다오다가 그렇게 됐어요. 저만 옆으로 튕겨나가서 괜찮았어요. 루시아가 안쪽에 서고 제가 바깥쪽에 서서 걸어갔거든요…… 반반씩 나눠서 다쳤으면 루시아가 저렇게까지 심하게 다치진 않았을 텐데……"

누이의 세례명이 루시아란 것을 나는 처음 알았다. 그녀는 마치 자기가 다치지 않아서 누이가 두 배의 중상을 입은 것처럼 죄스러워했다.

"반반씩만 나눠 다쳤으면 루시아가……"

그녀는 말을 맺지 못하고 자신의 눈자위를 찍었다. 옆에 앉았던 다른 친구가 그녀의 두 손을 모아쥐었다.

"그런 소리 말라니까요. 그게 어디 민희 엄마 때문인가요."

자형은 화난 사람처럼 그녀의 말을 막았다.

"민희 엄마도 이제 걱정 말고 집에 들어가세요. 괜찮아지겠죠."

"신경쓰지 마세요. 저는 여기 있는 게 편해요."

다시 한동안의 침묵이 있었다.

"어떤 차에 그런 거예요?"

"승용차야. 빨리 달리지도 않았대."

"그런데 이렇게 다쳤어요?"

"그러니까 사람 속이 더 터지지. 여자가 초보운전이었다는 거야. 브레이크를 밟는다는 걸 액셀러레이터를 밟은 거지. 등뒤에서 갑자기 달려들어 깔아뭉갰으니…… 미친년이 차 밑에 들어갔으면 들어서 꺼내야 할 텐데 다시 후진해서 한번 더 밟고…… 즉사하지 않은 게 기적이지."

그랬다. 살아 있는 게 기적이었다.

아침이 밝아오고 야근을 마친 두 여자의 남편들이 찾아왔다. 자형과 같은 제철회사의 동료들이기도 한 그들 역시 몹시 분개했다.

"운전면허가 있는 년이 그렇게 차를 몰아?"

"그게 어디 운전면허야, 살인면허지."

차라리 욕설이라도 하고 나면 속이라도 시원하련만 자형도 나도 그러지 못했다. 나와 마찬가지로 자형도 불경스러운 언사가 환자에게 혹시라도 나쁜 영향을 미치게 될까 두려웠던 것이다.

"그 여자는 지금 어딨어?"

"그 여자는 경찰서에 조사받는다고 갔고 저녁에 남편이 왔었어요."

민희 엄마라는 누이의 친구가 대신 대답했다.

"뭐래?"

"합의보자고 그러데……"

자형에게는 한마디가 힘겨웠다.

"그래서?"

"지금 합의가 문제야. 사람을 살려놓고 봐야지."

"그걸 그냥 보냈어?"

"오늘 아침에 다시 오겠다고 했어."

"뭐 하는 사람인데?"

"물어보지 않았어."

아침이 오고 면회시간이 됐다. 코와 입에 호스를 끼운 누나는 고통스럽게 두 눈만 껌벅거렸다.

"괜찮아질 거래. 너무 걱정하지 마."

나는 거짓말을 하고 있었다. 그것은 나의 바람일 뿐이었다. 아무 말도 더 하지 못하고 있는 우리에게 간호원은 나가달라고 요구했다. 나는 차마 중환자실을 나서지 못한 채 몇번이고 누이를 돌아보았다.

'누나, 생각나? 누나가 고등학교 다닐 때였지. 기차역에서 내려 집으로 오는 누나에게 어떤 녀석이 돌을 던져서 누나 이빨이 깨지고 윗입술이 심하게 찢어졌을 때 말이야. 난 복수를 위해서 아무도 몰래 철길 옆 보리밭에 숨었다가 기차가 지나가면 달려나가 승강대에 매달려 있는 깡패 같은 녀석들에게 자갈을 던졌어. 한 한달간은 그랬을 거야. 어린 마음에 누나를 괴롭히는 사람은 혼을 내줘야 한다고 생각했거든……'

나는 사지에 누이만 혼자 남기고 빠져나가는 것 같아서 발걸음이 떨어지지 않았다. 철갑옷 벗기보다 더 힘겹게 면회객용 가운을 벗었다.

아침에 온다고 한 가해자는 점심시간이 지나도 오지 않았다. 자형은 그때까지 아무것도 입에 대지 않았다. 누나와 가족들이 받고 있는 고통과 상처의 깊이를 가해자는 얼마나 느끼고 있을까. 그 운전사는 이미 경찰서의 유치장 신세를 지고 있는지도 몰랐다. 하지만 그런다고 무엇이 달라지나, 사고는 이미 도로 물릴 수 없는 것이고 누이의 몸은 망가져 있는 것을, 생각할수록 가슴만 더 답답해졌다.

아침에 집으로 들어갔던 누나의 친구들이 밥과 국을 싸왔다.

"선아 아빠, 여기 국물이라도 좀 마시세요."

보온통을 풀어헤쳤지만 자형은 고개를 가로젓기만 했다.

"그쪽에서는 아무도 안 왔어요?"

"경찰서에 있나보죠."

내가 자형을 대신해서 대답했다.

"남편 되는 사람이 아침에 온다고 했잖아요."

"오면 뭐 해요……"

자형은 생각하기 싫어했다.

"사람을 이 모양으로 만들어놨으면 와서 어떻다는 말이라도 해야 할 것 아녜요."

"처남이나 좀 먹어라."

자형은 밥통을 내 앞으로 밀었다.

"저도 생각없어요."

"두 분 같이 한술씩만 드세요."

나는 사양하며 자리에서 일어섰다. 복도 끝에 있는 공중전화로 가서 서울 학교의 번호를 돌렸다. 계속 통화중이었다. 십분 넘게 같은 번호를 누른 끝에 송선생과 연결이 됐다.

"송선생? 나야. 박송미 만나봤나?"

"예. 열두시가 넘어서 들어왔더라구요. 어머니 몸이 더 나빠져서 제대로 일을 못하나봐요. 요즘 시장에 나가서 같이 일한대요."

"대학은 어떻게 하겠대?"

"동생들 둘 학교 보내기도 어렵다는데 할말이 있어야죠……"

"………"

"저도 괜히 속상해서 혼났습니다."

전화를 끊고 나서 몇번이나 망설이다가 박송미의 집 전화번호를 눌렀다. 지난 여름 찾아가보았던 시장 뒷골목의 단칸방이 눈앞에 떠올랐다. 받으면 뭐라고 말해야 할지 생각이 나지 않았는데 받는 사람이 없었다. 벌써 시장에 나가 순대며 떡볶이를 팔고 있을까.

동전이 남았기에 택시노련에서 일하는 친구에게 전화를 해서 누나의 사고를 어떻게 처리해야 할지 물었다.

"우선 가해자, 사고 낸 운전사가 종합보험에 들어 있는지 확인해봐. 종합보험에 들어 있으면 치료비는 거기서 다 나오니까 걱정 안해도 돼."

"보험에는 들어 있는 모양이고. 어제 와서는 합의보자고 했다는데 어떻게 해?"

"그 여자도 사고 내고 싶어서 냈겠어? 일단 환자 상태를 좀더 지켜보고 나서 합의해줘. 어느 선에서 할지는 그때 다시 전화해."

친구의 말대로 고의로 사고를 낸 것은 아니었겠지만 누나의 지금 상태를 생각하면 자꾸만 부아가 끓어올랐다. 도대체 어떻게 생긴 여자인지 얼굴이라도 한번 보고 싶었다.

5

다시 기나긴 하루가 지나갔다.

누이의 집에 들렀다가 어머니를 모시고 면회시간에 맞춰서 병원으로 왔다. 어제까지 미처 느끼지 못했던 병원 특유의 소독약 냄새가 코끝을 자극했다.

자형은 병실 앞에서 한무리의 사람들에게 둘러싸여 있었다. 신부와 누이의 성당 동료들이었다.

"신부님, 아니 어떻게 이런 일이 있을 수 있어요?"

민희 엄마라는 누이의 친구가 로만칼라의 신부에게 따지듯이 묻고 있었다.

"세상에 사람을 이 꼴로 만들어놓고 법대로 해라? 법대로 하라뇨? 어떻게 그런 말을 할 수가 있죠."

신부는 두 눈을 감고 심각한 얼굴로 듣고만 있었다. 무슨 일인가 의 아해서 나는 사람들 틈 사이로 고개를 빼들고 분위기를 살폈다. 어머 니도 나를 따라 고개를 두리번거리다 로만칼라를 보고는 얼굴색이 변 했다. 낭패스런 일이 벌어질까봐 나는 어머니를 가로막고 나서며 얼 른 자형에게 인사를 했다.

오늘 오전, 어머니는 내가 누이 집에 들어서자마자 현관에 걸려 있 는 십자가를 가리키며 자형과 누이를 원망했다. 집안에 예수 귀신을 모셔서 불상사가 생겼다는 것이다. 우리집과 자형의 집안이 대대로 모두 절에 다니는데 누이와 자형이 예수를 불러들인 것이 화근이라며 지금이라도 당장 십자가를 치워야 한다고 나한테 채근이었다.

"쓸데없는 미신 같은 소리는 그만두세요."

말은 그렇게 했지만 어머니가 하도 그렇게 주장을 하니까 나마저도 약간 찜찜한 것이 사실이었다. 종교에는 아예 취미가 없는 나였다. 막 다른 골목에 이르면 인간이라는 게 얼마나 나약하고 간사해지는지를 깨달으며 나는 쓴웃음을 지었다.

어머니가 얼마나 누이네의 개종을 못마땅해하는지 알고 있는 자 형이 신부 앞에 나타난 어머니를 아랑곳않고 언성을 높이며 내게 물 었다.

"봐라, 처남. 세상에 이게 말이 되나? 나아, 참……"

이틀 사이에 얼굴이 몰라보게 초췌해진 자형은 말을 끊고 한숨을 몰아쉬며 민희 엄마를 돌아보았다.

"제가 아까 오후에 그 여자 집에 전화를 했었어요. 그랬더니 글쎄 경찰서 있는 줄 알았던 그 여자가 태연히 전화를 받는 거 있죠. 기가 막혀서. 되레 나보고 왜 전화했느냐고 화를 내더라니깐요. 그래서 나도 화가 나서 멀쩡한 사람을 이 지경으로 만들어놓게 코빼기도 안 비치는 경우가 어딨냐고 따졌더니 글쎄…… 법대로 하래요. 자기는 보험에 들어 있고 보험에서 다 알아서 할 거니까 더 할 이야기 있으면 법으로 하래요."

"처남, 법이 참말로 그렇게 되어 있나. 사람을 치어 산송장을 만들어놓고도 보험에만 들면 그만인가. 와서 잘못했다는 말 한마디 안해도 되게 돼 있나?"

"그럴 리야 있겠어요?"

"글쎄, 그래서 제가 경찰서로 전화를 해서 따졌더니 법에 그렇게 되어 있대요. 사만원짜리 스티커 한장 끊고 돌려보냈고, 그게 끝이래요."

누이의 친구, 민희 엄마는 몇번이고 자기 가슴을 탁탁 두드렸다. 나는 법이 그렇다는 것도 믿기지 않고, 또 그렇다 하더라도 집에 있으면서 법대로 하라며 사흘째가 되도록 문병 한번 오지 않는 가해자를 이해할 수가 없었다.

"야야, 지끔 저 소리가 무슨 소리냐?"

어머니가 심상찮은 분위기를 눈치채고 내게 물었다. 그때 중환자실 문이 열렸다.

"면회하실 분 들어오세요."

간호사는 얼굴만 빠끔히 내밀었다.

"루시아한테는 이런 말 하지 않는 게 좋겠어요."

신부가 사람들을 한바퀴 둘러보고 나서 앞장서 병실로 들어갔다. 세 명 이상 면회가 되지 않았는데 신부 일행은 예외였다.

"루시아 자매는 좀 어떤가요?"

"아주 많이 좋아졌어요. 위험한 고비는 넘긴 것 같아요, 신부님."

간호사도 아마 신도인 모양이었다.

누이의 상태는 정말 아침보다도 많이 나아진 것 같았다.

"지우가? 내 너무 아프다……"

아주 힘겨웠지만 아침에도 누이는 분명히 그렇게 말했다.

엄마와 나는 누이의 손등을 나누어 쓰다듬었다. 고통으로 일그러지는 딸의 모습을 보며 어머니는 금방 눈물을 떨궜고 나는 내 손과 누이의 손을 나누어 잡고 있는 어머니의 나무껍질처럼 거칠고 딱딱한 손마디 때문에 또 목젖이 차올랐다.

"울지 마라…… 내 괜찮다……"

그렇게 말하는 누이의 퉁퉁 부어오른 얼굴에도 물기가 번졌다. 아침보다도 의사표현이 정확했다.

"그래, 의사도 놀랄 만큼 좋아지고 있단다."

자형의 말도 완전히 거짓은 아니었다.

의식을 회복하면서 더 심하게 고통을 호소했지만 의사는 신경이 돌아오면서 생기는 현상이라며 걱정할 것 없다고 했다.

양쪽 골반이 부러지고 양쪽 어깨뼈가 으스러졌으니 그 통증은 말할 필요도 없었다. 골절이 워낙 심해서 으스러진 뼛가루가 머리로 흘러 들어가는 합병증만 없다면 생명에는 지장이 없다는 의사의 설명은 기뻐해야 할지 말아야 할지 종잡을 수 없었다.

"루시아, 상태가 좋대."

맞은편에 섰던 신부가 시원스런 목소리로 분위기를 바꿨다.

"하느님이…… 살려주셨어요……"

"그럼. 그래도 얼마나 아프겠어? 그냥 넘어져도 아픈데 오죽하겠어."

"전…… 차가 제 위로 왔다갔다하는 걸…… 제 눈으로 봤어요."

"루시아 자매가 워낙 마음이 고와서 복받은 거야. 하느님은 모든 걸 다 보고 계시잖아. 같이 기도할까?"

신부는 중환자실을 압도할 만큼 굵은 목소리로 기도를 시작했다.

"아버지 하느님, 당신의 어린 양 루시아를 돌보아주소서. 우리 루시아가 고통과 시련을 이겨내고 의연히 일어설 수 있도록 힘이 되어주시옵소서……"

두 손을 마주쥐고 눈을 꼭 감은 채 누이 옆에 꿇어앉아 있는 자형의 얼굴은 간절했다. 우리의 단순한 바람과는 달리 신부의 기도는 그것이 누구이든 들어줄 것만 같았다. 나는 혹시라도 엉뚱한 소리를 할까봐 어머니의 한쪽 팔을 꽉 쥐고 곁눈질로 살폈다.

두 개의 서울 전화번호를 번갈아 눌렀지만 쉽게 통화가 이루어지지 않았다. 박송미는 전화를 받지 않았고 변호사를 하는 대학 동창은 여전히 가족이 모두 외출중이라는 자동응답음만 들렸다.

열한시쯤 동창녀석이 먼저 전화를 받았다.

"나야, 서지우."

"야, 니가 웬일이냐, 나에게 전화를 다 하고. 인연 끊기로 작정한 줄 알았더니."

술기운이 느껴졌지만, 녀석의 목소리에서 귀찮은 기색은 없었다.

"너한테 한가지 상담할 게 있어서 전화했다. 오분 동안만 통화해도 괜찮겠냐?"

내가 그렇게 딱딱하게 나간 것은 녀석이 전화할 때마다 일에 쫓겨서 건성건성 대답하며 통화를 끝내려 한 때문이었다. 그래서 근래에는 아예 녀석에게 연락도 않고 살아왔다.

"전교조 때문이냐?"

"아냐. 간단하게 말할게. 골목길을 걸어가는 사람을 뒤에서 치어가지고 중상을 입히면 법으로 어떻게 되나?"

"종합보험 들었어?"

"그건 든 모양이야."

"중상이라는 게 어느 정도를 말하는 건데? 생명에는 지장이 없고?"

"합병증만 생기지 않는다면 목숨에는 지장이 없고 사지를 제대로 쓸 수 있을지는 현재로서 알 수 없대."

"그럼 가해 운전자는 민형사상 어떤 책임도 없어. 안전운전 불이행으로 사만원짜리 스티커 한장만 끊으면 돼."

"무슨 말이야. 양쪽 골반과 양쪽 어깨가 부러진 것도 아니고 으스러졌어. 사지를 못 쓰고 누워서 병신이 될지 안될지 모르게 만들었는데 사만원짜리 스티커 한장이면 끝이야. 주차위반하고 같다는 거야?"

"그래. 좌우지간 목숨은 붙어 있다며?"

"죽이지만 않으면 그만이란 거야?"

"교통사고특례법이라고 너도 들어봤지. 열 개항, 즉 신호위반, 제한속도위반, 앞지르기위반, 건널목통과위반, 무면허, 음주, 중앙선침범, 횡단보도사고, 인도돌진, 승객추락. 이 열 가지에만 속하지 않으면 종합보험에 든 운전자는 사고를 내도 사람을 죽이지만 않으면 어떠한

민형사상의 책임도 물을 수 없게 되어 있어. 죽지만 않으면 식물인간이 돼도 아무 책임 못 물어."

"그게 그런 법이었어……?"

나는 더 물어볼 말이 없었다.

"그런데 왜 그래? 니가 사고 냈어?"

"아냐. 누나가 사고를 당했어."

"저런…… 가해자를 어떻게 해보고 싶어서 그러냐?"

"날 그런 놈으로 알았냐. 인간이면 와서 미안하단 말 한마디는 해야 될 거 아니냐."

"저런, 그래서 어떡하냐……"

6

자형만 병원에 남겨두고 누이 집에 들어왔지만 잠이 오지 않았다.

이른 아침, 누이의 친구에게서 받아적은 이름과 차번호, 주소와 전화번호를 가지고 집을 나섰다. 나는 참을 수 없었다. 겨드랑이 한쪽에서 슬금슬금 돋아나는, 세상이 이래서는 안된다는 주제넘은 생각 때문은 아니었다. 인간이라는 동물에 대한 일반적인 기대를 이미 포기한 나였지만 그 뻔뻔스런 인간을 그냥 용납하고 넘어간다면 앞으로 제대로 살아질 것 같지가 않았다. 어머니와 자형과 누이가 모두 화병 때문에 살 수 없을 것 같았다.

버스에서 내려 그 여자가 사는 아파트로 향했다.

겨울 오전의 따사로운 햇살이 앙상한 가지만 남은 겨울 가로수 위로 내려앉고 있었다. 멀리 그 여자가 사는 106동이 눈에 들어왔다.

오늘이 대학 1차시험의 원서접수가 끝나는 날이다. 그 여자 집에 가서 어쩌자는 것인지는 나도 몰랐다. 내가 아는 것은 인간이 인간에게 이래서는 안된다는 것뿐이었다. 어쩌면 다시 박송미에게 연락할 수 없을지도 몰랐다.

아파트 앞에 있는 공중전화박스에 들어가 이미 외워버린 녀석의 전화번호를 눌렀다. 세번째 신호음이 가고 나서 녀석이 받았다.

"송미니? 선생님이다."

"아, 선생님……"

녀석의 목소리가 흔들렸다.

"너 대학 안 갈 거야?"

"선생님…… 갈 수 없는 처지…… 아시잖아요."

"그러면 뭐 하려고 일년 동안 그렇게 공불 했어?"

임명장을 주지 못했지만 박송미는 반장으로서 나무랄 데 없이 반을 이끌었다. 물론 우등생에서부터 가발을 가방에 넣고 다니는 아이들까지 한결같은 협조가 있었다. 나는 지난 한해 동안 아이들이 자신의 반란을 성공시켜가는 모습을 지켜보며 내가 부끄럽게 교단에 돌아온 것을 후회하지 않았다. 녀석들이야말로 나의 스승이었다. 중학교 때까지 우등생이었다가 고등학교에 오면서 성적이 곤두박질쳤던 박송미도 악착같이 공부를 했고 수학능력시험에서 괜찮은 대학에 갈 수 있는 성적을 거두었다.

"가난한 애들은 머리도 나쁘고 공부도 못한다고 생각하는 선생님들께 보여주고 싶었어요. 그리고 선생님 실망시키고 싶지 않았어요."

"난, 반장 임명장도 못 받아줬는데……"

"아네요. 일년 동안 저, 그리고 저희들 믿어주신 선생님 고마워요."

"반장, 내가 지금 서울에만 있어도 어떻게 해볼 텐데……"

"다만 보여주기 위해서 공부한 건 아녜요. 나도 대학 가는 애들만큼 공부 잘할 수 있고, 잘했다는 사실을 제 스스로 확인하고 싶었어요. 저도 공부 못해서 대학 못 가는 거 아니란 거 선생님도 믿죠?"

"그럼……"

전화기를 내려놓고 나는 그 여자가 사는 106동을 향해 걸어갔다. 지금이라도 돌아서서 녀석의 등록금을 구하러 뛰어다녀야 하지 않을까.

106동이 저만큼 눈에 들어왔다. 얼굴도 본 적이 없는 그 여자를 찾아가는 지금의 내 모습이 무척이나 비참하게 느껴졌다. 아파트 숲으로 내려앉는 겨울햇살이 내 어깨를 더 초라하게 만들었다.

409호, 맨 구석 통로였다. 나는 그 통로 앞에 서서 까마득한 높이의 아파트를 한번 올려다보았다. 숨이 답답해왔다. 쉼호흡을 하며 내가 걸어들어온 아파트 앞마당을 돌아보았다. 아파트 담장을 따라 늘어서 있는 버즘나무 높은 가지에 둥지를 튼 겨우살이의 황금색 열매가 얼핏 보였다. 그러나 눈을 비비고 다시 확인했을 때 그 버즘나무 가지에는 허물어진 까치둥지만 덩그러니 남아 아침 햇빛을 받고 있었다.

내가 그 여자의 아파트 입구 앞에 세워져 있는 하얀 승용차를 발견한 것은 그 까치집에서 시선을 거둬들이던 도중이었다. 전조등이 깨지고 앞 범퍼 쪽이 찌그러진 하얀 승용차, 나는 쪽지를 펼쳐들고 누나를 망가뜨린 그 차번호를 확인했다. 맞았다.

나는 숨을 몰아쉬며 천천히 걸어서 그 차를 한바퀴 둘러보았고 그때 눈에 박히듯 들어오는 스티커 한장이 있었다.

'내 탓이오'

그 하얀 승용차의 뒷유리창에 붙어 있는 그 글씨 앞에서 나는 얼어
붙고 말았다.

—『현대문학』1996년 5월호

겨

울

미

포

만

1

　점점 어둡고 무겁게 내려앉는 하늘, 바람마저 거칠어지기 시작했
다. 눈 또는 비가 한차례 내릴 것이라던 일기예보를 떠올리며 그는 걱
정스러운 얼굴로 하늘을 올려다보았다. 바람의 채찍에 쫓겨 황급히
날아온 빈 스티로폴 용기들은 아파트 담벽에 부딪쳐 추락했고 높이
솟구친 종잇조각과 묵은 낙엽들만 훌쩍 담벽을 뛰어넘어 달아났다.
아직은 겨울이었다. 그는 벗어두었던 방한 작업복을 다시 껴입기 위
해 몽키를 조립중인 오토바이 옆으로 내던졌다.
　"오토바이쎈타 하나 차려도 되겠네. 아직 멀었는가?"
　경비실을 지키기 지겨워진 김씨가 한손으로 자전거 핸들을 잡은 채
느릿느릿 다가왔다.

"나발만 성한 놈 하나 찾아 붙이면 좋 칩니다."

그는 조립중이던 오토바이로 돌아와 스위치와 경음기, 경음기와 배터리 사이의 전선을 찬찬히 훑어보고 연결부위를 확인한 다음 다시 스위치를 눌러보았다. 소리가 나지 않았다.

"클락션이 말을 안 들어?"

"그러네요."

드라이버를 집어들고 앞뒤 바퀴가 모두 빠진 채 주저앉아 있는 옆의 오토바이에서 경음기를 떼어냈다.

"가만 섰지만 말고 바쁘지 않으면 스위치 한번 눌러봐주세요."

그는 떼내온 경음기에다 조립중인 오토바이의 배선을 갖다대고 경비를 불렀다.

"내가 어디 가만 섰나 이 사람아. 자전거 잡고 섰지."

자전거를 받쳐세운 김씨가 오른손의 하나 남은 엄지로 오토바이의 스위치를 눌렀지만 소리는 나지 않았다. 그는 물받이와 안장, 방향등이 떨어져나간 다른 오토바이의 경음기를 떼어다가 갖다댔다. 역시 먹통이었다. 써먹을 거라곤 후사경뿐이어서 멀찌감치 내팽개쳐두었던 120CC짜리 오토바이의 경음기를 마지막으로 떼어왔다.

"빠아앙—"

누르라는 말이 떨어지기도 전에 김씨가 스위치를 눌렀고 쌍나팔이 웅장하게 울렸다. 대형트럭에서나 들음직한 고음에 놀라기는 그나 김씨나 마찬가지였다. 무슨 일인가 하고 창문을 열어젖힌 주부들과 아이들은 영문을 모르고 고개를 갸웃거렸다. 그 거창한 고음이 90CC짜리 오토바이에서 나왔으리라고는 상상이 되지 않는 모양이었다.

"까짓 거 완성 기념으로 한번 더 눌러버립시다."

김씨가 쭈뼛거렸다. 그도 엔진과 소음기의 성능을 확인하고 조립하느라 오전내 요란을 떨어서 망설여졌지만, 그 미안함보다는 작업을 끝낸 성취감이 앞섰다.

"빠아앙—"

누구에게랄 것도 없이 열린 아파트창을 향해 한바퀴 손을 흔들어대는 그의 얼굴에는 어린아이 같은 장난기가 가득했다. 그는 방금 취한 동작이 엔진 조립을 마치고 나서 곧잘 해 보이던 자신의 트레이드마크 같은 버릇이라는 것을 뒤늦게 깨달았다. 오래 잊었던 행동이다. 그의 얼굴에 서글픈 웃음이 스쳐갔다.

"장기이식하고 남은 시체들은 어떻게 할 거야?"

김씨가 널브러져 있는 넉 대의 오토바이를 둘러보며 물었다. 다섯 대의 오토바이를 풀어헤쳐 한 대의 오토바이를 만든 셈이었다. 그는 자신이 만든 오토바이를 타게 될 최이현을 생각하며 더러워진 장갑을 벗어 툭툭 털었다. 다시 무거워지는 마음을 다잡으며 임자를 잃고 나뒹구는 부속들을 끌어모았다.

"걱정 마세요. 내일 고물상에 갖다줄 겁니다. 아저씨도 어디 시원찮은 것 있으면 갈아끼우실래요……"

침울해지는 스스로를 눙치려고 농담을 입에 올리던 그는 눈앞에 있는 김씨의 몽당손을 보고는 말끝을 흐리고 말았다. 중공업에서 오른쪽 손가락 네 개를 잃은 김씨였다.

"다리에 신경통 없으세요? 짝이 맞지는 않지만 짱짱한 바퀴가 둘 있는데 개비하실래요?"

"예끼 이 사람아, 실없는 소리 말고 자전거 이거 브레이끼나 한번 봐줘."

그는 대답 대신 하늘을 쳐다보며 손바닥을 펼쳐 내밀었다. 한두 방울 빗방울이 떨어졌다. 손목을 당겨 시계를 들여다보며 그는 고개를 설레설레 흔들었다.

"오늘은 안되겠습니다. 애 데리러 가야 되거든요. 경비실에 두고 가면 내일 아침에 봐드릴게요. 대신에 남은 오토바이나 좀 치워주세요."

그는 김씨를 뒤로 하고 공구통에 몽키며 스패너, 드라이버 따위를 챙겨서 현관 안으로 들어갔다. 1층이 그의 집이었다.

초등학교에 들어간 큰녀석이 입던 비옷을 챙긴 다음 그는 노조에 전화를 걸었다. 신호음이 여남은 번이나 울리고 나서야 전화를 받았다.

"정책실 박실장님 부탁합니다."

"누구요?"

되묻는 목소리가 무뚝뚝하기 그지없었다.

"박현강 정책실장 말입니다."

"지끔 없습니다."

"정책실에 아무도 없어요?"

"그건 모리겠고, 아까도 다른 데서 박실장한테 전화와서 돌려보니까 없었어요."

수화기를 타고 오는 목소리에는 귀찮은 기색이 풀풀 묻어났다.

"정책실로 돌려주세요."

"나 참, 해보나마나 없다니까."

뭐 이런 자식이 다 있어, 한마디 해주려고 하는데 수화기에서 녀석의 목소리는 사라지고 녹음된 노랫소리가 흘러나왔다. 내 청춘 다 바쳐서 목숨 걸고 싸웠다. 저들의 식칼테러 온몸으로 맞섰다. 미포만 오좌불에 밀어닥친 적들을 함성으로 불꽃으로 끝까지 싸웠다. 자 동지들아 앞장서 가자 노동해방의 선봉이 되자. 칠천만의 해방을 위해 영원하라 미포노조……

"박현강 정책실장입니다."

언제 들어도 씩씩한 목소리였다.

"나 박상몬데, 좀전에 전화받은 자식 누구야?"

"왜 그러세요? 누가 받았는지 모르겠는데 형한테 실수라도 했어요?"

"누군지 한번 알아봐라. 그런 자식들이 있으니까 노조가 이 모양 이 꼴이 되는 거야. 야, 요새 회사 인력개발부에 전화해봐라. 노동청 공무원도 그렇게 무성의하고 불친절하게 전화받는 놈 없어. 조합원들이 그 목소리 한번 들으면 정떨어져서 다시 전화하겠어? 내가 다른 사람 찾았냐. 노조간부면 다 동료들인데, 없어요, 해보나마나 없어요, 동료한테 온 전화를 그따위로 받는 자식이 조합일이나 제대로 하겠어?"

마치 전화를 받은 그 간부 때문에 노조가 엉망이 된 것같이 그는 화를 냈다.

"요즘 워낙 다들 지치고 힘들어서 그런 모양입니다. 누군지 확인해보고 주의를 주겠습니다. 송별회 때문에 전화하셨죠? 일곱시 전하식 당입니다. 오실 거죠?"

현강도 그가 말을 끊을 틈을 주지 않고 용건을 한꺼번에 다 말했다.

"알았다. 저녁에 보자."

노조는 최악의 상황이었다. 지난 연말부터 시작된 대정부투쟁은 더 이상 나빠질 수 없는 노조의 실상을 똑똑히 확인하는 과정에 다름아니었다. 이미 노조는 그 이전부터 날개 없는 추락을 계속하고 있었다.

지난해 12월 26일 새벽, 정부가 집권당 국회의원들을 불러모아 '긴급처리'한 노동법과 안기부법의 내용을 보고 미포중공업 노조의 간부들은 기가 차서 벌어진 입을 다물지 못했고 상모를 포함한 해고자들 역시 어이없어하기는 마찬가지였다. 더구나 그 처리과정까지 생각하면 허파가 뒤집어지는 노릇이었다.

　미포중공업 노조의 조직력이 걱정스러웠지만 싸울 수 있을 것도 같았다. 상황이 상황이고 썩어도 준치라고 강산이 변한다는 10년 세월, 산전수전 다 겪으며 오늘까지 지켜온 민주노조의 깃발이 아니던가?

　노조가 선포한 총파업 돌입 시간은 12월 26일 13시, 안기부법과 노동법이 날치기 처리된 지 여덟 시간 뒤였다. 파업에 참여한 조합원들의 숫자가 얼마나 될지 조마조마했다. 그를 비롯한 해고자들은 정문 앞에서 조바심을 이기지 못하고 노조로 뻔질나게 휴대폰을 눌러댔다. 집행부에게 초조감을 감추려고 짐짓 집회시간이 얼마나 걸릴 것 같으냐 따위를 물으며 태연한 척했으나 모두의 관심은 참가자의 숫자에 있었다. 2천, 3천5백, 13시 40분에 7천여 명이 모여 출정식을 시작했다는 전달을 받고 안도의 한숨을 내쉬면서도 그는 목이 빠지게 대열이 나오기를 기다렸다.

　14시 30분, 대형스피커를 장착한 노조의 승합차와 오토바이 기동대를 선두로 대열이 정문을 빠져나오기 시작했다.

　"노동에 몸바친 청춘 후회는 없다오. 이 내 진정 사랑할 노동자의 길……"

　스피커에서 흘러나오는 장중하고도 경쾌한 노랫소리는 미포만을 뒤덮었다. 단결 투쟁, 기치도 선명한 미포중공업 노조의 깃발이 해양 2야드의 900톤 골리앗크레인을 뒤로 하며 힘차게 휘날렸다. 그는 까치발도 모자라 체면불구하고 제자리뜀을 하며 대오를 확인했다. 집행부의 추산은 크게 과장이 아니었다. 어림잡아도 5천은 넘을 것 같았다. 자신감을 가져볼 만한 숫자였다. 전체 조합원 2만 2천명에 비하면 참석률이 낮았지만 최근의 노조상황에 비춰보면 결코 적은 인원이 아니었다. 그의 마음 한편에도 2천 대오만 있으면 못할 것이 없다는 확신이 있었다.

'노동의 심장 엔진사업부'

그의 부서를 알리는 깃발이 멀리서 다가오고 있었다. 그의 심장이 300톤 무게의 선박용 엔진보다 더 큰 울림으로 박동하기 시작했다. 푸른 작업복의 왼쪽 심장 위에 붙은 흰 바탕의 십자 안전마크, 은색 야광 표식선, 그 아래로 엔진사업부의 명찰들이 그의 곁을 통과하기 시작할 때 그는 자신도 모르게 주먹 굳게 쥐고 오른팔을 흔들고 있었다.

"야! 박상모!"

누군가 그를 불렀다. 한명이 아니었다. 여기저기서 중구난방으로, 또는 여럿의 합창으로 박상모를 불러댔다. 그가 일하던 엔진조립공장 사람들이었다.

"니, 거 서가 뭐 하노? 퍼뜩 일로 들어온나!"

그는 참으로 오랜만에 행복에 겨워 엔진조립부 사람들 속으로 섞여 들었다.

"우째 지냈더노?"

"나야 먹고 늘어진 개팔자지."

"내캉 바꽈뿌까?"

"공짜로는 싫은데. 내 징역 산 콩밥값은 줘야지. 권리금이라는 게 있잖아."

"을매머 되겠노?"

반가운 얼굴들과 왁자지껄 닥치는 대로 인사를 주고받고 악수를 나누는 그를 향해 손바닥을 펼쳐들고 다가온 것은 호근이었다. 마주 펼쳐든 상모의 손바닥이 호근의 손바닥과 힘차게 부딪쳤다.

"어떤기요? 이번에는 뽄때를 보여줘야 안되겠는기요."

그의 후임으로 대의원을 맡은 뒤로 죽을 상을 하고 다니던 호근의 얼굴에 화색이 돌았다.

"갱제를 살리자 카는 기고, 회사가 우짤 수 있는 것도 아인데 파업한다는 기 말이 되나? 대의원!"

제법 시늉을 내며 호통을 치는 그에게 호근은 왼쪽 눈을 찔끔하고 너스레를 떨었다.

"무신 말씀. 이기 국민 알기를 개뿔로 알고 노동자 알기를 홍어좆으로 보는 수작이 아이고 뭔교? 국민이 개뿔이고 노동자가 홍어좆인지 아인지에 대해서 부득불 대답을 해줘야 안되겠십니꺼."

"그러다가 잘못하면 너 명찰 바꾸겠다. 성은 홍, 이름은 어좆으로."

농담을 하면서도 상모의 눈길은 부지런히 윤봉식과 최이현을 찾아 두리번거리고 있었다.

미포프랜지와 목재를 지날 때까지 그는 둘을 찾지 못했다.

"두고 보소. 이번에는 그 이름 차지할 놈 따로 있을 깁니다."

가뜩이나 가는 눈이 감기도록 웃으며 호근은 앞으로 달려갔다.

어느새 대열의 선두는 남목고개를 오르고 있었다.

그가 최이현을 찾은 것은 남목고개를 절반 가까이 올라간 때였다.

"이현아, '앞으로 갓' 형은 어딨어?"

머리띠를 야무지게 둘러맨 최이현이 고개를 좌우로 저었다. 이번에도 나오지 않았다는 것인가, 앞으로 갓 형, 아니 봉식형이. 가슴 한쪽에서 배신감이 밀물처럼 몰려왔다. 누가 뭐라고 해도 믿었던 봉식형이다. 비록 팀장이라는 직책 때문에 어쩔 수 없이 회사의 지시에 따라 움직이고 있다 해도 결정적인 순간엔 우리와 같은 줄에 서리라는 것을 그는 의심해본 적이 없었다. 남목고개를 눈앞에 두고 다리의 힘이 쭉 빠졌다.

"오랜만에 넘어보지요? 이 고개."

이현은 마치 고향 뒷산길이라도 넘어가는 듯이 덤덤하게 물었다. 87년 8월 17일, 10년 전 우리가 어떻게 이 고개를 넘어 공설운동장으로 향했던가. 모르지 않으리라, 이현도 봉식형도. 어깨에 어깨를 걸고 사내자식들이 부끄러운 줄도 모르고 남목고개 이쪽과 저쪽을 꽉채운 푸른 작업복에 감격해서 눈물을 찔끔거리며 넘었던 이 길을 모르지 않으리라. 남목고개를 넘으면서 우리는 다른 세상을 보아버렸고 우리의 인생은 돌이킬 수 없이 달라져버렸지. 세월이 흘렀다, 10년이. 우리의 앞을 산처럼 당당하게 걸어가던 앞으로 갓 봉식형은 없고 나는 그때 봉식형의 나이로 이 고개를 넘는다. 우리 부서의 막내이던 이현과 함께. 그때 내게 가장 큰 소망이 있었다면 흰 새치가 돋을 내 나이 마흔에도 봉식형처럼 의연한 모습을 후배들에게 보여주고 싶다는 것이었다. 내 나이 서른여덟에 다시 남목고개를 넘고 있었다.

"앞으로 갓 형 보긴 했냐?"

"형도 꿈 좀 깨세요. 봉식이형 이미 옛날의 앞으로 갓 형 아닌 거 아직도 몰라요?"

"난 안 믿어."

"나보고 정신차리라고 합디다."

이현의 얼굴은 냉정했다. 이현이 흥분하거나 화를 낸 것보다 그는 더 답답함을 느꼈다. 사람이 정말 그렇게도 달라져버렸단 말인가. 마음만은 언제나 자네와 함께하고 있네. 그가 해고자의 딱지를 붙인 이후에도 봉식은 드물게 그를 찾아왔고 쓸쓸한 눈빛으로 말하곤 했다. 어느새 반백이 되어버린 희끗한 머리, 거칠어지고 주름진 얼굴이 몇 잔 술에 젖어들면 그에게 예의 서글픈 어조로 말했다, 마음은 언제나 자네와 함께 있다고. 그 표정들이 다 연출이고 그 말들이 다 허튼소리였단 말인가. 그는 남목고개 꼭대기에 서서 자신의 고개를 도리질쳤다. 그도 인생 칠십의 절반을 넘게 살았고 미포중공업의 기름밥만 15년을 먹었다. 어떤 사람이 진짜고 아닌지 정도는 구별할 수 있었다. 봉식형은 적어도 눈앞의 자기 이익을 위해 약삭빠르게 처세를 바꾸는 그런 부류의 인간이 아니었다. 이십대 중반, 혈기 넘치는 마음을 잡지 못하고 떠돌다 막다른 심정으로 들어온 엔진조립부에서 그를 잡아주고 다독거려준 것은 봉식형의 지긋한 눈빛이었고 두꺼운 손이었다. 봉식형은 남의 눈치를 살피며 말을 앞세우고 우쭐거리는 그런 사람이 아니었다. 그가 입사한 지 며칠 지나지 않아 프레스공장에서 발생한 사망사고 때의 봉식형의 모습이 아직도 눈에 선했다. 프레스에 끼여 내장을 모두 쏟아내고 뼈와 살이 한장의 어묵으로 눌려나간 동료의 죽음을 놓고 부조를 얼마씩 '분빠이'할 것인지를 두고 점심시간 내내 갑론을박이 계속됐다. 천오백원이냐 이천원이냐. 그때 그의 초봉이 사만원을 넘지 않았고 모두 살기 팍팍한 시절이었다. 점심시간이 끝나가도록 제자리를 맴도는 얘기에 종지부를 찍은 것이 봉식형이었다.

"이천원으로 하입시다. 그래도 죽은 놈보다는 살아 있는 놈이 안 낫나?"

미포만에서 불어오는 바람에 날리는 검은 머리카락을 한손으로 내리덮으며 바다를 향하던 그 무덤덤한 눈빛, 그는 그런 눈빛을 가지고 싶었다.

"나는 앞으로 갓입니다."

그러고는 뒤도 돌아보지 않고 작업장을 향해 태평스럽게 걸어갔다. 상모는 그때 처음으로 '앞으로 갓'이라는 별명을 가진 봉식형의 존재를 알았다. 더이상 얘기를 계속하는 사람은 없었다. 그는 이득과 손해를 따지기 전에 옳고 그름을 가렸고, 대체로 옳은 쪽으로 '앞으로 갓'이었다. 어쩌다 옳은 쪽으로 가지 못할 때도 있었지만 구차스런 변명이나 자기합리화를 위해 옳은 것을 억지로 트집잡아서 흠집을 내는 일은 결코 없었다.

"미안합니다. 나는 오늘 그냥 뒤로 돌아갓입니다."

그 한마디면 다였다. 노조간부였던 사람들 중에는 회사의 직책을 맡고 나서 사람이 완전히 달라지는 경우가 심심찮게 있어왔다. 더러는 아는 놈이 더한다고 내놓고 노조지도부를 헐뜯고 조합원들을 이간질하는 한심한 자들도 있었다. 그러나 결코 그럴 사람이 아닌 봉식형이, 노동으로 살아가는 사람이라면 누구라도 나서서 함께해야 할 싸움, 노조가 옥쇄를 각오하고 내린 전면파업에 복종하는 후배 노동자를 만류하는 현실, 그것이 지금 미포중공업 노조의 현주소였다.

2

가속기를 잡아당길수록 빗방울이 세차게 얼굴을 때렸다. 도로가 막히는 퇴근시간 전에 어린이집까지 가야 했다. 오토바이의 성능을 확인할 겸 서행하는 차량들을 잇달아 추월했다. 다이아몬드호텔을 지나 뒤따르는 차량이 없는 것을 확인하고 슬쩍 브레이크를 밟아보았다. 아스팔트는 젖어 있었지만 아직 얼지 않고 제동력은 이상이 없었다. 다시 가속기를 잡아당겼다.

어린이집에 도착했을 땐 뺨과 손이 완전히 얼었다. 놀이터와 나란히 붙은 어린이집 마당에는 엄마들이 몰고 온 승용차들이 뒤엉켜 먼저 들어온 차들이 빠져나가지 못하고 있었다. 오토바이를 정문 옆에 세우고 걸레를 꺼내 뒷자리를 닦은 다음 비닐을 덮었다. 비는 진눈깨비로 변해가고 있었다. 현관에 있는 인터폰을 들고 7번을 눌렀다.

"노랑 팔반입니다."

다섯살, 작은녀석 또래의 깜찍한 목소리였다.

"노랑 팔반 박한솔 부탁합니다."

"잠깐만요."

박한솔 아빠 오셨어, 하고 부르는 소리가 수화기로 들렸다.

"잠깐만 기다리세요."

비옷을 입히는 엄마, 장화를 신는 아이, 세워둔 차와 현관 사이를 분주하게 오가는 주부들로 신발장이 양쪽으로 늘어서 있는 현관은 평소보다 훨씬 번잡스러웠다. 그는 그 틈바구니에서 아이가 계단을 통해 내려오기를 기다렸다.

십분 가량 지나서야 아이가 계단 모퉁이에 나타났다. 등에는 가방을, 어깨에는 두 손을 모아잡은 검정색 비닐자루를 짊어지고 기우뚱기우뚱 계단을 내려왔다. 평소 같으면 계단 모퉁이에서 눈길을 주었을 녀석이 짐을 메고 내려오는 데만 열중해 있었다. 녀석의 키와 비슷

한 높이의 비닐자루는 부피도 녀석의 몸피보다 세 배는 더 됐다. 짊어
졌다기보다 어깨 뒤로 끌며 한계단 한계단을 내려오는 녀석이 오늘따
라 안쓰러웠다. 저 녀석이 짊어지고 가야 할 세상의 짐을 보는 것 같
아서일까. 왼발을 앞세우고 오른발을 나란히 내려놓으면 비닐자루가
오른발이 머물렀던 윗계단에 뒤뚱 내려앉는 모습을 그는 물끄러미
쳐다보았다. 계단을 다 내려와서야 녀석은 비로소 그에게 눈길을 주
었다.

"아빠, 안녕히 다녀오셨어요?"

다녀오지 않은 지 벌써 1년이 가까웠는데도 녀석의 인사는 언제나
마찬가지다.

"그래, 잘 놀았어? 그런데 이게 뭐야?"

그는 비닐자루 속에 든 것이 이불이라는 것을 모르지 않았다.

"낮잠시간에 실수했어요. 깜빡 잊고 그런 거예요."

녀석은 눈웃음을 치며 생글거렸다. 수줍음을 잘 타는 큰녀석과 달
리 녀석은 영악스러울 만큼 애교를 떨었다. 야단을 칠 수가 없었다.

"깐돌이, 쉬는 어디서 해야지?"

"화장실요. 그런데 깜빡 잊고 실수했어요."

"낮잠 자기 전에 화장실 다녀와야지?"

"네."

비옷을 입히고 단추를 잠근 뒤 모자를 씌웠다.

"지금 비오죠? 아빠, 그렇죠?"

"응."

녀석의 손을 잡고 나오다 마주친 조선사업부 현수의 부인과 인사를
주고받았다. 바로 옆동에 살고 대의원을 같이 해서 예전에는 더러 왕

래가 있었다. 현수가 반장이 되고 나서 노조활동과 담을 쌓은 뒤로는 일부러 서로를 찾는 일이 없었다.

"인사드려야지."

꾸벅, 녀석이 고개를 숙였다.

"안녕하세요."

"한솔이구나. 비오는데 춥겠다. 아줌마랑 같이 차 타고 갈래?"

현수 부인은 녀석의 머리를 쓰다듬었다.

"아줌마 차는 지붕 있어요?"

무슨 말인가 잠시 눈이 똥그래졌던 현수 부인이 빙그레 웃으며 물었다.

"그래 있어. 같이 갈까?"

"괜찮아요. 금방 가는데요, 뭐."

그는 녀석의 손을 잡아끌었다.

현관을 나서자 진눈깨비는 더 굵어져 있었다. 비닐자루를 오토바이 뒤에 묶고 의자에 씌웠던 비닐을 벗겨낸 뒤 아이를 앞에 앉혔다.

"아빠, 우리도 자가용차 있으면 좋겠다."

"다시 해봐, 좋겠어요."

그는 페달에 올렸던 발을 내려놓으며 녀석을 내려다보았다.

"자가용차 있으면 좋겠어요."

"아빠 자가용 여기 있잖아요."

"지붕 없는 차말고 지붕 있는 차 말예요. 지붕 있는 차는 비와도 까딱도 없어요."

"그럴까?"

"정말이에요. 눈와도 까딱없어요."

눈동자를 반짝이며 사뭇 진지하게 말하는 녀석을 바라보며 그는 피식 웃고 말았다.

"그래, 우리도 지붕 있는 차 사자."

"정말이에요? 오늘 사러 가요?"

"나중에."

"며칠 밤 자구요? 두 밤요?"

"아니."

"그럼 세 밤 자구요?"

그는 고개를 저으며 핸들을 잡은 두 손에 힘을 줬다. 골목을 벗어나기 무섭게 진눈깨비가 달려들었다.

"꼭 잡아요."

녀석이 다시 뭐라고 대답했지만 오토바이 소리에 묻혀 들리지 않았다. 녀석에게 승용차를 사겠다고 한 말은 거짓이 아니었다. 애초의 계획으로는 집을 사면서 얻은 융자금 상환이 끝나면 승용차를 한대 살 작정이었다. 5년 만기가 6월이니까 앞으로 넉 달밖에 남지 않았지만, 녀석에게 분명하게 대답할 수 없었다. 그는 지금 해고자의 신세고 복직은 기약이 없었다. 지금까지야 노조에서 월급을 지급해주지만 언제까지 그것만을 믿을 수도 없었고, 노동해서 번 돈이 아닌 노조에서 받은 돈으로 승용차를 굴리고 다닐 배짱이 그에게는 없었다. 한참 실력이 붙어가던 볼링마저 손을 끊은 것도 꼭 돈이 궁해서가 아니었다. 볼링장 앞까지 갔다가도 주머니 속에 든 돈에 묻은 땀방울이 누구의 것이고 노조의 처지가 어떤지에 생각이 미치면 차마 안으로 들어갈 수가 없던 그였다.

미포프랜지 앞의 신호등에서 빨간불에 걸렸다. 퇴근하는 승용차와 오토바이들이 반대 차선을 가득 메우고 있었다. 하늘을 희끗희끗 수놓으며 낙하하던 눈발은 맞은편에 선 버스의 이마에 닿으면서 빗방울로 변했다.

"아빠, 손이 너무 추워요."

"장갑 꼈잖아."

그는 지붕 있는 차 이야기를 하고 싶은 녀석의 손을 당겨 번갈아 감싸쥐었다. 초록불로 바뀌고 앞에 선 버스가 후끈한 매연을 내뿜으며 출발했다. 버스가 미포여고 앞에 정차하는 사이 그는 오토바이를 1차선으로 틀어 앞지르기를 했다. 어느새 퇴근하는 차량들로 주차장이 되어버린 반대 차선과 달리 중공업으로 들어가는 차선은 시원하게 뚫려 있었다. 속도를 낼수록 매섭게 달려드는 진눈깨비와 대결을 하듯 오른손에 힘을 주며 가속레버를 당겼다. 이현에게 넘기게 될 오토바이의 등판력은 만족스러웠다.

속도를 내린 것은 앞에 앉은 녀석이 고개를 뒤로 돌리며 뭐라고 마구 소리쳤기 때문이다.

"왜 그래?"

그는 급하게 브레이크를 잡으며 소리쳤다.

"천천히 가요. 위험하잖아요."

몸을 잔뜩 움츠린 녀석이 있는 힘을 다해 소리쳤다. 고개를 끄덕이며 3단으로 속도를 내리자 앞서가던 차들이 멈춰서기 시작했다. 미포백화점 앞에서 신호대기를 하며 왼쪽에 있는 중공업의 육중한 담장과 그 너머로 지붕을 드러낸 공장을 습관적으로 올려다보았다. 900톤 골리앗을 중심으로 하늘을 향해 도열한 크레인들이 진눈깨비 속에 묵묵히 서 있었다.

"아빠 아빠, 그런데 이상해요."

"뭐가?"

"이 오토바이 아빠 오토바이 아니잖아요?"

녀석은 이제야 지붕 있는 차에 빼앗겼던 관심이 타고 있는 오토바이로 돌아온 모양이었다.

"이건 이현이 아저씨 주려고 아빠가 만든 거야."

"어떻게 만들었어요? 어제처럼, 자전거처럼 막 망가지게 해서 만든 거예요?"

이현의 퇴사소식을 들은 것은 자전거를 조립하던 어제 오후였다.

어제 오후, 버려진 자전거 세 대를 가져다 완전히 풀어헤쳐놓고 있었다. 날이 풀리면 자전거를 만들어주기로 한 큰녀석과의 약속을 지키기 위해서였다. 애초에는 새해 선물로 지난 연말에 만들어주기로 했는데 이번 싸움이 터지면서 초등학교 입학선물로 연기한 것이었다.

버려진 자전거는 얼마든지 있었다. 경비실 옆의 재활용품 수집장 뒤에는 아직도 쓸 만해 보이는 두발, 세발, 네발 자전거며 스쿠터에서 120cc짜리 오토바이까지 즐비하게 버려져 있었다. 그중에는 약간만 손을 보면 새것이나 다름없는 것들이 태반이었다. 중학교 3년 동안 비가 오나 눈이 오나 6km 비포장도로를 낡아빠진 자전거 한대로 등하교를 하며 자전거와 인연을 맺은 그였다. 쇠톱조각 하나와 집게 하나를 연장으로 펑크를 때우고 살갈이까지 직접 해가며 탄 자전거로 3년 개근상을 받은 그였다. 짐칸이 유난히 컸던 그 낡은 자전거를 생각하면 멀쩡하게 내팽개쳐진 자전거들이 아깝기도 하고 눈에 거슬리기도 했다. 큰녀석이 자전거 얘기를 꺼냈을 때 그는 흔쾌히 가게에서 파는 어떤 자전거보다 멋진 자전거를 만들어주겠노라고 약속했다. 우리 아빠는 자전거 직접 만들어준다, 우리 아빠 기술 굉장하지. 녀석은 친구들에게 바로 자랑을 하고 다녔는데 두 달이나 늦고 만 것이다.

몸체가 가장 튼실한 자전거, 바퀴와 제동장치가 새것인 자전거, 뒷거울이며 경음기, 짐바구니 따위의 치장물에 돈을 들인 자전거, 해서 세 대의 자전거를 풀어헤친 다음 쓸 만한 것들만 골라서 한 대의 자전거를 조립해나갔다. 박현강이 찾아온 건 조립중인 자전거를 뒤집어놓고 앞바퀴를 돌려가며 유격을 맞추고 있을 때였다.

"어떻게 내가 여기 있는 줄 알았어?"

"전화를 아무리 해도 받아야죠. 형수님 일하는 가게에 전화했다 아닙니까."

아내의 직장에까지 전화를 했다니, 박현강의 오토바이가 나타날 때부터 심상찮았던 느낌이 더 분명해졌다. 급한 소식은 거의 언제나 나쁜 쪽이었다. 그는 용건을 묻지 않고 박현강의 입을 쳐다보기만 했다.

"이현이 얘기 들었습니까?"

"이현이가 왜?"

방정맞게도 났다 하면 대형이게 마련인 안전사고가 머릿속에 들어찼다.

"형님도 몰랐군요. 그 자식이 사표를 썼답니다."

다행인 것은 사고소식이 아닌 것이었고 놀라운 것은 사표를 썼다는 사실이었다. 결코 사표를 쓰고 물러나거나 도망칠 녀석이 아니었다. 더구나 노조가 최악의 상황에서 배수진을 치고 버티고 있는 지금, 한 명이 아쉽고 절실한 상황을 모를 이현도 아니었다.

"이유는?"

"저도 오늘 오전에야 소문 듣고 엔진공장에 달려가봤더니 미안하다면서 저녁에 보자는 말만 하고 입을 다물어버리데요."

"개도 힘들었겠지. 파업에 끝까지 참여한 게 이백오십명뿐이 더 됐
나. 집행부, 대의원 백오십명 빼고 나면 평조합원은 백명만 마지막까
지 개긴 건데. 이만 이천명 중에 백명, 이현이라고 왜 힘들지 않았겠
어."

최이현은 10년 전, 그와 함께 남목고개를 넘은 이래 지금까지 미포
중공업에서 벌어진 모든 투쟁에 함께했다. 앞으로 갓 윤봉식과 더불
어 엔진조립부에서 트리오로 불리던 그와 이현이었다. 아무리 어려운
싸움도 봉식과 이현이 있었기에 힘들지 않았다. 골리앗투쟁에서 패배
하고 머리를 처박은 채 경찰에 끌려가야 했던 그 치욕과 모멸감에도
무너져내리지 않고 다시 시작할 수 있었던 것은 그들 둘이 있었기 때
문이다. 셋이서 한잔 하고 새치가 희끗희끗한 봉식형과 아직 혈기발
랄한 이현의 양쪽 어깨에 끼여서 노래를 부르며 집으로 돌아올 때면
세상에서 부러운 것도 두려운 것도 없었다.

"노동에 몸바친 청춘 후회는 없다오. 이 내 진정 사랑할 노동자의
길……"

이렇게 가다, 이렇게 살다 죽어도 후회는 없다고 생각했다. 그가 가
장 좋아하는 형이 앞장서고 그가 가장 든든하게 여기는 아우가 뒤를
이어오는 이 길은 그의 인생에서 가장 중요한 의미였다. 봉식형은 팀
장이 된 이후 노조일에 얼굴을 비치지 않고 이제 이현은 사표를 썼다.
떠나겠다는 것이다.

"들어가서 이현이한테 퇴근하는 대로 내가 좀 보잔다고 전해라."

애써 담담하게 말하는 그에게 현강은 한숨을 푹 쉬었다.

"문제는 회사에서 오늘자로 이미 사표처리를 했다는 겁니다."

"뭐야! 언제 사표를 냈는데 벌써 처리를 해?"

"월요일에 접수됐답니다."

"오늘이 수요일인데 이틀 만에 다 끝냈단 말이야?"

"그렇잖아도 번개같이 처리할 것 같아서 인력개발부로 달려갔더니, 개자식들, 퇴직금까지 계산해서 월급통장으로 이미 입금시켰다는 겁니다. 해고 못 시켜서 안달인데 이게 웬 떡이냐, 마음 바뀌기 전에 해치우자, 한 거죠."

그는 아무 말도 할 수 없었다.

3

냄비에서는 한참 전부터 된장찌개가 보글보글 끓고 있는데 아무리 찾아도 마늘은 보이지 않았다. 아래위 씽크대 문을 차례로 열어본 그는 냉장고 문을 열어 야채칸을 다시 뒤지기 시작했다. 속이 보이지 않는 수많은 검정 비닐봉지를 하나하나 풀어가며 확인하던 그는 찾던 마늘 대신 짓물러 썩고 있는 콩나물과 사과, 말라비틀어진 파 봉지만 골라냈다. 콩나물은 한달 전에 다녀간 어머니가 차를 몇번이나 갈아타는 먼길을 들고 온 것이었다. 그는 울컥 짜증이 났다.

"이 여자가 살림을 도대체 어떻게 하는 거야."

냉장실 문을 쾅 소리가 나게 닫고 냉동실 문을 열어보았다. 도대체 뭐가 뭔지 알 수 없는 것들이 봉지봉지 그릇그릇 담겨서 가득 차 있기는 냉장실보다 더했다. 많고 적은 돼지고기만 봉지로 네 개였고 먹다 남은 피자 조각, 해를 넘긴 메밀가루, 언제 넣어뒀는지 알 수도 없는 시루떡, 모조리 꺼내기는 했는데 어떻게 정리를 해야 할지 가늠이 되지 않아 이 구석 저 구석으로 위치를 옮겨놓다가 시간을 다 보냈다.

벽시계는 벌써 여섯시 사십오분을 가리켰다. 아내는 들어와야 할 시간을 훨씬 넘기고 있었다. 냉장고를 정리하는 사이에 된장찌개는 잔뜩 졸아들어 있었다. 마늘을 포기하고 다듬어놓은 고추와 잔파만 썰어넣은 뒤 간을 보던 그는 화들짝 놀라며 입속에 들어갔던 숟가락을 내던졌다. 뜨거워질 대로 뜨거워진 된장국물에 덴 입천장과 입술이 얼얼했고 그는 화가 났다.

"도대체 뭐 하는 여자야!"

마늘 한가지도 제대로 건사하지 않는 아내를 향해 치솟는 신경질을 참을 수가 없었다.

"아빠, 왜 그래요?"

식탁에 앉아 있던 작은녀석이 토끼눈을 하고 물었다.

"아냐, 아무것도."

녀석을 쳐다보는 그의 눈길은 결코 곱지 않았다.

"아빠가 뭐라고 화냈잖아요?"

녀석이 따지고 들었다. 이번에는 아이에게 짜증을 내고 있는 자신을 깨닫고 그는 고개를 가로저었다. 녀석은 놀랐던 것이다. 녀석을 놀라게 한 것은 숟가락을 내던지고 자리에 있지도 않은 아내를 향해 소리를 지른 자신이었다.

"아냐, 아냐……"

그는 물기가 남은 손으로 녀석의 머리를 쓰다듬었다.

"깐돌이는 뭐 해요?"

"한글공부요. 형아가 나 줬어요."

녀석은 다시 형의 한글책과 공책이 나란히 펼쳐져 있는 식탁 위로 상체를 굽혔다.

큰녀석은 아직 피아노학원에서 돌아오지 않았다. 그가 바람을 잡아서 보낸 유일한 학원이었다. 혼자서 칠 수 있으면 피아노를 사주겠다는 약속을 한 것도 그였다. 녀석의 세대는 피아노를 칠 줄 아는 노동자, 피아노를 칠 수 있는 노동자의 세대가 되기를 그는 소망했다. 노동자가 글을 쓰고 인생의 가장 진지한 고민을 담은 시를 읽어내는 세대, 그것이 녀석들의 세대가 되기를 소망했다. 공장에서 돌아온 아들이 피아노를 치고 그 피아노 소리에 맞추어 노래부르는 손주들을 물끄러미 지켜보는 할아버지가 되고 싶었다.

집안일은 집안일대로 고스란히 떠맡고 오후에는 옷가게에 나가 미싱을 타는 아내에게 화를 내고 아무 잘못도 없는 아이에게 짜증을 내고 있는 자신이 너무 싫었다. 형의 한글공부 책을 식탁 위에 펼쳐놓고 연필을 따라 온몸을 움직여가며 쓰기를 하고 있는 작은녀석을 물끄러미 쳐다보던 그는 가슴이 아렸다. 나가서 맞고 오는 적은 있어도 때리고 오는 적이 없는 형과 달리 다부지고 맹랑하기 그지없는 녀석이다. 가르쳐준 적이 없는데도 녀석의 한글실력은 형과 비슷하다. 두 녀석 중에서 큰애가 아무래도 자기와 더 닮은 것 같다는 생각을 했다.

벽시계가 일곱시로 다가갔지만 아내도, 아내보다 먼저 왔어야 할 큰녀석도 돌아오지 않았다. 그가 더 기다리지 못하고 작은녀석의 밥그릇에 밥을 푸기 시작했을 때 현관문 따는 소리가 들렸다. 아내였다.

"미안해요. 늦었죠?"

그렇게 말하는 아내는 별로 미안한 기색이 없었다. 비위가 거슬린 그는 조금 전에 확인한 벽시계와 아내를 차례로 쳐다보며 되물었다.

"마늘은 어디다 뒀어?"

"베란다에 내놨잖아요. 그것도 못 찾아요?"

"그걸 내가 어떻게 알아. 먹기 싫으면 남이라도 먹게 나눠주든지, 콩나물을 왜 썩혀 버려?"

"당신이 하면 안돼요? 내가 놀아요?"

"나는 놀아?"

아내는 뭔가 대꾸를 하려다 말고 입을 다물었다. 그의 만류를 뿌리치고 아르바이트를 시작한 다음부터 집안일이 그에게 자주 떠넘어왔고 사소하게 부딪치는 일이 잦아졌다. 그가 또 무슨 일을 당할지 모르는데 아무 준비도 없이 멍청하게 집에 앉아서 노조에서 주는 월급봉투만 쳐다보고 있을 수 없다며 시작한 부업이었다. 오후시간에 미포백화점의 의류매장에서 바짓단을 박아주는 일을 하는 아내는 애초의 다짐과는 달리 작은녀석을 제시간에 데려오지 못하기 일쑤였고, 덩달아 큰녀석도 저녁때까지 집밖에서 맴돌았다. 내가 나가지 말랬잖아, 그는 그 말을 억지로 참으며 현관으로 향했다.

"박한솔, 아빠한테 인사해야지."

아내의 건조한 목소리와 함께 녀석이 달려왔다. 신발끈을 매고 있는 그의 목에 매달린 녀석은 양쪽 뺨에 뽀뽀 입맞춤을 했다.

"일찍 들어오세요, 아빠."

현관 앞의 오토바이 잔해들은 김씨가 모두 치웠는지 깨끗했다. 우산을 펼쳐들고 걷기 시작했다. 진눈깨비는 여전했고 어둠은 아파트 숲으로 내려앉고 있었다.

전하식당으로 가는 그의 발걸음은 한없이 무거웠다. 말 그대로의 송별회. 남은 일은 혈육보다 가깝다고 믿었던 녀석을 떠나보내는 것뿐이었다.

"너 어떻게 미친짓도 이런 미친짓을 했냐?"

어제 저녁 최이현을 만난 그는 그렇게밖에 물을 수 없었다.

"예, 미쳤어요. 형한테는 미안해요."

최이현은 나지막이 한숨을 몰아쉬었다.

"인력개발부에 축제 났겠다. 하필 이럴 때 그 자식들 잔치 벌여줄 건 또 뭐냐?"

"미쳤다고 했잖아요. 왜 우리만 이 짓을 하고 싸워야 하죠? 이만 이천명 중에 이만 천칠백오십명이 가만히 팔짱끼고 앉았는데, 가만있기만 했나요? 형도 봤잖아요, 쇠사슬을 걸머진 조합간부들을 뚫고 어떻게 공장에 들어갔는지. 자기만 잘살겠다고, 성과급 타서 아반떼에서 쏘나타로 바꾸겠다고 설치는데 우린 뭐죠?"

외로웠던 것이다. 말을 아끼던 녀석이 마구잡이로 쏟아내기 시작했다. 감정이 에스컬레이터를 타고 있었다.

"우리가 누구를 위해서 싸웠니?"

"우리 자신을 위해서 싸웠다고요? 나 자신을 위해서?"

녀석은 허탈하게 웃었다.

"이젠 그만 나 자신을 위하려고요."

"우리가 이렇게 물러서려고 오늘까지 온 거냐? 지금 외롭고 힘들어도 참았어야지. 우리가 언제 외롭고 힘들지 않은 적이 있었니. 팔십칠년, 그전에 우리가 사람이었냐. 그래도 오늘까지 같이 왔고 십년 전보다는 낫잖아?"

"형은 그렇게 생각하세요? 십년 전보다 뭐가 나아졌죠? 임금요? 올랐죠. 그게 답니까?"

"임금만을 말하는 게 아냐. 나는 우리 아버지 임종을 보지 못했다. 위독하다는 전보용지 들고 사무실로 달려갔더니 '치료는 의사가 하지 니가 하느냐, 니가 지금 일 안하고 간다고 낫냐'고 보내주지 않더라. 십삼년 전 일이야. 지금은 그런 일을 상상도 못하겠지."

"그것도 나아졌네요. 그게 단가요? 그때 형님은 아버님께 가지 못했지만 닭똥같이 흘릴 눈물은 있었겠죠. 그러나 지금 새끼들은 경쟁에서 밀릴까봐 알아서 기고, 얼마 까질까부터 계산할 겁니다. 우리가 외롭고 힘들게 싸운 것이 한두 번이 아니지만 그래도 옛날에는 미안해할 줄 알았어요. 우리를 골리앗에서 끌려내려오게 만든 배신자들도 부끄러워서 우릴 피해다녔잖아요. 지금은 뭡니까. 양심도 없어요. 지네들끼리 성과급 받아서 신정연휴 즐기고 와서 뺀들거리고 다니는데 내가 피해다녀야 합니다. 인간이 나아져야 나아졌다고 말할 수 있는 거 아닙니까? 우릴 타넘고 가던 그 얼굴들 생각하면 소름이 끼칩니다."

이미 몇잔의 술에 그의 감정도 넘치고 있었다.

96년 12월 30일, 그날의 치욕과 참담함은 오래 잊지 못할 것이다.

파업 첫날의 5천 대오는 다음날 그 절반으로 떨어졌다. 또 그 다음날은 거기서 다시 절반이 줄어들었다. 사흘, 나흘이 지났을 때 파업에 참여하고 있는 인원은 250명도 되지 않았다. 집행부 50명, 대의원 211명 가운데 80여명, 소위원과 전문위원 평조합원 합해서 100명이었다. 민주노총과 미포그룹 노조총연합은 물론이고 그동안 미포노조가 어용이라고 거들떠보지도 않던 한국노총 산하의 노조들마저 속속 파업에 돌입하고 생산의 도시, 노동자의 도시답게 이 지역의 파업대열은 전국의 투쟁을 주도하고 있는 상황이었다. 미포자동차 노조는 2만이 넘는 파업대오를 일사불란하게 유지했다. '투쟁도 생산도 민주노총 지침대로'를 외치는 지도부에 대한 자동차 조합원들의 대답은 분명했다. '휴식도 식사도 민주노총 지침대로'였다. 민주노총과 한국노총의 지역본부가 공동주최한 태화강 둔치 집회에는 미포중공업 조합원들로부터 '바보 쪼다' 취급을 받아온 한국노총 산하의 중소기업 노조 한 곳의 인원이 미포중공업 작업복보다 많았다. 미포중공업의 조합간부들은 이름표를 감추고 싶었고 민주노총과 미포중공업 노조의 지침에 따른 100명도 안되는 평조합원들은 회사측의 보복이 두려워서가 아니라 남보기 창피스러워서 집회에 못 나갈 지경이었다.

회사측은 임원에서 조장, 반장을 맡고 있는 조합원까지 총동원해서 파업참가를 저지했고 조합은 속수무책이었다. 회사측의 가장 직접적인 무기는 임박한 연말 성과급이었다. 200퍼센트, 줄잡아 이백만원이었다. 쓸 만한 엑쎈트 한대 값이었다. 임원들은 파업참가자에게는 주지 않겠다고 협박했고 팀장은 앞으로 잔업 없다며 위협했다. 조장, 반장들은 나서는 놈만 다친다며 왜 남좋은 일 시키자고 내 손해 보느냐고 을러댔다. 노동조합과 노동자의 미래가 걸린 문제라며 파업참여를 호소하는 조합의 호소는 대답없는 메아리였다.

민주노총 전면 총파업 계속! 700개 노조 21만명 참여!
미포중공업 노조 투쟁지침, 무기한 전면파업!

노조의 긴급속보는 연일 총파업 지침을 알리고 위원장은 조합원에게 드리는 호소문을 발표했지만 야드의 망치소리 그치지 않았고 도크의 용접불꽃은 사그라들지 않았으며 크레인은 멈춰서지 않았다. 펄럭이는 것은 조합 2층 난간에 내걸린 총파업의 깃발뿐이었고 소리치며 몸부림치는 것은 미포만의 성난 겨울파도뿐이었다.

100명밖에 따라주지 않는 투쟁지침을 바라보며 간부들은 이를 악물었지만 이어지는 것은 깊은 한숨이었다. 아무도 어떤 말도 하지 않는 노조사무실에 소리없는 파도로 넘실거리는 것은 분노였다. 가슴 저 밑바닥에서 자꾸만 끓어오르는 분노를 삭이고 되삭이고 있는 간부들에게 불을 지른 것은 특수선 사업부의 대의원 고길남이었다.

노조사무실 입구의 난간에 서서 핏발선 눈동자로 현장을 내려다보던 고길남은 목구멍까지 차오른 울분을 억누르지 못하고 거친 숨을 몰아쉬며 출입문을 걷어찼다.

"야 이 새끼들아, 이게 총파업이야? 사기치지 말고 걷어치워!"

고길남은 편집실을 향해 손에 쥐고 있던 투쟁속보를 집어던졌다. 충혈된 눈동자로 허공을 응시하고 있던, 밤새워 총파업 투쟁속보를 만든 편집위원들은 고개를 돌려 외면했다. 정말 누구보다 먼저 집어치우고 싶은 사람들이 바로 그들이었다.

"총파업, 총파업, 우리는 거품을 물면서 죽어라고 싸우고 조합원새끼들은 죽어라고 일만 하는 놈의 노조가 무슨 필요가 있어? 싸우는 놈들 구렁텅이로 몰아넣고 자기 배때기만 채우겠다는 새끼들 보는 앞에서 노조 간판 불싸질러버리고 다 걷어치우자고."

고길남은 출입문으로 달려갔다. 누가 말릴 틈도 없었다. 노조 간판의 아래를 집어든 그는 정말 떼어낼 기세였다.

"그 손 놔!"

남부위원장이었다. 세 번의 해고, 그중 두 번은 징역살이와 함께 겪은 그였다.

"그 손 못 놔!"

"못 놔요."

대답하는 고길남의 눈망울에 물기가 그렁그렁했다.

"놔라."

남부위원장은 낮게 읊조리고 아랫입술을 사려물었다.

"그거 니 거 아냐."

"이 잘난 간판, 저 개새끼들 위해서 또 감방 가려구요?"

"억울하면 너도 가서 일해."

"와아, 이거 미쳐버리겠네. 씨발."

고길남이 집어던진 건 노조의 간판이 아니라 유인물이 널려 있는 간이책상이었다.

그날 저녁 노조 비상대책회의는 다음날 아침 정문통제를 결정했다.

사업부별로 출입문이 배당되었다. 상모는 민주노총 지역본부 사무실에서 그 소식을 듣고 아차 싶었다. 분명한 악수였다. 그 이유가 어디에 있든지 출근하는 조합원들을 강제로 막아서 투쟁에 동참시킬 수 있을까? 그러나 이미 내려진 결정이었다.

96년을 하루 남겨둔 12월 30일. 새벽 여섯시, 아직 동트지 않은 미포만은 어둠에 잠겨 있었다. 정문으로 향하는 상모의 가슴은 스산했다. 시업시간이 아직 두 시간이나 남았는데도 드문드문 출근자들이 어둠속에서 모습을 드러냈다. 2, 3년 전만 해도 상상할 수 없는 장면이었다. 노조의 영향력이 약화되고 회사의 현장통제가 강화되면서 슬금슬금 당겨지기 시작한 출근시간은 이제 새벽 다섯시 출근자까지 낳고 있었다.

출근자들이 꼬리를 물기 시작하고 어둠이 약간 걷힐 무렵 노조사무실에서 밤을 지새운 간부들과 파업조합원들이 정문을 묶을 쇠사슬을 어깨에 메고 나왔다. 최이현도 그 속에 있었다. 먼저 대기하고 있던 훨씬 많은 숫자의 관리자, 경비들과 몸싸움이 벌어졌다.

"그렇게 회사에 빌붙는다고 회사가 당신들 영원히 책임져줄 줄 알아?"

"내 걱정 하지 말고 자네들 걱정이나 해."

밀고 밀리며 욕설이 오갔다. 간부들과 파업조합원들은 한명에 두셋씩 달라붙는 관리자들을 이겨내지 못했고 정문을 걸어잠그는 데 실패했다. 중과부적이었다. 노조간부와 관리자들이 뒤엉킨 몸싸움은 정문 앞 광장을 지나는 차도 한가운데까지 아수라장을 이루었지만 줄을 잇는 출근자들의 눈빛은 무덤덤하기만 했다. 상모는 조합원들을 쳐다보는 최이현의 절망적인 눈빛을 보았다.

가장 먼저 콘크리트 바닥에 드러누운 것도 최이현이었다. 이현은 막아서는 관리자들을 단호하게 뿌리치며 정문 가운데로 뚫고 들어가서 드러누웠다. 경비와 관리자, 직책자가 달려들어 그를 면회실 구석으로 들어냈다. 그는 오뚝이처럼 다시 일어나 정문 가운데로 헤치고 들어갔고 경비와 관리자들은 다시 그를 들어냈다. 똑같은 장면이 몇번 더 되풀이되었다. 이현은 막아서는 관리자를 뚫어지게 노려보았을 뿐 입을 굳게 다물고 있었다.

"노조도 권리도 없이 노예처럼 일했던 옛날로 되돌아가지 않으려면 파업에 참가해주십시오."

"노동조합이 있어야 된다고 생각하는 사람들은 오늘 하루만이라도 파업에 참가해주십시오."

조합간부들은 관리자들과 실랑이를 벌이면서 무표정하게 바라보는 조합원들을 향해 외쳤지만 이현의 닫힌 입은 결코 열리지 않았다. 들려나오고 드러눕기를 되풀이하는 녀석을 보며 상모는 가슴 한쪽이 서늘했다. 녀석의 불타는 눈빛은 빙글거리는 관리자들을 잠시 주춤하게 만들 만큼 강렬했지만 녀석은 관리자와 싸우고 있는 것이 아니었다. 귀찮은 호객꾼을 떼어내듯 경비와 관리자들을 뿌리치는 녀석의 시선은 관리자들의 어깨너머를 향하고 있었다.

"파업참가가 정 힘들면 오늘 하루 월차라도 내주십시오."

간부들의 외침에는 더이상 미포중공업 노조의 자부심이 남아 있지 않았다.

"출근해! 출근하란 말이야!"

표정을 드러내지 않은 채 걸음을 멈추고 간부들의 몸부림을 지켜보던 조합원들은 그 한마디에 우르르 정문 안으로 몰려들어갔다. 간부들은 이현이 드러누운 옆으로 가 차례로 드러누웠다.

"출근하려면 우릴 짓밟고 넘어가세요!"

상모도 함께 정문을 가로막고 누웠다. 잠시 출근하는 조합원들이 동요했다. 관리자들도 한꺼번에 간부들을 다 들어낼 수는 없었다. 그러나 따로 대기하고 있던 경비들이 달려오고 더러는 들려나가고 더러는 두 다리나 두 팔을 잡힌 채 끌려나갔다.

"출근해! 출근!"

관리자들이 소리쳤고 조합원들은 간부들이 드러누운 틈새로 발걸음을 재게 놀렸다. 상모는 얼굴 옆으로, 다리를 타넘으며 출근하는 조합원들의 무수한 발을 보았다. 몇사람 옆에 누운 이현을 보려고 고개를 돌렸지만 곡예를 하듯 꼬리를 물고 간부들의 틈새로 지나가는 잔인한 오토바이 바퀴만 보였다.

상모는 콘크리트 바닥에 반듯이 누워 하늘을 쳐다보았다. 이미 미포만에는 붉은 아침해가 떠오르고 있었다. 두 눈가로 눈물을 뿌린 것은 상모만이 아니었다. 내 눈에 흙이 들어가기 전에 노조는 안된다는 왕회장이 시퍼렇게 두 눈을 뜨고 있는 앞에서 노조를 만들고, 10년의 세월 동안 산전수전 다 겪어온 미포중공업 노조간부들의 두 눈에는 한결같이 뜨거운 눈물이 흘러내리고 있었다.

상처가 너무 컸다.

그렇게 96년이 저물었다.

12월 31일, 연말이 왔고 신정연휴가 시작되었다. 회사의 협박대로 파업참가자들에게는 성과급이 지급되지 않았다. 하루 참가자는 50퍼센트, 이틀 참가자는 100퍼센트, 나흘 참가자는 200퍼센트 몽땅. 전국적인 총파업에도 불구하고 의연히 작업을 계속하면서 '차질없는 생산현장, 파업 진정기미'의 단골 화면을 제공했던 동료들이 이백만원의 성과급을 받아 연휴에 들어갈 때, 컵라면을 먹어가면서 끝까지 파업지침을 따랐던 조합원의 빈손에 회사측이 쥐여준 것은 고소고발장이었다.

지난밤 이현이 2차로 간 포장마차에서 했던 말이 떠올랐다.

"살고 싶어서, 자살이라도 할까봐 떠납니다. 저 뻰들뻰들한 조합원들을 보고 있으면 하루에도 몇번씩 그런 충동에 휩싸입니다. 우리가 집 없는 노예에서 집 가진 노예가 되자고 싸웠나요? 아니면 차 없는 노예에서 자가용 가진 노예가 되기 위해서 싸웠나요? 도대체 무엇 때문에 골리앗에서 목숨을 걸고 싸운 겁니까. 저 빤빤한 인간들의 무엇을 위해 우리는 또 온갖 조바심을 치며 싸워야 하나요? 이젠 그만두기로 했습니다. 그만 하기로 했단 말입니다. 이제 우리도 잇속 챙기면서

하고 싶은 대로 하면서 삽시다. 필요하면 자기들이 하겠지요."

희망이 높았던 만큼 사람에 대한 이현의 절망은 깊었다.

"그래, 너의 말대로 우리의 희망은 이십사평짜리 아파트에 있지 않았어. 그렇다고 그것이 아반떼에 있겠어? 쏘나타에 있겠어? 그것으로 행복해질 수만 있다면 너는 사표를 쓰지도 않았을 테고 나도 아무 말 안했을 거야. 우리가 여기서 포기하고 주저앉는다면, 우리가 어디로 물러선다고 해도 그곳에는 많이 가진 자 오만하고, 조금 더 가져보려는 자 비열하고, 그도저도 아닌 자 더 비참할 뿐이야. 왜 물러서려고 해?"

"형, 이러지 마. 분신자살이라도 하는 걸 보고 싶은 거야?"

"………"

그는 취한 눈길로 이현을 건너다보았다.

"말이라고 다 하는 게 아냐."

이현의 잔을 채우며 했던 그 말 다음부터 어떻게 취했는지 기억이 나지 않았다.

만세대 돌아가는 길목의 전하식당 간판이 진눈깨비 속에 흐릿하게 드러났다. 상모는 혓바닥으로 입천장을 더듬어보았다. 덴 곳이 헐어서 너덜거렸고 그는 자꾸만 뒤돌아서 도망치고 싶었다.

4

수많은 사람들을 떠나보냈다. 송별회도 손가락으로 헤아릴 수 없을 만큼 치렀지만 오늘처럼 쓰라리기는 처음이었다. 이미 돌이킬 수 없는 이별 앞에서 푸짐하게 마련인 의례적인 미래에 대한 덕담도, 지나간 시간의 갈피 속에 쌓인 추억에 대한 공동 미화작업도 없었다. 자리를 옮겨가며 술을 권하는 사람 역시 없었다. 자기 앞의 잔을 비우고 묵묵히 가까운 자리의 빈 잔을 채웠다.

족히 소주 한상자가 빌 때까지 그 무거운 분위기는 계속됐다.

송별회에 참석한 사람은 스무 명이 넘었다. 90년 이후에 입사한 세 명을 제외하고는 모두 골리앗에 올라갔거나 골리앗을 사수하기 위해 함께 싸웠던, 결코 남 같지 않은 얼굴들이었다.

구속된 간부들의 재판 방청을 갔던 위원장이 연행돼서 구속당했던 90년, 그때도 늦겨울 추위가 기승을 부리던 2월 하순이었다. 변절의 기미가 보이지 않으면 반년을 그냥 놓아두는 법이 없는 회사와 정부였고 노조는 부위원장들을 지도부로 하는 비상대책위원회를 구성하여 위원장 석방과 노조사수 투쟁에 나섰다. 호락호락 물러서거나 위원장을 도로 내놓을 회사와 정부가 아니었고 시간이 지날수록 조여오는 구속과 해고, 테러의 위협 앞에서 비상대책위원회 위원장은 사퇴를 선언했고 부위원장들의 일부는 회사의 품으로 앞다투어 달려갔다. 왕회장이 그토록 갈망했던, 노조의 지도부가 한꺼번에 무너지는 순간이었다. 그때 스스로 노조와 운명을 함께하기를 결심하고 조합사무실 앞으로 모여든 열혈남아들은 누구의 지시 때문도, 그 어떤 강요 때문도 아니었다. 이유가 있다면 단 하나 87년 남목고개를 넘으며 보았던, 그 아름다웠던 새로운 세상의 꿈이 노조와 함께 무너지는 것을 받아들일 수 없기 때문이었다.

상모는 이현을 쳐다보며 90년, 텐트를 들고 집으로 찾아와 자신에게 상급자처럼 명령하던 녀석의 모습을 떠올렸다.

"형, 갑시다."

"어딜?"

"비대위 부위원장들 정모, 진모, 양모 다 내뺐답니다. 지도부에 이갑범 사무장 혼자 버티고 있다는데 우리가 가서 지켜야지요."

그렇게 따라나서서 봉식형의 집으로 갔고, 거기서도 녀석은 징집영장 집행관처럼 명령했다.

"형님, 지금 바로 앞으로 갓 좀 해야 되겠습니다."

그들 셋이 노조사무실 앞에 가장 먼저 텐트를 쳤고, 그날 밤에 200개의 텐트가 노조사무실 앞에 바리케이드처럼 들어찼다.

경찰진입이 임박한 이틀 뒤 노조사수결사대 60명을 선발했을 때도 주저없이 팔을 올리는 녀석을 따라 상모도 손을 들었다.

82미터 상공의 골리앗크레인으로 결사대를 이끌고 올라갔던, 그와 함께라면 불속에라도 뛰어들고 싶게 자랑스럽고 믿음직했던 이갑범 사무장은 맨 구석 자리에 팔짱을 끼고 앉아 있었다. 지금은 다시 해고자의 신세인 그는 아까부터 눈을 반쯤 아래로 내리깔고 있었다.

나지막이 노래를 시작한 것은 골리앗 시절 풍물패였던 조선사업부의 선욱이었다.

"저기 떠나가는 배 거친 바다 외로이 겨울비에 젖은 돛에 가득 찬 바람을 안고서……"

처연한 가락이었다.

"언제 우리 다시 만날까 꾸밈없이 꾸밈없이 홀로 떠나가는 배 바람소리 파도소리 어둠에 젖어서 밀려올 뿐……"

골리앗 위에서 배고픔과 외로움과 분노 속에서 보내야 했던 보름간의 낮과 밤들, 밤이 오면 해풍을 실어보내는 바다는 칠흑 속에 묻히고 누구나 낮 동안 감추었던 표정을 풀어놓았다. 그 어느날 밤 캄캄한 골리앗 위에서 울려퍼지기 시작했던 「떠나가는 배」, 그 노래의 주인공이 선욱이었다. 골리앗투쟁 이후에 입사한 셋과 야전지도부로 아래에 남았던 몇을 빼고 송별회에 모인 사람 모두 82미터 상공의 크레인 위에서 울며 불러본 적이 있는 노래였다.

"야, 야, 그만 하자, 그만 해."

상모 옆에 앉은 박현강은 노랫소리를 뿌리치듯 잔을 비우고 마주앉은 이현에게 빈 잔을 건넸다.

"속이 후련하나?"

이현은 짧고 애매한 웃음을 지어 보일 뿐이었다.

"쓰리겠지. 어젯밤에 그만큼 퍼마셨으니까."

상모는 물끄러미 이현을 쳐다보았다. 이제 저 녀석은 어떤 희망을 품고 무엇으로 먹고 살며 누구와 함께 인생을 살아가게 될까. 순간 그는 비로소, 비로소 녀석의 내일을 걱정하고 있는 자신을 소스라치게 발견했다. 어제 처음 녀석의 사표 소식을 듣고, 같이 기억이 끊기도록 폭음을 하고, 종일 녀석에게 줄 오토바이를 조립하면서도 그가 염려했던 것은 자신과 노조였을 뿐 녀석이 아니었던 것이다. 그의 마음이 머문 곳은, 힘과 위로가 되어주던 든든한 아우가 자신의 곁에서 떠나버린다는 사실과 한 사람이 아쉬운 노조의 실정이었다. 그러면서 그는 자신과 단 한마디의 상의도 없이 사표를 쓰고 이 도시를 떠날 준비까지 모두 끝내버린 녀석에게 서운함을 떨쳐버릴 수 없었다. 이현을 바라보고 있던 그의 눈길이 아래로 툭 떨어졌다. 혀끝에는 여전히 된장찌개에 덴 입천장의 살갗이 너덜거렸다.

상모는 잔을 비우고 스스로 채웠다.

선욱의 노래가 끝나기를 기다리던 주인아주머니가 홀 중앙에 놓인 대형 텔레비전을 켰다. 첫소식부터 전국의 파업상황이었다. 화면은 삭발한 한국노총 박인상 위원장이 명동성당에서 철야농성중인 민주노총의 권영길 위원장을 찾아와 악수를 나누고 두 손을 함께 치켜드는 모습을 부각시켰다. 여론이 정권에 등을 돌린 것을 확인시켜주듯이 뉴스의 진행자는 '긴급처리' 했다던 노동법과 안기부법을 '날치기'한 것으로 바꾸어 말하고 있었다. 단호한 사법처리만을 되풀이하던 정부는 인내를 가지고 대화를 통해 원만한 수습을 모색하겠다며 뒷걸음질을 했다.

"누가 영삼이 지보고 수습하라고 했나. 물러나라고 했지."

"영삼이 똥고집도 소용없구먼."

평조합원으로 이현을 따르며 함께 행동해온 막내녀석들 둘이 주고받는 말을 가장 연장자인 해양사업부의 장학섭이 받았다.

"영삼이도 이제 완전히 간 거야. 박정희가 YH 깔아뭉개고 어떻게 됐는지 가장 잘 알 놈이 제정신 가지고 지금 우리에게 이 지랄 할 수 있겠나?"

"이게 바로 옛날에 김영삼이 야당 할 때 잘하던 말, 말기적 증상 아닙니까?"

박현강이 한마디 거들었고 장학섭의 목소리가 더 높아졌다.

"우리가 물러나라고 한 놈 치고 뒤끝 좋은 놈 있었나. 이승만이 바다 건너 쫓겨갔지, 박정희 총맞아 뒈졌지, 전두환이 노태우 깜방 가 있지. 영삼이도 불쌍하게 됐다."

"이 자리에 김영삼이 찍어준 사람 딱 한 사람밖에 없는 것 같은데요, 형님. 그래도 이번에는 영샘이를 밀어야 된다고 한 사람이 누구였죠?"

현강이 빙그레 웃으며 장학섭을 쳐다보았다.

"니 또 그 말이가. 내 김영삼이 이렇게까지 개판칠 줄은 참말로 몰랐다. 그걸 생각하면 내 이 손가락을 탁 짤라 내삐리야지."

왼손 검지를 내민 장학섭은 오른손을 들어 수도로 자르는 시늉을 했다.

"자르려면 오른 손가락을 잘라야지 왜 죄없는 왼쪽 손가락만 자꾸 자르세요. 형님 왼손잡이도 아닌데."

"그게 그렇게 됐나?"

처음으로 좌중에 웃음이 터졌다. 텔레비전 화면에는 김영삼이 종교계 인사들을 만나고 있었다.

"끝난 게임인데 화끈하게 한수 물리자고 하면 될 걸 가지고, 짜식 뭘 자꾸 엉뚱한 사람 불러서 뜸들이고 있어."

"그래도 개뿔로 본 노동자들한테 항복했단 얘긴 듣기 싫다 이거 아니냐? 곧 죽어도 자존심은 남았다 이거지. 항복하는 놈 처지도 좀 봐줄 줄 알아라."

그러나 눅어지던 분위기는 특수선의 고길남이 던진 한마디로 싸늘하게 식었다.

"이기기야 하겠지. 그렇지만 그게 우리하고 무슨 상관이 있어. 이번 투쟁에서 쥐뿔이나 뭐 미포중공업이 한 게 있어야지."

다시 긴 침묵, 이어지는 것은 깊은 한숨과 신경질적으로 내려놓는 술잔 소리뿐이었다. 이제는 누구도 감정을 감추려 하지 않았고 분위기를 바꿔보려는 시도 역시 하지 않았다.

"씨발, 우짜다가 미포중공업이 요모양 요꼴이 됐노?"

소주잔만 뚫어지게 내려다보던 상모는 고개를 들지 않은 채 후생복지부 일을 맡아보고 있는 한창연의 목소리를 흘려들었다.

"애초부터 무리였어. 자기 밥그릇이 걸린 임단투 때도 집회가 제대로 안된 우리 노조의 형편에 총파업이 가능할 거라고 생각한 것 자체가 착각이었어요. 낮은 수준이라도 전체 조합원이 함께 할 수 있는 방법을 찾았어야 하는 거 아닙니까?"

언제나 대중노선을 강조하는 교육부의 최용구였다. 한 사람의 열 걸음보다 열 사람의 한 걸음, 그 대중노선의 경구를 누구 못지않게 신봉하는 상모였지만 천천히 고개를 저었다. 10년의 세월 동안, 하루도 그칠 날이 없던 회사측의 집요한 압박과 공격에 대응한 노조의 활동은 본능에 가까운 반사작용의 연속이었다. 회사가 여기를 치고 들어오면 모두 달려들어서 여기를 막고 저기를 치고 들어오면 또 저기 달려가서 막아내기에 급급했을 뿐 무엇 하나 제대로 능동적으로 기획하고 실천해볼 기회조차 가질 수 없었다. 10년 동안 집행부가 열 번 바뀌었다. 어느 집행부도 2년의 임기를 채우지 못했다. 민주세력이 집행부를 장악하면 회사측은 1년을 넘기게 놓아둔 적이 없었다.

"역량에 맞게, 조합원의 수준과 조건에 맞게 솔직하게 대응했어야 한다고?"

되묻는 박현강의 음성은 격했다.

"왕년에 잘나가던 때 생각 버려야지요. 명색이 미포중공업인데 준법투쟁이 뭐냐, 쉬운 건 시시해서 못하고 총파업은 역량이 안돼서 개판이고, 그러다가 결국 이 모양이 된 거 아닙니까? 지도부 지침은 총파업, 현장 조합원들 실정은 총작업. 전술을 기획하고, 조합원들을 조직하고 교육해야 할 간부들이 조합원들 대신 날마다 농성장 지키고 집회장 머릿수 채우러 쫓아다니느라고 진이 빠지다 보니까 나오는 것이라고는 조합원 욕뿐인 거 아닙니까?"

총파업투쟁을 누구보다 강력하게 주장하고 전술을 지도했던 박현강의 거친 숨소리가 옆에 앉은 상모에게까지 들렸다. 언제나 씩씩한 그도 누구보다 힘이 들었던 것이다.

"어디처럼 투쟁성금이나 걷고 리본이나 달랑달랑 달아매고, 한 시간 총회로 눈가리고 아옹이나 했어야 한다고? 그것을 몰라서, 알량한 체면 때문에, 터무니없는 자존심 때문에 총파업을 선언했던 거야, 우리가? 진정으로 우리 모두가 나서서 싸워야 할 때 모두가 자기의 조건만을 내세운다면 도대체 뭐가 될 수 있다는 거야? 우리는 노조 간판이나 지키자고 오늘까지 싸워온 것이 결코 아니기 때문에 그럴 수가 없었던 거야. 우리는 단 한 사람의 조합원이 참여한다고 해도, 아니 단한 사람도 참여하지 않았다 해도 파업선언을 했어야 했고, 모든 것을 걸고 싸웠어야 했어. 민주노총이 총파업을 결의했는데 미포중공업 노조는 안한다더라. 그게 전국투쟁에 얼마나 찬물을 끼얹었을지 몰라서 그래? 그것이 우리 노조의 이름이 짊어진 빚이야. 우리가 개망신을 당하고 박살이 나더라도 총파업 지침을 내려야 되는 이유가 거기에 있어. 그것은 우리 노조의 이름을 노동자의 자부심으로 기억하는 전국의 노동자들에 대한 최소한의 예의이고, 그것이 우리 노동자의 대의이고 우리가 양보하지 말아야 할 원칙이기 때문이야. 박을 때 다 같이 박는 집단주의, 그것 없이 무엇으로 우리가 사람 구실 한번 해볼 수 있는 세상을 만들 수 있어?"

"대의, 대의 하는데 현실을 떠난 대의가 무슨 소용입니까? 대의와 원칙이 밥 먹여주는 건 아니잖아요."

우리는 사람들이 가지고 싶어했던 처음의 그 마음을 잊어버렸거나 잃어버렸다니까, 상모는 소리치고 싶었다. 하루하루를 견뎌내는 데 깊숙이 빠져들어서 처음 남목고개를 넘을 때 그 터질 것 같던 감동을 잃어버렸어.

"그래 대의가, 원칙이 밥 먹여준다. 대의고 개나발이고 없이 개 돼지처럼 주는 대로 얻어처먹고 살려고 했으면 노조 같은 건 하지도 않았어. 누구는 기술과 능력이 없어서, 어떻게 하면 주인에게 사랑받는 개새끼가 되는지 몰라서 노조 한 줄 알아. 언제는 조건이 돼서 백이십팔일 파업을 벌였고 조합원 수준에 맞아서 골리앗에 올라갔어? 이거 왜 이래? 미포중공업 노조 십년 동안 간부명찰 달고 대의원 소위원 거쳐가며 활동갑네 한 놈들만 해도 오천명은 돼. 그 새끼들 다 어디 갔어? 교육이 덜 돼서, 뭘 몰라서 파업에 동참 안한 거야? 나 혼자 잘났고, 나 혼자 잘 먹고 잘 살겠다는 개인주의, 그게 우리 노조를 망쳤어! 먹물든 새끼들, 쥐뿔이라도 가지고 있고 챙길 게 있는 새끼들 제 앞가림에나 필요한 개인주의에 물들어서 우린 망한 거야."

"개인주의가 반드시 나쁜 것만도 아니잖아요?"

토를 다는 최용구를 박현강은 싸울 듯이 노려보았다.

"반드시 나쁘지 않으면?"

"남한테 피해를 주지 않는 개인주의는 존중될 필요도 있는 것 아닙니까. 획일적으로 이래야만 된다, 저래야만 된다 하는 것이 통하던 팔십년대도 아니고요."

"반드시 이래야만 될 때는 이래야만 되고 반드시 저래야만 될 때는 저래야 되는 거야. 노동자에게, 남한테 피해를 주지 않는 개인주의가 천하에 어딨어? 이 세상에서 가장 거대한 억압제도와 지배집단을 만들어놓고 그 밑에 학연·지연·혈연·혼맥, 온갖 그물을 드리워서 지네 집단의 이익을 챙기는 새끼들, 집단주의의 화신인 그 새끼들이 주둥이로 떠드는 개인주의? 걔들이 언제 한번 일대일로, 동등한 인간 대 인간으로 우리를 상대해준 적이 있어? 노동자에게 개인주의? 평생 해봐라, 개인별로 종뿐이 더 되나. 우리 조합원들 꼴 봐! 나만 십분 일찍 출근하면 인정받고 진급할 것 같았지? 그러나 이제는 삼십분 한시간 일찍 안 나오면 진급은 고사하고 찍힐까봐 불안해서 못 견디는 거야. 그 잘난 개인주의, 조합원 욕할 것도 없어. 우리 간부들이라도 정말 한뜻으로 한꺼번에 대가리 처박고 싸웠어? 다 잘났어, 전부 다 똑똑해, 옳지 않은 놈 하나도 없어. 집단으로 행동하고 실천으로 검증하는 노동자의 집단주의 원칙 없이 우리가 이 세상에서 단 한번이라도 이길 수 있을 것 같아? 노동자의 행동원칙 제일장 일절마저 까먹고서 시대가 어떻고 세기말이 저떻구, 잔치가 끝났느니 마느니 하는 개수작에 깨춤이나 추고 자빠들졌으면서 탓하긴 누굴 탓하고 바라긴 뭘 바라는 거야?"

박현강은 최용구가 한마디만 대꾸를 하면 주먹을 날릴 기세였다. 다행히 최용구는 굳은 얼굴로 뜻을 짐작할 수 없는 고갯짓을 했다.

현강은 앞에 놓인 잔을 한입에 털어넣고 거칠게 스스로 잔을 채웠다.

뒤늦게 출입문을 들어서던 남부위원장은 식당 안의 험악한 공기에 당혹스러워하며 입맛을 연신 쩝쩝 다셨다.

걷잡을 수 없는 감정의 늪으로 빠져들려는 송별회의 분위기를 추스르고 나선 것은 후생복지부의 한창연이었다.

"씨발 거, 오늘 같은 날 기분좋을 놈이 어딨겠습니까. 후생복지부

맡아서 사고란 사고 다 쫓아다니고 상갓집 개처럼 초상집이라는 초상집은 다 다녔지만 오늘같이 더럽은 송별회는 또 처음입니다. 개걸은 날이지만 떠나는 사람 기분좋게 보냅시다. 그게 송별회의 역사적 사명 아닙니까. 분위기도 분위기인만큼 노래나 한곡 부르고 장사 시작합시다. 희망의 노래, 너의 빈 잔에 술을 따라—라—"

자 좀 신나게 해봅시다, 한창연이 노래 중간에 몇번이나 같은 말을 되풀이했지만 어떤 희망이 있고 무슨 신이 나서 노래가 나올 것인가. 겨우겨우 노래가 끝까지 이어진 것이 요행이었다. 한창연은 이현과의 추억 몇토막을 감상조로 늘어놓고 남부위원장을 일으켜세웠다.

"따지고 보면 별로 대수롭지도 않은 사람 하나, 전직 간부도 아니고 현직 간부는 더더구나 아닌 십년 평조합원 하나 퇴사하는데 노조의 간부들이 이렇게 줄줄이 나오는 거, 이게 바로 우리 노조의 문젭니다. 어쨌든 노조를 대표해서 세발세발부위원장님께서 좋은 말이든지 나쁜 말이든지 한마디 해주십시오."

이번 싸움 들어서 더욱 핼쑥해진 남부위원장이 뿔테안경을 밀어올리며 일어섰다. 작업복만 벗으면 날카로운 학자의 냄새를 풍기는 남부위원장은 어울리지 않게 '씨발'이라는 별명을 가지고 있었다.

골리앗 상공에서 벌어진 보름간의 결사항전을 무너뜨린 것은 온갖 비열한 수법을 다 동원한 회사의 탄압도, 전국의 경찰병력을 총동원하며 미포만을 새카맣게 뒤덮고 하늘에는 헬기를 띄우고 미포 앞바다에 함정을 출동시킨 정권도 아니었다. 회사와 정권의 위세에 겁을 집어먹고 꽁무니를 뺐던 배신자들과 위기를 기회로 이용하려는 기회주의자들이 손을 맞잡고 수습대책위원회를 만들어 회사의 품안에서 노동자의 이름과 노동자의 조직을 팔아넘겼다. '수습'된 골리앗전사들은 참담한 패배감으로 이를 갈며 크레인에서 끌려내려와 경찰서로 잡혀들어갔다. 악에 받쳐 고개를 치켜든 그들에게 쏟아진 것은 곤봉과 주먹과 군홧발이었고, 그래서 숙여진 고개는 텔레비전 화면을 통해 경찰의 승리를 입증하는 증거노릇을 했다. 경찰서 안에서도 그들은 포로 취급을 당했고 남부위원장의 별명은 그때 붙여졌다. 수사관이 고개를 빳빳이 세운 남부위원장의 뺨을 치자 그는 '씨―발!'이라고 했다. 열을 받은 수사관이 다시 뺨을 쳤을 때 그는 또 '씨―발!'이라고 했고 연속적으로 날아오는 손바닥이 멎을 때까지 '씨발!'을 계속해서 얻은 별명이었다. 골리앗 위에서도 내내 조용하기만 하던 그의 여린 몸매 어디에 그런 강단이 숨어 있는지 동료들조차 놀라야 했다. 그의 독기에 질린 수사관이 고개를 설레설레 흔들며 돌아섰을 때 그는 마지막으로 매몰차게 '씨―발!'이라고 씹어뱉었다. 그의 욕설은 골리앗 결사대 모두의 가슴에 담겨 있던 것이기도 했다. 회사와 정권과, 배신자와 기회주의자, 아니 골리앗 아래의 세상 전체를 향하여 그들이 던지고 싶은 단 한마디였으며 절망으로 곤두박질치던 동료들에게 아직 끝난 것이 결코 아니라고 마음을 다잡은 것이 그의 '씨발'이었다.

'씨발'이라는 별명은 사실 그들이 아니라 경찰이 붙인 것이었다. 유치장에 머무는 기간 내내 경찰들은 누구나 그를 부를 때마다 '어이, 씨발' 하며 어이없어하는 웃음을 지어 보였다. 그러나 그렇게 시작되어 굳어버린 '씨발'이라는 별명에는 절망과 미래에 대한 불안 속에서도 진정한 용기가 어떤 것인지를 보여준 그에 대한 동료들의 무뚝뚝한 경의와 골리앗 항전에 대한 은밀한 자부심이 함께 담겨 있었다. 그의 별명은 주변상황에 따라서 분위기에 따라서 '씨발씨발'로 강조되거나 '세발세발'로 완화되었다.

"단 한번도 노조간부를 맡은 적이 없으면서도 노조가 어려운 고비에 처했을 때마다 한번도 얼굴을 나타내지 않은 적이 없었던 우리의 최이현 동지, 지금도 잡을 수만 있다면 두들겨패서라도 잡고 싶은 마음입니다."

남부위원장은 말을 끊고 이현을 한참 동안 쳐다보았다. 하지만 상모와 현강 사이의 허공에 눈길을 고정시킨 이현은 표정이 없었다.

"이 자리에 앉아 있는 여러분의 각별한 마음도 저와 다르지 않겠지요. 육십명의 골리앗 전사들, 그리고 이 자리에 모인 우리들, 최이현이란 이름을 잊지 않을 겁니다. 민주노총 회의에 참석하느라고 이 자리에 나오지 못한 위원장님의 마음 또한 다르지 않을 것입니다. 위원장님의 편지로 집행부의 인사를 대신하겠습니다."

남부위원장은 작업복 윗주머니에서 종이를 꺼내들고 낮게 읽어나갔다.

위원장으로서, 또 한명의 선배로서 우리 노조의 보석 같은 존재, 어떤 간부보다 훌륭했던 평조합원을 이렇게 떠나보내야 하는 마음, 부끄럽고 아픕니다. 송별회에 나와 앉아 있을 동지들의 표정이 어떨지도 눈에 선합니다.

우리 모두가 겪은 오늘의 이 모멸과 외로움을 우리는 영원히 기억해야 합니다. 뼈에 사무치는 골리앗투쟁의 패배를 우리 노조 역사의 일부로 삼았듯이 우리는 이 참담했던 겨울을 미포중공업 노조 역사의 일부로, 우리 인생의 일부로 간직해야 합니다.

그러나 동지들, 우리는 당당해야 합니다. 지금 비록 쓸쓸하고, 87년 항쟁, 128일 파업, 63일 파업, 보름간의 골리앗에서의 결사항거,

눈물 없이는 회상할 수 없는 우리의 자랑스런 역사를 깔아뭉개고 능멸하면서 우리를 비아냥거리는 비웃음소리 들린다 하더라도 우리는 당당해야 합니다. 노동자의 대의와 자기 야심 앞에서 부끄러운 선택을 한 적이 없는 우리가 아니고서 누가 감히 자기 인생 앞에서 당당할 수 있습니까. 최이현 동지의 퇴사는 남은 우리에게 이제 어디서 어떻게 다시 시작할 것인가? 아니 이현 동지를 포함한 우리 모두가 남은 인생을 어떻게 살 것인가를 묻는 질문일지 모릅니다. 모두가 깊이 생각해봅시다. 그리고 함께 답을 찾아봅시다. 그러나 그 결론이 설사 우리 모두가 책임지고 조합운동의 일선에서 물러나는 것일지라도 우리는 당당해야 합니다. 결코 자기 인생 앞에서 비겁한 패배자가 되지는 않을 우리는 영원히 행복한 사람들이 아닙니까.

제 몫까지 합해서, 이현 동지의 앞날을 위해 건배해주십시오.

최이현 동지, 진심으로 행운을 빕니다.

건배, 남부위원장이 이현에게 잔을 채워주고 선 채로 잔을 높이 들었다. 건강해라, 자주 놀러 올 거지, 비로소 사람들은 애잔한 마음으로 이현에게 잔을 부딪쳤다. 구석에 앉았던 고길남과 장학섭도 비운 잔을 들고 이현에게 다가와 어깨를 두드렸다.

한창연이 다시 일어나 송진식을 소개시킨 것은 한차례 분주한 술잔 교환이 끝난 다음이었다.

"오늘 송별회에 참석한 특별한 손님 한명을 소개하겠습니다."

한창연의 시선을 따라 사람들의 고개가 일제히 출입문 쪽으로 향했다. 거기에는 공고 교복을 입은 소년 하나가 서 있을 뿐 특별할 만한 손님은 없었다.

"이쪽으로 들어와라."

한창연이 부른 것은 그 소년이었고 사람들은 의아한 눈길로 그 소년과 한창연을 번갈아 쳐다보았다.

"공고 2학년에 재학중인 학생입니다. 이현이 동생이지요."

한창연이 소년의 어깨에 손을 얹고 소개를 시켰다. 다른 사람들과 마찬가지로 상모도 의아스럽게 소년과 이현을 번갈아 쳐다보았다. 이현에게 동생이 있다는 소리조차 들은 적이 없었다. 무표정하기만 하던 이현도 처음으로 놀란 얼굴을 했다.

"공고 2학년 조선2반 송진식입니다. 형님이 회사 그만두고 울산을 떠난다는 거, 어젯밤에 알았습니다. 아저씨가 전화를 해주셔서요."

소년은 자신의 어깨를 잡고 선 한창연을 올려다보았다.

"중학교 때부터 지금까지 우리 형제를 따뜻하게 돌봐주고 도와주신 형님께서 떠나신다는 말을 듣고 밤새 잠이 오지 않았습니다. 동생이 알면 울 것 같아서 동생한테는 말하지 못했습니다. 정말이 아닐지 모른다는 생각도 들었고요…… 외할머니 잘 모시고 열심히 공부해서 언젠가 우리 형제를 도와준 형님의 은혜에 꼭 보답하겠습니다……"

한창연이 말끝을 흐리는 소년의 어깨를 두드렸다.

"그래, 열심히 공부해. 이현이 형님 없어도 여기 있는 아저씨들이 대신 형노릇 해줄 거야. 이현이 형님도 자주 놀러 올 테고 또 언젠가는 돌아올 거야. 여기 송진식이는 중학교 때 우리 노조가 동구지역 청소년돕기사업으로 장학금을 지급했던 학생이지요. 고등학교 진학하고 나서는 중학생이 된 동생이 있어서 우리 장학금을 받고 있고요. 부모 없이 두 형제가 오좌불 숙소 앞에서 행상하시는 외할머니와 생활

하고 있거든요. 그런데 저기 음흉한 최이현이란 놈이 지금껏 몰래 진식이 형제를 챙겼던 겁니다. 물론 후생복지부의 저는 알고 있었지요. 진식이가 노조로 편지를 보냈기 때문이지만."

최이현은 못된 일을 하다 들킨 사람마냥 얼굴이 시뻘겋게 달아올라 있었다. 상모는 더욱 이현을 바로 쳐다볼 수가 없었다. 상모는, 이현이 한 개인이 할 수 있는 최선을 다한 끝에 절망했다는 확신과 동시에 섬뜩한 전율에 휩싸였고 뒤이어 떠오른 것은 어젯밤 녀석이 마지막으로 한 말이었다. "살고 싶어서, 자살이라도 할까봐 떠납니다." 다른 사람들도 뒤통수를 한대 세게 얻어맞은 표정이었지만 상모의 느낌은 또 다른 것이었다. 혼자서 칠 수 있는 몸부림을 다 친 끝에 손아귀에 거머쥔 것이 절망이라면……

떠나는 마지막 인사를 강요받고 일어선 이현의 태도는 더욱 그를 불안하게 만들었다.

"아무 할말이 없습니다."

억지로 일어선 이현의 입에서 들을 수 있었던 말은 그게 전부였다. 그가 돌아갈 강원도 고향땅에 놀러 가겠다는 제안에도 선뜻 동의하지 않고 마음이 정리되면 연락드리겠다는 대답만 했다.

노조의 심야회의가 잡혀 있었기 때문에 2차는 없었다. 오늘도 2차 갈 술값은, 수재를 당한 북한동포에게 보낼 쌀값으로 내기 시작한 지난 가을 이후로의 관례대로 처리한다는 한창연의 설명이 있었고 송별회는 선욱의 「끝나지 않은 노래」를 마지막으로 끝났다.

　　내가 부를 노랜 이별가는 아니야
　　내 눈 점점 멀고 내 귀 점점 닫혀 빈 가슴으로 부를 뿐이야

나 혼자서 부를 노래가 아니야
어제 같은 새벽 다시 돌아올 때
흔들어 깨울 사랑노래인 거야
우린 너무 그저 사는 일에 익숙해지고
함께 불렀던 그 노래는 기억조차 없구나
내가 떠나온 그대의 황무지 가슴에 돋아나는 새살 보지 못함은
아직 내가 버릴 욕심이 남아 있는 거야
아직 내가 채울 사랑이 부족한 거야……

　이튿날 이현은 고향 친구를 통해 구해놓은 농가를 손보기 위해 전셋집과 가족들을 남겨둔 채 강원도로 떠났다.

　　5

　상모는 여러날째 가슴이 텅 비어 있었고 신경만 날선 칼끝처럼 예민했다. 아내와의 불편한 신경전은 마침내 오늘 아침 결혼 이후 가장 질 낮은 상황까지 가고 말았다.
　시작은 아무것도 아닌 일이었다.
　"오늘 한솔이 좀 찾아와주면 안돼요?"
　아내가 식탁에서 그렇게 물었을 때 그는 들은 척도 하지 않았다. 아침부터 밥투정을 하다 끝내는 구운 식빵에 버터를 뒤집어씌워서 먹고 있는 아이들과 식탁 구석에 놓여 있는 마늘빵과 롤케이크, 콘플레이크에 이미 비위가 거슬려 있던 그였다. 냉장고에 든 음식을 반으로 줄

이고 과자와 빵은 한 가지를 다 먹기 전에는 사주지 말라고 한 그의 얘기는 간단히 무시되고 있었다. 밥투정은 배가 불러서 그런 것이고, 먹기 싫으면 굶어야 한다는 밥에 대한 그의 엄격한 원칙은 언제부터인가 완전히 실종되었다. 지난해 새로 장만한, 그와 키가 같은 600리터 냉장고는 무엇으로 꽉차 있었고 식탁 한쪽에는 언제나 과자봉지들이 굴러다녔다.

"오늘 좀 일찍 오면 안돼요?"

"왜?"

그는 못마땅한 눈길로 되물었다. 이번주에만 그가 한솔이를 찾아온 것이 세 번이었다.

"새싹운영위원회 있어요."

새싹은 노동자 부인들이 모여서 만든, 그들의 두 아이가 거쳐온 놀이방이었다. 작은녀석이 두 해 전에 마쳤는데도 아내는 여전히 그 놀이방에 간여하고 있었다. 아이 맡길 곳이 마땅치 않던 예전과 달리 돈벌이를 목적으로 한 놀이방이 속속 생기면서 새싹의 운영이 어려워지고 있다는 것을 그도 알고 있었다.

"사람이 당신밖에 없어? 애 맡기는 사람들보고 하라고 하고, 그럴 시간 있으면 이평이 한글이나 봐주지 그래."

어제도 작은녀석을 찾아온 것은 그였다. 학원에 갔다가 밖에서 나돌던 큰녀석은 그가 저녁준비를 다 끝냈을 때야 돌아왔다.

"왜 이렇게 늦었어? 학원 끝났으면 바로 와야지."

"옆동의 상원이가 놀이터에서 놀다가 온다고 하잖아요."

언제부터인가 녀석은 친구라면 꼼짝을 못했다. 친구가 하자면 무엇이든 제쳐놓고 그 놀이에 따라나섰고 친구가 원하면 자신이 가장 아끼는 물건도 주저없이 내밀었다. 동생에게는 손도 못 대게 하던 조립식 변신로봇은 이틀을 넘기지 못하고 친구의 손에 가 있었다.

"너 상원이 쫄병이냐, 너 혼자 먼저 오면 되잖아."

그는 녀석을 윽박질렀고 풀죽은 녀석의 대답에 또 가슴이 아렸다.

"그런데요 아빠, 집에 왔을 때 아무도 없으면 무서워요."

그는 어린 녀석의 얼굴에 드리운 어두운 그늘을 보고 눈시울이 뜨거워졌다. 녀석에게는 마음의 빚이 있었다.

눈에 넣어도 아프지 않게 녀석이 한참 재롱을 떨 무렵 그는 미포중공업 내의 비공개 조직사건으로 연행되었고, 아내는 다른 동료의 부인들과 함께 돌이 지나지 않은 작은녀석을 들쳐업고 어디로 끌려간지도 모르는 그를 찾아 경찰서와 정보기관들로 뛰어다녀야 했다. 그때 큰녀석은 이집 저집 사정이 닿는 대로 이웃에 맡겨졌다. 갑작스럽게 아이를 떠맡은 이웃은 녀석이 잠든 틈을 이용해서 시장에 가거나 외출을 해야 했고 혼자 깨어난 녀석은 낯선 집안에서 두려움으로 울어야 했다.

"당신 어디 있는지 확인할 때까지는 큰애 신경쓸 정신이 있었나요. 분실에서 얼굴 확인한 날 일찍 돌아오니까 애 맡긴 집 현관은 잠겼고 아이는 안에서 울고 있고…… 잠깐만 기다려라, 잠깐만…… 작은녀석 들쳐업고 현관문 밖에서 얼마나 서럽게 울었는지 몰라요."

그 뒤부터는 밤에 잘 때도 제 어미의 머리칼을 꼭 움켜쥐고 잔다는 이야기를 아내에게서 들은 것은 그가 열이틀 만에 풀려난 다음이었다. 지금도 밤에 자다가 꼭 한두 차례 일어나서 제 어미의 존재를 확인하는 녀석이 혼자 열쇠로 현관문을 따고 어둠침침한 빈집에 들어설 때의 마음을 충분히 짐작할 수 있었다.

그러나 그런 애틋한 마음도 잠시였다.

이미 식탁에서 딴전을 부리는 것이 버릇이 되어 있는 두 녀석을 몇 차례 야단쳐서 저녁 밥그릇을 비우게 하고 큰녀석의 받아쓰기 공책을 확인하던 그는 잠깐 숨이 막혔다. 30점이었다. 받아쓰기 틀린 것 다섯 번씩 쓰기, 알림장에는 그렇게 씌어 있는데 아예 칸이 비어 있는 네 문제는 어떻게 할 방법조차 없었다.

너 바보냐, 그는 조금 전의 아리던 마음도 잊은 채 녀석에게 그렇게 말하고 말았다. 비어 있는 네 문제를 알아내기 위해 녀석의 같은 반 친구의 집으로 전화를 하며 그는 더 속이 상하고 화가 났다.

"나는 하나도 틀리지 않아서 다시 안 써가도 되는데." 큰애의 같은 반 친구는 그렇게 자랑을 했다. 큰 나무, 푸른, 가꾸자, 심자, 만들자, 자라서, 무엇이, 그 일곱 단어를 다섯 번씩 쓰는데도 녀석은 몸을 뒤틀었다. 정신 똑바로 차려, 몇번이나 주의를 줘가며 겨우 숙제를 마치게 하고 연습장에다 열 문제를 다시 받아쓰라고 했는데 네 문제를 틀렸다. 그중 한 문제는 학교에서 제대로 썼던 것이다. 정신 똑바로 안 차리고 할 거야? 치미는 화를 참으며 틀린 문제를 다시 세 번씩 쓰라고 했는데 녀석은 잔뜩 입이 나왔다.

"숙제 다 했는데, 또 써요……"

"틀렸잖아."

"그래도 선생님이 다섯 번만 써오라고 했단 말이에요."

녀석이 도리어 신경질을 냈다.

"틀리지 않을 때까지 하는 거야. 다시 받아쓰기해서 틀리면 또 다섯 번씩 쓰게 할 거야."

잔뜩 불만에 찬 녀석이 억지로 연필을 움직이고 있는데 위층에 사는 녀석의 친구가 놀러 왔다.

"이평이 지금 숙제하니까 조금 있다 놀러 와라."

그가 현관에서 위층 아이를 돌려보내고 돌아서자 뒤에 섰던 녀석이 갑자기 어깨를 들썩거리며 눈물을 떨구기 시작했다. 기가 찼다.

감정을 억누르며 타이르고 얼렀지만 녀석의 울음은 더 서럽게 바뀌어갔다. 십분 넘게 실랑이를 계속하던 그의 입에서 마침내 막말이 튀어나왔다.

"뭣 때문에 우난 말이야? 이게 울 만한 일이야! 걔가 니 대장이야, 걔 똥구멍이나 쫓아다니며 살 거야! 뚝 그치지 못해!"

작은녀석이 놀란 눈으로 쳐다보고 있는 것도 깨닫지 못하고 그는 소리를 질러댔다. 하지만 큰녀석은 울음 사이로 따지며 대들었다.

"놀고 와서 하면 되잖아요."

"다 해놓고 놀란 말이야. 병신새끼같이, 자기 할 일도 하지 못하면서 친구가 놀자고 한다고 찔찔 짜, 니가 지금 하고 있는 게 바보 병신 짓이 아냐! 뚝 하지 못해!"

"쟤는 지금 놀잖아요. 이따가는 이제 다 놀고 가버린단 말예요."

"뚝 해! 안 놀면 너 혼자 놀면 될 거 아냐, 기집애처럼 왜 찔찔 짜! 뚝 하란 말이야!"

그의 손바닥이 녀석의 뺨을 후려쳤다. 겁에 질려 울음을 베어무는 녀석의 얼굴을 보고서야 그는 자신의 손바닥을 내려다보며 자신이 방금 무슨 짓을 했는지 깨달았다. 작은녀석은 처음 보는 장면 앞에서 놀란 눈망울만 굴리고 있었다.

그가 후려친 것이 평등 평화를 꿈꾸며 이름 지은 이평이의 뺨 하나가 아님과 자신이 바로 발 아래로부터 무너져내리고 있음을 알아차리게 하는 데는 두 녀석의 그 눈망울로 충분했다. 자신이 가장 혐오하던 일그러진 인간의 모습이 되어 있는 자신을 확인한 그는 참혹했다.

그가 밤새 한잠도 자지 못하고 뒤척거리는 동안 아내는 잘도 잤다.

"그러니까 오늘 한솔이 못 찾아준다는 거죠? 알았어요. 내가 알아서 하죠."

"알아서 어떻게? 그래도 전업주부라며, 도대체 집에서 뭘 하길래 애가 삼십점을 받아와?"

그가 하고 싶은 말이 받아쓰기 점수는 아니었다.

"때 되면 다 해요."

"지금이 때가 아니고 언제가 때야?"

그는 젓가락질을 하다 말고 아내를 흘겨보았다.

"애들 앞에서 젓가락질이나 좀 똑바로 하세요."

아내는 검지와 중지 사이에 끼어 있는 그의 젓가락을 트집잡았다.

"뭐야?"

아내를 노려보는 그의 눈과 손에 동시에 힘이 들어갔고, 그 와중에 젓가락에 집혀 있던 김치가 떨어지면서 그의 연회색 윗옷에 붉은 김칫국물이 묻었다.

"오늘은 어째 안 흘린다 했지."

한심하다는 눈초리로 김칫국물 자국과 그의 얼굴을 쳐다보며 아내는 혀까지 쯧 찼다. 순간 그의 뇌리를 스친 것은 '끝장'이었다. 버릇이 된 엉성한 젓가락질로 음식을 옷에 묻히는 일이 종종 있었지만 아내가 그것을 이유로 그에게 경멸의 눈빛을 쏘아댄 것은 처음이었다. 끝장이야, 사소했기 때문에 중요했다. 예전 같으면 너그러운 웃음으로 넘어갈 그의 사소한 실수를 비웃는다는 것은 이미 아내의 마음에 그가 비웃어도 좋을 존재가 되어 있다는 뜻이었다. 끝장이야, 아내가 그 아닌 다른 남자를 좋아하는 것은 받아들일 수 있다고 해도 자신이 비웃음의 대상이 되었다는 것은 견딜 수 없었다. 그는 소리가 나게 수저를 내려놓고 자리에서 일어났다.

"밥은 왜 안 먹어요?"

아내의 얼굴에는 여전히 냉소가 남아 있었다. 노조가 엉망이고 세상이 막가니까 너마저도 해고자로 빌빌대는 나를 우습게 아는 거야, 그런 자격지심으로 어금니를 깨물었던 그의 입에서 한번도 밖으로 내뱉은 적이 없는 소리가 튀어나왔다.

"여자가 아침부터 재수없이!"

얼굴색이 변하는 아내를 외면하고 그는 현관을 나섰다. 경악하는 아내의 반응이 준, 제대로 과녁을 찔렀다는 통쾌함은 잠시였고 시간이 지날수록 자신이 내뱉은 말의 폭력이 바늘이 되어 가슴을 되찔러왔다.

종일 일을 하면서도 자신이 무슨 일을 하고 있는지 모르게 멍하니 보냈다. 해고자들이 미포중공업과 지역노조운동에서 해야 할 역할과 활동계획의 초안을 두드리고 있는 자신의 손을 몇번이고 자괴스럽게 내려다보았다. 아이의 뺨을 후려치고 아내에게 비열하고 야비한 폭력의 말을 내뱉고 소리나게 현관문을 닫고 온 저주스런 손바닥이 거기에 있었다. 끝장이야, 아득한 낭떠러지로 굴러떨어지는 자신을 느끼며 속으로 중얼거렸다.

응징은 너무 빨리 엉뚱한 곳에서 찾아왔다.

다섯시부터 한솔이를 찾으러 갈까 말까를 망설이다가 끝내 가지 않고 지역본부 사무실에서 묵은 자료들을 정리하던 그에게 전화가 온 것은 일곱시가 조금 지나서였다.

"큰일났습니다. 이평이가 아이들하고 놀다가 얼굴을 다쳤어요."

전화를 건 것은 옆집 아주머니였다. 병원으로 달려갔을 때 응급실에는 눈가에 피가 흥건한 큰아이가 침대에 걸터앉아 있었다.

"쇠파이프로 야구놀이를 하다가 다른 아이가 휘두른 파이프에 찍혔는데, 눈은 괜찮대."

경비 김씨는 아이들이 가지고 놀던 쇠파이프가 재활용품 수집함의 옷걸이에서 난 것이라고 설명을 했고 큰녀석은 그를 보자 참았던 울음을 터뜨렸다.

"괜찮아, 괜찮아……"

괜찮아, 그는 녀석을 감싸안고 왼손으로 피가 묻은 얼굴을 쓰다듬으며 자신을 다독거렸다.

소독솜으로 닦아낸 눈언저리는 손가락 한마디 길이로 깊이 찍혀 있었고 의사는 주삿바늘로 갈라진 살갗 양쪽을 헤집으며 마취약을 쏘아넣을 곳을 찾았다. 아이는 자지러졌다. 요동치는 녀석의 양쪽 뺨을 두 손으로 움켜쥔 상모는 주삿바늘이 살갗을 헤집고 들어갈 때마다 이빨을 깨물며 후회했다. 어제 아이에게, 오늘의 아내에게, 지난날의 이현에게, 그 모두에게 그는 후회했다. 까만 실이 달린 잉어용 낚싯바늘 크기의 수술바늘이 핀셋에 물려 녀석의 어린 살갗을 헤집을 때마다 그는 후회했다. 8년 전의 테러에서 팔이 부러지고 수십 바늘을 꿰매면서도 눈물 한방울 흘리지 않고 입안 가득 찬 비명을 목젖으로 되삼켰던 그는 아이의 찢어진 살갗을 꿰매는 한뜸 한뜸에 자신의 심장이 찔리는 통증을 느끼며 얼굴을 돌렸다. 고개를 돌려 외면한 그의 눈앞에 언제 왔는지 아내가 얼어붙어 있었다.

"흉터가 많이 남을까요?"

끝났다며 일어서는 의사에게 그가 물은 것은 고작 흉터였다. 모든 상처 뒤에 남게 마련인 흉터를.

"약간은 남을 겁니다. 일쎈티만 밑을 맞았어도 안구가 손상될 뻔했는데, 천만다행인 줄 아세요."

아이에게 먹고 싶다는 양념닭을 사먹이고 집에 돌아오는 동안에도 그와 아내는 말이 없었다. 집에는 쇠파이프를 잘못 휘두른 아이와 아이의 엄마가 과일바구니를 들고 와 있었다.

"형아 많이 아프겠다. 피 많이 흘렸으니까."

치료비 얘기를 하는 애엄마에게 됐다고, 걱정 말라고, 괜찮다고, 돌려보내고 일찍 든 잠자리에서 작은녀석은 형을 걱정하며 물었다.

"형아, 형아 아프게 했으니까 형아도 때려줘라, 응."

"아냐, 일부러 그런 거 아니란 말이야. 아무것도 모르면서."

큰녀석은 동생의 말을 받아들이지 않았다.

"그래도, 형아 피나게 했잖아?"

"걔가 미안하다고 했다니깐."

그는 팔을 뻗어 가만히 큰녀석을 감싸안았다. 착한 것보다는, 덜 착하더라도 차라리 안 착하더라도 남 위에 군림할 수 있는 능력을 더 바라는 마음이 움트고 있는 그 가슴으로 녀석을 안고, 지난밤을 꼬박 새운 그는 그리 오래지 않아 스르르 잠에 빠져들었다.

새벽, 곤한 잠에서 일어난 그는 거실에 혼자 앉아 베란다 밖을 내다보았다. 봄은 투명하고 부드러운 새벽햇살로 창밖에 내려앉고 있었다. 한참 동안 마음을 놓아버리고 창밖에서 유릿가루보다는 부드럽고 쌀가루보다는 투명하게 흩어지는 햇살을 바라보다 세면을 하고 방으로 들어갔다. 오른쪽 눈과 이마 사이에 가제를 붙인 채 사지를 펴고 잠든 큰녀석의 곁에 가만히 앉아 그제 저녁 자신이 후려친 뺨을 쓰다듬는 그의 눈가에 눈물이 배어났다. 가운데는 아직 아내가 곤히 잠들어 있었고, 작은녀석은 아내와 장롱 사이에서 이불을 걷어차내고 거꾸로 잠들어 있었다. 조심스럽게 이불을 차례로 여며주고 나서 그는 눈가의 물기를 손등으로 훔치며 방을 나왔다.

아내와 아이가 깨지 않게 소리를 죽여 설거지를 하고 아침을 준비했다. 냉동실 한구석에 있던 표고버섯과 느타리버섯을 물에 담가 녹인 다음 전골냄비에 넣고 끓였다. 물이 끓는 사이 야채칸의 감자를 꺼내 다듬었다. 잘지도 굵지도 않게 썬 감자를, 연한 밤색으로 국물이 우러난 냄비에 칼날을 비스듬히 세워 썰어넣었을 때 먼저 올려놓은 압력밥솥 꼭지가 소리를 내며 김을 뿜었다. 그는 방문을 돌아보며 밥솥의 불을 줄였다.

아내와 아이를 깨운 것은 거실과 안방에서 동시에 울리게 되어 있는 전화였다.

김치를 썰던 손에 묻은 국물을 제대로 닦지도 않고 거실로 달려가 수화기를 들었지만 방안의 아내가 벌써 "여보세요" 하고 묻고 있었다. 수화기를 내려놓으려는 순간 상대의 목소리가 흘러나왔고 단번에 그 목소리의 주인을 알 수 있었다.

"형수님, 저예요."

이현이었다.

"내 받았다. 내려놔라."

"형님, 오늘 안 바쁘시면 잠시 볼 수 있을까요?"

"무슨 일 있는 건 아니지? 강원도에서는 언제 왔어?"

"어제요. 오늘 짐 가지고 출발하려고요."

"그래, 아침 먹고 바로 갈게."

그는 힘없이 수화기를 내려놓았다.

"뭐래요?"

거실로 나와 옆에 섰던 아내가 물었다.

"오늘 식구들 데리고 떠난대."

"착잡하겠네, 당신."

그렇게 말하며 아내는 그의 어깨에 머리를 기댔다.

"애들 깨워서 세수시켜라. 아침 먹어야지."

아내의 두 팔을 잡아 방 쪽으로 돌려세우고 주방으로 걸음을 옮기는 그는, 뒤늦게 식탁 위에 차려진 아침상을 보고 아내의 얼굴에 스쳐가는 옅은 웃음을 보지 못했다.

이삿짐 트럭에 마지막으로 오토바이를 실어주고 허허롭게 서 있는 상모에게 이현이 건네준 작은 봉투에는 백칠십오만원이 든 통장과 도장, 다섯 아이의 이름과 학교와 집주소가 적힌 메모지 한장이 들어 있었다.

"매달 한번씩 불러서 저녁이나 한끼 먹이고, 통장에 든 돈 꺼내서 한 아이한테 삼만원씩 주세요. 형수 직장 때문에 불러서 먹이기 어려우면 짜장면이나 한그릇 사먹이면 돼요. 이거면 딱 일년치는 될 거예요. 짜장면 값은 형이 내고."

녀석은 그를 외면하며 아내와 세살 난 아이가 먼저 타고 있는 4톤 트럭의 조수석에 올랐다. 해고자와 노조 상근자 몇이 녀석을 향해 손을 들어 보였다.

"형, 통장 비밀번호는 공팔일칠이에요. 아시죠, 공팔일칠."

차가 움직이기 시작했을 때 녀석이 밖으로 고개를 내밀며 소리쳤다. 0817, 0817…… 8월 17일, 87년 8월 17일, 땀에 전 작업복에 때묻은 누런 수건 한장씩을 목에 두르고 남목고개를 넘었던 10년 전의 그날을 생각해냈을 때 이삿짐을 실은 트럭은 벌써 등을 보이고 있었다.

6

겨우내 쇳가루와 먼지에 덮여 마른덤불 같았던 미포대로 입구의 개나리가 샛노란 꽃망울을 터뜨렸다.

개정노동법은 시행되기도 전에 여야 합의로 재개정되는 유례없는 일을 겪었지만 그 내용은 여당 단독으로 날치기통과시켰던 법안과 거의 아무런 차이도 없었다. 안기부법은 재개정조차 유야무야되고 말았다. 그렇게 합의해줄 것을 애초에 왜 반대했는지, 아무리 이해하려고 해도 이해할 수 없는 것이 야당이었지만 뒷심이 달린 양대 노총은 임투, 대선과 연계하겠다는 방침을 내놓으며 사실상 투쟁을 마감했고 상모는 세상이 아직도 누구의 것인지를 새삼스럽게 절감해야만 했다.

즐비하던 항의현수막도 자취를 감추고 따사로운 햇살 아래 개나리만 싱그러운 미포중공업 정문 앞에 서서 상모는 물끄러미 공장 안의 4차선 미포대로를 굽어보며 생각에 잠겨 있었다. 싸움다운 싸움 한번 해볼 수 없는 처지에서도 투쟁에 나선 다른 노동자들의 발목만은 잡지 말아야 한다는 일념 하나로 모든 수모를 감수하며 깃발뿐인 총파업 지침을 거둬들이지 않았던 미포중공업 노조간부들이 그 결과에 하나같이 허탈해할 때도 상모는 덤덤했다. 15년 동안 아침마다 출근한 그의 발자국이 남아 있는 미포대로를 가로막고 도열해 있는 건장한 경비들 앞에서 그는 아주 담담하고 단정한 눈빛으로 서 있었다.

"박형, 여기 섰지 말고 면회실에 들어가서 기다리라니까 그러네."

곤혹스런 얼굴로 그의 팔을 잡아끄는 경비반장의 손을 풀어내며 상모는 가만히 웃었다.

"좀 봐주게. 서로 민망하게 왜 그러나?"

"신경쓰지 마세요."

경비들의 질문과 권유에 대한 그의 거의 유일한 대꾸였다.

"박형, 정말 신경쓰이게 하네."

"신경쓰지 마세요."

상모의 얼굴에는 여전히 옅은 미소가 깔려 있었고 말투는 공손했다. 그의 공손한 말투는 아무리 뜯어보아도 비아냥거림이 아니었고 웃음 역시 냉소나 경멸과는 거리가 멀었다. 하청업체에서 납품 온 직원같이 공손한 그의 태도는 한달이 넘도록 조금도 흐트러지지 않았다. 어느 한구석에 비굴함이 묻어 있는 것도 아니었다.

정문에 드러누운 노조간부들을 뿌리치고 착실하게 출근하는 종업원들을 확인한 회사는 지금까지 해고자들의 출입을 막지 않은 사실에 가슴치며 정문을 통제하기 시작했다. 통제의 대상은 해고자뿐만 아니라 노조 방문객 전체였다. 노조 손님의 출입을 막은 것은 예전에도 더러 있었지만 그때는 파업이나, 그에 버금가는 비상사태가 생겼을 경우였다. 지금과 같은 평화시기에 노조 손님을 정문에 잡아두고 출입 허용 여부를 심사하며 노조에 물을 먹이는 일이 2년 전에만 일어났다면 회사가 뒤집어졌을 것이다. 그러나 지금의 회사는 여유만만이었고 노조는 속수무책으로 수모를 감수해야 했고 해고자들은 그런 현실이 분했을 뿐이다.

해고자들이 몸싸움과 항의농성을 거둬들인 것은 회사의 완강함 때문이거나 스스로 지쳐서가 아니었다. 가뜩이나 그들에게 면목없어하는 현장간부들과 외롭게 버티고 있는 조합원들에게 해고자들의 투쟁은 고문일 수 있었다.

상모가 회사 정문으로 매일 출근하기 시작한 것은 해고자들이 항의투쟁을 중지한 다음날부터였지만 흔히 있는 해고자의 출근투쟁과는 다른 것이었다. 그는 출근시간마다 정문으로 와서 출근하는 조합원들로 빽빽이 들어찬 미포대로를 말없이 굽어보다 돌아갔을 뿐, 회사에 따지거나 경비들과 몸싸움을 벌이는 일은 한번도 없었다. 회사는 별 싱거운 놈 다 본다는 반응이었고 보고를 받고 나온 관리책임자는 그가 충분히 알아들을 수 있는 크기로 비아냥거렸다.

"저놈아 저거 맛이 좀 간 거 아이가."

그래도 상모는 표정을 바꾸지 않았다. 지역본부에 상근하며 꼭 필요한 경우가 아니면 회사 출입을 하지 않았던 그는 오늘 아침에도 작업복을 단정하게 차려입고 지금 서 있는 바로 이 자리에 서 있었다. 지금도 다른 곳에서 약속을 할 수 있었지만 정문 앞에서 박현강과 한창연을 만나기로 하고 기다리는 중이었다.

"어이 박형, 인간적으로 솔직하게 얘기 한번 해봐라. 언제까지 계속 이랄 긴데?"

경비반장은 답답한 모양이었다.

"신경쓰지 않아도 됩니다."

"박형, 차말로 신경 억수로 씌기 만드네."

웃으며 경비반장을 외면한 그는 미포대로의 4차선을 꽉채운 채 선박 블록을 싣고 이동중인 트랜스포트에 시선을 매달았다. 오토바이를 탄 안전요원들의 안내를 받아 육중하게 이동하던 트랜스포트는 사거리에서 도크 쪽으로 방향을 바꿨다. 120개의 바퀴를 달고서도 회전공간 없이 제자리에서 360도 회전을 하는 트랜스포트처럼 노동자들도 한순간에 몸을 돌려 일으킬 수는 없는 것일까. 그런 부질없는 생각을 하고 있는데 트랜스포트가 왼쪽으로 돌아가고 비어 있는 미포대로 위로 자전거를 탄 한창연이 나타났다.

"기다렸죠? 자료 좀 챙겨서 나오느라고. 미안합니다."

"미안은 이분한테 해라."

"왜요?"

창연을 향해 피식 웃던 상모는 경비반장에게 목례를 하고 돌아섰다.

"쟤들이 뭐라고 해요?"

정문 앞에 잠시라도 머무르고 싶지 않은 듯 한발 앞서 걸음을 떼놓으며 창연이 물었다.

"신경쓰인다는 거지 뭐…… 현강이는?"

"노보 원고 넘기느라고 인쇄소에 갔습니다. 거기로 가면서 얘기하죠."

"무슨 일인지 겁난다야. 날 호출한 용건부터 얘기해봐라."

"용건은 나중에 정책실장하고 해결하면 되고, 형님, 저 개인적으로 하나 물어봅시다."

"뭘?"

"기분나쁘게 생각하지 않을 거죠?"

자전거를 끌고 가던 창연은 발걸음을 늦추며 상모의 눈치를 살폈다.

"뜸들이지 말고 말해봐라."

"순전히 개인적으로 궁금해서 묻는 거니까 오해하지 마세요. 날마다 정문에 나오는 이유가 뭔데요?"

"경비반장하고 똑같은 걸 묻네. 글쎄…… 그게 노조에서 문제가 되나?"

"오해하지 말라고 했잖아요. 절대 아니니까. 해고자들이 정문투쟁 멈춘 것에 동의하지 않아선가요? 그래서 혼자 싸우는 겁니까?"

"전혀. 난 정문투쟁 중지하기로 한 결정에 반대한 적 없어. 그리고 지금 난 싸우고 있는 것도 아니고."

"싸우는 게 아니면 남들이 말하듯이 도닦는 건가요? 요새 도사들 많잖아요."

"글쎄…… 너도 그렇게 생각하니?"

"투쟁중지에 반대하는 것도 아니다, 싸우고 있는 것도 아니다, 그러니 도사 아니면 뭘로 해석할 수 있겠습니까?"

상모가 처음 듣는 소리는 아니었다. 이현이 떠나고 나서 그가 약간 이상해진 것 아니냐는 말이 나돈다는 것도 알고 있었다.

"도사라…… 도사? 회사가 봉고차로 깔아뭉개며 식칼 들고 덤빌 때 양비론을 펴며 자중을 촉구하던 도사? 잘나갈 때 윗자리 차고 앉아다 망쳐먹고 물러앉아 거물연하면서 세상투쟁 혼자 다 한 것처럼 떠드는 도사? 아니면, 세상 좋을 때 과격한 소리는 전매특허 낸 것처럼 다 하다가 반성도 없이 도덕군자 같은 소리 늘어놓으며 도리어 설교

하려 드는 도사? 도사 많지."

그의 목소리는 높낮이가 골랐지만 어쩔 수 없는 긴장이 실려 있었다.

"난 그중에서 어떤 도사에 속하는 것 같니?"

그의 오른쪽에서 자전거를 끌고 천천히 걸음을 옮기던 창연은 입을 꾹 다물고 상모의 다음 말을 기다렸다. 그러나 상모는 동부경찰서로 건너가는 횡단보도에 이를 때까지 미포중공업의 육중한 돌담을 따라 묵묵히 걸었다.

"나 도사들 별로 안 좋아하잖아. 도닦는 거 아냐."

초록불로 바뀌고 횡단보도를 건너던 그는 고개를 돌려 그들이 걸어온 길과 그 굽은 길의 끝에서 모서리만 드러내고 있는 경비실을 아득한 눈길로 돌아보았다.

"글쎄, 굳이 말하자면 난 벌을 서고 있는 거야, 벌."

낮시간, 거리는 텅 비어 있었고 횡단보도를 건너는 건 그들뿐이었다. 정지선에 대기중인 버스도 텅 비어 있었고, 그 버스 운전사의 하품하는 입속도 텅 비어 있었다. 그들이 채 인도에 올라서기도 전에 대기중이던 차들이 움직이기 시작했고 그는 인도 턱 위에 멈춰섰다. 그리고 여전히 모퉁이만 보이는 경비실과 긴 돌담, 그 너머 솟은 크레인들을 휘둘러보았다.

"난 게을렀고 썩었어. 우리가 칠년 전에, 십년 전에 식칼을 옆구리에 느껴가면서, 골리앗 위에서 눈물을 흘려가며 뿌렸던 씨앗은 이미 다 수확이 끝났고 그게 그나마 지금 이 정돈 거야. 다시 우리에게 남은 일은 저 비정한 철판더미 속에 씨를 뿌리고 싹을 키우는 것말고는 없는데도, 지어놓은 농사가 남아 있지 않은 들판에서 결실을 찾아헤맨 거야, 어리석게도 나는. 봉식형이 나보고 그러더라, 그래도 월급은 꼬박꼬박 받아먹지 않느냐고.”

봉식이 상모를 찾아온 것은 이현이 떠나고 두 주일이 지난 뒤였다.

그래도 앞으로 갓 형이 완전히 맛이 간 것은 아니더라는 말을 봉식의 팀에 속해 있는 대의원 호근으로부터 들은 다음날이었다. 반 월차 문제로 회사와 봉식의 팀원들간에 마찰이 생겼을 때 상모는 봉식을 찾아갈까 했지만 그만두었다. 그것이 회사의 일이건, 노동조합의 일이건 일을 놓고 봉식을 만나고 싶지는 않았다. 반 월차를 둘러싼 개인적인 실랑이는 많았지만 팀 전체가 이 문제를 가지고 싸운 것은 엔진 사업부뿐만 아니라 미포중공업 전체에서 봉식의 팀이 처음이었다.

반 월차, 해괴한 월차였다. 어떻게든 잔업, 특근을 시키려던 예전과 달리 회사는 최근 들어 연월차 사용을 권장하고 팀별 부서별로 연월차 사용현황표까지 만들어 경쟁시키는 지경이었다. 이유야 말할 것도 없이 임금이 높은 조합원들에게 수당을 지급하지 않고 대신 하청업체로 대체해서 비용을 낮추겠다는 데 있었다. 현장에 들어와서 일을 하고 있는 5천명이 넘는 하청업체 노동자들은 기본급도 낮았을 뿐 아니라 별도의 수당도 제대로 없었다. 더구나 툭하면 안전규칙을 들고 나오는 조합원들에게 일을 시킬 때 작업하는 시간만큼 드는 작업준비 시간을 완전히 없앨 수 있었다. 직접 제 몸뚱이 내놓고 일하지 않는 관리자들은 안전, 안전 했지만 그것은 어디까지나 생산실적에 차질이 없는 경우에 한해서 적용되는 말이었다. 블록 측면 용접작업을 할 때도 족장을 놓지 않고 그냥 매달려서 작업할 것을 지시하기 일쑤였다. 위험하다고 몸을 사리며 족장을 놓아달라고 하는 조합원들에게 관리자들이 하는 말은 뻔했다.

"족장 놔야 되는 거, 그걸 누가 모리나? 일이 바쁜이까네 글치. 옛날에는 이거보다 억수로 높은 거도 다 족장 안 놓고 했는데 뭐로 그래 쌓노. 머슴아자슥이 무신 겁이 그래 많노?"

그러면 대부분의 조합원들은 마지못해 그대로 작업을 했지만 다 그렇게 통하지는 않았다.

"만에 하나 사고 나머 누 책임이 되는교? 내 죽으머 우리 자식새끼들은 우예 책임질 긴지 종이쪼가리라도 하나 써주소. 그라머 내 족장 없이 매미맨투로 매달리가 새빠지게 일하끼요."

그렇게 버티는 조합원들에게는 꼼짝없이 족장을 놓아주어야만 했다.

까다로운 조합원들 대신에 회사가 투입하기 시작한 것이 외주 하청업체 노동자들이었다. 조합원도 아니고, 법률적 고용관계에 있지도 않은 하청 노동자들은 안전의 불모지대에 아무런 사전교육도 어떤 사고방지 조치도 없는 무방비상태로 작업에 내몰렸다. 지난 한해 동안 공장 내 안전사고로 죽어나간 17명 가운데 6명이 하청 노동자들이었다. 그런데도 외주를 확대하는 것은 싸고, 부려먹기 편한 것 이외에 더 큰 매력이 있기 때문이었다. 훨씬 싼 임금을 받고도 훨씬 험하고 궂은 일을 할 싱싱한 노동자들이 얼마든지 있다는 것을 항상 눈으로 확인시켜주는 것은 이미 미포중공업에서 청춘이 시들어버린, 그에 따라서 임금이 높아진 늙은 노동자들을 압박하기에 충분했다. 외주를 늘린 만큼 직영의 일감이 줄어서 보통 저녁 여덟시까지 하던 잔업이 없어지고 여섯시만 넘으면 퇴근하는 조합원들로 전하동 일대가 붐볐다. 이제는 조합원들이 잔업과 특근을 하나의 특혜로 받아들이면서 시업시간 삼십분 전에 모여서 체조를 실시할 만큼, 회사는 장기간에 걸친 교묘한 노무관리와 노동조합 무력화정책에 성공을 거둔 셈이었다.

그런 노무관리의 연장선상에서 생겨난 것이 듣도보도 못한 반 월차였다. 절름발이기는 하지만 월급제 아래에서 부득이한 사정으로 인한 한두 번의 지각과 조퇴로 인해서 임금이 삭감된다는 것은 말이 되지 않았다. 그럼에도 회사는 이른바 반 월차, 반쪽 월차라는 것을 도입해서 지각이나 조퇴를 할 경우 월차의 반쪽을 사용한 것으로 만들었다. 반발이 없을 수 없었지만 노동조합의 말발이 약해진 상태에서 덤벼봤자 덤빈 놈만 성질 나쁜 놈 되고 마는 꼴이었는데 팀 전체가 반 월차 사용을 거부하고 나선 데가 바로 봉식의 팀이었다.

발단은 조퇴를 신청했던 엔진조립부의 신참 조합원에게 반 월차 신청서를 내민 데서 비롯되었다.

"내가 하려는 것은 조퇴지 월차가 아닙니다."

직업훈련원 출신의 신세대 조합원은 당돌하게 따졌다.

"이건 월차 신청서가 아니고 반 월차 신청서다."

"반 월차고 온 월차고 나는 그냥 조퇴를 하겠다는 겁니다."

선배고 고참이라는 노동자들이 비루먹은 강아지처럼 비실비실 눈치만 보는 판에 싸가지없다는 요즘 신세대가 회사와 붙었는데 소위원과 대의원이 팔을 걷지 않을 수 없었다.

"신세대, 신세대 캐쌓터만 아따 신세대 글마들 싸가지 있대요. 고개를 마 빳빳이 들고 얼굴이 뻘게가지고 따지는데, 십년 묵은 쳇징이 다 쑥 내리가는 기 차말로 왕년에 내 보는 거 같은 거 아있는기요. 그래가 바로 앞으로 갓 형한테 달려갔다 아인교?"

상모를 찾아온 대의원 호근은 경사 만난 얼굴이었다.

"그동안 쌓인 감정도 있고, 이현이 문제도 있고 해가 대기 한번 닦아세울라꼬 봉식이형한테 달려가가, 팀장이 뭐 하는 기 팀장이고 카면서 책임지고 싸인해가 조퇴시키 내보내라 캤지."

"그랬더니?"

"헛소리하며 행님이고 나발이고 한번 확 디비뿌고 치았불라 캤디마는, 니 그 막내 책임질 수 있나 카는 기라요. 진다 캤지. 그라머 무신일이 있어도 우리 부서 조합원들은 반 월차 안 받아들인다 카는 지장을 받아온나, 한명도 안 빼고 다 받아오머 책임지꾸마 카는 기라요. 칸다 캤지. 그라이까내 도장이 아이고 지장이다 카면서 나중에 딴소리하면 지장 찍은 손가락을 잘라삔다 캐라 카는 기라요. 그칸다 캤지, 뭐."

봉식은 책임지겠다는 말에 책임을 졌다. 그리고 대의원이 부서 조회를 열도록 방조했고 한마디의 다짐을 두었다.

"분명히 자기 손가락 자르기로 하고 찍었다니까, 나도 팀장으로서 책임을 진다. 그러나 여러분도 분명히 책임져야 한다."

관리직 대리에게도 휘둘리는 아무것도 아닌 현장과장이라는 직책에 눈이 어두워서 후배 노동자들을 닦달하는 팀장들이 즐비한 속에서 봉식의 행동은 작지만 큰 파문이었다. 그 전말을 다 알고 있었지만 상모는 봉식에게 연락을 하지 않았다. 그것으로 덮일 섭섭함이 아니었고 그에게 걸었던 기대가 그 정도로 낮은 것도 아니었다.

"인간 냄새 나는 놈하고 술 한잔 먹고 싶은데, 되겠나?"

전화를 타고 온 봉식의 첫마디는 그랬다.

회사 사람들의 눈에 뜨일까봐 상모는 일부러 회사 근처를 피하려는데 봉식이 굳이 고집하는 바람에 전하식당에서 만났다. 왜 이현의 사표를 저지하지 않았느냐고 상모가 몰아세워도 변명을 하지 않을 때까지는 봉식다웠다.

"나한테 개의 사표를 물릴 수 있는 대단한 힘이 있었으면 좋겠다."

"같이 현장에 있으면서 어떻게 형이 그렇게 이현이에게 무심할 수가 있어요?"

봉식에게 던진 그 말은 상모가 스스로를 학대하며 자신에게 수없이 던졌던 말이었다.

"할말이 없다. 얼마나 미웠으면 팀장 서명란도 비워놓고 바로 인력개발부로 사직서를 던졌겠냐?"

거기까지도 차라리 봉식답다고 할 수 있었다. 그러나 그 다음부터는 아니었다. 송별회 날 왔다가 되돌아갔다는 말을 한 것은 두 병째 소주가 비었을 때였다.

"이 식당 앞까지 왔다가 차마 들어오질 못하겠더라. 몇번을 망설이다가 저 옆집에 가서 혼자 퍼마시고 돌아갔다. 여기서 부르는 노랫소리 거기까지 들리더라."

굳이 봉식이 전하식당을 고집한 이유를 그제야 알 수 있었지만 상모는 전혀 그답지 않은 구차스러운 말이 귀에 거슬렸다.

"그걸 지금 자랑이라고 저한테 말하는 거예요, 형. 형한테 할 말은 아니겠지만 인간이 살면 얼마나 살우? 끝까지 뒷모습이 아름답게 살 수는 없어요?"

"부끄럽다. 내가 너무 생각없이 살았다. 아새끼 대학 보내고, 집 사고, 차 할부 넣고, 이렇게 사는 게 전부는 아닌데 말이야."

"형 집 사고 차 사고 큰애 대학 들어간 거 다 축하할 일이죠. 그걸 가지고 누가 뭐라고 했어요? 형, 앞으로 갓 형이 보여줬던 그 모습 있잖아요. 뭐가 겁나서 그래요? 현장과장 못 되면, 아니 팀장마저 떨려

난다고 월급이 크게 줄어요? 지금 와서 인생에 큰 애로사항이 생깁니까?"

"너도 정말 내가 겁이 나서 꼼짝 않고, 애들 말린 거라고 생각해? 사실 난 젊은애들 마음에 들지 않았어. 작년 임단투 때부터 정이 떨어졌어. 아직 시퍼렇게 젊은 놈들이 눈치나 살살 보면서 무임승차나 하려 들고. 이번에도 어차피 나중에 다 하게 될 것, 그때 나가면 될 걸 우리 팀의 이현이 같은 애들이 먼저 나가서 피보는 걸 보고 싶지 않았어. 다른 팀에서도 아무도 안 나가는 그런 사태가 생길 줄은 정말 몰랐다. 나도 놀랐어. 내가 나가지 말라고 한 건 이현이같이 때마다 총대 메는 놈들 들으라고 한 얘기야! 그런데 정작 그놈은 또 미련하게 기어나가고 약아빠진 놈들은 안 나가고 내 앞에서 알랑알랑거리는데 어떻게 사십명의 팀원 중에서 대의원하고 소위원 하나씩, 평조합원은 이현이 하나 나갈 수가 있어? 내가 봐도 그런데 이현이 그놈이야 오죽했겠냐? 정나미가 떨어졌을 거다. 말린 나도 또 뭘로 보였겠어. 인간이 싫었겠지. 그래서 강원도 골짜기로 기어들어갔겠지."

"형, 언제부터 말이 이렇게 많아졌어? 내가 물은 건 이현이도 다른 조합원도 아냐. 형이야, 형한테 물은 거란 말이야. 형 인생에 팀장이, 현장과장, 이름뿐인 과장이 언제부터 그렇게 중요하고 대단했어?"

"너 말이 좀 심하다고 생각하지 않아? 해고자는 거룩한 희생자고 직책 맡은 놈은 뺄도 없는 줄 아니? 니들한테도 조합비에서 월급 나가잖아. 나도 최소한 내가 해야 할 것은 하고 살아."

"반 월차 거부한 거요? 그게 형이 할 최소한인가요. 그럼 최대한은 뭐죠? 내가 형에 대해서 잘못 생각했군요. 저요? 월급 꼬박꼬박 받죠. 그러면서 뭘 했느냐구요? 욕하세요. 망한 지주집 마름처럼 고개 처박고 길거리를 떠돌면서 우린 하루하루를 버텼어요. 아주 희희낙락하면서 말이죠."

서로 건드리지 말아야 할 상처를 건드리고 말았다. 조합비에서 나오는 그 월급봉투를 마음 편히 받은 적은 단 한번도 없었다.

"나도 잘못 생각한 것 같다. 난 그래도 인간 냄새 나는 놈이 그리웠고, 네놈이 인간 냄새가 나는 놈이라고 생각했고 기껍게 술 한잔 마시고 싶었다."

마신 술이 적지 않았지만 둘 다 정신은 소주 빛깔처럼 투명했고 눈빛 또한 그랬다.

"내가 형한테, 그래 형 장한 일 했수, 마음 고생 많았수, 그럴 줄 알았어? 나 용납 안해. 이현이 다시 돌아오고, 옛날의 당당하던 그 앞으로 갓 형의 모습 보여주지 않는 한 나 형 용납 못해."

봉식을 용납하는 것은 지금의 현실을 용납하는 것이고 자신을 용납하는 것이었기에 상모는 좋게 얼버무릴 수 없었다. 소주 다섯 병을 나눠 마신 사람이라고는 믿기지 않게, 그렇게 싸늘하게 둘은 돌아섰다.

샛노란 개나리가 눈에 와 박히는 정문을 돌아보며 상모는 담담하게 말을 이었다.

"난 정문 앞에 서서 현장을 바라보며 확인을 한다, 내가 몸을 일으켜세워야 할 곳이 어딘지를. 난 다짐을 한다, 저 현장에서 다시 내 몸을 일으켜세우지 않으면 안된다는 것을. 저 비정한 철판더미 속에서 우리는 다시 몸을 일으켜야 한다는 것, 그것뿐이야."

창연은 상모의 눈길이 머물고 있는 정문을 바라보다가 장난스럽게 그의 팔을 툭 쳤다.

"지금 보니까, 형도 팔십년대가 낳은 만만치 않은 꼴통인데."

"팔십년대가 뭘 잘못했는데?"

"대가리 박고 돌격 앞으로, 그게 팔십년대 아닙니까."

창연은 낄낄거렸다.

"왜 그래, 인마. 그래도 박아야 될 곳에 박고 돌격했어. 구십년대처럼 똥오줌 못 가리지는 않았다."

"구십년대야 원래 뭐가 있나요. 팔십년대에 딸린 별책부록이지."

"너도 그렇게 생각하냐? 구십년대 다 끝나가니까 보이지. 어떤 껍데기들이 팔십년대의 열매를 다 가로챘는지. 이제는 팔십년대도 껍데기는 가고 알맹이만 남을 거야. 껍데기들은 우려먹을 것이 더 남지 않으면 아무리 잡아도 뒤도 돌아보지 않고 떠나게 마련이고 그들이 수렁에 처박아버리고 가버린, 남아 있는 그 수레바퀴를 굴릴 임자들이 누군지는 또 정해져 있잖아."

약간은 쓸쓸한 웃음이 서린 그의 옆얼굴을 쳐다보던 창연은 문득 상모의 머리칼에 새치가 많아진 것을 발견하고는 히힛, 웃었다.

"형, 새치 굉장히 많아졌는데. 정말 이렇게 나가면 머지않아 백발도사 되겠다. 작업복에 하얀 백대가리 하고 정문 앞에 날마다 서 있으면 그거 볼 만하겠다. 상상만 해도 재밌지 않우?"

"악담을 해라, 인마야. 그래 날 보자는 용건이 뭔데?"

"용건 끝났어. 정책실장이나 만나보세요. 기다리겠네요. 상의할 게 있는 모양이던데 빨리 가보죠."

창연은 앞장서서 경찰서가 있는 왕복 2차선도로로 접어들었다.

"난 사실 형이 약간 이래 된 게 아닌가 걱정이 됐거든요. 내 감정결과로는 이게 아닌 것만은 분명한 것 같으니까 안심입니다."

창연은 오른쪽 검지를 머리 꼭대기에서 한바퀴 그려 보이고는 헤벌쭉 웃었다.

"에라, 이 자식아."

상모는 자전거를 끌고 지레 도망치는 녀석의 엉덩이를 향해 헛발질을 했다.

"형님, 내 형님을 위해서 노래 한곡 불러줄게요."

저만큼 도망을 치며 녀석은 큰 소리로 노래를 부르기 시작했다. 가버린 세월을 탓하지 마라. 지나간 청춘일랑 욕하지 마라. 아직도 태양은 우리의 머리 위에서 빛나고 있다. 차이 차 차차, 부딪쳐 깨어지는 파도와 같이 산산이 부서져서 다시 모여라…… 녀석은 반주까지 넣어가며 경찰서 초병 앞을 지나갔다. 자, 또다시 일어나 역사에 발맞춰 하나 둘 셋, 앞으로 또다시 앞으로……

"야 인마야, 안 때릴게 같이 가자!"

녀석은 그때서야 헤벌쭉 웃으며 멈춰서서 그를 기다렸다.

"형님, 저는 볼일 끝났으니까 제 갈 길로 가보겠습니다."

"어딜 가는데?"

"이사분기 장학금 전달하러요."

"받는 애들 반응은 어때?"

"좋죠. 고마워하고요. 저번에 위원장님 잡혀들어갔을 땐 울며 전화한 아이 달래랴, 걱정하는 편지 보낸 아이들한테 답장하랴 혼났어요. 조합원들보다 낫더라니까요."

히힛, 한창연은 웃음을 터뜨렸다. 식수의 수질검사에서부터 작업복의 안전성에 이르기까지 조합원들의 구체적인 복지와 관련된 일을 맡아하는 창연은 다른 부서의 간부들보다 훨씬 덜 찌든 편이었다. 지역의 고아원과 복지시설에 지원물품을 보내고 미포성당을 통해서 노인들에게 이불과 쌀, 연료를 마련해주는 것도 그의 몫이었고 장애인 자활사업장에 조합원들의 도장을 일괄 주문하는 것도 모두 창연의 업무에 속했다.

"자세한 것 알고 싶으면 여기 우리 부서 남는 자료 있으니까 한부 보세요. 그럼 전 먼저 갑니다."

자전거에 올라탄 그가 인쇄소와 미포중학교의 갈림길에서 노랫소리를 뒤로 남기고 미포중학교 쪽으로 멀어져갔다. 가버린 세월을 탓하지 마라. 지나간 청춘을 욕하지 마라…… 노래를 부르며.

오좌불로 가는 길목에 있는 인쇄소로 향하며 상모는 장학금 지급명세표를 꺼내보았다.

1. 미포중 3-5 강인호 소년가장, 부 사망, 모 별거, 조모와 동거
2.   3-6 박수성 소년가장, 부모 교통사고 사망(뺑소니)
3.   3-9 정복재 소년가장, 부 사망, 모 재혼, 고모부댁 거주
4.   2-8 유정문 부 폐결핵, 모 사망, 조모가 생계유지
5.   2-9 석정관 부모 연락두절, 교회에서 생활
6.   1-3 우진홍 부모 사망(화재), 형과 함께 생활
7. 전하중 3-9 유효실 부 병환, 모 가출, 언니 동생과 생활
8.   2-6 박정수 부 사망, 모 정신병원 입원, 동생과 생활
9.   2-9 임희애 부모 이혼, 할머니 오빠와 생활

한사람 한사람 짚어갈수록 가슴이 답답해져갔다. 올해 장학금 지급대상자 30명의 명단에서 이현이 건네주고 간 이름은 송진식의 동생

송진호 하나뿐이었다.

24. 동부중 2-1 송진호 부 사망, 모 가출, 외조모(행상)와 생활

상모는 박현강이 자기를 보자고 한 용건을 짐작하고 있었다. 다음 주로 예정되어 있는 간부수련회에 노조의 활동방침을 제출할 책임이 정책실에 주어져 있었다.

7

오른쪽 차창 밖으로는 끝없이 이어지는 바다였다. 울산에서 출발한 승용차는 동해의 해안선을 따라 이어진 7번국도를 따라 정자·감포· 포항·월포를 거쳐 화진을 지나고 있었다. 그들은 시원하게 직선으로 뻗은 화진포 해수욕장 앞을 경쾌하게 질주했다. 운전대를 잡은 봉식은 직선도로에서 받은 탄력을 떨어뜨리지 않고 4단 기어를 유지한 채 언덕길을 등판했다. 두 번의 완만한 커브를 돌아서자 한층 가파른 언덕이 버티고 있었고 봉식의 승용차는 가쁜 숨을 몰아쉬며 3단으로 기어 변속을 했다.

뒷좌석 오른쪽에 앉은 상모와 앞좌석 조수석의 창연은 해송 사이로 드러난 푸른 바다에 눈길을 내맡기고 있었다. 상모의 옆에 앉은 현강은 이미 잠에 떨어져 있었다.

언덕의 정상에 올라서자 장사 해수욕장의 긴 모래밭에 몰려와 하얗게 부서지는 파도가 한눈에 들어왔다. 상모는 허리가 꺾인 반대방향

으로 고개를 완전히 처박고 잠든 현강의 다리를 자기 쪽으로 당겨 비스듬히 뉘었다. 지난번 간부수련회 이후로 단 하루도 충분하게 잠을 자지 못한 현강이었다. 얼굴이 눈에 띄게 헬쑥했다.

"형님, 혼자서 그런다고 뭐가 됩니까. 저 이번에 사고칠 겁니다."
인쇄소에서 만났던 날, 현강은 대뜸 상모에게 그렇게 말했다.
"쳐야 될 사고면 쳐야겠지."
"하려면 개떼처럼 들러붙어서 하는 듯이 한번 해보든지, 걷어치우려면 차라리 깨끗하게 걷어치우든지 이제는 간부들부터 결판을 내야 합니다."
개인주의가 노조를 망쳤다고 확신하고 있는 박현강이 상모의 요즘 행동에 대해서 마땅찮게 여기는 것은 당연했다.
"전 솔직히 형님 보면 겁납니다. 저러다 언제 또 이현이처럼 뒤로 나자빠질까 싶어서요. 혼자서 뭘 할 수 있습니까, 혼자서. 그런데도 나중에 나자빠져서는 할 만큼 다했다, 같이 움직여주지 않은 간부들에게 절망을 느낀다, 그럴 거 아닙니까?"
"그게 걱정이냐?"
"큰 걱정이죠. 까놓고 얘기해서 한두 번씩 열심히 안해본 놈 어딨습니까. 요즘 우리 처지를 생각하면 자다가도 벌떡 일어나고, 한번 그렇게 깨면 잠이 안 오는데 한번쯤 이를 악물고 잘해보려고 안한 간부들이 어딨겠어요. 문제는 한꺼번에 안하는 데 있어요. 나 혼자서 맘 다 잡아먹고 열심히 해보지만 옆에서는 타성에 젖어 옛날하고 똑같은데 성과가 나타날 리 만무하고, 내가 나자빠진 다음에 옆의 놈이 나서서 해보려고 하면 그때는 내가 초를 치죠. 누군 안해본 줄 아냐, 그런다고 되는 줄 아냐, 하고 말이죠. 돌아가면서 초치고 발목잡고 그러는 겁니다. 형님도 항우장사가 아닌 다음에야 언젠가 나가떨어질 테고 그러면, 거 봐라, 안된다니까, 다들 그럴 거 아닙니까."

"그러면 난 정말 큰일인데. 평생 정문 앞에 가서 벌서고 있어야 된다는 얘긴데."

그의 엄살에 현강은 정색을 했다.

"형님, 이거 장난이 아닙니다."

정색을 하고 그렇게 말하는 현강을 보고 그는 그만 소리내어 웃고 말았다.

"그래, 장난이 아니면…… 결판을 어떻게 낼 작정이길래 자꾸 겁을 주는 거야."

"우선 이거 말이 되는지 한번 읽어봐주세요."

현강이 내민 것은 간부수련회에 제출할 정책실의 발제문이었다. '단결과 전진을 위한 노동자의 원칙회복'이라는 부제가 붙어 있는 여섯 장짜리 문건의 행간행간마다 고뇌한 현강의 흔적이 역력했다. 조직적 실천의 기피와 동료에 대한 불신, 이 늪을 뚫고 우리가 다시 어떻게 싱그러운 희망으로 일어설 것인가? 한시도 늦추지 않는 회사의 포위망 속에서 허리 굽혀 복종하고 고개 숙인 채 숨죽이고 있는 조합원들과 더불어 어떻게 몸을 일으켜세울 것인가? 이 두 가지 문제에 모든 촛점이 맞추어져 있었다.

"고생했네. 공부 좀 한 모양이다."

"말이 되는 것 같아요?"

"말이 되는 것 같은 게 아니라 된다. 내 가슴에는 다 와닿는 얘기들인데."

"뜻밖인데요, 형님. 먼저 인간이 돼야 한다 그럴 줄 알았는데."

현강의 얼굴에 남아 있던 긴장이 허물어지는 것을 상모는 언뜻 읽었다. 동시에 그가 아직도 현강에게 부담스런 존재로 남아 있다는 것을 확인할 수 있었다.

"오히려 이런 고민 하는 니들이 고맙지. 공자님 같은 지당하신 말씀이나 하고 도사같이 애매모호한 소리나 할 줄 알았는데 실망했냐? 알고 보면 나도 과격한 사람이다. 사실은 한달만 더 벌서고 나서 내가 하려고 했던 얘긴데 너에게 선수를 빼앗겨버려서 약간 섭섭하다. 한잔 살래?"

언제나 그보다 한발 앞장서 나아가는 현강이 새삼스럽게 든든하게 느껴졌다. 자신이 서야 할 몫의 벌을 먼저 서고 나서 몸을 일으키고, 그런 다음 시도하려고 했던 일을 녀석은 벌써 착수하고 있었다.

"한상자라도 사죠. 그 대신 도사들 헛소리 못하게 책임져줘야 됩니다."

그날 해질녘 그들 둘이 소주병과 정어리통조림을 사들고 간 곳은 미포조선소의 영빈관이 건너보이는 울이등대였다. 감자와 라면도 샀고 휴대용 가스버너와 냄비는 가게에서 빌렸다.

"형님도 오랜만에 먹어보지요. 이 정어리통조림 찌개."

현강이 라면 수프로 간을 맞추며 씩 웃었다.

"한 칠팔년은 된 것 같은데."

바다에 드리워 붉게 물결치던 저녁노을이 자취를 감추고 미포만은 어둠이 내려앉고 있었다. 조금씩 차오르는 어둠으로 짙어가는 미포만 저쪽 도크와 왕회장 전용의 영빈관으로 이어진 언덕길의 외등이 줄지어 불을 밝혔다.

"그때는 이 정어리통조림 찌개 참 많이 먹었죠. 훤하게 동트도록 토론을 벌이다가 출근시간에 맞춰서 찬밥에 말아먹고, 전하동 언덕길로, 만세대로, 오좌불로 경비들 눈 피해가며 유인물 돌리고 와서도 라면 풀어 해장하고, 이 국물에 라면 끓이면 이상하게 가락이 붇지도 않고 쫄깃쫄깃했잖아요. 석남사로 수련회 갔을 때도 여기에다 소주병깨나 없앴죠? 그때만 해도 내가 막내였는데……"

"그때가 좋았다는 말 하려고 그러지, 지금 너?"

"아닙니다. 지금이 좋습니다. 내일은 더 좋습니다!"

"됐어 됐어, 복창소리 좋고. 한잔 하자."

둘은 이홉들이 소주병을 마주 부딪쳤다. 그리고 미포조선소를 건너보며 한동안 상념에 젖어들었다.

"넌 그때와 지금의 네가 어떻게 달라진 것 같니?"

검게 일렁거리는 바다를 바라보며 그가 물었다.

"글쎄요…… 어떻게 보면 모든 게 다 달라졌고, 또 어떻게 보면 아무것도 달라지지 않은 것도 같고요. 그때는 꿈이 컸죠, 금방 세상을 뒤바꿀 수 있을 것 같기도 했고. 지금은 솔직히 기가 많이 죽었죠."

이현이 조용히 제 한몸 몸으로 때우는 편이라면 현강은 언제나 자기주장이 분명하고 씩씩한 축에 속했다. 이 지역의 공립공고를 졸업하고 바로 입사를 했기 때문에 상모보다 사번이 더 앞섰고 통솔력도 있는 꿈나무였다. 운동의 진로를 둘러싼 첨예한 논쟁에도 현강은 빠지지 않았고 그와도 여러차례 부딪쳤다.

"형님은 뭐가 달라진 것 같아요?"

"나만 그런지 모르지만 댓가를 바라는 마음이 한동안 생기지 않았나 싶어. 한 사람의 마음을 돌리기 위해 내 주머니 털어서 밤새 술 사주며 설득하고, 철야한 다음날 새벽에도 숱하게 유인물 뿌리러 다녔지만 손해봤다는 생각 한 적 없었잖아. 그리고 참, 네 발제문에서도 여러차례 조직문제를 언급했는데도 부족하게 느껴진 것은 그 문제를 노조의 공식조직으로 한정지어서 얘기했기 때문이 아닐까 싶다. 회사의 통제가 불가능한 수많은 모임을 만들고 활동가들이 그 속에서 헌신적인 역할을 담당할 때 인간적 유대와 신뢰를 회복해나갈 수 있지 않을까. 하루아침에 될 일은 물론 아니겠지만 불가능한 일도 아냐. 우리가 옛날에 가졌던 그 조직적 헌신성의 절반만 발휘한다면 말이야."

지난 세월 힘겨운 고비에서 만났던 아름다운 얼굴들이 떠오르는 것은 어쩔 수 없었다.

"그리고 우리 공부해야 돼. 공부하고는 담쌓고 책이라고는 한줄 읽지 않으면서 입만 열면 옛날식으로는 안된다, 새로운 전망을 제시해야 한다고 떠드는 친구들 보면 화가 나더라. 어떻게 보면 지금까지 버티는 것도 왕년에 읽어둔 책이라도 몇권 있으니까 가능한 것 아니냐. 그때 나쁜 머리로 그 어려운 책들 붙들고 얼마나 열심히들 씨름했냐."

"한수만 물릴 수 있다면, 그래서 그때 그 멤버들 다시 한번 모여서 시작할 수만 있다면 혁명이라도 할 것 같은데 말이죠."

소주병을 입에 문 현강의 목젖이 울걱울걱 위아래로 오르내렸다.

"우리가 다시 몸을 일으키기 위해서 뛰어넘어야 할 장벽이 바로 그 과거에 대한 회한과 유혹이 아닐까. 지금 우리는 이미 달라져 있어. 아니 그때도 다 알맹이는 아니었어. 지금 바로 이 순간에 함께 길을 나설 사람들이 중요하고, 나는 그런 사람들 많다고 생각해. 그런 사람을 조직하고 함께 몸부림치며 싸워나가야 하는 거야. 난 이현이도 봉식이형도 그리워하지 않아. 나는 남아 있는 수레바퀴를 함께 굴릴 다른, 새로운 사람들을 찾을 거야. 난 물러서지 않아. 그들이 우리의 곁으로 돌아와 다시 별이 되어 빛날 때까지."

이번에는 상모가 소주병을 입에 물었다. 하늘에는 별이, 보석 같은 별이 점점이 빛나고 있었다. 지난날 서로의 가슴에 별이 되어 빛났던 수많은 아름다운 얼굴들이 그리운 것은 그도 어쩔 수 없었다.

"형, 정말 그 얼굴들, 그 가슴으로 다시 만날 날이 있을까?"

어찌 녀석인들 힘들고 외롭고 그립지 않았겠는가. 그는 대답 대신 빈병을 내던지고 남은 소주병 두 개를 따서 하나를 내밀었다.

"우리가 그 별들을 쉽게 잊지 못하듯이 그들도 우리와, 우리와 함께 했던 시간을 지워버리지는 못할 거야."

"………"

현강도 미포만의 밤하늘에 반짝이는 별을 올려다보았다.

"이 비정한 세월을 견뎌나가야겠지, 누군가는."

"형, 오늘 우리 둘이 결사하자."

상모는 현강이 힘껏 내미는 소주병을 맞받아쳤다.

경주에서 열린 수련회의 첫 발제자로 나온 현강의 문제제기는 정말 사고를 칠 것같이 처음부터 도발적이었다.

"우리는 흔히 이천 대오만 있으면 미포중공업에서 못할 것이 없다고 했습니다. 하지만 지난 겨울 투쟁을 거치면서 이제는 이백, 삼백이나 이천, 삼천명이 하는 투쟁이 아닌 이만이 같이 하는 투쟁을 해야 한다는 말도 숱하게 했습니다. 그러나 저는 아니라고 생각합니다. 우리가 진정으로 하나의 결의를 가지고 한사람처럼 움직이기만 한다면 여기 있는 이 면면들만 가지고도 우리가 미포중공업에서 못할 일은 없습니다. 자, 우리 옆에 앉은 간부들 한사람 한사람 돌아봅시다. 능력이 없습니까? 용기가 없습니까? 경험이 부족합니까? 치른 댓가가 적습니까?"

모이기만 하면 어깨부터 늘어뜨리고 말문을 열기 전에 한숨부터 쉬는 간부들의 긴장한 눈길이 일제히 현강에게 모아졌다. 현강은 그 시선들을 무시하고 탁자에 놓인 물을 한모금 마시고는 손바닥으로 입주위를 좌우로 문지른 다음 문건을 보지 않고 다음 질문을 던졌다.

"처음부터 우리 곁에 천사람 만사람이 있었습니까? 언제부터 우리 옆에 일만명 이만명이 있었습니까? 일만을 이야기하고 이만을 이야기하기 전에, 조합원 이만 이천의 투쟁을 이야기하기 전에 우리가 이만 이천을 모으는 투쟁을 하자고 결의하고 한사람이 된 것 같은 조직적이고 집단적인 실천을 할 수 있느냐를 먼저 물어야 합니다."

문건에서 떠난 현강의 시선은 쏘아보듯이 간부들을 훑어보았다.

"나 혼자 결심하고 나 혼자 실천하다가 나 혼자 안된다고 판단하고 나자빠지는 것으로는 안됩니다. 조직적인 결의를 이끌어내기 위해 설득하고 토론하고, 안되면 싸우기라도 해서 조직의 결의를 만들어내고, 산중의 도사처럼 나 혼자가 아닌 집단적인 실천을 하고, 실천을 하지 않는 사람은 철저히 비판해나갈 때만이 노조가 조직으로서의 생명력을 되찾고 그 위력을 발휘할 수 있는 겁니다. 우리가 오늘 이 자리에서 확인해야 할 것은 우리가 다시 노동자의 행동원칙, 노동자의 집단주의를 회복할 수 있는지 없는지, 그것입니다. 아무리 거대한 눈덩이도 작지만 단단한, 처음의 주먹만한 눈덩이가 없이는 뭉쳐질 수가 없는 것 아닙니까? 우리 모두가 알고 있듯이 진정한 대중노선은 대중의 꽁무니나 쫓아다니는 것이 아닙니다."

현강의 독설에 가까운 발표가 계속되는 동안 150여명이 들어찬 실내는 찬물을 끼얹은 듯이 조용했고 시간이 지날수록 그 고요는 팽팽한 긴장으로 바뀌어갔다.

"어렵게 더 얘기하지 않겠습니다. 정책실에서 제시할 거창한 우리 노조의 정책은 없습니다. 박을 때 같이 박고 개길 때 같이 개기자. 개길 때 혼자 대가리 처박고 열심히 해서도 안된다, 이겁니다. 다 개길 때 열심히 하고 싶으면 먼저 다같이 대가리 처박고 해보자고 설득하고 싸워보고, 그래도 안되면? 그때는, 혼자 하는 것이 아니고 나도 같이 개겨버리자 이겁니다. 간부고 활동가라면 최소한 소모임 하나는 만들고 꾸려가는 성의와 노력이 있어야 하고, 그것도 못한다면 당장 물러나야 합니다. 우리에게 필요한 것은 성인군자가 아니고, 저 혼자 잘난 겉똑똑이도 아니고 오로지 조직적 실천가일 뿐입니다."

박수가 터져나왔다. 결코 우레와 같지 않은, 느리고 긴 박수였다. 그 박수가 완전히 멎은 다음 손을 들고 일어선 것은 교육부의 최용구였다. 평소 의견대립이 잦은 현강과 용구의 사이를 아는 간부들은 아연 긴장했지만 상모는 흔들림없는 시선으로 둘을 번갈아보았다. 그는 수련회에 오기 전에 최용구를 만나 현강보다 더 많은 시간 이야기를 나누었다.

"정책실의 의견에 전적으로 공감합니다. 회사는 미포그룹의 다른 계열사와도 또 달리 지금까지 노조에 대한 적대정책을 일관되게 유지하면서 치밀하고, 집요하게, 거기에다가 때로는 아주 무식하게 노조를 공격해왔습니다. 정책실장님이 잘 지적했듯이 중요한 것은 몇몇 사람이 얼마 동안 발바닥에 땀이 나도록 뛴다고 되는 일이 아닙니다. 한 건으로 회사가 일년 동안 일상활동으로 쌓아놓은 걸 뒤집을 수 없습니다. 어려운 일입니다. 정말 비상한 각오를 가지고, 겸허한 마음으로, 인내심을 가지고 우리 모두 다시 한번 시작해봅시다."

처음처럼, 집행부 수련회의 다짐은 수련회로 끝나지 않았다. 조합 간부들의 출근시간이 앞당겨졌고 소속 현장을 돌아보는 발걸음이 분주해졌으며 혼자 인상쓰며 뛰어다니거나 실별, 부서별로 문을 걸어닫고 일하는 간부는 더이상 없었다. 그중에서도 현강과 용구의 애쓰는 모습은 옆에서 보는 사람들을 숙연하게 만들기에 충분했다.

영덕 7km, 이정표를 지난 상모 일행의 승용차는 삼사해상공원지구를 우회해서 영덕을 향했다.

이렇게 빨리 이현을 만나러 강원도로 가게 되리라고 상모는 생각하지 못했다. 녀석이 마음을 갈무리하고 강원도 고향에서 자리를 잡으려면 아무래도 시간이 걸릴 테고, 빨라야 여름휴가에 맞춰서 찾아볼 수 있으리라고 짐작했다. 송별회와 떠나던 날의 태도로 봐서 여름휴가 때까지도 녀석이 연락을 주지 않을 것 같았다. 사실 그는 이현의 고향이 정확히 어디인지도 알지 못했다. 그저 가끔 술자리에서 들은 동네 이름, 삼척에서도 한참을 들어간 산골짜기 마을인 천대밭골 어디쯤이라는 것 정도였다. 녀석이 초등학교를 마치고 중학교에 진학하면서 떠나왔다는 천대밭골은 적어도 녀석의 기억 속에서 울창하고 늘씬한 아름드리 적송이 있고 소쿠리만 들고 나가면 금방 버들치 한 양동이를 잡을 수 있는 그런 산골이었다.

"조합으로 다시 전화해놓는다고 했으니까 미포에 전화 한번 해봐라. 우리가 어느 쪽으로 찾아가야 되는지?"

그의 말에 주머니에서 휴대폰을 꺼내들고 몇차례 번호를 눌러보던 창연이 고개를 저었다.

"신호가 안 터집니다."

"공중전화로 해보지. 아무 휴게소에나 잠시 세울까?"

봉식이 상모를 돌아보았다.

"그냥 갑시다. 삼척에 가서 확인해도 돼요. 형님 피곤하면 좀 쉬어서 가든지요."

"난 괜찮은데. 배들 고프지 않아?"

"우리야 상관없는데 현강이가 요기나 했는지 모르겠네요."

"자기 말로는 먹었다던데, 지금은 곤히 떨어졌으니까 일어나면 어디 들러서 요기를 하든지 하죠, 뭐."

창연의 말에 봉식은 다시 가속페달을 밟았다.

"그놈 그동안 어떻게 지냈는지는 잘 모르지?"

봉식이 이현에 대해서 물은 것은 영덕 시내를 왼쪽으로 두고 청련사 앞을 지날 때였다. 여전히 7번국도였다.

"이번이 처음 연락이니까, 뭘 하고 어떻게 지냈는지 어떻게 알겠습니까?"

"봉식이 형님이 그 자식 좀 잡았어야죠?"

창연의 불만에 찬 물음에 봉식은 대답이 없었다. 창연은 봉식과 함께 이현을 만나러 간다는 사실 자체가 못내 불쾌한 모양이었다.

상모가 이현에게 가는 길에 봉식을 부른 것은 결코 봉식을 용납해서가 아니었다. 화해를 시키기 위해서도 더욱 아니었다. 봉식은 이현의 오늘을 보고 느껴야 한다고 믿은 때문이었다.

짐작대로 봉식은 창연의 물음에 끝내 대답하지 않았다. 출발할 때부터 감돌던 어색한 분위기는 불편한 침묵으로 계속 이어졌다.

"북한동포돕기 회람에 형님네 부서는 반응이 어땠습니까?"

그 불편한 침묵을 밀어내기 위해 상모가 찾아낸 화제가 북한동포돕기 문제였다.

"다들 얼마씩 하는 것 같더구면."

"형님은 얼마 쓰셨습니까?"

상모는 봉식이 회람용지의 맨 위에 이름을 적었다는 것을 알고 있었다.

"남만큼은 썼다."

"팀장이 그런 데 앞장서면 되나요?"

창연은 다분히 시비조였다.

"어디 하고 싶어서 했나? 대의원 나리가 나한테 맨 먼저 가져다가 들이미니까 했지."

봉식의 대답도 뒤틀렸다.

"군량미로 쓸지 어쩔지, 줘도 고마워할지 안할지도 모르는 북쪽에다 쌀 보내는 데 앞장서면 돼요?"

상모가 끼여들어 흔히 하는 농담으로 말머리를 돌렸다.

"수재로 아이들이 굶는다는데, 굶는 놈 밥 먹이자는데 그것을 누가 뭐라고 해. 짐승도 굶겨 죽이면 죄가 되는데. 옆에 굶는 사람 있는데 쌀독의 쌀을 퍼주고 안 퍼주고는 있는 놈 맘인 기고, 받고 나서 고마워하고 안하고는 받는 놈 맘이지."

"전체적으로는 얼마나 걷혔어?"

상모는 창연의 뒤통수에다 대고 물었다.

"모금요? 정문모금, 대의원들이 회람 돌린 거 다 하면 삼천몇백만 원은 됩니다."

이현의 생각에 빠져 있는 창연의 목소리는 시큰둥했다. 평소 같으

면 수치에 정확한 창연이 일원 단위까지 정확하게 대답하지 않았을
리 없었다.

후포를 지난 승용차는 평해의 월송정을 지나고 있었다. 이정표는
울진 35km를 가리키고 있었다. 월송정을 지나는 동안 바다가 있는 오
른쪽은 온통 송림이었다. 노송에는 미치지 못하지만 그렇다고 연약할
만큼 가늘지도 않은 조선소나무의 숲이었다. 해안선을 따라 곳곳에
조림된 왜송과 잣나무의 일직선으로 쭉쭉 뻗은 모양과 달리 곡선의
굴절을 간직한 조선소나무에는 어딘지 세월의 상처와 시련을 딛고 자
란 도도함이 있었다. 오늘따라 조선소나무의 그런 느낌이 더했다.

현강이 일어나고 늦은 요기를 하기 위해 들어간 휴게소는 죽변이었
다. 현강에게는 억지로 국밥을 시켜 먹이고 봉식과 상모는 우동을 한
그릇씩 주문했다. 창연은 생각없다면서 캔맥주 하나를 들고 공중전화
로 향했다.

"노조에 통화 안되면 지역본부로 한번 해봐라."

짐작대로 현강은 아침조차 걸렀는지 국밥 한그릇을 뚝딱 비웠다.
봉식은 속이 좋지 않다며 우동을 절반이나 상모에게 덜어주고 문밖에
나가 담배를 피우고 있었다. 빈 그릇을 반납하러 가는 현강에게 김밥
하나 더 먹겠느냐고 물었지만 고개를 저었다. 상모는 젓가락으로 우
동을 뒤적거리다가 심란하고 처량해져서 그냥 일어서고 말았다. 상모
가 밖으로 나가 담배를 꺼내자 봉식이 불을 건네주었다. 그들 옆에 쪼
그리고 앉아 커피를 마시는 현강의 두 눈은 붉게 충혈되어 있었다.

"힘들지?"

현강을 비롯한 간부들은 혼신을 다했지만 노조의 상황은 쉽게 달라
지지 않았다. 애초부터 한두 달 사이에 달라지기를 기대한 것은 아니

었다.

"젊은 놈이 힘들긴 뭐가 힘듭니까?"

현강이 그렇게 대답하는 동안 봉식이 슬그머니 자리를 피했다.

전화를 걸고 돌아오는 창연의 얼굴이 어두웠다.

"뭐래?"

"도립병원 중환자실로 옮겼답니다."

봉식과 창연은 멀거니 하늘을 쳐다보면서 차를 향해 앞서 걸어갔다. 그 뒤로 상모와 현강이 고개를 떨구고 따라갔다.

원덕을 지나 비화진에 이를 때까지 차 안에서는 아무도 입을 열지 않았다.

오늘 새벽 이현의 사고소식을 가장 먼저 상모에게 알려준 것은 진식이었다.

"형님이 어젯밤에 오토바이를 타고 달리다가 벼랑에서 떨어졌대요…… 형수님한테 금방 전화왔는데 아는 사람도 없고, 어떻게 해야 될지 모르겠다고 아저씨한테 연락 좀 해달래요……"

새벽에 전화를 한 녀석은 그 말만 하고 울먹거렸다. 이현은 자신이 챙겼던 아이들의 연락처를 제외하고는 상모를 포함한 어느 누구의 전화번호도 가져가지 않았던 것이다. 상모는 자신이 만들어준 오토바이가 떠올랐고 송곳이 가슴을 찔러오는 통증을 느꼈다. 진식이 이현의 아내에게 받은 전화 내용을 통해 확인할 수 있는 것이라고는 어제 저녁, 이현이 바다가 보고 싶다며 밥을 먹은 뒤 혼자서 오토바이를 타고 나가서 사고가 났고, 곧 큰 병원으로 옮길 거라는 게 전부였다.

"라디오나 좀 켜봐라."

현강은 침묵을 못 견디겠다는 듯이 신경질적이었다. 창연이 라디오를 켰지만 지직거리는 잡음만 계속 나왔다. 테이프를 찾아 고르던 창연이 봉식을 흘겨보며 투덜거렸다.

"무슨 놈의 테이프가 다 이런 것뿐이에요."

그러면서 녀석은 테이프 하나를 밀어넣었다. 최도은의 노래 테이프였다.

사랑한다 미포중공업 노동조합 동지들이여
우리들의 결사투쟁은 이다지도 끝이 없구나
사나이 한평생 노동자로 태어나
투쟁과 투쟁으로 살아온 우리
이것이 나의 길 노동자의 길
아―아―아 골리앗이여 서러워 울지 말아라
아―아―아 골리앗이여 노동자의 깃발이여

맹방을 지나는 왼쪽 산기슭에는 미포에서 진 지 이미 오래인 진달래가 흐드러지게 피어 있었고 오른쪽에는 녀석이 보러 나갔다던 그 바다가 짙푸르게 일렁이고 있었다. 삼척은 이제 8km를 남겨두고 있었다. 상모와 봉식, 현강과 창연, 그 넷은 모두 굳게 입을 다물고 그들 앞으로 열린 길을 응시하고 있었다.

—『창작과비평』 1997년 가을호

개인적 패배에서 연대의 승리로

박수연

네 편의 소설들은 네 개의 축을 따라 전개된다. 축은 소설의 내용이고 사건은 소설의 표현이다. 사건들이 축을 따라 돈다고 말할 수도 있을 것이다. 물론 내용이 표현을 만들어내는 것은 아니다. 내용은 방현석에 의해 만들어진 이야깃거리이며 그렇기 때문에 그 내용이 형식화되는 무엇인가가 별도로 있다고 해야 한다. 독자들은 내용 밑에서 움직이는, 무어라고 말할 수 없지만 분명히 있는 바로 그것을 해석해야 한다. 이렇게 해서 소설은 첫째, 사건들이 선회하는 중심축으로서의 '내용'과 둘째, 그 축을 도는 사건이라는 '표현', 셋째로 그 둘이 서로 스며들면서 구성되는 '의미'로 독자 앞에 나타난다. 잠시 후에 알게 되겠지만, 방현석에게 소설의 '의미'는 각각의 '내용'과 '표현'으로 차이를 실현하면서 소설집 한 권의 결론으로 드러나는 어떤 것이다. 이 결론은 최근의 지적 담론에서 논의되는 것과 같은 '망각'에 대한 이야기와는 거리가 멀다는 사실을 지적해두기로 한다. 그렇기는커녕, 그의 소설집은 앞소설이 뒷소설의 심층적 기억이 되어 '의미'를 구성하는 독특한 형식을 이루고 있는데, 이는 방현석이 이야기의 소재를 공간적으로 확장하는 것 못지않게 시간적 지속을 염두에 두고 있음을 가리킬 것이다.

네 편의 소설들이 네 개의 축을 갖는다는 것은 내용 층위에서 그렇다는 뜻이다. 우선「겨우살이」에는,

① 학교 앞 과속 운전자의 행패

② 고향 누이의 교통사고

③ '법대로'를 주장하는 가해자

④ 가해자 차량에 부착된 '내탓이오'란 스티커

라는 사건이 있다. 모든 사건이 행위를 수반하지는 않는다. 사건은 느낌, 혹은 충격만으로도 전개될 수 있다. ④의 스티커가 주는 충격이 그 하나인데, 이 충격과 함께 소설은 다시 ①②③의 사건들을 하나의 내용으로 묶는다. 내용은 일단 이 사건들이 펼쳐진 결과이다. 그 내용이란 자기중심적 속도경쟁의 과속사회가 보여주는 위험상황이 될 것이다. 이 내용을 감싸면서 학급운영의 자율화와 학생들의 진로 지도를 놓고 전교조 출신 교사가 갖는 고민이 개입한다. 그 고민은 전교조 탈퇴각서를 쓰고 복직한 교사로서 "그래도 살아갈 변명은 있어야겠기에 아무도 몰래 스스로에게 한 약속이 단 하나 있다면 내 한 몸으로 책임질 수 있는, 나와 인연이 닿은 아이들에게 최선을 다하자는" 생각으로부터 나오는 고민이다. 이렇게 말하고 나면 실상「겨우살이」는 현

실의 표면에 넘쳐흐르는 일상적 위기를 그려낸 작품에 지나지 않을 것이다. 이때 '내탓이오'란 스티커가 주는 충격은 가장 표면적인 의미, 즉 그런 스티커를 부착하고 있으면서도 스스로의 인간적 책임을 외면하는 개인적 삶의 파탄 때문인 것으로 해석될 수 있다. 그러나 이것으로는 충분치 않다. 이런 해석은 일상의 위기에 대한 내용적 차원의 형식화에 지나지 않기 때문이다. 내용은 사건들이 펼쳐지는 직선의 끝에 놓인 결과가 아니라 그 사건들로 다시 펼쳐져서 의미의 차원으로 나아가는 나선형의 통로이다.

　소설이 복합적으로 엮어놓은 문제들로서, 양심적 개인이 밀고 나갈 수 있는 신념의 한계와 아이들의 미래에 대한 교사의 갈등, 법적으로는 책임이 없으나 인륜적으로는 무책임한 사람들에 대한 분노 등은 엉뚱한 곳에서 의외의 내용을 만들어낸다. 이 내용이 엉뚱한 것은 그것이 제도를 벗어난 곳에서 오기 때문인데, 소설은 여기에서 커다란 대립의 축을 하나 더 세워놓는다. 이것은 소설 속에서는 표면화되지 않는 잠재적인 축이다. 학교의 내규에 따라 반장으로 인정될 수 없는 학생이 반장으로 선출된다. 잠시 동안의 갈등이 있다. 학교장은 공식 임명장을 주지 않는 대신 비공식적으로 반장 활동을 인정해준다. 이를테면, 학생들의 참된 자율성은 제도를 벗어난 곳에서만 인정되는 것이다. 그 반대로 법의 제도를 지키는 곳에서 교통사고의 가해자는 아무런 사죄도 없이 '법대로'만을 외친다. 이것은 탈법의 필요성을 이야기하는 것일까? 방현석의 텍스트가 최종적으로 도달하는 곳은 바로 이곳, 법과 법의 바깥 혹은 제도 안쪽과 제도 바깥쪽의 대립이 있는 장소이다. 이로써 소설의 내용과 표현이 구성하는 의미는 이 현실 속에서 사회적 행위의 기준으로 작동하는 법이 제대로 된 것이 아니라는 점이다. 법적으로는 책임이 없는데 인륜적으로는 문제가 있다는 사실은 그 법이 비인륜을 조장하고 있다는 뜻이 될 것이다.

제도 '안/밖'의 이 형상적 대립을 통해 드러나는 의외의 내용이 소설의 중간에 있다는 점을 유념해야 한다. 이를테면 이 대립은 앞이야기를 이어받아 뒷이야기로 나아가는 경유지이다. 사건과 내용이 나선형으로 꼬이면서 제도의 '안/밖'이라는 내용을 구성하고 이로써 의외의 의미가 만들어지는 것은 '내탓이오'라고 씌어진 스티커에 이르러서이다. 「겨우살이」의 주인공 서지우가 받는 충격은 '내탓이오'라는 글자의 의미와 함께 소설의 사건 전체를 향해 나선형으로 퍼져가는 '의미'를 구성한다. 독자들은 여기에 이르러 다음과 같은 점을 생각해 보아야 한다. 법은 개인에게 책임을 묻는 제도의 총화이며 주인공은 개인적 양심의 제도내적 실천을 꿈꾸는 인물이고 '내탓이오'는 그것의 가장 도덕적인 외피를 만들어내는 사회적 담론이라는 것. 작가는 '개인'의 삶에 대해 무엇을 말하려는 것일까?

「겨우살이」의 비극적 충격에 비해, 이전에 발표된 방현석의 소설들은 실로 저 80년대의 집단주의 정신을 밑받침으로 삶의 전망을 내세운 결과물들이었다고 해야 할 것이다. 그것들을 중심적 기억으로 하고 「겨우살이」를 또다른 미학적 폭로의 기억으로 삼아서, 「겨울 미포만」이 읽혀질 필요가 있다. 「겨우살이」가 개인적 삶의 파탄을 잠재적으로 드러낸다면 「겨울 미포만」은 그것을 좀더 공식화해서 논리적으로 보여주는 경우이다. 여기에도 최종적 의미 구성에 기여하는 몇개의 사건이 있다.

① 실패로 끝난 노조 총파업

② 개인적 실천에 최선을 다했던 최이현의 사직과 노동운동 현장에서의 이탈

③ 아이에 대한 손찌검과 아내와의 말다툼

④ 조직적 헌신성의 필요를 확인하는 노조 수련회

⑤ 교통사고를 당한 이현

　사건 배치에 따른 내용의 차원에서 본다면 「겨울 미포만」은 이야기의 시작으로 끝나는 소설이다. 80년대말의 혁명적 노동운동이 정세의 변화와 조직원들의 이반(離反)이라는 물결을 타고 급격히 몰락한 시점에서 노동법 개악에 맞선 노조 총파업은 실패로 끝난다. 해고노동자에게 월급을 챙겨줄 정도로 노조는 성장했지만 그 경제력은 정작 노동자들의 직접적 이해관계를 볼모로 해서 얻게 된 반대급부에 불과하다.(①) 87년부터 박상모의 든든한 동지였던 최이현은 노조간부들의 정문투쟁을 상기하며 이렇게 말한다. "형도 봤잖아요, 쇠사슬을 걸머진 조합간부들을 뚫고 (동료 노동자들이—인용자) 어떻게 공장에 들어갔는지. 자기만 잘살겠다고, 성과급 타서 아반떼에서 쏘나타로 바꾸겠다고 설치는데 우린 뭐죠?"(247면) 최이현은 한 개인이 할 수 있는 최대한의 노력을 경주한 인물이지만, 금전적 잇속에 눌러앉은 노동자들의 보신주의에 지쳐 '자살이라도 할까봐 두려워' 노동현장을 떠나기로 결심한다.(②) 박상모는 해고노동자 신분으로 끝까지 현장을 지키는 인물이다. 그러나 노조활동의 질곡 속에서 그는 가정문제에 관한 "가장 혐오하던 일그러진 인간의 모습이 되어"(276면) 폭력을 행사하고 그런 자신의 모습에 참혹해한다.(③) 노조간부들의 수련회는 이야기 전체의 매듭이다. 활동가들의 조직적 헌신성을 강조하는 박현강

의 연설에 만장일치의 박수를 보낼 만큼 사람들은 새로운 전술을 절실히 바라고 있는 것이다.(④) 이야기가 여기까지 진행되었다면, 「겨울 미포만」은 시련과 계급적 승리라는 저간의 노동소설의 모범답안을 반복하는 데서 그쳤을 것이다. 물론 차이는 있다. 비범한 활동가들이 보여준 투쟁의 최고 수위를 전달하던 종래 소설들의 숨가쁜 호흡은 평범한 인간의 있을 법한 고민의 목소리로 바뀌어 있다. 이것은 현재적 노동운동의 모습을 현실적으로 재현한 결과일 것이다. 더구나 운동전선에서 이탈한 봉식형이 서사구조에서 끝까지 살아남는다는 사실은 방현석의 역사적 가치관이 지켜야 할 핵심을 지키면서도 종래의 소설들이 배제했던 영역에까지 넓게 확장되고 있음을 알려주는 예가 되겠다. 그러나 이런 변화를 넘어서서 「겨울 미포만」을 한 편의 특이한 작품으로 만들어놓는 것은 현장을 떠나 고향으로 돌아간 이현의 교통사고이다. 이현은 상모가 조립해준 오토바이를 몰다가 벼랑으로 떨어져 의식불명이 된다.(⑤)

이현의 교통사고는 무엇을 상징하는 것일까? "혼자서 칠 수 있는 몸부림을 다 친 끝에 손아귀에 거머쥔 것이 절망"(270면)뿐인 인물의 교통사고가 작품의 결말로 처리되어 있기 때문에 이것은 단순한 서사기법상의 기교를 넘어서서 작품 전체의 의미에 걸쳐 작동하는 사건이 된다. 앞서 「겨울 미포만」이 이야기의 시작으로 끝난다고 말했던 것은 이 때문이다. 이 사건이 한 개인의 비극적 운명과 관련되면서도 그것에 한정되지 않는 구조적 상징이라는 사실을 알기 위해서는 노조 수련회에서 있었던 현강의 문제제기를 떠올려보아야 한다.

나 혼자 결심하고 나 혼자 실천하다가 나 혼자 안된다고 판단하고 나자빠지는 것으로는 안됩니다. 조직적인 결의를 이끌어내기 위해 설득하고 토론하고, 안되면 싸우기라도 해서 조직의 결의를 만들어내고, 산중의 도사처럼 나 혼자가 아닌 집단적인 실천을 하고, 실천을 하지 않는 사람은 철저히 비판해나갈 때만이 노조가 조직으로서의 생명력을 되찾고 그 위력을 발휘할 수 있는 겁니다. (305면)

혼자 결심하고 실천하고 패배한 대표적인 인물은 이현이다. 현강의 말을 따르면, 그는 개인적 도덕률로는 옳다고 해도 조직적 실천에서는 오류를 범한 것이다. 방현석의 운동관이 노동자의 집단주의적 세계관과 계급적 조직성에 여전히 기초하고 있음이 이로써 분명해지거니와, 이것이 「공산당 선언」에서 나타난 프롤레타리아트의 조직화라는 명제에 연결되어 있음을 말하는 것은 새삼스러운 일이 되겠다. 실로, 「겨울 미포만」에서 노동자들이 승리하고 패배하며 다시 승리를 기약하는 과정은 맑스가 「공산당 선언」에서 설명한 '승리─패배─승리'의 반복 과정을 형상적으로 묘사한 것이다. 그 패배의 이유가 노동자들 사이의 경쟁으로부터 비롯된다는 맑스의 언급은 소설에서는 정문투쟁을 벌이는 조합원들을 뒤로 한 채 자신의 경제적 잇속을 위해 공장 안으로 들어가는 노동자들의 모습에서 예증되는 것이기도 하다. 이 경쟁이 근대적 개인주의의 부정적 쌍생아임이 분명하다면, 이현의 절망은 한 개인의 도덕이, 그 개인을 구조적 경쟁의 희생자이게끔 만드는 개인보다 더 큰 구조에 의해 얼마든지 유린될 수 있음을 증명하는 것이다. 이현은 바로 그 사실을 망각하고 있었던 셈인데, 이것은 그대로 90년대의 내면적 개인을 향한 방현석의 조심스러운 발언이기도 할 것이다. 이로써 한 개인의 비극적 운명은 노동운동이라는 조직적 실천이 미래에 나아가야 할 길을 환기시킨다. 등장인물들은 그 환기 속에서 침묵으로 앞길을 응시하며 이현이 누워 있는 곳으로 간다.

한편, 이현의 교통사고가 작품의 결말로 처리되기 때문에 「겨울 미포만」은 투쟁과 승리가 직선적인 단순성으로는 성취될 수 없는 것임을 분명히 해놓은 것이 된다. 한번의 작은 승리는 더 복잡하고 어려운 과제를 미래에 남겨두리라는 것, 그 미래를 향해 묵묵히 나아가야 하리라는 것이 이 열린 결말이라는 형식의 구체적 의미일 것이다. '승리—패배'가 반복되는 방식을 빌려 삶과 운동의 의미를 드러내는 이러한 형식은 소설들 사이에서도 반복된다. '내탓이오'라는 말이 개인주의적 담론의 하나로 존재하는 것이고 보면 「겨우살이」와 「겨울 미포만」 사이에는 개인주의적 삶이 지배하는 현실에 대한 인식론적 변화가 반복의 형식으로 내재해 있다고 할 수 있다. 「겨우살이」는 「겨울 미포만」의 심층적 기억으로 작동하면서 조직적 실천이라는 하나의 대안을 찾아내기에 이른다. 앞소설에서 제기된 문제가 뒷소설에 이르러 대답을 얻는 이런 특이한 방식의 글쓰기는 작품의 주제를 지속적으로 변모시키려는 자세 없이는 불가능할 터이다. 이를테면 한 편 한 편의 소설들이 방현석에게는 주제의식의 지속과 확장으로 마련되는 것이라고 할 수 있다.

그러나 「겨울 미포만」에 제시된 대안은 80년대적 거대담론을 발본적으로 전환시킨 것이라기보다는 그것의 견결한 지속으로 얻어낸 답변이기 때문에 현실에 대한 성찰적 확장으로서는 한계를 갖는 감이 없지 않다. 제대로 된 확장이라면 실천의 차원뿐만 아니라 기획의 차원에서도 근본적 반성이 요구될 것이기 때문이다. 소설로서 이 반성에 답하는 일은 「겨울 미포만」에 나타난 바의 집단주의적 세계관을 근본적으로 성찰하는 일과 통할 것이다. 방현석에게는 무엇보다도 앞선 시대를 기억하면서 그것을 현재적 시간의 내용으로 변환시키는 일이 중요했을 터인데, 이것은 앞작품에서 제기된 문제를 뒷작품에서 해결하는 방식으로 소설을 쓰는 그의 조직적 창작과도 관련된다고 하겠다. 그의 이러한 창작방식은 그가 소설을 세계에 대한 심미적 대응으로 생각하는 데서 나아가 그 심미성을 현실 전복의 미적 톱니바퀴로 활용하려는 신념을 여전히 간직하고 있다는 것을 의미한다. 여기에도 '승리─패배'의 지속적 반복이 있을 것임은 물론이다. 세계를 장악하려는 과정에서 하나의 승리는 또다른 결여를 불러오고, 그로써 나타난 패배는 결여를 채우는 승리로 이어질 것이기 때문이다.

두 편의 작품을 발표한 이후에, 장편소설 『당신의 왼편』(2000) 후기에서 방현석이 기록하고 있는 역사적 패배의 고백은 그러므로 앞선 시대에 대한 반동과는 다르다고 해야 한다. 그것은 '어떤' 패배를 기억하면서 '상처입은 팔을 잘라내는'(「랍스터를 먹는 시간」) 존재의 자기 인정과도 같은 것이다. 무릇 진정한 자기 인정이란 충만과 결여를 동시에 긍정하는 태도를 가리킨다. 「존재의 형식」과 「랍스터를 먹는 시간」은 『당신의 왼편』에 기록된 패배를 넘어서서, 그 패배 때문에 과거와 단절되는 길로 나아가는 것이 아니라, 그 패배를 또다른 과거의 기억과 만나게 함으로써 충만과 결여의 긍정을 통과하는 역사적 생성을 그려놓는다. 가령, 「존재의 형식」의 주인공 재우가 한국에서 절망하고 베트남으로 와 사는 삶은 결여의 그것이지만, 함께 씨나리오 작업을 하는 시인 반레(레지투이)가 민족해방전쟁의 전사였음을 알게 되고 과거의 동료 문태가 베트남 여행에서 존재 전환의 가능성을 보여준 후 귀국할 때 그는 확실한 충만감 속에서 "명동성당"을 외치는 것이다. 이 당당한 외침이 베트남의 승리의 역사와 한국의 패배의 현실을 결합시키고, 그로써 유사한 식민지 체험의 역사를 해방을 향한 기억의 정치학으로 상승시키는 것임을 아는 일은 어렵지 않다. 방현석은 이로써 앞 시대를 기억해서 해방의 기획을 되살려내는 일에 한 영역을 개척하였다. 더구나 베트남과 한국의 만남이라는 '표현'과 해방의 기획이라는 '내용'이 만들어내는 '의미'는 니체적 '망각'이라는 담론이 횡행하는 현실 속에서 더욱 중요한 것임에 틀림없다.「존재의 형식」은 '망각'의 담론에 대해 역사적 기억의 현실화라는 말로 분명히 응답하는 작품이다.

그런데 이 새로운 기획에 새로운 개인이 출현하고 있다는 사실 또한 눈여겨보아야 한다.「존재의 형식」의 전편이라 할 만한『당신의 원편』에필로그는 혁명운동의 일선에서 비껴난 개인의 외로움에 대해 말한다. 절망이라고까지 할 수는 없어도, 소설의 화자가 시위대의 옆을 지나면서 "외로움을 피할 수는 없었다"고 진술할 때, 독자는 미묘한 이중적 의미를 읽어내야 한다. 첫째, 방현석은「겨우살이」와「겨울 미포만」에서 개인적 실천의 한계를 지적하고 계급적 집단주의의 우월성을 강조했었다는 사실을 상기할 수 있다. 따라서 집단주의의 우월성이라는 측면에서 본다면『당신의 원편』은 역사적 승리를 개인의 외로움으로 봉합해놓은 것이 된다. 둘째, 개인적 실천의 외로움은, 작가가 이미 그것의 한계를 지적해놓았음에도 불구하고 '다시' 서술되고 있다는 점에서, 불가피한 것이 된다. 그러니까『당신의 원편』의 결말은 개인의 문제를 '기어코' 다시 제기하는 셈이다. 방현석의 창작방식에 견주어 본다면「존재의 형식」은 이 문제에 대한 답변을 내놓아야 했을 것이다. 재우는 과거의 상처를 간직한 채 베트남으로 존재 이전하여 홀로 사는 인물이다. 선택적 개인성을 보여준다고도 할 수 있는 재우의 삶이 개인으로서의 그것이라면 그것은 이전의 소설들에서 비판된 개인주의와 어떤 차이를 갖는 것일까? 작가가 새롭게 제기하는 개인을 이해하기 위해서는 작중에서 반복해 나타나는 말 "떰 로옴"(마음가짐)을 되새겨볼 필요가 있다. 반레가 어머니에 대한 기억을 통해 재우와 문태에게 들려준 이 말은 일종의 '존재론적 정화'를 가져오게 하는 역할을 담당한다. 그 마음가짐은 사람에 대한 마음가짐이다. 그것은 경쟁적 개인이 타자에게 갖는 마음가짐이 아니라 나의 몫을 대신해서 혹은 더불어서 살고 있는 타자에게 열어 보이는 마음가짐이다. 여기에는 타자로서의 다른 인간에 대한 신뢰와 책임이 요구될 것인데, 이로써 개인은 개인을 넘어서서 탈개인을 함축하는 개인이 된다. 실로 충만한 역사란 구체적 개인의 삶을 기억하는 역사일 것이다. 「존재의 형식」은 이 복수(複數)의 기억들이 함께 만나서 존재론적 정화를 이루고 그것을 역사적 기억의 정치학으로 결합시킨 소설이다.(나는 이것을 「기억의 서사학」(『실천문학』 2003년 가을호)에서 '존재론적 정화'와 '기억의 정치학'이란 말로 정리한 바 있다.)

「랍스터를 먹는 시간」은 「존재의 형식」이 갖는 서사적 한계를 넘어서기 위한 시도로 읽힐 필요가 있다. 여기에서도 「존재의 형식」과 마찬가지로 두 개의 기억이 통합되는데, 그것은 형과 보 반 러이라는 인물의 삶을 통해서이다. 두 개의 기억은 병치의 방식으로 구성된다. 이것은 억압에 맞서 싸웠던 한국과 베트남의 역사적 경험의 유사성을 드러내기 위한 서술전략에서 기인할 것이다.

① 김부장과 보 반 러이 사이에 싸움이 벌어진다.

베트남 혼혈인 형과 주인공 건석 사이에 갈등이 있다.

② 보 반 러이는 회사의 부당 정책에 사직으로 맞선다.

형은 자신에 대한 건석의 악의를 알고 외출하지 않는다.

③ 보 반 러이의 조급성 때문에 연인이 전쟁에서 실종된다.

형은 경찰의 파업 진압과정에서 사망한다.

④ 보 반 러이는 연인을 찾아 헤맨다.

건석은 형의 사진을 간직한 채 베트남에서 살아간다.

이렇게 표현된 사건들이 식민지적 근대를 유사한 비극 속에서 경험한 역사라는 내용으로 이어질 때 「랍스터를 먹는 시간」은 미래에 있을 역사적 연대의 가능성에 대한 이야기로 의미화되는데, 그것을 실제화하는 사건은 건석과 리엔의 결합이다. 이 결합이 남성적 공격성으로부터 벗어나서 모계사회의 담론에 근거하여 이루어진다는 사실은 방현석의 작품세계에서는 별도의 주목을 요하는 것이지만(「존재의 형식」에서 반레가 '마음가짐'이라는 말을 하게 되는 것도 어머니의 입을 빌려서이다), 보 반 러이가 건석에게 연결되고 러이의 연인이 형에게 연결될 수 있다는 점에서 이 작품은 '확실한' 실재로서의 역사의 경험이 혁명가와 평범한 인물에게 전혀 다른 것이 아님을 이야기하고 있다. 그들은 똑같은 역사의 비극을 다른 방식으로 경험한 것이다. 모계사회의 포용성이 암시하는 바가 바로 이것일 것이다. 「겨울 미포만」이 성찰적 확장을 위한 하나의 시도라고 앞서 말했듯이 방현석에게 이 소설은 그러므로 「존재의 형식」이 제기한 문제들을 인물구성의 변화를 통해 넓고 깊게 만들어놓으려는 노력의 산물이라 할 만하다. 「랍스터를 먹는 시간」의 한국인들은 저간의 방현석 소설의 전형적 인물군을 일찌감치 벗어나 있다. 그들은 운동경력을 가지고 있지도 않고 베트남의 역사에 대해 자각적이지도 않다. 그들은 오히려 참전용사로서의 기억을 떠벌리거나 베트남 혼혈인 형 때문에 괴로워하는 인물들이다. 이들이 보이는 변화란 그러므로 변화를 잠재적으로 준비하고 있는 사람의 변화가 아니라는 점에서 주목을 요한다. 이 변화는 한국인 일반이 보여줄 수 있는 변화인 것이다.

「랍스터를 먹는 시간」의 인물들은 또한 하나하나의 개인으로 베트남에서의 시간을 보낸다. 오부장과 김부장은 경쟁에서 떠밀려 베트남으로 와 퇴직을 기다리며 생활한다. 건석은 자신만의 고통에 사로잡혀 괴로워하는 인물이다. 이것은 러이 또한 마찬가지인데, 그의 괴로움은 전쟁중에 잃어버린 연인에 대한 기억이 원인이다. 이들의 삶은 그러나 철저하게 고립된 것이 아니라 사회적·이데올로기적 반복 속에서 묶여 있다. 김부장은 베트남전 참전의 기억과 함께 시간을 버티고 건석은 형의 나라를 형 대신 살고 있으며 러이는 여전히 해방전쟁의 상처를 거느리고 있다. 작가가 말하고 싶은 것은 이것이었을 것이다. 이를테면 개인은 사회적이고 이데올로기적이며 역사적인 규정을 한 몸에 받고 있는 존재이다. 현실주의적 전형성이라고 할 만한 인물들이 여기에 있는 셈이다.

개인들이 상처의 기억으로 괴로워하는 강박적 되풀이의 구조로부터 자유로워지는 길은 어디에 있을까? 팜 반 꾹이 건석에게 한 말을 떠올려볼 필요가 있겠다. "전쟁으로 파괴된 세대가 스스로를 바꾸는 일은 어쩌면 불가능한 일인지 몰라. 절망은 당신과 같은 다음 세대가 지난 세대를 답습하기 때문에 발생하는 거야."(170면) 절망은 그러니까 과거에 기록되었던 삶의 이데올로기에 묶여 스스로를 타자에게 열지 않는 자세에서 비롯되는 셈이다. 그리고 그 묶인 삶이야말로 한 인간을 구조적으로 파멸된 모습으로 남겨두는 것과 통한다.

　개인주의를 비판하는 주제의식의 측면에서 본다면, 90년대 이후의 내향적 소설들로부터 방현석의 소설을 구분해주는 결정적인 기준이 바로 그 주제의식이다. 많은 소설들이 구조가 입힌 탈개인적 상처들에서 시작하여 개인적 내면의 위기와 파멸에서 멈춘다면 방현석은 그 시작과 멈춤을 거꾸로 되짚어간다. 그는 개인의 이야기를 개인적인 것 자체로 놓아두지 않고 끊임없이 개인을 규정하는 더 큰 구조로 옮겨놓는다. 실은 이것이 그의 소설을 진정한 의미에 있어서의 '탈개인'의 이야기로 나아가도록 하는 힘이라고 해야 할 것이다. '탈개인'이라고 말했지만 이 용어가 일차적으로 뜻하게 마련인 구조적 규정성의 문제는 90년대 이후의 많은 소설들에서 개인 자체의 파멸로 귀결되는 경우가 허다했다. 이것은 출구가 보이지 않는 시대에 대한 징후적 표현들일 터이다. 그래서 사실을 말하자면, '탈개인'의 시대에 개인적 '탈사회'의 문학이 넘쳐난 것이다. 비평가들은 작품 속에서 탈개인의 문맥들을 징후적으로 읽어냈지만, 그것은 소설 자체를 분석적으로 바라볼 경우 절반의 의미만을 지녔던 듯하다. 소설들은 지난 연대에 대한 반동으로 개인을 규정하는 사회의 기원성을 망각하는 일에 더 많은 공력을 쏟았다고 할 수 있겠다. 그런데 소설이 사회를 환기한다면 그것은 첫째, 개인을 '파멸시키는' 사회를 환기하는 일과 함께 둘째, 개인이 '만들어가는' 사회를 환기하는 일 또한 의미할 것이다. 어떤 경우든 사람은 살아남기 위해서 행동하는 존재이기 때문이다. 다시 말해 사람은 사회에 규정되면서 그 사회를 뛰어넘는 상태에 대한 상상을 통해 죽음을 유보하는 존재이기 때문이다. 90년대의 소설들은 그러나 구조적으로 규정되는 개인과 파멸적 내면의 기록에는 능했지만 그것을 뛰어넘은 개인들에 대해서는 어눌했다. 개인의 파멸이라는 결론은 이로써 보면 당연한 것이었다. 개인의 파멸은 그것이 자신을 규정한 사회를 뛰어넘지 못할 때 가장 개인적인 귀결이 되어버린다. 이렇게 해서 탈개인의 시대에 개인의 이야기가 넘쳐나게 되었다.

이에 비해, 방현석의 소설이 개인의 위기를 사회의 위기로 환기시키고 따라서 개인을 규정하는 사회와 함께 그 사회를 뛰어넘는 힘을 이야기해야 한다는 점을 상기시키면서 얻게 되는 탈개인적 사회성이야말로 그의 소설이 새 세계를 만들기 위해 노동하고 실천하는 인간에게 보내는 신뢰의 표현이라 할 만하다. 이와 관련해서 볼 때, 베트남에서의 이야기가 강조하는 것은 연대의 가능성이다. 이것은 역사의 충만과 결여가 서로 배치되는 것이 아니라 묶여 있는 것임을 이야기하는 것인 동시에 유사한 식민지 경험을 한 사람들의 미래의 가능성을 성찰하는 것이기도 하다. 러이가 투쟁의 조급증 때문에 연인을 잃었다면 건석에게는 개인의 욕망 때문에 형의 삶을 외면했던 과거가 있는 것이다. 러이가 자신을 찾아와 화해를 요청하는 건석에게 "남을 용서하는 일은 쉽네. 끝내 용서하기 어려운 것은 바로 자신이네"(156면)라고 말할 때 그 충만과 결여의 동시성이 결정적으로 부각된다. 비록 승리와 패배라는 결과로 나뉘고, 한국의 이라크 참전에 대한 견해 차이에서 드러나듯이, 그것이 식민지적 굴욕에 대한 거부와 자기 정당화로 이어지기는 하지만, 억압에 맞서 싸운 경험을 공통적으로 갖고 있다는 사실 자체는 건석과 러이, 나아가 한국과 베트남이 연대할 가능성을 충분히 함축하는 것임에 틀림없다. 건석과 리엔의 결합으로 소설이 끝나는 것은 그 가능성에 대한 상징적 주장일 것이다. 그러므로 어려운 것은 과거를 떨쳐버리는 일이 아니라 그 결합을 준비하는 현재의 삶이다. 방현석에 따른다면 그 삶은 과거를 망각하는 데서 오지 않고 과거를 옳게 기억하는 데서 온다. 그것이 개인들을 연대로 거듭나게 하리라는 것, 이것이 「랍스터를 먹는 시간」이 소설 네 편의 '표현'과 '내용'을 거쳐 얻게 되는 '의미'이다.

　방현석만의 성과라고 할 수 있는 베트남 이야기에 아쉬움이 없는 것은 아니다. 「랍스터를 먹는 시간」의 경우, 서사구조상으로 본다면 리엔과 건석의 결합에는 충분한 필연성이 주어져 있지 않다. 사랑한다면 맺어져야 하겠지만 그 결합의 의미는 있어도 사랑의 이유가 불확실한 것이다. 또다른 아쉬움은 한국과 베트남이 맺은 자본주의적 구조가 불러오는 현실적 위계관계의 형상화가 더 필요하리라는 생각에서 나온다. 한국이 베트남에서 저지른 과거의 야만적 행위가 현재에도 농촌의 미혼자들에게 베트남 여성을 중매하면서 '절대 도망가지 않습니다'라는 말로 꼴만 바꾼 채 엄연히 반복되고 있기 때문이다. 방현석이 두 편의 소설에서 보여준 것은 한국인들의 베트남에 대한 우월감이 얼마나 터무니없는 자기환상에 지나지 않는가 하는 점이었지만 실상 변해야 하는 것은 '마음가짐'뿐만 아니라 사람들로 하여금 그 우월감을 갖도록 하는 현실적 구조일 것이다. 이것은 자본주의 세계체제 속에서 한국과 베트남의 동질성을 살펴보는 일과 함께 두 나라의 위계구조를 살펴보는 일이 과제로 남겨진다는 사실을 뜻한다. 방현석이 지금까지 이야기해준 것은 현실적이고 경제적인 위계관계 저밑에 그 관계를 결정적으로 뒤집는 또다른 관계가 있다는 사실이었다. 현실적 위계를 깨뜨리는 현실적 연대는 어떻게 이루어질 수 있을까? 이것은 이야기의 공간을 한국으로 끌어와야 가능한 것일지도 모른다. 그리고 「겨우살이」로부터 성찰적 확장을 감행하면서 「랍스터를 먹는 시간」에 도달했다는 점에서 알 수 있듯이 방현석은 충분히 그것을 보여줄 수 있는 작가이다.

朴秀淵 / 문학평론가

작가의 말

지금 젊은 연인들에게 100일은 기념의 대상이 된다.

하건만, 나는 기웃거린 지 10년이 되어서야 겨우 베트남을 무대로 한 이야기를 쓸 엄두를 냈다.

베트남에 대해서 몰라서는 아니었다.

알 수 없었던 것은 나와 나를 둘러싼 우리들이었다.

내가 알고 싶었던 것은 처음부터 베트남이 아니고 여기, 지금의 우리였다.

우리들이 존재하는 형식을 이제는 조금 알 것 같다.

어떤 경우에도 문학은 삶, 그 이외의 아무것도 아니다.

동시에, 문학은 지금 이 순간을 넘어서는 시간의 신기루 위에서 홀로 나부끼는 깃발이다.

10년을 우회하여 다시 여기로 돌아올 수 있었던 자신이 다행스럽다.

멀리 우회하는 동안 바래고 찢긴 내 문학의 남루한 깃발이 부끄럽다.

하지만, 괜찮다. 비록 더 뜨겁게 사랑하진 못했지만 한때 열렬히 사랑했던 것들을 욕보이지 않고 견뎠다. 비록 우회하였지만 투항하지 않고 버텼다. 비록 미지근하지만 예전에 사랑하지 못했던 것들을 사랑할 수 있게 되었다.

견디는 것이 쉽지만은 않았지만 부질없는 것도 아니었다.

지금, 깃발 바랜 것은 다만 성급한 사랑을 지워낸 태양의 시간이 묻어들었기 때문이라고 말할 자신은 없다. 하지만 나는 분명한 것일수록 희미하게 존재한다는 사실을 어렴풋이 알아가고 있다. 저녁 어스름이 드리우는 까오방*의 산악도로에서 물소떼를 몰고 가던 소년들을 나는 잊을 수 없다. 물소의 맨등에 올라탄 채 쏟아지는 폭우를 고스란히 맞으며 집으로 돌아가던 소년들의 뒷모습에는 범접할 수 없는 삶의 그 어떤 근원적인 형식이 존재하고 있었다.

「랍스터를 먹는 시간」을 쓰면서 나는 자주 까오방과 사파**를 떠올렸다.

원고를 넘기고 나서도 달라지지 않았다.

그곳에서 며칠을 하릴없이 빈둥거리고 싶다.

마음이 조금 더 비어서 돌아왔으면 좋겠다.

내가 한 만큼만 남이 하기를 바라는 것이 쉽지 않다.

남이 한 만큼 내가 하기는 더욱 쉽지 않다.

무엇이든 내가 즐겁게 감당할 수 있는 만큼만 감당하면서 살아졌으면 좋겠다.

남에게 너무 미안하지 않고

자신에게 너무 억울하지 않게, 살아졌으면 좋겠다.

반레, 우얼롱, 수정, 재홍……

베트남의 친구들에게 각별한 고마움을 전한다.

이천삼년 겨울의 문턱에서

방현석

* 까오방: 베트남 동북 국경지대의 산악도시. 이곳에서 호치민이 베트남민족
  해방전선을 창건하고 무장투쟁을 시작했다.
** 사파: 베트남 서북 국경지대의 산악도시. 지난 겨울 눈이 내렸다. 베트남에
  30년 만에 내린 눈이었다. 이 도시에서는 주말이면 소수민족 연인들이 모여
  들어 밤 깊도록 연가를 부르며 상대를 찾는 사랑시장이 열린다.

랍스터를 먹는 시간

초판 1쇄 발행/2003년 11월 20일
초판 8쇄 발행/2018년 8월 14일

지은이/방현석
펴낸이/강일우
편집/김정혜 문경미 안병률 김명재
펴낸곳/(주)창비
등록/1986년 8월 5일 제85호
주소/10881 경기도 파주시 회동길 184
전화/031-955-3333
팩시밀리/영업 031-955-3399 · 편집 031-955-3400
홈페이지/www.changbi.com
전자우편/lit@changbi.com

ⓒ 방현석 2003
ISBN 978-89-364-3674-2 03810